Bert und Till auf der Suche nach Heimat

Der Autor wuchs in Sittensen, im Norddeutschen Tiefland, auf. Er machte Abitur am St.-Viti-Gymnasium in Zeven und studierte Erziehungswissenschaft, Evangelische Theologie, Mathematik und Sport an der Universität Hamburg. Nach dem Referendariat in Celle arbeitete der Verfasser mit den Händen, indem er ein Haus baute. Dann unterrichtete er an der Waldorfschule in Ottersberg, bevor er ans St.-Viti-Gymnasium zurückkehrte. Zudem war der Schreiber als Trainer in den Sportspielen Fußball, Volleyball und Faustball von der Kreisklasse bis zur Ersten Bundesliga tätig.

PETER BAUMANN

Bert und Till auf der Suche nach Heimat

Bildungsroman

Bibliografische Information der Deutschen Nationalbibliothek
Die Deutsche Nationalbibliothek verzeichnet diese Publikation in der
Deutschen Nationalbibliografie; detaillierte bibliografische Daten sind im
Internet über http://dnb.dnb.de abrufbar.

© 2015 Peter Baumann
Coverfoto: Emil Meerkämper
Satz, Umschlaggestaltung, Herstellung und Verlag: BoD – Books on Demand
ISBN 978-3-7392-7094-4

Inhalt

Ein Haus braucht ein Fundament	7
Leuchten aus der Vergangenheit	10
Von weiteren Standbeinen	15
Bewegende Erfahrungen	19
Ein Schritt in die Welt	25
Ein Stein – ein Wurf	29
Es gibt Leben jenseits des Tellerrands	35
Von der Vermessung der Welt jenseits des Tellerrands	42
Das Leben ist ein Rhythmus, bei dem jeder mit muss	49
Eine neue Verankerung	52
Wir sind Resonanzkörper	54
Hiob war auch ein Resonanzkörper	59
Erfahrung kann verdichtet werden	62
Der Mensch lebt nicht vom Geist allein	70
Alte Kräfte strömen in neue Fenster	74
Eine neue Zeit bricht herein	76
Es gibt verschiedene Koordinatensysteme	80
Von frohen Botschaften und anderen Heilmitteln	86
Vom Leuchten am Horizont	93
Eine neue Basis im Raum	95
Vom Überschreiten von Grenzen	97
Von fernen Punkten und parallelen Welten	99
Die Möglichkeit des Seins liegt dem Sein zu Grunde	102
Von stechenden Blicken	104
Hintergründiges wird unscharf, wenn Vordergründiges den Blick fängt	108

Gedankenkraft bewegt grenzenlos	114
Kraft fließt zwischen den Polen	117
Sprechen verbindet – eine gemeinsame Sprache noch mehr	123
Grundbetrachtungen	132
Einkehr	135
Ohne Beziehungen sind wir unvollständig	137
Sprunghafte Erkenntnis	143
Landung in heimatlichen Gefilden	148
Von der hohen Schule der alten Briefe	154
Ein Sprung in eine andere Welt	**156**
Besuch bei einem Hobbit im Auenland	161
Wundersame Bergung durch gute Mächte	167
Nach Dunkelheit erfrischt das Licht	171
Vom Umgang mit Schätzen	174
… und wieder zurück, mit geputzten Fenstern	179
Die Bürde geht über an Frodo	183
Der Ring wird nach Südosten getragen	193
Es endet die Macht des Bösen und das Dritte Zeitalter	201
Mitten im Vierten Zeitalter	209
Gedacht wird, damit es nicht hereinregnet	**216**
Durch den Wald aufs Dach der Heide	224
Das Wasser findet seinen Weg und wird gefunden	230
Wasser trägt das Leben	240
Kultur trägt den Menschen	246
Das Alte Land sperrt stürmische Zeiten aus	251
Leben mitten im Leben	256
Geschultes Leben	261
Anbindung durch Verwurzelung	**271**
Dreifach ist nicht nur des Raumes Maß	276
Leben zwischen Netzen und Sohlgleiten	285

Ein Haus braucht ein Fundament

„Moin." Den Raum hatte Bert sofort gefunden – im ersten Stock am Ende des Gangs. Und pünktlich war er auch. Doch irgendwie schien es, als wären alle anderen schon länger da und warteten auf ihn. „Guten Morgen", sagte eine freundliche Brillenträgerin, „sei einfach mitten unter uns."

Diesen Spruch hatte er bei anderer Gelegenheit schon gehört und die Sprecherin lächelte verschmitzt dazu. „Wir sind jetzt eine mehr als auf meiner Liste – und das bin ich", fuhr sie fort. „Ich bin Sabine Schmidt und eure Kogastgeberin. Ich promoviere hier am Fachbereich und übernehme einige Aufgaben insbesondere für Paul Kroeger, der dienstags und donnerstags auch hier sein wird. Der Fachbereich Theologie hat extra für zukünftige Lehrerinnen und Lehrer am Gymnasium eine zweiwöchige problemorientierte Eingangsstufe eingerichtet. Dazu seid herzlich eingeladen!"

Die so angesprochenen Gäste nutzten die kleine Pause ganz unterschiedlich. Ein mehrstimmig-weibliches „Hallo" und einzelnes Kopfnicken war die Ernte.

„Ich will zunächst keine großen Reden halten", meinte Sabine dann. „Aber natürlich bekommt ihr alle wichtigen Informationen zum Studium in Hamburg in den nächsten Tagen. Doch zuerst wollen wir uns kennenlernen und dabei vielleicht auch schon erste inhaltliche Akzente setzen. Dafür habe ich meine Schatztruhe mitgebracht. Ihr seht meine Schätze auf der Decke aufgebaut. Jeder darf nach drei Minuten der Orientierung eins von den Dingen nehmen. Aufgabe ist es, einerseits etwas über das Objekt und den

Grund der Wahl zu sagen und andererseits auch etwas zur eigenen Persönlichkeit und warum ihr hier seid. Besondere Anerkennung für den, der beide Bereiche verbinden kann!"

Das sollte eine leichte Übung für Bert werden. Und tatsächlich hatte er schnell einen schönen flachen Stein ausfindig gemacht und sofort zugegriffen. Der lag angenehm in der Hand. Und zum Ditschen wäre der auch ziemlich gut. Aber dieser Stein war zu Höherem berufen.

„Ich fang´ gerne an, denn die Wahl fiel mir nicht schwer." Bert ergriff einfach das Wort, als alle wieder auf ihrem Platz saßen und Sabine die Eigeninitiative durch ihr Schweigen provozierte. „Mein Name ist Bert Stein. Und auch wenn ich Ecken und Kanten habe, so gefällt mir dieser Stein doch ganz besonders. Er ist so ein Mittelding zwischen Scheibe und Kugel. Vielleicht ist sein Leben im Fluss dafür verantwortlich. Auf jeden Fall steht er zwischen zwei Weltbildern. Einerseits ist die Erde eine Scheibe. Das erlebe ich immer wieder, wenn ich die Sonne untergehen sehe: die Erde steht, die Sonne geht. Andererseits kann ich mich gedanklich in den Weltraum beamen. Dann sehe ich, dass die Erde eine Kugel ist und sich um die Sonne dreht. Es ist halt eine Frage des Standpunkts. Da ich grundsätzlich mit beiden Beinen auf der Erde stehe, interessiert mich diese Position mehr. Und der Standpunkt als Mensch auf der Erde hat Geschichte. Zu diesem geschichtlichen Wurzelwerk gehört auch ein Bezugspunkt, der außerhalb naturwissenschaftlicher Erkenntnis liegt – so wie der Baum Richtung Sonne wächst. Deshalb bin ich hier: ich will geerdet werden und in den Himmel wachsen. Übrigens will ich euch nicht verschweigen, dass meine Familie stolz darauf ist, Albert Einstein in ihrer Ahnenreihe zu haben, obwohl das wohl nicht zu beweisen ist. Jedenfalls hat meine Oma einen Sohn zur Welt gebracht ohne einen Vater präsentieren zu können. Sie meinte, dass es sich bei dem Erzeuger um Einsteins Sohn Hans Albert handelte, der unmittelbar nach der Liason in die USA emigrierte."

Das folgende ehrfürchtige Schweigen resultierte wohl nicht nur aus Berts vermeintlicher Abstammung. So sah sich Sabine genötigt den Faden wieder aufzunehmen. „Das war ja eine außerordentlich runde Sache. Ich will aber allen anderen sagen, dass man nicht gleich die ganze Welt aus den Angeln heben muss um andere zu bewegen."

Das half. Und als eine fröhlich-kecke Blondine einen Flaschenöffner in Ankerform hochhielt und von Hoffnungen auf ein perfektes Getränk in einem Traumhafen erzählte, kam die Runde richtig in Schwung.

Als letzter kam Till an die Reihe. Er hatte sich eine Postkarte genommen, die auf der Bildseite außer Himmel noch ein paar kleine Wolken zu bieten hatte. „Ich finde es beeindruckend", begann er, „dass die alten Landschaftsmaler sich auf ihren Bildern überwiegend um den Himmel gekümmert haben. Gerade die Worpsweder haben die Tiefe des Zauberlichts dokumentiert. Und diese Tiefe des Seins zieht mich an. Dieses Wort von der Tiefe des Seins stammt übrigens von Paul Tillich. Wahrscheinlich kennt den kaum jemand. Auch ich weiß nicht viel über ihn. Aber einerseits hat er den Symbolbegriff entscheidend geprägt und andererseits hat er wohl meine Urgroßmutter näher gekannt. Jedenfalls sagt meine Oma, dass Tillich ihr Vater sein könnte. Ich erwähne das natürlich lediglich, damit Bert nicht so alleine dasteht mit seiner Geschichte."

Diesmal war das ehrfürchtige Schweigen von Raunen und Lächeln durchsetzt.

„Vielen Dank für eure großartigen Beiträge", hob Sabine an. „Insbesondere zu Bert und Till fällt mir ein Wort von Max Frisch ein: Es ist immer das Fällige, was uns zufällt. Ich möchte darauf aufbauen, indem immer zwei von euch sich zusammentun und ihre Ansätze verknüpfen. Ich schlage vor, dass Bert und Till als Team gesetzt sind. Es kann dabei sowohl um Vertiefungen der Einzelbeiträge zu den Schätzen gehen als auch um eine vielleicht höhere Ebene, auf der beides zusammenpasst. Aber natürlich sollt ihr euch auch persönlich näher kommen. Nehmt euch Zeit für eine ausführliche Recherche – und zwar heute Nachmittag nach einer kleinen Führung durch die Fachbereichsbibliothek. Ich gehe jetzt in die Mensa um zu essen und freue mich über jeden, der mitkommt."

Leuchten aus der Vergangenheit

Die Unimensa zeigte sich als Riesenbetrieb. Die meisten Gäste verfolgten allein das Ziel der Nahrungsaufnahme. Aber das war ja wohl gewollt: wer an eine große Uni in eine große Stadt geht, der will weg von der kleinen Schule mit der persönlichen Atmosphäre. Andererseits waren die frischen Studierenden in froher Erwartung dankbar für die Orientierung, die ihnen Sabine gab. Und als sie sich nach dem Essen in der Bibliothek des Fachbereichs Theologie trafen, stellten sie fest, dass diese wohltuend überschaubar war. Die Ordnungssysteme und die Spielregeln wurden von einer besonnenen Bibliothekarin erklärt. Auch einen Nutzerausweis gab es sofort.

Bert und Till waren ja nun als ein Forscherteam eingeteilt. Beide waren damit zufrieden, denn sie vertrauten dem Wort vom Fälligen, das ihnen zufiel. „Ich bin ganz gespannt, ob Einstein und Tillich überhaupt in der Kombination Suchmaschinentreffer ergeben", meinte Bert. Till dachte eher an die Schätze und versuchte die Weite des Himmels mit der Masse des Steins in Beziehung zu setzen. Er erinnerte sich an das Stichwort Raumzeitkrümmung aus dem Physikunterricht – und saß für einen Augenblick neben Jean-Luc Picard, der mit seiner typischen Handbewegung und dem Befehl „Energie!" den Warpantrieb aktivieren ließ.

Am nächsten Morgen lief Paul Kroeger auf. Er war in der Abteilung Kirchengeschichte unterwegs und betreute die Promotion von Sabine. Er skizzierte in groben Zügen einzelne Fachgebiete und stellte mögliche Studienpläne vor. Dabei wies er auf die teilweise beträchtliche Belastung durch das Sprachenlernen hin. Die meisten Studienanfänger brachten schon ein Latinum mit. Bert allerdings, der sein Abitur an einer Waldorfschule gemacht hatte, konnte ein solches nicht vorweisen und sah hier ein mühsames Vokabelpauken auf sich zukommen. Dazu kam dann das Bestehen einer Prüfung im neutestamentlichen Griechisch, damit man – zumindest ansatzweise – das Original lesen konnte. Dagegen sollte man für das Alte Testament lediglich eine Einführung in die Sprache und das Denken der Hebräer belegen. Das waren schon, auch vom zeitlichen Umfang her, hohe Anforderungen. Schließlich hatte jeder der Lehramtsstudenten ein zweites Fach und auch Beleg- und Prüfungsverpflichtungen im Bereich Erziehungswissenschaft.

Nachmittags wurde dann die Recherchearbeit im Team vorgestellt. Sabine sprach gezielt einzelne an, so dass Bert und Till erst am Ende das Wort ergriffen. Till hielt mit Daumen und Zeigefingern die Postkarte hoch, auf der mittig der Stein platziert war. „Auch wenn es kaum wahrnehmbar ist", begann er, „so krümmt doch der Stein den Raum, der durch die Himmelkarte repräsentiert wird. Genauer gesagt, krümmt Masse die Raumzeit. Das hat Einstein in seiner Relativitätstheorie formuliert. Indirekt sichtbar wird dieses Phänomen durch sogenannte Schwarze Löcher. Die haben eine so große Masse, dass sie das Licht nicht nur quasi verbiegen sondern sogar schlucken können. Wenn man sich diesen Schwarzen Löchern nähert, dann vergeht die Zeit immer langsamer. Irgendwann übertritt man dann – theoretisch, da man wohl vorher zerquetscht wird – den Ereignishorizont. Das ist das Ende der Raumzeitstruktur, also Ewigkeit."
Bert ergriff nun das Wort: „Eine Anmerkung ist hier zu machen. Zuerst wird der Modellcharakter dadurch deutlich, dass die Raumzeit vier Dimensionen hat, während das Postkartenbild lediglich auf die Hälfte kommt. In bestimmten Bereichen kom-

men wir also an die Grenzen der Beschreibbarkeit. Man darf die Beschreibung nicht direkt mit dem Beschriebenen identifizieren. Dieses Problem ist natürlich allein durch die Sprache gegeben. Jeder hat ja andere Assoziationen, wenn von „Gefühlen wie im siebten Himmel" oder von einem „ewigen Moment" die Rede ist. Das liegt auch an den Erfahrungen, die man gemacht hat. Im Deutschen unterscheiden wir auch gar nicht zwischen heaven und sky. Sky und Stein kann man in die gleiche Seinskategorie einordnen. Aber heaven und Stein passen zunächst nicht zusammen. Da denke ich an das Wort von Ernst Bloch, nach dem Hai und Löwe nicht streiten können. Bloch dachte dabei an das Verhältnis von Naturwissenschaft und Religion. Aus heutiger Sicht ist diese Einschätzung aber nicht mehr stimmig. Denn einerseits hat auch heaven eine Wirkmächtigkeit und andererseits kann auch ein Stein als Symbol gebraucht werden. Ich denke da an Jesus als den Stein des Anstoßes beziehungsweise den Eckstein. Wir können Wirklichkeit nicht umfänglich begreifen – dafür sind unsere Hände zu klein. Wir können immer nur einen Aspekt beleuchten, anderes verschwimmt dann oder gerät vollständig aus dem Blick. Wir sehen je nach Standpunkt ein bestimmtes Bild der Wirklichkeit. Wenn die Wirklichkeit eine Konservendose wäre und jemand würde sie in die dunkle Ecke eines Raumes halten, dann könnte man mit Hilfe einer Lampe sowohl einen runden als auch einen rechteckigen Schatten erzeugen. Wer nun behauptet, dass die Wirklichkeit ein Kreis ist oder ein Rechteck, der macht es sich zu einfach. Noch einfacher kann man es sich machen, wenn man die Grenzen der Wirklichkeit willkürlich festlegt. Deutlich wird das an dem Schlüsselsucher, der im Schein einer Straßenlaterne den Boden absucht und auf Nachfrage, ob er denn sicher sei, den Schlüssel im Lichtbereich der Laterne verloren zu haben, antwortet: „Nein, aber hier sehe ich wenigstens etwas." Wirklichkeit ist aber alles, was wirkt."

Till hielt noch einmal die Karte mit dem Stein hoch. „Ich bin ja ein großer Star-Trek-Fan. Die Enterprise kann den Raum so stark krümmen, dass Reisen mit Überlichtgeschwindigkeit möglich werden. Rein naturwissenschaftlich betrachtet gibt es hier berechtigte Einwände, denn die dafür benötigte Energie ist nicht verfügbar. Aber darum geht es auch gar nicht. Denn der Warpantrieb ist ein Symbol. Es greift die Erfahrung auf, dass ich in Sekundenschnelle von einem Kontinent zum anderen reisen kann – im Traum beziehungsweise in Gedanken. Ich kann auf himmlische Reisen gehen – schon im Hier und Jetzt."

Nun war Bert wieder an der Reihe. „Das war im wahrsten Sinne des Wortes eine Vertiefung. Wir fühlten uns aber auch verpflichtet unsere Forschungen auf eine mögliche Begegnung unserer Vorfahren Einstein und Tillich auszudehnen. Und tatsächlich sind sie sich einmal begegnet und hatten noch einmal indirekt Kontakt. Aber bevor wir darauf konkret zu sprechen kommen, wollen wir euch noch etwas aus den Biographien aufdrängen, weil es überraschende Ähnlichkeiten gibt. Ich beginne mit Einstein. Am 13. April 1933 wurden in Deutschlands Zeitungen sogenannte Staatsfeinde aufgelistet. Dazu gehörten Bürger jüdischer Abstammung – wie Einstein. Dem zu diesem Zeitpunkt 54-jährigen Einstein wurden die Ehrenbürgerrechte entzogen, sein Vermögen wurde eingezogen und schließlich wurde sogar eine Prämie auf seinen Kopf ausgesetzt. Er war also gezwungen zu emigrieren. Einstein ließ sich am anderen Ende des großen Teichs an der Ostküste der Vereinigten Staaten nieder und nahm eine Professur in Princeton an. Wohl im Jahre 1940 erhielt er dann die amerikanische Staatsbürgerschaft."

Till setzte fort: „Es wurde noch eine zweite Gruppe zu Staatsfeinden erklärt, nämlich die der linksorientierten Intellektuellen. Dazu wurde Paul Tillich gerechnet, weil er seit 1929 in der Sozialdemokratischen Partei war und 1932 ein Buch mit dem Titel „Die sozialistische Entscheidung" veröffentlichte. Tillichs Lage im Jahr 1933 war allerdings zunächst nicht so prekär wie die von Einstein und so harrte er noch einige Monate aus. Er hoffte auf eine Veränderung der politischen Situation, musste dann aber am 10. Mai die Bücherverbrennung in Frankfurt erleben, wo er bis zum 13. April Professor für Philosophie war. Auch die „Sozialistische Entscheidung" wurde verbrannt. Ende Oktober verließ Tillich Deutschland und kam wohl am 4. November mit seiner Familie in New York an. Dort nahm er eine Lehrtätigkeit am Union Theological Seminary auf, wo er bis zu seiner Pensionierung im Jahre 1955 blieb. Wie Einstein bekam auch Tillich 1940 die amerikanische Staatsbürgerschaft."

Nun übernahm wieder Bert: „Wir haben uns vorgenommen bei Gelegenheit weiter in unsere Familiengeschichten einzusteigen, wollen euch jetzt aber nicht damit langweilen. Wichtig ist noch zu erwähnen, dass wir ein Foto gefunden haben aus dem Jahre 1928, auf dem Einstein und Tillich lediglich einen guten Meter von einander entfernt stehen. Anlass waren die sogenannten Hochschulwochen in Davos in der Schweiz. Dort versammelten sich etliche Jahre lang führende Wissenschaftler aus verschiedenen Bereichen. Insbesondere Physiker, Philosophen und Theologen wurden eingeladen zu interdisziplinären Gesprächen. Einstein hat wohl 1928 den Eröffnungsvortrag gehalten. Wir konnten aber nicht herausfinden, ob die beiden direkt miteinander gesprochen haben. Nach ihrer Emigration haben sie sicher zumindest indirekt kommuniziert. Es gab nämlich einen Kongress in New York vom 9. bis zum 11. September 1940 mit dem Thema „Naturwissenschaft, Philosophie und Religion". Dort hielt Einstein einen Vortrag. Dieser wurde in der New York Times veröffentlicht. So geriet er in die Hände Tillichs. Dieser verfasste nun einen ausführlichen Leserbrief, in dem er genau auf Einsteins Argumentation einging. Diese Auseinandersetzung birgt ein riesiges Potential – das konnten wir bei einer ersten Sichtung erkennen. Allerdings fehlte uns die Zeit, das genauer aufzuarbeiten. Wir haben uns das aber fest vorgenommen für die nähere Zukunft."

Sabine ahnte wohl schon, dass die beeindruckten Kommilitonen von sich aus den Vortrag der beiden nicht kommentieren wollten. „Glückwunsch, ihr beiden!", sagte sie also. „So stellt man sich einen idealen Einstieg in ein Studium vor: Persönliches Interesse verbunden mit Forscherdrang. Ich habe absichtlich von „verbunden mit" gesprochen, denn gelungenes Menschsein braucht Verbindlichkeit. Man muss sich inhaltlich verbinden können und insbesondere von Mensch zu Mensch. Einzelkämpfer haben es gerade zu Beginn des Studiums schwer. Leichter wird es, wenn man Teil eines funktionierenden Teams sein kann."

Von weiteren Standbeinen

Die zweiwöchige problemorientierte Eingangsstufe des Fachbereichs Theologie war nicht nur für Bert und Till ein guter Einstieg. Man hatte Kommilitonen kennengelernt, Berührungsängste abgebaut und konnte sich einen Überblick verschaffen über Inhalt und Ablauf des Studiums. Auf acht Semester war die Studienzeit angelegt – wenn alles gut ging. Und die Semesterferien waren im Prinzip auch gefüllt. Zwei Schulpraktika und ein Betriebspraktikum mussten absolviert werden. Die letzten Ferien sollten frei bleiben für die Prüfungsvorbereitungen. Und so boten sich die ersten Ferien an, um ein kleines finanzielles Polster anzulegen. Zwar waren Till durch BAföG und Bert durch Leistungen in entsprechender Höhe von seinen Eltern überlebens- und studierfähig, aber Leben sollte ja mehr sein als Überleben.

Im Fachbereich Mathematik musste Till feststellen, dass sich große Wahlfreiheiten nicht ergeben konnten, da genau festgelegt war, welche Scheine erworben werden mussten und der Weg dahin einer Treppe glich, deren Stufen aufeinander aufbauten. So belegte Till zunächst die beiden jeweils zweistündigen Vorlesungen Analysis I und Lineare Algebra und Analytische Geometrie I mit dazugehörigen jeweils vierstündigen Gruppenarbeiten mit Übungen. Über das Semester gesehen mussten mindestens 50 Prozent der Übungsaufgaben richtig gelöst werden. Das erledigte man in einer Arbeitsgruppe. Zu Beginn war ein gewisser sportlicher Ehrgeiz da. Der ließ aber gegen Ende des Semesters nach und so näherte man sich immer mehr der 50-Prozent-Marke an – mit einem kleinen Sicherheitsabstand. Überhaupt hätte man sich diese Leistungen auch einkaufen können, denn die Aufgaben waren sich selbst über Jahre ähnlich.

Im Fachbereich Sport hatte Bert ganz andere Einschränkungen bezüglich einer Wahlfreiheit. Denn viele sportpraktische Kurse waren so beliebt, dass gelost werden musste. Man bekam so viele Lose, wie man Semester vorweisen konnte. Aber Bert konnte sich nicht beklagen. Gleich drei dreistündige praktisch-methodische Veranstaltungen konnte er belegen: Volleyball, Trampolinspringen / Wasserspringen und Tanz. Dazu durfte er innerhalb einer Doppelstunde pro Woche im Förderkurs Kanu zum Beispiel Eskimotieren üben.

Eine echte Hürde musste Bert durch sein fehlendes Latinum nehmen. Drei Semester lang waren jeweils vier Semesterwochenstunden zu belegen – plus Abschlussprüfung.

Bert und Till kannten sich bei der Grobplanung ihres Studiums noch nicht besonders gut. Aber einerseits verband sie die positiv verlaufene Eingangsstufe, in der sie ja kundtaten, weitere Forschungen anstellen zu wollen. Und andererseits waren sie sich sympathisch und hatten überwiegend ähnliche Interessen. Beide waren erwachsen geworden in jeweils einer Sportfamilie. Bert war Faustballer und Till spielte Volleyball. Zudem hatten sie zwischen Konfirmation und Abitur intensiven Kontakt zu Jugendgruppen in ihren Kirchengemeinden.

Bert und Till planten in den Bereichen Theologie und Erziehungswissenschaft gemeinsam Veranstaltungen zu besuchen. Hier gab es glücklicherweise ein reichhaltiges Angebot und große Wahlmöglichkeiten. Da Bert sich nicht vorstellen konnte Latein und Griechisch gleichzeitig anzugehen, verschoben sie Griechisch auf das vierte Semester.

„Mathe packt mich irgendwie nicht", meinte Till zu Bert, als sie einige Wochen nach Beginn des Semesters zusammen beim Essen in der Mensa saßen. „Die Vorlesungen tragen ihren Namen zu Recht. Das Skript wird heruntergelesen und -geschrieben und man wird einfach nur müde. Im Nachhinein muss ich sagen, dass meine Lehrer in der Schule doch ein erhebliches methodisches Geschick hatten im Vergleich." „Vielleicht entsprechen die Eingangsvorlesungen in Mathe dem Sprachenlernen in Theologie", nahm Bert den Gesprächsfaden auf, „und es wird danach besonders spannend, weil man auf hohem Niveau mitreden und -denken kann. Ich habe jedenfalls auch keine echte Freude an Latein. Es könnte aber immerhin sein, dass unser Kurs sich zu einer verschworenen Leidensgemeinschaft zusammenfindet. Sport dagegen ist die reine Entspannung. Die Leute sind freundlich, offen – und gut aussehend. Die meisten kommen aus dem Teamsport. Gemeinsame Bewegung verbindet irgendwie direkter als Sprache. Ich bin total zufrieden, wenn ich in Richtung Rothenbaum marschiere."

Im Bereich Erziehungswissenschaft begannen Bert und Till ihr Studium mit zwei ganz unterschiedlichen Seminaren. „Das Spiel des Kindes in pädagogisch-psychologischer Perspektive" riss sie zwar nicht vom Hocker, zumal sie sich ganz bewusst für die „großen Kinder" entschieden hatten. Dennoch war es interessant und völlig neu für sie. Dagegen hätte das Thema des zweiten Seminars auch eine Unterrichtseinheit in der Schule im Fach Geschichte sein können: „Die Entstehung des allgemeinen Schulwesens in Preußen im Hinblick auf die Französische Revolution". Hier gab es eine Faktenlage, an der man sich festhalten konnte.

Das Zentrum ihres Studiums war für Bert und Till die Theologie. Im ersten Semester ließen sie sich in die hebräische Sprache und das hebräische Denken einführen. Dieser Kurs hatte keinen zu hohen Anspruch. Man konnte am Ende den Ersten Schöpfungsbericht übersetzen – vielleicht aber auch deshalb, weil man den Text ohnehin gut kannte. Dennoch war es wichtig, sich in einen ganz anderen Kulturkreis hineinzudenken. Und es wurde klar, dass eine Übersetzung nie perfekt sein kann. Einerseits haben zum Beispiel Wüstenbewohner viele Worte für ein Farbspektrum, das man mit Gelb bezeichnen würde – für die Inuit gilt das gleiche in weiß. Und andererseits schwingen bei einem Ausspruch sowohl eine Kulturgeschichte als auch persönliche Erfahrungen mit.

Weiterhin belegten die beiden die dreistündige Theologische Übung I mit dem Titel „Wozu Glaube und Religion?". An dieser Stelle waren sie schon ganz ordentlich in Übung, denn sie konnten Vorwissen aus der Schule einbringen. Zunächst dachten sie bei der Beantwortung der dem Semester zugrunde liegenden Frage an den Garten Eden im Zweiten Schöpfungsbericht. Dort ist es Adam und Eva nicht gestattet vom Baum der Erkenntnis zu essen. Als sie es dennoch tun, gehen ihnen die Augen auf – sie sehen zum Beispiel, dass sie nackt sind. Sie verscherzen sich damit das Paradies. In diesem Mythos wird der Tier-Mensch-Übergang der Evolutionsgeschichte geschildert – also praktisch die Entwicklung des Großhirns. Erkenntnis führt zu Freiheit – aber auch zu Orientierungslosigkeit. Wenn die Instinktsteuerung ins Wanken gerät, gibt es nicht mehr nur den einen richtigen Weg. Nun entstehen Weggabelungen. Und man muss sich entscheiden. Das beinhaltet die Furcht vor einer Fehlentscheidung. Der Mensch braucht nun Orientierungshilfen und Trost bei Enttäuschungen. Hier kommt Religion ins Spiel. Soweit waren Bert und Till sich einig. Beide hatten im Religionsunterricht sich mit den Schöpfungsberichten der Bibel aber auch mit entsprechenden Stellen aus dem Koran befasst. „Die Vertreibung aus dem Paradies hat natürlich den Verlust von Heimat zur Folge. Aber die gewonnene Freiheit hat auch Vorteile. Frei wie ein Vogel kann der Mensch nun über den Dingen schweben. Und wir wissen ja, wie erfolgreich Adler jagen", meinte Bert. „Aber die Vogelperspektive, also die Fähigkeit zur Abstraktion, führt auch zur Entfremdung", entgegnete Till. „Nicht nur Adam und Eva werden sich fremd sondern allgemein distanziert sich der Mensch von seiner Mit-Welt. Er macht Beute und erklärt sich schließlich zum Maß allen Seins. Dieser Mittelpunktwahn wird deutlich wird am Wort Um-Welt und deren Zerstörung." „Erkenntnis ist eben ein ambivalentes Phänomen", fuhr Bert fort. „Der Mensch erkennt sich selbst als eine unglückliche Mischung aus Göttern und Tieren. Götter sind unsterblich und wissen darum. Tiere sind sterblich und wissen das nicht. Diese problematische Erkenntnis muss der Mensch formulieren, um sie dadurch ein Stück weit aus sich heraus zu setzen und zu verarbeiten. So entsteht ein Mythos, der Stabilität geben kann, weil man um die Situation weiß und sie benannt hat." Till ergänzte: „Durch Mythen verbindet sich der Mensch mit dem Grund allen Seins – und gewinnt eine Perspektive für sein Da-Sein. Mythen erzählen aus einer Vor-Zeit, können aber für die Gegenwart fruchtbar gemacht werden. Sie gewinnen dadurch eine fortwährende Bedeutung. Mythen sind Ausdrucksformen des kollektiven Unbewussten, in dem wesentliche Menschheitserfahrungen gespeichert sind. Mythen sind Grund und Element von Religion." Das Wissen von Bert und Till aus dem Religionsunterricht der Oberstufe war schon solide. In der Theologischen Übung wurde das vertieft und ergänzt. Und es wurde auch nach vorne gesehen. Kann Religion einen Beitrag leisten zur Gerechtigkeit? Wie wird also Religion dem Menschen heute gerecht – und der Mit-Welt? Für die Beantwortung dieser Fragen konnten in der Übung Ansätze aufgezeigt werden – und das war schon eine ganze Menge aus der Sicht von Bert und Till.

Bewegende Erfahrungen

Wenn die beiden gemeinsame Wege machten oder zusammen aßen, dann war häufig Sport das Thema. Natürlich tauschten sie sich über die Entwicklungen im modernen Fußball aus und über den aktuellen Stand in der Bundesliga. Aber ihr persönlicher Fokus lag ja auf zwei Rückschlagsportarten. Und da Bert als Faustballer im ersten Semester einen Volleyballkurs belegte, lag es nahe, sich über Ähnlichkeiten und Unterschiede auszutauschen. „Sicherlich kenne ich mich im Volleyball besser aus als du im Faustball", meinte Bert eines Tages. „Das liegt natürlich lediglich daran, dass Volleyball nicht nur in Deutschland viel verbreiteter ist. Zudem hat der aufstrebende Beachvolleyball das Interesse für diese Sportart geweckt. Dennoch interessiert es mich, wie du in wenigen Sätzen die Spielidee und die Entwicklung charakterisieren würdest." Till antwortete gern: „Ein Team verteidigt die eigene Spielfeldhälfte und greift die des Gegners an. Dabei wird der Ball durch einen Aufschlag ins Spiel gebracht und darf dann nach bestimmten Regeln verarbeitet werden. Der Ball muss über das Netz in die andere Hälfte gespielt werden." „Bis jetzt könnte das auch eine Beschreibung von Faustball sein", entgegnete Bert. „Wenn man genauer hinsehen will", nahm Till den Faden wieder auf, „muss man sich um die Verarbeitungsregeln kümmern. Der Ball darf nicht gehalten oder gefangen werden. Lediglich ein kurzer Kontakt ist erlaubt. Man nimmt für die Kontakte sinnigerweise die Hände, aber alles andere ist im Prinzip auch möglich. Mit den Händen kann man den Ball zuspielen, das nennt man Pritschen. Gepritscht wird normalerweise der zweite Kontakt innerhalb eines Teams. Die Annahme läuft meistens über das sogenannte Baggern. Dabei bildet man mit zusammengeführten langen Armen ein Spielbrett. Ein Angriffsball wird mit der flachen Hand geschlagen. Aber auch das Spielen mit Faust oder Fingerspitzen ist möglich. Die Zahl der Ballkontakte innerhalb eines Spielzugs ist limitiert – maximal drei. Es darf dabei der erste und dritte Kontakt vom gleichen Spieler ausgeführt werden." „Da haben wir die ersten Unterschiede", unterbrach Bert, „die maximale Zahl von drei Kontakten gibt es zwar auch beim Faustball, aber pro Spielzug darf ein Spieler lediglich einmal den Ball berühren. Auch die Art der Berührung ist eingeschränkter. Nur mit den Armen darf der Ball gespielt werden und auch nicht mit der offe-

nen Hand – deshalb heißt mein Spiel auch Faustball. Aber etwas ganz Entscheidendes hast du noch gar nicht erwähnt: sobald der Ball den Boden berührt, ist beim Volleyball Schluss – sprich Punktgewinn. Wir Faustballer dürfen den Ball sowohl direkt als auch nach einmaligem Aufkommen spielen – wie beim Tennis. Zu den maximal drei Ballkontakten innerhalb eines Teams können also noch bis zu drei Bodenkontakte des Balls innerhalb des Spielfelds der den Ball besitzenden Mannschaft kommen." „Das führt wirklich zu einem ganz anderen Spiel", schloss Till. „Beim Volleyball setzt man den Gegner am einfachsten unter Zeitdruck, indem man den Ball nach einer möglichst kurzen Strecke im Feld platziert. Die Möglichkeit, durch das Pritschen genau zuzuspielen und in unmittelbarer Netznähe hart abzuschließen, bedeutet, dass der Block zu einem zentralen Spielelement wird. Wenn dieser einen Angriffsball nicht entschärfen kann, sind in der Abwehr häufig nur noch Notkontakte möglich. Da die Reaktionszeit kaum trainiert werden kann, wohl aber Schlagkraft und Sprunghöhe, hat man den Luftdruck des Balles verringert, damit längere Ballwechsel durch eine erfolgreiche Feldabwehr möglich werden."
„Dagegen spielt man Faustball mit einem sehr harten Ball, damit die Angriffsschläge auch das ganze Feld bedrohen können", setzte Bert fort. „Und der Block hat in der Halle schon eine Bedeutung, da hier das Spielfeld kleiner ist als draußen. Mit dem Volleyballblock ist er dennoch nicht zu vergleichen, auch, weil er einarmig ausgeführt werden muss. Man muss ja auch sagen, dass beim Faustball viel größere Distanzen zurückgelegt werden. Das gilt auch für den Ball innerhalb eines Spielzugs. Dadurch und auch durch das einarmige Zuspiel kann der Ball nicht immer genau oberhalb des Netzes dem Angreifer serviert werden." „Jetzt interessiert mich", fragte Till nach, „wie groß euer Spielfeld eigentlich ist. Beim Volleyball verteidigen wir ja zu sechst eine Fläche von neun mal neun Metern." „Wenn man die durchschnittliche Fläche für einen Spieler betrachtet", antwortete Bert, „kommt man auf den Faktor knapp sechs für die Halle und über sieben für das Feld

unter freiem Himmel. Konkret heißt das, dass wir zu fünft eine Spielfeldhälfte verteidigen, die 20 Meter breit ist. Drinnen hat sie eine Länge von ebenfalls 20 Metern – es entsteht also insgesamt ein Handballfeld. Und draußen ist eine Hälfte sogar 25 Meter lang." Nun war Till doch beeindruckt. „Ich kannte die genauen Ausmaße eines Faustballfelds nicht. Das ist ja riesig! Ich denke, dass ich das Spiel unbedingt einmal ausprobieren muss. Wahrscheinlich unterscheidet sich die Angriffstechnik auch aufgrund der nötigen Länge der Bälle?" „Ja", entgegnete Bert, „da tun sich Faustballer häufig schwer, wenn sie auf Volleyball umschalten sollen. Da das Volleyballfeld ja vergleichsweise klein ist, braucht man mehr Präzision beim Angriff. Zudem spielen sich die Offensivaktionen in unmittelbarer Netznähe ab. Um keine Verletzungen zu riskieren durch Fußkontakte, muss man sehr kontrolliert landen. Beides führt dazu, dass man mit beiden Füßen abspringt, also einen sogenannten Stemmschritt ausführt, um auch wieder mit beiden Füßen landen zu können. Beim Faustballangriff dagegen braucht man die Diagonalspannung um die nötige Härte und Weite erreichen zu können. Man kennt das ja vom Schlagballwurf. Als Rechtshänder muss man das linke Bein beim Abwurf nach vorne bringen. Nur so geht Weite vor Genauigkeit."
„Da kann man sich beim Faustballangriff ja richtig austoben", meinte Till. „Das kommt wahrscheinlich pubertierenden Jungen entgegen: Immer wieder hart auf den Ball einprügeln dürfen ohne zu sehr auf Genauigkeit achten zu müssen." „Das ist zwar nicht falsch", entgegnete Bert, „aber einerseits muss man schon variieren, also zum Beispiel einen genauen kurzen Ball einstreuen, damit sich die Abwehr nicht so gut einstellen kann. Und andererseits kann eine leichtfüßige und technisch gute Abwehr dem Schläger schon den Zahn ziehen, denn, wenn jeder Ball zurück kommt, verliert sein Arm an Kraft und seine Frustration steigt." „Also ist auch Leichtfüßigkeit gefragt beim Faustball", nahm Till den Ansatz auf. „Ist also Faustball eine gute Grundlage für deinen Tanzkurs?" „Unbedingt!" lächelte Bert. „Tatsächlich braucht man na-

türlich bei beiden Sportarten nicht nur Beweglichkeit, Wendigkeit und Geschicklichkeit. Vielmehr braucht man auch einen guten Gleichgewichtssinn und eine Balancierfähigkeit und man muss sich im Raum orientieren können. Weiterhin muss man Bewegungen koppeln, harmonisieren und rhythmisieren können. Aber natürlich gilt das nicht nur für Faustball und Tanzen sondern für fast alle Sportarten. Als Grundlage für meinen Tanzkurs dient mir mindestens ebenso meine Eurythmieerfahrung." „Da kann ich jetzt gar nicht mitreden", unterbrach Till, „das musst du erklären." „Eurythmie ist durchgängiges Unterrichtsfach an Waldorfschulen", antwortete Bert. „Sie ist eine Bewegungskunst. Dabei wird Sprache durch den ganzen Körper gestaltet. Es gibt eine Verwandtschaft zu Ballett und Tanztheater. Aber in der Eurythmie geht es weniger um den sportlichen Aspekt als um das Erzählen von Geschichten. Zunächst werden Buchstaben dargestellt. Später wird die Darstellung freier und häufig musikalisch begleitet." „Interessant", sagte Till, „warum bist du überhaupt auf eine Waldorfschule gegangen?" „Ich wurde nicht gefragt", entgegnete Bert, „meine Mutter ist Klassenlehrerin an der Waldorfschule Ottersberg. Und für sie bot es sich zunächst einmal an, mich mit ins Auto zu packen. So hatten wir noch zweimal pro Tag eine halbe Stunde für uns. Das war natürlich später uncool – aber auch praktisch." „Hattet ihr neben Eurythmie noch weitere besondere Fächer?" fragte Till. „Man kann schon sagen, dass der Versuch einer ganzheitlichen Bildung unternommen wurde", antwortete Bert. „Wenn man also Körper, Seele und Geist zugrunde legt, dann gehört Eurythmie eher in den Bereich der Seelenbildung. Natürlich hatten wir auch Sportunterricht. Daneben sprachen aber weitere Fächer ebenfalls zuerst das Körperliche an, wie zum Beispiel Gartenbau und Landwirtschaft, Schreinern, Nähen, Spinnen, Drucken und einiges mehr. Diese Inhalte wurden überwiegend epochal unterrichtet. Das galt aber auch für die klassischen Fächer wie zum Beispiel Mathe. Wir hatten pro Halbjahr eine dreiwöchige Mathematikepoche. Das bedeutete, dass man dann

jeden Tag in den ersten beiden Stunden Mathe hatte. Außerhalb der Epoche blieben lediglich zwei Stunden zum Festigen des Gelernten. Aber selbst Mathe als Geisteswissenschaft wurde an körperliche Erfahrung angebunden. Im zehnten Schuljahr lag nämlich das sogenannte Feldmesspraktikum. Zwei Wochen lang wurden Vermessungen eines Geländes durchgeführt um die Trigonometrieepoche zur praktischen Anwendung zu bringen."
„Bist du denn gern zur Waldorfschule gegangen?" hakte Till nach.
„Ich hatte ja keinen direkten Vergleich", begann Bert. „Aber ich habe mich immer wohlgefühlt in Ottersberg. Die Schule ist dort in einem altehrwürdigen Gebäude in einem kleinen Wald direkt an der Wümmeniederung untergebracht – einfach traumhaft. Es gab immer nur eine Klasse pro Jahrgang und die ganze Schulfamilie von der ersten bis zur dreizehnten Klasse war auch durch Theater- und Musikaufführungen verbunden. Ich war zwar ein bescheidener Schauspieler und ein sehr mäßiger Geiger, aber ich bin zufrieden diese Erfahrungen gemacht zu haben." „Das kann ich nur teilweise nachvollziehen", meinte Till, „ich war froh endlich aufs Gymnasium gehen zu können. Mir fehlten die kleinen Kinder nicht und ich war dankbar zumindest in der Oberstufe Wahlfreiheiten zu haben. Das geht natürlich nicht, wenn man lediglich einzügig unterwegs ist." „Viele Wege sollen ja nach Rom führen", schloss Bert dieses Gespräch. „Schön, dass wir angekommen sind."

Ein Schritt in die Welt

Bert und Till erlebten das erste Semester als einen gelungenen Einstieg in ihr Studium. In einer Beziehung allerdings wurden sie zunehmend unzufriedener. Und zwar nahmen sie sich lediglich als Teilzeitstudenten wahr, da sie außerhalb von Hamburg wohnten und pendelten. Kein Problem war es für sie im elterlichen Haus zu wohnen. Beide hatten dort ihre Freiheiten und Bequemlichkeiten. Auch war für den Faustballer Bert und den Volleyballer Till klar, dass sie ihren Teams treu bleiben wollten und so mussten sie für Training und Spiel ohnehin „zurück aufs Dorf". Beide hatten nach dem Abitur keinen Grund gesehen ihre Jugendzimmer aufzugeben. Till musste zwar während der Grundausbildung seines Wehrdienstes in Rotenburg an der Wümme meistens in der Kaserne bleiben. Aber er war immer froh diesem teilweise von ihm so empfundenen Gefängnis entfliehen und heimatlichen Gefühlen frönen zu können. Und Bert konnte seine Arbeitsplätze während seines sogenannten Freiwilligen Sozialen Jahres, welches er auf zwei Jahre ausdehnte, mit dem Fahrrad erreichen. Jeweils zur Hälfte wurde er vom Selsinger Schulzentrum und vom Sportverein des Ortes in Anspruch genommen. Er sorgte also einerseits für die Ausgabe von Spielgeräten in den Pausen und für Arbeitsgemeinschaften im Sportbereich und andererseits war er „Mädchen für alles" bezüglich der Bedürfnisse des MTSV Selsingen. Er mähte die Rasenplätze, kümmerte sich um Geräte und Bälle und agierte als Faustballübungsleiter. Bert und Till hatten also zunächst gedacht, dass sie täglich nach Hamburg zum Studium pendeln wollten. Bert wurde von seiner Mutter am Bahnhof Ottersberg ausgeladen. Das war für diese lediglich ein minimaler Umweg. Aber am Ende des Tages musste seine Mutter häufig auf Bert warten, was sie nicht gern tat, da sie in der Schule keinen vollwertigen Arbeitsplatz hatte. Till war vergleichsweise privilegiert, denn er wohnte in Sittensen, welches einen Autobahnanschluss vorweisen kann, und hatte ein Auto zur Verfügung. Dieses parkte er in Harburg, um dann mit einem Tagesticket des Hamburger Verkehrsverbunds weiter Richtung Uni zu reisen. Am Ende des Semesters reifte in Bert und Till der Entschluss sich um eine Wohnung in Hamburg zu kümmern. Für beide war schnell klar, dass sie sich auch in dieser Hinsicht zusammentun wollten. Um den Markt zu sondieren, ließ sich Bert einige Male von seiner Mutter nach Sittensen bringen, damit er mit Till gemeinsam in die große Stadt aufbrechen konnte. Das war zwar für Berts Mutter ein Umweg von etlichen Kilometern, aber dafür musste sie sich nicht um seine Rückkehr scheren – das übernahm Till. Schnell wurde den beiden Umzugswilligen klar, dass der Hamburger Wohnungsmarkt umkämpft war. Und so zogen sie nach dem Hamburger Abendblatt auch den Harburger Anzeiger für ihre Suche heran. Einerseits war die Uni bequem mit der S-Bahn von Harburg aus zu erreichen und andererseits lag Harburg Richtung Heimat. Schließlich fanden sie in der Marienstraße eine einfache Zweizimmerwohnung mit großer Küche. Diese konnten sie zu einem fairen Preis mit Beginn des Aprils mieten. Der Einzug lag also unmittelbar vor Beginn des Sommersemesters. Doch konnten Bert und Till mit Kompromissen in den ersten Wochen leben. Sie wollten die Wohnung funktional einrichten – aber auch eine Beschränkung auf elementare Funktionalität kommt nicht ohne finanzielle Mittel aus. So kümmerten sich die beiden gleich nach Ende des Wintersemesters Anfang Februar um Ferienjobs. Till wurde an der Autobahntankstelle in Sittensen fündig. Dort konnte er relativ frei nach Absprache Urlaubsvertretungen und Wochenenddienste übernehmen. Bert verdingte sich bei der Zevener Post als Aushilfszusteller. Beide waren zufrieden mit ihren Tätigkeiten, insbesondere weil sie in Kontakt mit verschiedenen Menschen kamen.

Obwohl Bert und Till ihre Ferienjobs bei ihren Eltern wohnend angingen, konnten sie trotzdem ihre Forschungsziele im Auge behalten. Es ging ihnen im Vorwege der Bearbeitung des Streits zwischen Einstein und Tillich um genauere Betrachtungen ihrer Familiengeschichten. Einiges brachten sie in Erfahrung und tauschten sich eines Abends in einer Zevener Kneipe aus. Bert begann seinen Bericht: „Ich war ja gleich zu Beginn unseres ersten Semesters in der problemorientieren Eingangsstufe so frei von meiner Oma zu erzählen und ihrer Beziehung zu Einsteins Sohn. Erika Stein, so hieß meine Oma, wurde im Ersten Weltkrieg geboren und war die Nichte von Edith Stein, die mit jüdischen Wurzeln in Auschwitz ermordet und 1988 heiliggesprochen wurde. Erika war Sekretärin in einem Dortmunder Stahlwerk und traf dort Hans Albert Einstein, der in dem Werk als frisch promovierter Ingenieur arbeitete. Der gemeinsame Sohn Hans wurde Ende 1937 nach der Emigration seines Vaters und wohl ohne dessen Wissen geboren. Hans Stein lernte Kaufmann im Baustoffhandel in den fünfziger Jahren und leitet später einen Baumarkt in Zeven. 1972 heiratete er die Waldorflehrerin Helga Schröder aus Selsingen. Und Hans und Helga sind meine Eltern." „Und dein Vater ist also zu deiner Mutter gezogen?" fragte Till. „Ich denke, dass das daran lag, dass meine Mutter stärkere familiäre Wurzeln ausgebildet hat als mein Vater", antwortete Bert. „Und als echte Waldorflehrerin muss man im Grünen leben und nicht im Pott." „Und weil du in Selsingen groß geworden bist, spielst du heute Faustball?" hakte Till nach. „Es stimmt schon", meinte Bert, „dass Selsingen eine Faustballhochburg ist. Aber natürlich hätte ich auch Fußball im Verein spielen können. Es war einfach so, dass ein Spielkamerad mich eines Tages mitschleppte und ich Gefallen fand. Mit 17 bin ich dann aber in den Zweitligakader des TSV Essel gewechselt, weil beim MTSV die Spitze nicht breit genug war, wie Berti Vogts sagen würde." Auch Till hatte sich mit Hilfe seiner Eltern schlau gemacht bezüglich einer Aufarbeitung seiner Familiengeschichte. „Du weißt ja", begann er, „dass meine Urgroßmutter eine Beziehung zu Paul Tillich hatte. Sie hieß Sophie Gerken, wurde zu Beginn des 20. Jahrhunderts geboren und nahm nach dem 1. Weltkrieg ein Philosophiestudium in Berlin auf. Tillich dozierte dort im Fachbereich Theologie von 1919 bis 1924. Er veranstaltete sogenannte Offene Abende, zu denen er auch Studenten und Studentinnen einlud. So lernte Sophie Paul Tillich näher kennen. Daraus entwickelte sich eine Schwangerschaft, zu der Tillich aber nicht stand. Jedenfalls wurde 1925 Gerda geboren. Sophie nahm eine Stelle als Haushälterin bei einem Pastoren an und wurde im Zweiten Weltkrieg bei einem Bombenangriff getötet. Gerda wurde am Ende des Krieges vergewaltigt und gebar 1946 Helene, deren Vater wohl ein russischer Soldat war. Gerda lebte alleinerziehend und arbeitete als Kindergärtnerin und Sekretärin. Helene lernte Steuerfachgehilfin und heiratete den Zimmermann Klaus Licht, der die väterliche Firma in Sittensen übernahm. Helene und Klaus sind meine Eltern." „Bei deinen Eltern ist es also umgekehrt", sagte Bert. „Deine Mutter hatte die schwierigere Familiensituation und zog zu deinem Vater." „Das stimmt", antwortete Till, „das lag wohl in erster Linie an der Zimmerei, die mein Vater übernahm. Eine solche Firma lässt sich nicht einfach verpflanzen. Und um meinen sportlichen Werdegang noch zu erwähnen: ich habe ganz viele Sachen ausprobiert wie zum Beispiel Schwimmen, Judo und Handball. Auf Volleyball bin ich zunächst durch die Schule aufmerksam geworden. Dort hatten wir einen Sportlehrer, der sich ganz diesem Spiel verschrieben hatte. Und so haben im Einzugsbereich der Schule mehrere Vereine eine Volleyballsparte aufgemacht. In Sittensen wurde dabei das höchste Niveau erreicht." „So sind wir nicht nur Kinder unserer Eltern", folgerte Bert, „sondern auch Schüler unserer Lehrer und Pflanzen unserer Heimat." „Ja, wir sind die Summe unserer Erfahrungen", schloss Till.

Am Ende ihrers ersten Semesters hatten Bert und Till sich den Vortrag Einsteins aus dem Jahre 1940 kopiert. Dieser lag vor in der Aufsatzsammlung „Aus meinen späten Jahren", die 1979 in Stuttgart in der zweiten Auflage erschien, und war überschrieben mit „Naturwissenschaft und Religion". Als Hausaufgabe nahmen sich Bert und Till am Ende des ersten Kneipenabends vor, sich einen kleinen Überblick über die Grundlagen zu verschaffen, auf der Einstein seinen Vortrag hielt.

Ein Stein – ein Wurf

Ihr zweites Treffen in den ersten Semesterferien fand wieder in der Zevener Kneipe statt. „Bis zum Ende des 18. Jahrhunderts wurde das Wissenschaftliche mit dem Philosophischen gleichgesetzt", begann Till. „Im 19. Jahrhundert emanzipierten sich die Naturwissenschaften. Die große Synthese ging verloren. Vor allem die Physik begann einen Siegeszug, der sie fast als die einzige echte Wissenschaft erscheinen ließ." Bert übernahm: „Damit gerieten Philosophie und Theologie in eine bedrohliche Lage. Die Religion versuchte ihre gesellschaftliche Relevanz zu erhalten, indem sie die Lücken für sich beanspruchte, die der naturwissenschaftliche Erkenntnisfortschritt noch gelassen hatte." „Aber immer mehr dominierte die naturwissenschaftliche Sichtweise", setzte Till fort. „Diese machte die sinnliche Betrachtung auf der Grundlage der Newtonschen Mechanik zum Ausgangspunkt, wobei vorausgesetzt wurde, dass die kontrollierbare sinnliche Erfahrung zu einer echten Kenntnis der Wirklichkeit führt. Durch die Herstellung von Kausalketten zwischen Erscheinungen sollte die Wirklichkeit dann vollständig erfasst werden. Das System der Naturgesetze schien sich selbst zu genügen und somit war der klassische Gott praktisch überflüssig. Zwar beantwortete die Naturwissenschaft die Frage nach Gott nicht direkt negativ. Indem sie aber verstehbare Zusammenhänge herstellte, ohne auf außerweltliche Einflüsse zurückzugreifen, blieb immer weniger Raum für einen Gott als Lenker irdischen Geschehens." Bert spitzte diesen Ansatz zu: „Je dichter das Netz der auf dem Prinzip von Ursache und Wirkung beruhenden nachvollziehbaren Zusammenhänge in der Natur wurde, desto radikaler wurde von den Naturforschern in der Nachfolge Newtons eine Bestimmtheit allen Geschehens verkündet. Ein besonderer Höhepunkt war der Laplacesche Dämon des französischen Mathematikers Pierre Simon de Laplace im Jahre 1776. Der Dämon brauchte vermeintlich lediglich zu einer Zeit alle relativen Lagen und Geschwindigkeiten aller Teile der „Weltmaschine" genau zu kennen, um Vergangenheit und Zukunft berechnen zu können. Der freie menschliche Wille wäre danach eine Illusion." „Dieses mechanistische Weltbild liegt Einsteins Denken zugrunde", schloss Till den Ausflug in die Geschichte ab. „Zwar hat er mit der Relativitätstheorie Bahnbrechendes geleistet, aber die Quantentheorie lehnte er ab, weil sie seinem Weltbild widerspricht." Bert und Till beschlossen beim nächsten Treffen den Vortrag Einsteins Satz für Satz durchzugehen.

„Wie läuft es an der Autobahn?" fragte Bert, als sie sich das nächste Mal trafen. „Flüssig", antwortete Till, „sowohl der Sprit als auch das Arbeiten an sich. In manchen Nachtschichten habe ich viel Zeit zum Lesen. Und bist du gerne Postbote?" „Absolut", meinte Bert, „man kommt mit vielen Leuten ins Gespräch und ist auf dem Laufenden, was das kleinstädtische und dörfliche Leben angeht." „Da wir beim letzten Mal abgemacht hatten, den Einsteintext kleinschrittig zu analysieren, habe ich die Sätze durchnummeriert – es sind 81", kam Till auf das eigentliche Thema zu sprechen." „Schön", sagte Bert, „ich schlage vor, dass ich jeweils einen Satz lese und wir dann kurz darüber ins Gespräch kommen." „Im Prinzip bin ich einverstanden", antwortete Till, „aber ich habe einige Sätze zu einem Sinnganzen zusammengefasst. Vielleicht können wir meinen Ansatz zugrunde legen?" „Okay", sagte Bert und nahm sich die Kopie zur Hand, die Till mitgebracht hatte. „Ich habe noch nachgelesen", setzte Till noch einmal an, „dass der Vortrag von Albert Einstein zum ersten Mal am 11. September 1940 in der New York Times erschien. Im darauf folgenden Jahr wurde er dann in einen Sammelband aufgenommen, der die Vorträge verband, die auf der Konferenz gehalten wurden. 1979 wurde dann ja die zweite Auflage von „Aus meinen späten Jahren" als Sammlung von Vorträgen und Aufsätzen Einsteins in Deutschland herausgebracht. Unser Vortrag ist überschrieben mit „Naturwissenschaft und Religion". Schon bei der Überschrift muss man sich vor Augen führen, dass es sich um eine Übersetzung handelt. In den USA wird immer von science gesprochen, wenn man nach deutschem Verständnis natural science hätte sagen sollen. Mit science wird dort Naturwissenschaft gemeint und nicht etwa Wissenschaft." „Diese Tendenz kann man heute auch in Deutschland feststellen", fiel ihm Bert ins Wort, „für viele Leute sind zum Beispiel Germanistik und Philosophie Laberfächer und keine Wissenschaft." „Na ja", meinte Till, „diesen Leuten ist eben nicht bewusst, dass die Symbole und Modelle, mit deren Hilfe sie Phänomene beschreiben, Sprache sind und Geschichte haben. Ich glaube, dass wir mit diesem Problem ganz dicht am Vortrag Einsteins sind. Auf geht´s!" Und Bert las die ersten drei Sätze vor: *„Darüber, was wir unter Naturwissenschaft zu verstehen haben, dürften wir uns alle ziemlich leicht einigen können. Naturwissenschaft ist das durch die Jahrhunderte fortgesetzte Bemühen, die wahrnehmbaren Erscheinungen dieser Welt durch systematisches Denken in einen möglichst vollkommenen Zusammenhang zueinander zu bringen. Kühn ausgedrückt ist es der Versuch einer Nachschöpfung des Seienden auf dem Wege begrifflicher Konstruktion."* „Zunächst bringt Einstein eine Definition von Naturwissenschaft", begann Till. „Dabei setzt er Wahrnehmbares und Seiendes gleich." „Das ist natürlich eine völlig untaugliche Definition", nahm Bert den Gedanken auf, „denn der Mensch ist ursprünglich konzipiert als Überlebensmaschine – und zwar als eine erfolgreiche, was die Evolutionsgeschichte beweist. Man kann also sagen, dass Augen ein Reflex auf Sonnenlicht sind und Beine die Antwort auf die Existenz festen Bodens. Man kann aber nicht sagen, dass der Mensch alles, was ist, auch mit seinen Organen wahrnehmen kann. Zum Beispiel kann ich bestimmte Töne nicht hören, trotzdem gibt es sie." Till stimmte ihm zu, gab aber zu bedenken: „Vielleicht meint Einstein, dass Wahrnehmung auch über Geräte und sogar über Antizipation oder zumindest Schlussfolgerung möglich ist. Trotzdem gebe ich dir recht: es bleibt eine Differenz zwischen Wahrnehmung und Sein. Mich stört aber noch mehr, dass Einstein sich als Schöpfer darstellt. Und zwar schafft er nicht mit der Hände Arbeit sondern konstruiert begrifflich. Ich sehe ihn förmlich, wie er auf einem Elfenbeinturm steht und sich gefeiert fühlt." „Jetzt bist du aber streng", meinte Bert, „denn er spricht ja von Nachschöpfung. Das ist doch eine Anerkennung der Urschöpfung. Ich schlage vor, dass ich die nächsten vier Sätze lese." Till nickte. *„Wenn ich mich aber frage, was Religion sei, fällt mir die Antwort nicht leicht. Und selbst nachdem ich eine für mich in diesem Augenblick befriedigende Antwort gefunden habe, bin ich doch davon überzeugt, dass sich keineswegs alle, die sich die Frage ernsthaft vorlegen, auch nur einigermaßen über die Antwort einigen können. Statt zu fragen, was Religion sei, will ich lieber zunächst fragen, wie das Streben eines Menschen beschaffen ist, der auf mich den Eindruck eines religiösen Menschen macht: einer, der sich nach seinem besten Vermögen von den Fesseln seiner selbstischen Wünsche befreit hat und erfüllt ist von Gedanken, Gefühlen und Bestrebungen, an denen er hängt um deren außerpersönlichen Wertes willen, der erscheint mir als ein religiös erleuchteter Mensch."* Till nahm sich wieder den ersten Kommentar: „Einstein deutet an, dass er keine den Augenblick überdauernde Definition von Religion finden kann. Und keineswegs hält er es für möglich, sich mit anderen Menschen darüber zu einigen." „Das bedeutet ja nicht", fügte Bert hinzu, „dass auch andere Menschen keine gemeinsame und überdauernde Definition finden können." „Stimmt", meinte Till, „aber eine Definition scheint Einstein auch gar nicht wichtig zu sein. Vielmehr interessiert er sich für das Streben eines religiösen Menschen." „Natürlich fließt bei der Definition eines religiösen Menschen auch eine indirekte Definition von Religion ein", unterbrach ihn Bert, „Einstein nennt ja als Kennzeichen eine bestmögliche Befreiung von Egoismus." „Richtig", schloss Till, „und ein erleuchteter Mensch handelt auf eine bestimmte Weise, weil er geleitet ist von Werten, denen nicht persönliche Motive zugrunde liegen. Ich denke, dass Einstein schon hier eine Trennung von Naturwissenschaft und Religion anlegt. Der einen geht es um das Sein und der anderen um das Sollen. Lies doch weiter!" „Sofort", entgegnete Bert, „ich muss nur noch feststellen, dass Einstein nicht sagt, wer oder was Quelle sein kann für die Werte der Erleuchteten. *Auf die Stärke dieser außerpersönlichen Inhalte und auf die Tiefe der Überzeugung von deren überwältigender Bedeutung scheint es mir dabei anzukommen, unabhängig davon, ob der Versuch gemacht wird, diese Inhalte mit einer göttlichen Person in Verbindung zu bringen; denn sonst dürfte man Buddha und Spinoza nicht zu den religiösen Persönlichkeiten zählen. Ein religiöser Mensch ist demnach in dem Sinne gläubig, dass er nicht zweifelt an der Bedeutung und Erhabenheit jener außerpersönlichen Inhalte und Ziele, die einer verstandesmäßigen Begründung weder fähig sind noch bedürfen. Sie sind da mit derselben Notwendigkeit und Selbstverständlichkeit wie er selbst. Religion in diesem Sinne ist das durch die Jahrhunderte fortgesetzte Streben der Menschen, sich dieser Werte und Ziele vollständig und klar bewusst zu werden und sie zu stets verstärkter und vertiefter Wirkung zu bringen.*" „Einstein behauptet also", sagte Till, „dass sowohl das Ziel als auch der Inhalt des idealen menschlichen Handelns gegeben sind. Man könnte folgern, dass sie vom Himmel gefallen sind. Allerdings würde Einstein diese Sprachfigur wohl nicht gefallen. Dem Menschen ist dann die Aufgabe gestellt, sich dieser Ziele und Inhalte bewusst zu werden und sie umzusetzen." „Vielleicht hat Einstein nichts anderes im Sinn als das sogenannte

Gewissen", meinte Bert. „Möglich", antwortete Till, „aber auch das Gewissen entsteht nicht im luftleeren Raum sondern wird geprägt durch gesellschaftliche Normen." „Stimmt", sagte Bert, „aber Basis von Gewissen ist Mitgefühl. Und Mitgefühl wird möglich durch bestimmte Nervenzellen in unserem Gehirn." „Da ist schon noch ein Unterschied", widersprach Till, „zwischen der Möglichkeit Mitgefühl zu entwickeln und der konkreten Aktualisierung im gesellschaftlichen Handeln." „Vielleicht dürfen wir da nicht zu streng mit meinem Urgroßvater sein", entgegnete Bert. „Schließlich musste er sich in einem einführenden Vortrag verkürzt ausdrücken. Spannender finde ich die Frage, welche Bedeutung er der Religion zuordnet. Er stellt ja zunächst den religiösen Menschen in den Vordergrund – und der ist altruistisch. Religion soll dann Orientierungspunkte bereitstellen für ein moralisch einwandfreies Leben." „Wenn das alles ist", folgerte Till, „dann braucht Religion weder eine göttliche Figur als Ansprechpartner noch Rituale oder eine Geschichte. Und dann ist Religion nichts anderes als Humanität." „Vielleicht ist das für Einstein eine Reduzierung auf das Wesentliche", versuchte Bert dem Gedanken eine positive Wendung zu geben. Aber Till gab zu bedenken: „Was wesentlich ist für einen Menschen, muss dieser selbst in seiner Erfahrungswelt entscheiden." „In der Erfahrungswelt von Buddhisten ist zum Beispiel kein Platz für einen persönlichen Gott", versuchte Bert den Ansatz zu verteidigen. „Das kann man so nicht sagen", befand Till, „Buddha wird zwar nicht zum Gott aber zum Ansprechpartner im meditativen Gespräch. Er übernimmt also die Funktion eines Gottes mit personalem Charakter." An dieser Stelle blieb für Bert und Till noch Klärungsbedarf. Da sie beide wenig mit dem Namen Spinoza anfangen konnten, den Einstein neben Buddha noch ausdrücklich als religiöse Persönlichkeit hervorhob, beschlossen sie, sich später schlauer zu machen und erst einmal eine Pause einzulegen.

Es gibt Leben jenseits des Tellerrands

Schnell fand sich eine Gelegenheit das Gespräch fortzusetzen. Und Bert und Till hielten sich nicht lange mit Vorreden auf. Bert nahm den Einsteintext und hob an: „*Fasst man Religion und Naturwissenschaft im Sinne dieser Definitionen auf, so erscheint ein Konflikt zwischen beiden unmöglich. Denn die Naturwissenschaft kann nur feststellen, was ist, nicht aber, was sein soll; Werturteile jeder Art bleiben notwendig außerhalb ihres Bereiches. Die Religion aber hat nur mit Wertungen menschlichen Denkens und Tuns zu schaffen; sie kann mit Recht nichts aussagen über Tatsachen und Relationen zwischen Tatsachen. Die wohlbekannten Konflikte zwischen Religion und Naturwissenschaft in der Vergangenheit sind nach dieser Auffassung lediglich auf eine Verkennung des geschilderten Sachverhaltes zurückzuführen. Ein Konflikt tritt zum Beispiel ein, wenn eine religiöse Gemeinschaft die absolute Wahrheit aller Aussagen behauptet, die in der Bibel berichtet werden. Dies bedeutet einen Übergriff der Religion in die Sphäre der Naturwissenschaft. Hierher gehört der Kampf der Kirche gegen Galileis und Darwins Lehren. Umgekehrt haben Vertreter der Naturwissenschaft oft den Versuch unternommen, auf Grund naturwissenschaftlicher Methoden fundamentale Urteile zu gewinnen über Werte und Ziele, und sich auf diese Weise der Religion entgegengestellt. All diese Konflikte sind aus fatalen Irrtümern entsprungen.*" Till zeigte sich wieder kritisch: „Wenn man geschickt definiert, kann man nach Lust und Laune schlussfolgern. Und Einstein geht sogar noch weiter. Er meint, dass Streit zwischen Religion und Naturwissenschaft nur aufgrund ungünstiger Definitionen entstanden ist." „Er legt eben eine bestimmte Aufgabenverteilung zugrunde", übernahm Bert wieder eine Verteidigungsposition. „Früher waren Männer für die Jagd und Frauen für die Zubereitung zuständig." „Es zahlt sich nicht nur für Frauen aus über den Tellerrand zu sehen", entgegnete Till mit einem Lächeln, „und ich kann mir gut vorstellen, wie der Jäger Wildschweine und Hinkelsteine anschleppt und erwartet, dass alle sich auf ein Festmahl freuen." „Als Mitmann kann ich das so nicht akzeptieren", protestierte Bert, „ich kann sehr wohl zwischen Hinkelsteinen und Pilzen unterscheiden. Und so denke ich, dass ein Naturforscher einen ausgewogenen Blick auf die wahrnehmbare Wirklichkeit werfen kann. Zudem kann doch die Köchin auch bestimmte Zutaten vom Jäger einfordern. Wenn einerseits jeder seinen Kompetenzbereich hat und andererseits man sich austauscht, dann ist Gelingen wahrscheinlich." „Es kommt schon darauf an, was man als Gelingen definiert", ließ Till nicht locker. „Mich nervt dieser moderne Kompetenzbegriff. Im Matheunterricht in der Schule zeigte sich ein Schüler kompetent, wenn er eine Textaufgabe nach Schlüsselwörtern scannte und dann eine bestimmte Tastenfolge des Rechners drückte. Aber ist das Bildung? Nein! Gebildete Menschen funktionieren nicht nur in einem abgesteckten Rahmen. Vielmehr können sie den Rahmen und die Art der Absteckung kritisch beleuchten und schließlich neue Ansätze finden. Es nützt wenigen in einer Gesellschaft, wenn nicht Bildung im Vordergrund steht sondern die Produktion von Arbeitsbienen für den globalen Markt." „Vielleicht solltest du Bildungspolitiker werden?" unterbrach Bert. „Aber irgendwie bist du von der Textaussage abgekommen." „Keineswegs", widersprach Till, „so wie die reichen Weißen in den USA ein Bildungsmonopol durch Privatschulen angesichts niveauarmer kompetenzorientierter Staatsschulen in Anspruch nehmen und der Jäger lediglich seinen eigenen Blick zum Maßstab der Jagd macht und so die Nahrungsaufnahme entscheidend strukturiert, so will Einstein für sich und andere Naturwissenschaftler ein Beschreibungs- und Deutungsmonopol der Wirklichkeit durchsetzen." „Na gut", sagte Bert, „ich kann das so stehenlassen. Was sagst du denn zu dem angesprochenen Kampf der Kirche gegen Galilei und Darvin?" „Wer ist denn die Kirche?" fragte Till zurück. „Aber ich will nichts unter den Teppich kehren. Sicherlich gab und gibt es Gruppen in Kirchen, früher wohl Teile der Katholischen Kirche und heute eher evangelikale Gruppen in den USA, die biblische Aussagen wortwörtlich verstanden und so zu einer ablehnenden Haltung gegenüber einem heliozentrischen Weltbild beziehungsweise der Evolution kamen. Dabei darf man aber nicht vergessen, dass man einerseits vielleicht versuchte eine Verantwortung gegenüber naiven Gläubigen wahrzunehmen, die man nicht überfordern wollte durch eine Symboltheorie, und andererseits der Vatikan seit 1578 eine Sternwarte unterhält, die modern forscht." „Ich würde ja eher sagen, dass es insbesondere der Katholischen Kirche in erster Linie um Macht ging und geht – aber das kommt mir natürlich leichter über die Lippen, weil wir beide Protestanten sind", meinte Bert. „Ich frage mich noch, an was Einstein denkt, wenn er davon spricht, dass Forschung versuchte Werte und Ziele festzulegen." „Wenn wir an die Vergangenheit unserer Vorfahren denken, so fällt mir schnell ein Beispiel ein", antwortete Till. „Im sogenannten Dritten Reich gab es eine Reichsstelle für Sippenforschung. Dort wurde festgelegt, wer arischen Ursprungs war und wer nicht. Es wurde also entschieden, welches Leben wertvoll sein sollte und welchem Leben die Grundlage entzogen werden sollte zum Beispiel durch Aberkennung der Bürgerrechte." „Gut, dass unseren Vorfahren die Ausreise gelang. Ansonsten könnten wir hier nicht zusammen sitzen und diskutieren", schloss Bert. „Wenn du einverstanden bist, dann lese ich weiter. *Wenn demnach die Gebiete von Religion und Naturwissenschaft an sich sauber getrennt sind, so bestehen doch zwischen beiden starke Wechselbeziehungen und Abhängigkeiten. Wenn die Religion es ist, die Ziele setzt, so hat sie doch von der Naturwissenschaft im weitesten Sinn erfahren, welche Mittel zur Erreichung der von ihr gesetzten Ziele beitragen können. Naturwissenschaft aber kann nur geschaffen werden von Menschen, die ganz erfüllt sind von dem Streben nach Wahrheit und Begreifen. Diese Gefühlsbasis aber entstammt der religiösen Sphäre. Hierher gehört auch das Vertrauen in die Möglichkeit, die in der Welt des Seienden geltenden Gesetzmäßigkeiten seien vernünftig, d.h. durch die Vernunft begreifbar. Ohne solchen tiefen Glauben kann ich mir einen wirklichen Forscher nicht vorstellen. Man kann den Sachverhalt durch ein Bild ausdrücken: Naturwissenschaft ohne Religion ist lahm, Religion ohne Naturwissenschaft blind."* „Mir fehlt hier völlig die Demut vor dem Zauber der Welt", begann Till. „Einstein will sich die Welt in die Tasche stecken, denn er geht davon aus, dass Vernunft die von ihm so genannten Gesetze des Seins vollständig erfassen kann." „Und der Forscherdrang ist die wahre religiöse Kraft", ergänzte Bert. „Diese Kraft schafft nach Einstein Strukturen und Mittel, die Grundlage sind für die Religion, die dann Werte benennt", riss Till den Gesprächsfaden wieder an sich. „Einstein scheint sich als Architekt zu verstehen, der der Religion die Arbeit des Maurers zuweist, die Teile der Gesellschaft zu verbinden und ein sturmfestes Staatshaus zu bauen." Bert konnte das nachvollziehen: „Er findet es halt langweilig Häuser zu zeichnen ohne dass jemand die Ideen konkret umsetzt." „Das verstehe ich schon", setzte Till nach, „aber diese Arroganz, sich auf das Architektenross zu setzen und dem Maurer Blindheit zu unterstellen und ihm reine Handlangerdienste zuzuordnen, nervt mich. Lies lieber weiter, bevor ich mich ereifere." Bert hob mit einem Lächeln erneut an: *„Wenn ich nun im Vorhergehenden behauptet habe, dass es in Wahrheit einen berechtigten Konflikt zwischen Religion und Naturwissenschaft nicht geben könne, so muss ich diese Behauptung mit Rücksicht auf die Inhalte der tatsächlich gelehrten Religionen doch wieder in einem wesentlichen Punkte einschränken. Diese Einschränkung bezieht sich auf den Gottesbegriff. In der Jugendzeit der menschlichen Geistesentwicklung schuf die menschliche Phantasie Götter nach menschlichem Ebenbilde, die durch ihre Willenshandlungen das Geschehen in der Welt bestimmen oder doch beeinflussen sollten. Diese Götter suchte der Mensch durch Magie und Gebet zu seinen Gunsten umzustimmen. Der Gottesbegriff der gegenwärtig gelehrten Religionen ist eine Sublimierung jener alten Götter-Vorstellung. Seine anthropomorphe Natur zeigt sich zum Beispiel darin, dass die Menschen das göttliche Wesen im Gebet anrufen* *und es um Erfüllung von Wünschen anflehen."* „Der selbst ernannte große Meister bleibt sich treu", spottete Till, „er bezeichnet das personale Gottesbild als Phantasieprodukt von Zurückgebliebenen. Und vor allen Dingen spricht er einem Gott die Möglichkeit ab Einfluss zu haben." „Für Einstein ist eben Kausalität das Maß aller Dinge", bestätigte Bert seinen Freund, „und da bleibt kein Platz für Prozesse, die nicht dem Prinzip von Ursache und Wirkung unterliegen. Weitere Botschaften kann ich diesem Abschnitt nicht entnehmen. Ich lese weiter. *Dass die Idee von der Existenz eines allmächtigen, allgütigen und gerechten persönlichen Gottes dem Menschen Trost, Stütze und Führung geben kann, wird gewiss niemand leugnen. Sie ist auch in ihrer Einfachheit dem primitivsten Geiste zugänglich. Andererseits aber haften dieser Idee an sich entscheidende Schwächen an, die seit Urzeiten schmerzlich gefühlt werden. Wenn nämlich dieses Wesen allmächtig ist, so ist jedes Geschehen, also auch jede menschliche Handlung, jeder menschliche Gedanke und jedes menschliche Gefühl und Streben, sein Werk. Wie kann man denken, dass vor einem solchen allmächtigen Wesen der Mensch für sein Tun und Trachten verantwortlich sei? In seinem Belohnen und Bestrafen würde er gewissermaßen sich selbst richten. Wie ist dies mit der ihm zugeschriebenen Gerechtigkeit und Güte vereinbar?"* „Wieder sehe ich ein Problem der Definition", begann Till, „wenn ich annehme, dass es lediglich eine zweidimensionale Wirklichkeit gibt, dann kann ich kein Dreieck als solches akzeptieren, von dem eine Innenwinkelsumme behauptet wird, die größer ist als 180 Grad. Und wenn Einstein alles einem Kausalitätsdenken unterordnet, wird er mit dem Begriff Allmacht nichts anfangen können. Allmacht deutet auf eine höherdimensionale Wirklichkeit, die nicht nachschöpfbar ist und nicht zu einem Götzen gemacht werden kann. Flächenwesen können sich keine Kugel konkret vorstellen. Und so können sie auch nicht verstehen, dass Gegenpole wie Allgüte, die Freiheit zulässt, und Allmacht zu einer Wesenheit, also in diesem Modell zu einer Kugel gehören. Ich sehe vor mir drei Freunde, die sich am Nordpol verabreden. Einer verbleibt dort und zwei gehen zum Äquator und nehmen einen Abstand ein, der einem Viertel des Kugelumfangs entspricht. Wenn nun alle mit den Armen auf einander zeigen, dann bilden ihre Arme jeweils einen rechten Winkel – und die Innenwinkelsumme des Dreiecks beträgt 270 Grad." Bert schwieg kurz und dachte nach und sagte dann: „Ja, ich kann mir das vorstellen. Und ich denke auch, dass Einstein in dieser Hinsicht auf einer Scheibe lebt. Er kann sich eine göttlich-polare Struktur nicht vorstellen. Ich habe aber eine gänzlich andere Vorstellung als du. Für mich liegt der scheinbare Widerspruch zwischen Allmacht und Zulassen auch des Bösen in einer Evolution Gottes, an der wir als sogenannte Ebenbilder teilhaben. Wenn man Gott lediglich statisch sieht, dann nimmt man ihm die Möglichkeit der Entwicklung und spricht ihm auch ein Stück weit Allmacht ab. Ich sehe Gott am Anfang von Zeit und Raum, wie er sich umschaut – und zunächst nichts sieht. Beim genaueren Hinschauen sieht er dann sich. Diese Spaltung in Subjekt des Sehenden und Objekt des Gesehenen bedeutet den Beginn der Geschichte des Universums, also den Urknall. Je genauer Gott nun sich erkennt, desto komplexer wird das Leben. Wir als Ebenbilder haben nun den Auftrag, das Stückchen Spiegelfläche, welches wir repräsentieren, zu putzen, damit Gott sich besser erkennen kann. Das Putzen kann durch Mitgefühl und Liebe geschehen. So kann ich für mich auch erklären, dass der Gott des Alten Testaments eifersüchtig ist und sein auserwähltes Volk schützt auch zum Nachteil anderer, während der Gott des Neuen Testaments ein Liebender ist, der sich allen Menschen zu öffnen gewillt ist." „Das ist ein wirklich schönes Modell", meinte Till. „Und jedes Modell gibt Erfahrung wieder. Aber selbst alle Modelle zusammen genommen, können die Wirklichkeit Gottes nicht angemessen zum Ausdruck bringen." „Da sind wir uns einig", lächelte Bert. „Aber bevor wir abheben, will ich uns zurückführen in die Wirklichkeit des Zweidimensionalen. *In dieser persönlichen Gottesidee liegt nun die Hauptursache des gegenwärtigen Konflikts zwischen der religi-*

ösen und der naturwissenschaftlichen Sphäre. Die Naturwissenschaft sucht allgemeine Regeln aufzustellen, die den gegenseitigen Zusammenhang der Dinge und Ereignisse in Raum und Zeit bestimmen. Für diese Regeln, beziehungsweise Naturgesetze wird allgemeine und ausnahmslose Gültigkeit gefordert - nicht bewiesen. Es ist zunächst nur ein Programm, und der Glaube in seine prinzipielle Durchführbarkeit ist nur durch Teilerfolge begründet. Aber es dürfte sich doch kaum jemand finden, der diese Teilerfolge leugnen und auf menschliche Selbsttäuschung zurückführen möchte. Die Tatsache, dass wir auf Grund solcher Gesetze den zeitlichen Verlauf von Erscheinungen auf gewissen Gebieten mit großer Genauigkeit und Sicherheit vorherzusagen vermögen, sitzt tief im Bewusstsein des modernen Menschen, selbst wenn er vom Inhalt jener Gesetze sehr wenig erfasst hat. Er braucht nur daran zu denken, dass der Lauf der Planeten des Sonnensystems mit großer Genauigkeit im Voraus berechnet werden kann auf Grund weniger, einfacher Gesetze. Ähnlich, wenn auch nicht mit derselben Genauigkeit, lässt sich die Wirkungsweise einer elektrischen Kraftmaschine, eines Leitungssystems, eines Radioapparates vorausberechnen, auch wenn es sich um eine neuartige Anlage handelt. Wenn die Zahl der bei einem Phänomen-Komplex ins Spiel tretenden Faktoren zu groß ist, versagt allerdings die naturwissenschaftliche Methode in den meisten Fällen. Man denke an die Vorausbestimmung des Wetters. Hier ist Voraussage auch nur für wenige Tage unmöglich. Aber doch zweifelt man nicht, dass man einem kausalen Zusammenhang gegenübersteht, dessen kausale Komponenten uns im Wesentlichen bekannt sind. Was auf diesem Gebiete geschieht, entzieht sich exakter Vorausbestimmung durch die Mannigfaltigkeiten der ins Spiel tretenden Faktoren, nicht durch einen Mangel an Gesetzlichkeit in der Natur. Viel weniger tief sind wir in die Gesetzlichkeiten auf dem Gebiete der lebenden Wesen eingedrungen, aber doch tief genug, um das Walten der starren Notwendigkeit wenigstens zu fühlen. Man braucht nur an die Gesetzlichkeiten der Vererbung zu denken, und an die Wirkung von Giften, *zum Beispiel Alkohol, auf das Verhalten organischer Wesen. Es fehlt hier noch das Verständnis für tiefe allgemeine Zusammenhänge, nicht aber die Erkenntnis der Gesetzlichkeit selbst."* „Einstein ergötzt sich an der von ihm so wahrgenommenen Harmonie der Natur", begann Till. „Für ihn ist die Wirklichkeit durch strenge Gesetzlichkeit determiniert. Zwar kennzeichnet er die Kausalität als Arbeitshypothese, doch er legt nahe, dass kein vernünftiger Mensch anders denken kann. Einstein sieht keine grundsätzlichen Einschränkungen. Lediglich Phänomenkomplexität wie beim Wetter oder Forschungsrückstand wie im Bereich der Biologie verhindern bisher eine Vorausbestimmung." „Er kümmert sich eben nur um den Bereich der Wirklichkeit, der ihn interessiert", entgegnete Bert. „Wenn man nur das, was messbar erscheint, als Wirklichkeit akzeptiert, dann kommt man zu solchen Schlüssen. Mir fällt dazu ein Gedicht von Franz Grillparzer ein, das der schon 100 Jahre vor Einsteins Vortrag geschrieben hat und welches ich während einer Matheepoche auswendig lernen durfte". „Ich bin wirklich sehr gespannt auf das Gedicht", sagte Till, „und sicherlich könntest du es aus dem Stand vortragen, aber die Zeit ist schon so vorangeschritten, dass ich eine Vertagung auf morgen vorschlage."

Von der Vermessung der Welt jenseits des Tellerrands

Bert hatte sich das Gedicht von Grillparzer ausführlich zu Gemüte geführt und so hob er mit einem Lächeln auf den Lippen und mit feierlicher Stimme an:

„Wie viel weißt du, o Mensch, der Schöpfung König,
der du, was sehbar siehst, was messbar misst,
wie viel weißt du! Und wieder, ach wie wenig,
weil, was erscheint, doch nur ein Äuß´res ist.

Und steigst du in die Tiefe der Gedanken,
wie findest du den Rückweg in die Welt?
Du armer König, dessen Reiche schwanken,
der eine Krone trägt, allein kein Zepter hält.

Zu dem Gewölb´ von deinen strengen Schlüssen,
stellt sich der Schlussstein nun und nimmer ein,
und die Empfindung, Flügel an den Füßen,
entschwebt der Haft und ruft hinfliegend: Nein!

Denn etwas ist, du magst´s wie weit entfernen,
das dich umspinnt mit unsichtbarem Netz,
das, wenn du liebst, du aufschaust zu den Sternen,
dich unterwerfend dasteht als Gesetz."

„Großartig", lobte Till. „Und damit meine ich sowohl deinen Vortrag als auch das Gedicht. Gerne würde ich kurz klären, ob wir beide die Aussagen ähnlich verstehen. Zunächst wird der Mensch beschrieben als jemand, der seine Sinnesorgane nutzt um Kenntnis von der Welt zu nehmen. Er wird bezeichnet als höchstes Wesen innerhalb einer göttlich inspirierten Entwicklung. Der Mensch hat mehr Möglichkeiten als andere Geschöpfe, aber der Rahmen der Möglichkeiten ist begrenzt. Er bezieht sich lediglich auf Erscheinungen – der Kern beziehungsweise die Wahrheit bleiben verborgen." Bert fiel ihm ins Wort: „In der zweiten Strophe geht es um die Möglichkeiten der Abstraktion und der Emigration. Von diesen Positionen aus erscheint es als schwer wieder festen Boden unter den Füßen zu gewinnen. So zeigt sich der Mensch als Herrscher ohne echte Gestaltungskompetenz. Der Mensch kann den Weltenlauf kaum nachhaltig beeinflussen. Das liegt auch an seiner inneren Zerrissenheit, die hier sichtbar wird an einer Diskrepanz zwischen Theorie, also Gedankenwelt, und Praxis, also konkrete Existenz." Till setzte fort: „Nach Aussage der dritten Strophe kommt der Mensch durch kausales Denken dem Geheimnis der Welt nicht wirklich näher. Auch lässt sich das Gefühl nicht durch kognitive Kräfte bändigen. Eine Weltformel kann der Mensch nicht finden. Das Bemühen um Kontrolle führt eher zu einer Unterdrückung von Gefühlen, die aber letztlich scheitern muss." Bert ergänzte: „Schließlich unterstellt Grillparzer eine Bindung des Menschen an eine Grundordnung, die dieser nicht direkt wahrnehmen kann und von der er sich nicht lösen kann. Eine Ahnung von ihr fällt dem Menschen im Moment des Liebens zu. Der Mensch sollte also eine gewisse Ohnmacht akzeptieren. Diese kann sich herausstellen als höhere Macht, als Macht der Liebe." „Eine Bindung des Menschen an eine Grundordnung sieht Einstein auch", meinte Till und nickte Bert zu, der den Textfaden wieder aufnahm. *„Je mehr nun ein Mensch durchdrungen ist von der gesetzlichen Ordnung allen Geschehens, desto fester wird seine Überzeugung, dass neben jener gesetzlichen Ordnung für Ursachen anderen Charakters kein Platz mehr bleibt. Für ihn gibt es weder ein Walten menschlichen noch göttlichen Willens als selbständige Ursache im Naturgeschehen.* Mit Liebe hat das aber nichts zu tun", ging Bert vom Zitat direkt zum Kommentar über, „eher im Gegenteil. Es geht Einstein nicht um lebendige Beziehungen sondern um die Möglichkeit der Beschreibung von Billardkugelbahnen, deren Veränderungen durch Kontakte mit anderen Kugeln oder mit der Bande vorausberechnet werden können. Offen bleibt dabei die Frage, wer den ersten Anstoß für eine Kugel gibt. Eine Person kann es natürlich für Einstein nicht sein." Bert hatte schon den nächsten Textabschnitt vor Augen. *„Allerdings ist es nicht so, dass die Lehre von einem ins Naturgeschehen eingreifenden persönlichen Gott durch die Naturwissenschaft im eigentlichen Sinne widerlegt werden könnte. Denn diese Lehre kann sich immer in jene Gebiete flüchten, in welchen die naturwissenschaftliche Erkenntnis noch nicht hat Fuß fassen können."* „Ich sehe niemanden auf der Flucht", meinte Till. „Es handelt sich wohl eher um ein Wunschdenken Einsteins. Wenn ein religiöser Mensch sagt „Gott ist mein Vater", dann wird sich diese Aussage doch nicht über einen Vaterschaftstest widerlegen lassen. Das ist wohl ein Grunddefizit Einsteins. Er jongliert einerseits mit physikalischen Modellen, kann aber andererseits nichts mit dem Begriff des religiösen Symbols anfangen, obwohl zwischen beiden eine direkte Verwandtschaft besteht." Auch Bert schien etwas enttäuscht ob des doch etwas primitiven Argumentationsgangs Einsteins. „Im Weiteren prügelt er auf den selbst gebauten Strohmann ein. *Eine solche Haltung der Vertreter der Religion wäre aber nach meiner Überzeugung nicht nur unwürdig, sondern auch verhängnisvoll. Denn eine Lehre, welche nicht im hellen Licht, sondern nur im Dunkeln sich zu halten vermag, wird notwendig ihre Wirkung auf die Menschen verlieren, zum unermesslichen Schaden für die Entwicklung der Menschheit.*" Bert wollte an dieser Stelle eine kleine Lanze für seinen Ahnen brechen. „Den unermesslichen Schaden für die Entwicklung der Menschheit nehme ich ihm aber ab. Ich denke schon, dass er wirklich daran glaubt Licht ins Dunkel zu bringen, wenn er versucht den persönlichen Gott zu eliminieren. Für Einstein steht dieser Gott zwischen der Sonne und den Menschen und wirft einen riesigen Schatten." Till pflichtete ihm bei. „Ich will Einstein auch keine böse Absicht unterstellen. Aber sein Strohmann, der diesen Schatten wirft, hat nichts mit Gott zu tun. Der Schatten ist Menschenwerk. Er besteht aus Machtanspruch und Furcht." „Und das klingt im weiteren Textverlauf auch an", übernahm Bert. „*Die Lehren der Religion müssen die Größe haben, in ihrem Kampfe für die ethischen Güter auf die Lehre vom Wirken eines persönlichen Gottes, d.h. auf jene Quelle von Furcht und Hoffnung zu verzichten, welche den Priestern vergangener Zeiten so große Macht in die Hand gab.*" „Der Denkfehler liegt klar auf der Hand", warf Till ein. „Einstein will der Lehre die Schuld dafür geben, dass sie pervertiert wurde. Aber was kann die christliche Lehre dafür, dass ein mittelalterlicher Papst seine persönlichen Interessen damit rechtfertigte, dass er vorgeblich einen direkten Draht zu Gott hatte?" „Stimmt", entgegnete Bert. „Und wenn wir ein solches päpstliches Negativbeispiel zugrunde

legen, kann man sogar den nächsten Absatz nachvollziehen. *Sie werden sich bei ihrem Wirken auf die Kräfte zu stützen haben, welche das Gute, Schöne und Wahre selbst auf die Menschen auszuüben vermögen. Dies ist eine zwar schwierigere, aber auch unvergleichlich würdigere Aufgabe. Wenn die Lehrer der Religion den angedeuteten Prozess der Läuterung vollzogen haben werden, werden sie gewiss freudig anerkennen, dass wahre Religion durch naturwissenschaftliche Erkenntnis veredelt und vertieft worden ist."*
„Es schmerzt mich zwar, dass Einstein sich hier anmaßt grundsätzlich von religiösen Lehrern einen solchen Läuterungsprozess zu verlangen", meinte Till, „aber wenn man unterstellt, dass er vielleicht ausschließlich solche mit einem ganz persönlichen Machtanspruch kennengelernt hat, dann kann man es so stehen lassen. Vielleicht hat er ja das Judentum seiner Kindheit hier im Sinn." „Vielleicht meint Einstein auch einen Prozess der Vergeistigung", setzte Bert fort. „Er selbst war wohl kein großer Sportsmann und hat wenig Wert auf einen körperlichen Aspekt einer Persönlichkeitsentfaltung gelegt. Manche Leute denken ja, dass sie sich von ihrer leiblich-schwachen Existenz emanzipieren und schon im Hier und Jetzt eine höhere Bewusstseinsstufe erreichen können." Till nahm den Gedanken auf: „Diese Menschen schweben dann über den Dingen und sehen sich als Teil einer übergeordneten Vernunft. Folgerichtig dulden sie keine Götter neben sich – und erst recht keinen Gott mit Allmachtsanspruch." „Damit heben sie sich in eine Machtposition", kam Bert zum Textgedanken zurück. „Allerdings muss das nicht zwangsläufig negativ für die Mitwelt sein, zumindest scheint Einstein diese Hoffnung zu haben. *Wenn es ein Ziel der Religion ist, den Menschen nach Möglichkeit von der Sklaverei egozentrischen Begehrens, Wünschens und Fürchtens zu befreien, so vermag die naturwissenschaftliche Vernunft der Religion noch in einem zweiten Sinne zu helfen. Es ist richtig, dass die Naturwissenschaft bestrebt ist, die Regeln aufzufinden, welche Tatsachen zu verknüpfen und vorauszusagen gestatten. Aber dies ist nicht alles, was sie erstrebt. Sie sucht auch,*

die gefundenen Zusammenhänge auf eine möglichst geringe Zahl voneinander unabhängiger Begriffselemente zu reduzieren." „Hier kann man schön einen Zusammenhang zwischen den Naturwissenschaften und der Theologie herstellen", meinte Till. „Beide gehen zunächst von der Erfahrung aus und bedienen sich dann einer Sprache um mittels Begriffsbildung in einem ersten Schritt beschreiben und in einem zweiten auf das Wesentliche schließen zu können. Dabei nutzt insbesondere die Physik als Sprache die Mathematik und die Theologie gebraucht die Symbolsprache." Bert trieb diesen Vergleich noch weiter: „Dabei zeigen sich zum Beispiel in der Physik Energie und Materie als zwei Seiten einer Medaille und in der Theologie Gott und Welt. Solche Einsichten sind erhebend – und sollten gleichzeitig zu einer neuen Erdung führen, denn wir erleben uns zumindest ansatzweise als Teil des Seins der Medaille. Genau das will, so glaube ich, Einstein im Folgenden zum Ausdruck bringen. *Bei diesem Streben nach rationaler Vereinigung des Mannigfaltigen erlebt sie ihre größten Erfolge, wenngleich sie gerade bei diesem Streben sich am meisten in Gefahr begibt, Illusionen zum Opfer zu fallen. Wer aber erfolgreiche Schritte auf diesem Gebiete intensiv erlebt, der wird von einer tiefen Verehrung für die in dem Seienden sich manifestierende Vernunft ergriffen. Er gelangt auf dem Wege des Begreifens zu einer weitgehenden Befreiung von den Fesseln des persönlichen Wünschens und Hoffens und zu jener demütigen Einstellung des Gemüts gegenüber der in ihren letzten Tiefen dem Menschen unzulänglichen Größe der im Seienden verkörperten Vernunft. Diese Einstellung aber scheint mir im höchsten Sinne des Wortes eine religiöse zu sein.* Das kann ich voll unterschreiben." Berts Augen leuchteten. „Wahre Religion führt zu Demut. Und die volle Vernunft kann der Mensch nicht erreichen." „So weit, so gut", entgegnete Till, „es bleibt aber die Frage, wer oder was das sein kann, was du eben volle Vernunft genannt hast. Einstein scheint mir an dieser Stelle aufräumen zu wollen, bis nichts mehr da ist. Lies doch weiter!" Und Bert hob erneut an. „*So scheint mir die Naturwissen-*

schaft das religiöse Motiv nicht nur von anthropomorphen Schlacken zu reinigen, sondern auch zur religiösen Vergeistigung der Lebensauffassung beizutragen. Je weiter die geistige Entwicklung des Menschen vorschreitet, in desto höherem Grade scheint es mir zuzutreffen, dass der Weg zu wahrer Religiosität nicht über Daseinsfurcht, Todesfurcht und blinden Glauben, sondern über das Streben nach vernünftiger Erkenntnis führt." „Die Worthülse „blinder Glaube" führt in die Geschichte und erinnert an längst geschlagene Schlachten." Till wollte aber lieber nach vorne blicken. „Erkenntnis ist sicherlich ein schönes Ziel. Aber sie kann nicht losgelöst von Erfahrung erreicht werden. Basis des menschlichen Lebens ist eben das konkrete Erleben." „Und für die Verbindung von Erleben und Erkennen braucht man Orientierungspunkte." Bert leitete zum letzten Mal einen Abschnitt aus dem Einsteintext ein. *„In diesem Sinne glaube ich, dass aus dem Priester ein Lehrer werden muss, wenn er seiner hohen erzieherischen Aufgabe gerecht werden will.* Priester sind natürlich Lehrer", schloss Bert direkt an, „eigentlich ist jeder Mensch dann ein Lehrer, wenn er etwas zu sagen hat." Till ergänzte: „Aber wahrscheinlich legt Einstein hier ein anderes Verhältnis zwischen den Begriffen Priester und Lehrer zugrunde. Denn er will ja wohl den Bereich der Religion in eine allgemeine Ethik überführen. Ich erinnere mich in diesem Zusammenhang an meinen Matheunterricht, in dem wir viele Hund-Dackel-Sätze gebildet haben. Zum Beispiel: Jedes Quadrat ist ein Viereck, aber nicht jedes Viereck ist ein Quadrat." „Ich verstehe", meinte Bert, „du identifizierst Priester mit Quadrat und Lehrer mit Viereck." „Genau", sagte Till, „und Einstein würde dem Priester wohl eine Dimension absprechen und ihn also als eindimensional bezeichnen." Bert wollte nicht widersprechen. „Wir sollten hier aber am Ende des Vortrags von Einstein das Positive betonen. Er sagt doch klar, dass die Welt Lehrer braucht. Die Welt braucht uns!" „Und ich brauche nun eine Mütze Schlaf", meinte Till, „das war ein langer intensiver Abend."

Das Leben ist ein Rhythmus, bei dem jeder mit muss

Sieben Wochen lang widmeten sich Bert und Till insbesondere ihren Ferienjobs aber auch den Endphasen der Hallensaison. Beide waren zufrieden mit Platzierungen ihrer Teams im Mittelfeld, Bert in der zweiten Faustball- und Till in der vierten Volleyballliga. Die Mannschaftssporterfahrungen gehörten zu den Konstanten in ihrem Leben. Die Wohnsituation dagegen änderte sich nun mit dem Beginn des zweiten Semesters. Allerdings bedeutete die Harburger Wohnung keineswegs eine komplette Umkrempelung ihres Alltags. Das Mittagessen nahmen sie weiterhin in der Mensa ein und zweimal in der Woche gab es Abendbrot im Elternhaus auf dem Weg zum Training. Das Wochenende verbrachten sie ohnehin „auf dem Dorf". So hatte die gemeinsame Herberge in der Marienstraße hauptsächlich die Funktion einer Schlafstätte. Dazu kam die Bedeutung als Standort der Schreibtische und als Möglichkeit des gemeinsamen Frühstücks. Aber auch das wurde eher absolviert als ausgedehnt. Für Kommunikation war ja noch Zeit in der S-Bahn. So blieb die Einrichtung übersichtlich, was beide nicht störte.

Bert und Till besuchten wie im ersten Semester gemeinsam Veranstaltungen in den Bereichen Erziehungswissenschaft und Theologie. So wurden sie in die Schulpädagogik eingeführt und in das Alte Testament. Zu letzterem gab es auch noch einen begleitenden Lektürekurs. Weiterhin hörten sie zwei Vorlesungen mit den Titeln „Christentum angesichts der Weltreligionen heute" und „Die geistige Situation der Zeit und der christliche Glaube". Und natürlich gab es als Fortsetzung aus dem ersten Semester die Theologische Übung II. In einer Sitzung dieser Übung gingen sie auch auf den Symbolbegriff ein. Da wurden sie besonders hellhörig. Als sie nach dieser Veranstaltung mit der S-Bahn in die Marienstraße fuhren, fanden sie keine Zeit für die Fußballbundesliga und andere spannende Themen sondern mussten das Gehörte wiederholend verarbeiten. „Riten begleiten existentielle

Lebensübergänge", begann Bert, „religiöse Feste ordnen das Jahr und Mythen werden durch Kulte ins Bewusstsein geholt. Und immer spielt dabei das Symbol die entscheidende Rolle." Till stimmte zu. „Diese Erscheinungsformen der religiösen Sphäre verweisen auf einen übergeordneten Zusammenhang, der nicht auf direktem Wege herstellbar ist. Über das Symbol schließt der Mensch an etwas an, was er lediglich erahnen nicht aber begreifen kann."
„Dabei ging es ja bei den alten Griechen ganz konkret ums Begreifen", ergänzte Bert, „denn die verstanden unter einem Symbol zunächst eine Tontafel, die beim Auseinandergehen zweier Geschäftspartner, die sich aufgrund einer räumlichen Distanz selten sahen, zerbrochen wurde und an deren zueinander passenden Hälften man sich später des Bekannten erinnern konnte." „So fügt sich zusammen, was zusammen gehört", sagte Till. „Vordergründiges wie zum Beispiel ein Brot und Hintergründiges wie das Vertrauen auf den Fürsorger und Sichtbares wie zum Beispiel ein Holzkreuz und Unsichtbares wie die Hoffnung auf die Macht, die den Tod besiegt."

Neben den gemeinsamen Veranstaltungen setzten Bert und Till natürlich auch das Studium ihres zweiten zukünftigen Unterrichtsfaches fort. Für Till bedeutete das die Vorlesung Analysis II mit der zugehörigen Gruppenarbeit mit Übungen sowie die Vorlesung Lineare Algebra und Analytische Geometrie II mit Gruppenarbeit. Bert musste den zweiten Teil des Lateinkurses absolvieren, der wieder vier Semesterwochenstunden umfasste und ihm an gehöriges Maß an Disziplin und auch an Frustrationstoleranz abverlangte. Aber er hatte als schönen Ausgleich noch drei Veranstaltungen im Bereich Sport. Zweimal setzte er sich dem Element Wasser aus. Klassisch war dabei die Praktisch-methodische Veranstaltung Schwimmen, in der vor allem auf die Techniken Wert gelegt wurde. Wirklich neu war für Bert der Förderkurs Rudern, in dem er Erfahrungen mit dem Olympia-Einer machte. Hier ging es darum eine gewisse Distanz zum Element Wasser zu wahren, denn der Isebekkanal machte nicht den frischesten Eindruck und die Außenalster war selten wohl temperiert. Schließlich erweiterte Bert seine Volleyballerfahrungen aus dem ersten Semester, indem er das zugehörige Schwerpunktfach belegte. Dieses schloss er mit einer guten Prüfung ab, denn er konnte ja einerseits auf sein Faustballspiel zurückgreifen und andererseits gab ihm Till wertvolle Tipps.

Eine neue Verankerung

Das zweite Semester war ohne große Überraschungen zu Ende gegangen. Bert und Till rissen in den von ihnen als Pflichtprogramm wahrgenommenen Veranstaltungen, Latein bzw. Übungen zur Mathevorlesung, keine Bäume aus, kamen aber auch nicht in Gefahr die gesetzten Hürden zu reißen. Grundsätzlich interessiert zeigten sie sich im Bereich Erziehungswissenschaft, aber manchmal hatten sie den Eindruck im luftleeren Raum zu philosophieren. Für die beiden Teamsportler war klar, dass gruppendynamische Prozesse quasi nebenbei passierten. Man hatte in einer Mannschaft gemeinsame Ziele und so zog man sich gegenseitig in die dadurch gegebene Richtung. Das war Erziehung. Ohne Ziele und Inhalte konnten sich Bert und Till Sozialisation nicht vorstellen. Die theologischen Veranstaltungen sprachen sie mehr an, denn da kamen Herz und Hirn zusammen. In Berts Studentenleben war ja auch Platz für die Hand. Und so erlebte dieser sein studentisches Dasein als ganzheitlich. Till dagegen vermisste etwas. Er brauchte einen neuen sportlichen Anstoß. Also vereinbarten die beiden gemeinsam zum Faustballtraining nach Essel zu fahren. Natürlich konnte Till nicht auf Anhieb einfach am Trainingsbetrieb des Zweitligateams teilnehmen. Sie fanden sich eine halbe Stunde früher auf dem Sportgelände ein und Bert wies Till in die Grundtechniken ein. Beim Training selbst konnte Till aufgrund seiner Volleyballerfahrungen dann vor allem aufschlagen aber auch an einfachen Angriffsübungen teilnehmen.

Die Ferien nach dem Sommersemester waren für Bert und Till auch wieder mit Jobs gefüllt. Beide konnten ihre Tätigkeiten als Autobahntankwart beziehungsweise Postbote erneut aufnehmen. So blieb die gemeinsame Harburger Wohnung immer wieder tagelang verwaist.

Wie abgesprochen nahmen die beiden in den Semesterferien die Zevener Kneipenbesuche wieder auf. Tillichs Antwort auf Einsteins Vortrag stand auf dem Programm. Bert begann mit einem kleinen Rückblick. „Einstein glaubte an Gesetzmäßigkeiten in der Natur. Diese Haltung nannte er kosmische Religion. Hieraus erwuchsen ihm schöpferische Kräfte, mit deren Hilfe er die Harmonie der Naturgesetzlichkeit in einfache Begriffe fassen konnte. Seine Beschreibung ist kausal und sein Weltbild mechanistisch. Er spricht von dem „Walten der starren Notwendigkeit" und von der „gesetzlichen Ordnung alles Geschehens". Dennoch darf man nicht vergessen, dass er seiner Zeit voraus war, indem er den Blick auf die Welt im wahrsten Sinne des Wortes relativierte." „Das hört sich an, als hättest du dieses Eingangswort vorbereitet", lächelte Till. „Ich jedenfalls habe genau das getan im Hinblick auf Tillichs Antwort. Tillich hat uns eine umfassendere Schrift hinterlassen, nämlich die dreibändige „Systematische Theologie". Inhaltlich ist diese fünfteilig gegliedert. Im Zentrum steht die göttliche Trinität. Den drei theologischen Begriffen ist jeweils der philosophische Parallelbegriff vorgeordnet: „Sein und Gott", „Existenz und Christus", „Leben und Geist". Eingerahmt werden diese Hauptteile von „Vernunft und Offenbarung" und „Geschichte und Reich Gottes". Vor allem der zweite Teil liefert ein relativ genaues Bild von Tillichs Gottesverständnis. Jedenfalls kann ich das aus Kommentaren entnehmen von Leuten, die genauer hingesehen haben als ich. Ich habe mir lediglich einen guten Überblick verschafft über die konkrete Antwort Tillichs auf Einsteins Vortrag. Diese Antwort erschien zunächst als Leserbrief in der New York Times und dann im Herbst 1940 in der Zeitschrift „Union Review" in New

York. Wenn du nichts dagegen hast, dann lesen wir wieder abschnittweise."

Wir sind Resonanzkörper

„So machen wir das", stimmte Bert zu und Till hob an. *„Vor einiger Zeit hielt Albert Einstein einen Vortrag über „Naturwissenschaft und Religion". Seine Ausführungen erregten heftigen Widerspruch sowohl bei Theologen wie bei religiös empfindenden Menschen, weil er die Idee eines „persönlichen Gottes" verwarf. Wenn es nicht Einstein, der große Umgestalter unseres physikalischen Weltbildes, gewesen wäre, hätten seine Argumente nicht eine solche Erregung hervorgerufen, denn sie waren weder neu noch überzeugend. Aber aus dem Munde Einsteins als Ausdruck seiner geistigen und sittlichen Persönlichkeit wurden sie bedeutsam. Deshalb ist es gerechtfertigt, dass die philosophische oder apologetische Theologie sich mit Einsteins Kritik befasst und darüber hinaus eine Lösung zu entwerfen versucht, die seine Kritik anerkennt, aber sie zugleich widerlegt."* „Sind das nun freundliche Worte über Einsteins Persönlichkeit?" fragte Bert um selbst die Antwort zu geben. „Er wischt zwar dessen Bedeutung als Weltbildveränderer nicht beiseite, aber Tillich bezeichnet Einsteins Ansichten als überholt. Er lässt sich lediglich zu einer Antwort herab aufgrund der Annahme „Groß´ Feind, groß´ Ehr!"". „Na ja", relativierte Till, „ich denke, dass das eben der normale Ton im Konzert der Großen ist. Wichtiger ist für mich die Frage, ob er die Ansichten Einsteins korrekt wiedergibt um sie dann fair zu kritisieren. *Einstein greift die Idee eines „persönlichen Gottes" von vier Seiten aus an: erstens, sie ist für die Religion nicht wesentlich; zweitens, sie schafft primitiven Aberglauben; drittens, sie ist ein Widerspruch in sich; viertens, sie widerspricht unserem naturwissenschaftlichen Weltbild."* „Das passt schon, denke ich", meinte Bert. „Erstens kommt es für Einstein auf das Streben des Menschen an und nicht auf die Idee, dass Gott Person ist. Zweitens verweist er auf den Umgang der Kirche mit Galilei und Darwin aufgrund eines wortwörtlichen Bibelverständnisses. Drittens führen göttliche Allmacht und menschliche Freiheit zu dem Problem der Existenz des Bösen. Und viertens gibt es für Einstein aufgrund der Gesetzlichkeit allen Geschehens keine Möglichkeit für persönliche Eingriffe eines Gottes." Till nickte. „Dann hält uns nichts mehr auf Tillichs Gegenargumentation zu prüfen. *Das erste Argument setzt eine Definition des Wesens von Religion voraus, das unberücksichtigt lässt, worin sich Religion von Ethik unterscheidet. Danach ist „Religion" Anerkennung überpersönlicher Werte und Hingabe an sie.*" „Wir sind uns sicherlich einig", sagte Bert, „dass Religion mehr ist als Ethik. Aber vielleicht können wir den Mehrwert beschreiben. Ich frage mich, ob der Mensch aus sich selbst heraus ethisch verantwortlich handeln kann. Oder braucht er Vorbilder oder zumindest eine konkrete Vorstellung vom idealen Handeln? Wir erleben es in der modernen Gesellschaft ja immer wieder, dass bei vielen Menschen die Einsicht in die Notwendigkeit einer Tat oder auch eines Verzichts durchaus vorhanden ist, dass aber keineswegs daraus auch ein entsprechendes Handeln folgt. Ich denke, dass wir genau dann uns leichter mit der Konsequenz aus einer Einsicht tun, wenn wir uns als Teil eines sinnvollen Ganzen oder einer Geschichte sehen. Und da stellt eine Religion zumindest eine gute Möglichkeit dar." „Interessant", antwortete Till, „aber ich konnte noch nicht die Notwendigkeit eines persönlichen Gottes erkennen in deiner Argumentation." „Ich habe den Religionsbegriff zunächst offener gehalten", setzte Bert fort. „Wenn man den jüdisch-christlichen Strang verfolgt, dann kommt man vielleicht zu der Aussage „Wir sind das Volk!" - und zu diesem Volk gehört eben der Gott, der im Alten Testament Jahwe genannt wurde. Jahwe war persönlicher Ansprechpartner, auch wenn er sich natürlich nicht konkret begreifbar machen lassen wollte wie ein Götze. Letztlich geht mich persönlich lediglich dann etwas voll an, wenn es mir auf

Augenhöhe, also als Person erscheint." „Dieser Ansatz lässt sich auch auf das Neue Testament übertragen", ergänzte Till. „Ich spüre, dass ich mir selbst immer etwas fremd bin in meiner Existenz. Ich bin weit weg von etwas, was ich eine runde Sache nennen würde. Manche Leute sprechen ja in diesem Zusammenhang von Entfremdung. Diese Entfremdung kann nur überwunden werden durch ein neues, qualitativ ganz anderes Sein. Und dieses neue Sein offenbart sich in Jesus als Christus." Bert fasste die letzten Gedanken zusammen. „Für mich als Christ wird die Entfremdung vom wahren Sein deutlich in der Entfremdung von Gott. Und wenn ich mich durch das offenbarte neue Sein heilen lasse, dann kann ich sowohl eine neue Beziehung zu Gott als auch zu mir selbst aufbauen." „Einverstanden", meinte Till, „ich erlebe mein Sein als bedingt – hoffe aber auf ein unbedingtes Sein. Und Fixpunkt eines unbedingten Seins ist Gott. Also brauche ich Gott als Orientierungspunkt. Und da ich als Person angesprochen werden muss, braucht Religion den persönlichen Gott." Bert nickte. „Wir haben es. Aber für die anderen Textpassagen müssen wir uns kürzer fassen, sonst wird der Abend ein Morgen." Till hab erneut an: *„Aber die Frage, ob das eine angemessene Definition von Religion ist, kann erst beantwortet werden, wenn die andere Frage beantwortet ist, ob die Idee eines „persönlichen Gottes" irgendeine objektiv gültige Bedeutung hat oder nicht."* „Im Ansatz haben wir diese Frage ja eben beantwortet", meine Bert. „Ja", erwiderte Till, „aber man könnte einschränken, dass wir lediglich eine subjektive Bedeutung fanden. *Darum müssen wir uns zuerst dem zweiten Argument, dem geschichtlichen, zuwenden. Es beweist nicht und kann auch nicht beweisen, warum primitive Vorstellungen ausgerechnet die Idee eines Gottes geschaffen haben sollen. Es besteht kein Zweifel, dass diese Idee von allen möglichen Formen des Aberglaubens und der Unmoral gebraucht und missbraucht worden ist. Aber um missbraucht zu werden, muss sie zuerst gebraucht worden sein. Ihr Missbrauch sagt noch nichts über ihre Entstehung aus. Angesichts der ungeheuren Wirkung, die die Gottesidee auf das* *menschliche Denken und Verhalten ausgeübt hat, ist die Theorie, dass sie das Ergebnis einer primitiven und willkürlichen Phantasie sei, völlig abwegig.* Mythologische Phantasie kann Geschichten über Gott erfinden, aber nicht die Gottesidee selbst schaffen, weil diese Idee alle Erfahrung, die für die Mythologie wesentlich ist, übersteigt. In diesem Sinne sagt Descartes: „*Das Unendliche in unserer Vernunft setzt das Unendliche voraus.*" „Entscheidend ist für mich in dieser Passage die Annahme, dass Mythen sich aus Erfahrungen speisen, die Erfahrungen selbst aber angewiesen sind quasi auf einen Resonanzkörper. Ich kann also kraftvoll Saiten schlagen – ohne den Hohlraum eines Gitarrenkörpers klingt wenig bis nichts." „Das meint wahrscheinlich auch Descartes, auf den wir vielleicht später noch näher eingehen können, wir haben ja auch noch Schulden bei Herrn Spinoza, also, was ich sagen will, ist folgendes: wir tragen eine Ahnung von Musik in uns – und das legt die Annahme nahe, dass es ein Musikuniversum gibt." Till legte noch nach: „Wenn wir die Entwicklung einer Persönlichkeit in Form eines Reiseberichts beschreiben, dann setzen wir dabei voraus, ohne dass es uns bewusst ist, dass es Raum gibt und Zeit und Persönlichkeit. All das lässt sich nicht erfinden." „Na ja", begann Bert diesen Ansatz zu relativieren, „vielleicht bleibt manches doch eine Sache der Definition. Wenn man Gott auffasst als Grund allen Seins, dann verweisen alle konkreten Aktualisierungen des Seins logischerweise auf Gott als Grund. Es bleibt immer noch die Möglichkeit anzunehmen, dass sich das Sein erst im Laufe der Zeit entwickelt und dass die Geschichte des bisher aktualisierten Seins allein einen Resonanzkörper liefert." „Das ist sicherlich denkbar", gab Till zu, „widerspricht aber nicht nur meiner Erfahrung. Erstens sehe ich vor meinem geistigen Auge beim Begriff Ent-Wicklung ein Wollknäuel – das heißt: ohne Seinsgrund kein aktualisiertes Sein. Und zweitens bilde ich mir manchmal ein Geistesblitze zu haben. Dann spüre ich eine Energie, die mir zuströmt, die nicht ausschließlich aus mir selbst kommt." Bert nickte: „Ich kann das total nachvollziehen. Aber ich versuche zwecks Prüfung der Argumente Tillichs eine Gegenposition einzunehmen. Und da muss man einfach zugeben, dass die menschliche Erfahrung keine einfach messbare Größe ist." „Das stimmt wohl", meinte Till. „Ich finde den Begriff Tillichs der „objektiv gültigen Bedeutung" auch schwierig. Vielleicht sollten wir noch einmal neu ansetzen und auf die konkrete Geschichte der Menschheit schauen. Da wird man doch sagen können, dass zunächst der Mensch Orte als besonders erlebte, ihnen daraufhin eine gewisse Heiligkeit zusprach und dann zogen dort Götter ein, die einen bestimmten Zuständigkeitsbereich hatten. Bei den Ägyptern, Griechen und Römern gab es folglich Götter für Sonne und Regen, für Ernte und Liebe und so weiter. Als dann Jahwe als Alleskönner in die Geschichte eintrat, stellte er die alten Götter in den Schatten. Aus heutiger Sicht stellt sich der Monotheismus als überlegen heraus. Zumindest hatte der eine persönliche Gott eine große Bedeutung für die Entwicklung der Menschheit." Bert wiegte den Kopf. „Vielleicht ist das von unserem Standpunkt aus schlüssig. Es fällt uns eben schwer uns in die Situation eines Naturvolks in Afrika hineinzuversetzen. Aber es ist auch objektiv richtig, dass dieses Naturvolk weniger Müll produziert und pfleglicher mit Mutter Erde umgeht. Man könnte also sagen, dass ein Gott, der sich immer weiter von der Erde entfernt hat, zwar weniger angreifbar wurde aber auch mitverantwortlich dafür ist, dass die Hemmschwelle der Mitweltzerstörung sank. Und man darf auch nicht vergessen, dass sich der Gott der Christen in Rom durchgesetzt hat, weil die Unterprivilegierten durch den Ansatz des Neuen Testaments auf mehr Rechte und Partizipation an Macht hofften." „Ich kann das alles mittragen, was du sagst. Wir können uns aber wohl darauf verständigen, dass das personale Gottesbild eine Bedeutung hatte und hat. Das allein kann aber keine Wertung rechtfertigen. Jeder Mensch muss selbst seine Beziehung zu Welt und Sein klären. Und wir als Christen müssen uns klar darüber werden, dass aus einem bestimmten Gottesbild auch Anfälligkeiten für Probleme wie zum Beispiel Distanzierung von der Natur resultieren können." „Einverstanden", sagte Bert, „du kannst fortfahren."

Hiob war auch ein Resonanzkörper

Und Bert fuhr fort: *„Das dritte Argument Einsteins wendet sich gegen die Idee eines „allmächtigen Gottes", der etwas moralisch und physisch Böses schafft, obgleich er andererseits gut und gerecht sein soll. Diese Kritik versteht unter „Allmacht Gottes", dass Gott alles und jedes, was geschieht, selbst getan oder zugelassen habe, und zwar im Sinne einer physikalischen Kausalität. Aber es ist eine alte und stets betonte Lehre der Theologie, dass Gott in allen Wesen gemäß ihrer besonderen Natur handelt, im Menschen gemäß seiner rationalen, in den Tieren und Pflanzen gemäß ihrer organischen und in den Steinen gemäß ihrer anorganischen Natur. Das Symbol der Allmacht bringt die religiöse Erfahrung zum Ausdruck, dass kein Element der Wirklichkeit und kein Ereignis in Natur und Geschichte die Macht hat, uns von der Gemeinschaft mit dem unendlichen und unerschöpflichen Grund des Seins und Sinns zu trennen. Was „Allmacht" bedeutet, kann man aus den Worten des Deuterojesaja (Jes. 40) entnehmen, die er zu den Verbannten in Babylon spricht. Er schildert die Nichtigkeit der Weltmächte angesichts der göttlichen Macht, die ihr geschichtliches Ziel durch eine winzig kleine Schar Verbannter erreicht. Was „Allmacht" heißt, ist auch aus den Worten des Paulus (Röm. 8) zu entnehmen, als er den wenigen Christen in den Elendsvierteln der damaligen Großstädte verkündet, dass weder Naturgewalten noch politische Mächte, weder irdische noch himmlische Kräfte uns scheiden können von der Liebe Gottes. Wenn die Idee der „Allmacht Gottes" aus diesem Zusammenhang herausgerissen und zu einer besonderen Form von Kausalität gemacht wird, dann wird sie nicht nur zu einem Widerspruch in sich, wie Einstein richtig sagt, sondern auch absurd*

und unreligiös." „Das ist ein riesiges Thema", begann Bert, „klar scheint mir zunächst, dass ein Geschöpf nicht wirklich den Plan des Schöpfers, wenn es denn einen gibt, beurteilen kann. Im Moment der Beurteilung Gottes durch den Menschen gerät dieser in den Griff und damit passt er in die Hand, ist also kein Gott mehr sondern ein Götze. Der Stein, den Tillich erwähnt, erinnert mich an ein altes Paradoxon, mit dem menschliche Logik versucht Gott in die Tasche zu stecken. Danach müsste ein allmächtiger Gott einen Stein so schwer schaffen können, dass er ihn selbst nicht mehr heben kann, was dann seiner Allmacht widerspricht. Aber Tillich sagt dazu, und das gefällt mir sehr gut, dass Gott dem Stein gerecht werden will. Ein unendlich schwerer Stein wäre kein Stein mehr und hätte keine Beziehungen mehr innerhalb des Seins."
„Da kommen wir zu der nächsten schweren Frage, der nach der Gerechtigkeit." Till erinnerte sich an seine Schulzeit. „Einer meiner Sportlehrer hat konsequent versucht seinen Schülern gerecht zu werden. Neben den Aspekten wie Engagement und Sozialverhalten innerhalb und außerhalb des Bereichs der sportlichen Bewegung hat er auch die Leistung relativiert. Er hat also für die Profis eine absolute Leistungsmessung vorgenommen und für die Anfänger hat er die Leistungsentwicklung betrachtet. So konnte der auf den ersten Blick Schwächere eine bessere Note erhalten als der vermeintliche Hochleister. Und das war innerhalb der Schülerschaft auch breit anerkannt, weil er eben von vornherein begründet mit offenen Karten spielte." Bert dachte nun auch an seine Schulzeit. „Ich erinnere mich an einen Religionslehrer, der versucht hat uns einen weiteren Begriff von Gerechtigkeit nahe zu bringen. Denn fast alle Schüler verstanden darunter zunächst eine absolute Gerechtigkeit. Er fragte uns, wie ein Gemeinderat eine bestimmte Anzahl von Straßenlaternen verteilen sollte, die man günstig hatte erwerben können. Sollte jede Straße gleich viele bekommen? Sollte man die Straßenlängen zu Grunde legen? Sollten dort mehr Laternen aufgestellt werden, wo mehr Häuser stehen? Oder dort, wo mehr Menschen leben? Sollte man sich am Ver-

kehrsaufkommen orientieren? Und wenn ja, an welchem: an dem der Autos, Fahrräder oder Fußgänger? Wir haben dann wirklich eingesehen, dass der Maßstab entscheidend ist für eine gerechte Lösung. Und schließlich konnten wir uns darauf einigen, dass der wichtigste Maßstab der Mensch ist." Till dachte jetzt noch weiter zurück. „Das haben mir meine Eltern auch zu verstehen gegeben, nämlich dass ich grundsätzlich der Maßstab ihres erzieherischen Handeln war. Sie haben aber nicht eingesehen, dass für mich als Kind das Wichtigste auf der Welt Rosinenkuchen war. In dieser Hinsicht sind sie mir nie gerecht geworden, denn ich hätte mich ausschließlich von Rosinenkuchen ernähren können." „Ich weiß schon, worauf du hinaus willst", erklärte Bert, „so wie deine Eltern dir scheinbares Leid zugefügt haben durch das Vorenthalten von Rosinenkuchen, so meint Gott es auch nur gut mit uns, wenn er zulässt, was wir als Leid erfahren. Das ist mir aber zu einfach. Ich kann und will sozusagen nicht schönreden, wenn kleine Kinder bei Unglücken ums Leben kommen. Ich kann das nicht verstehen. Aber ich habe auch nicht den Anspruch das zu verstehen. Mit dem Anspruch des Verstehen-Wollens würde ich aber auch Gott nicht gerecht werden. Auch wenn ich als Mensch natürlich im Mittelpunkt stehe, so kann ich nicht der Maßstab sein für die Beurteilung der Frage, ob Gott gerecht ist." Till zeigte sich beeindruckt. „Das hast du schön erklärt. Ich denke auch, dass man allein dadurch, dass man Gott in einen Zusammenhang von Ursache und Wirkung einbaut, ihm nicht gerecht wird und ihn zu einem Gefangenen des Systems macht. Und nebenbei erklärt sich derjenige, der Gott vom Thron stößt, zum eigentlichen Herrscher." „So sind wir Menschen eben", ergänzte Bert, „als klar wurde, dass zumindest von einem Standpunkt außerhalb der Erde die Sonne nicht um eben diese kreist, kehrte nicht Demut ein ob der relativen Bedeutung sondern der Mensch erklärte sich zum wahren Mittelpunkt allen Seins – mit allen Folgen für die Umwelt, die ja eigentlich Mitwelt heißen sollte." „Wir können also Gott nicht gerecht werden, wenn wir ihn auf ein bestimmtes Bild reduzieren.

Der persönliche Gott ist ein Teilaspekt des göttlichen Seins genauso wie seine Unbedingtheit und seine Absolutheit. Gott könnte man demnach multipolar auffassen. So wie Nord- und Südpol einander gegenüber liegen, so gibt es neben dem Positiv-Göttlichen auch ein destruktives Element. Und wir wissen ja, dass der destruktive Waldbrand fruchtbaren Boden hinterlässt." „Das hatten wir doch schon", meinte Bert, „im Moment des Waldbrands ist der Waldbrand ein Waldbrand – und nicht anderes und nichts Positives. Ich stimme dir aber so weit zu, dass Gott unendlich facettenreich ist. Und vor allem ist Gott in Bewegung. Er ist der Veränderung fähig. Das hat im Alten Testament Hiob gezeigt. Der lebte wohl untadelig und litt dennoch zum Beispiel an Krankheiten. Das fand er ungerecht und klagte Gott mit gewissem Recht an. Denn dieser hatte sich hinreißen lassen Hiob Ungehorsam zu unterstellen, wenn man es ihm nur schlecht genug gehen ließe. Gott ließ die Klage gelten und sah ein, dass er Hiob nicht gerecht geworden war. Das war ein entscheidender Schritt auf dem Weg zu dem mitleidenden Gott des Neuen Testaments." „Da hat sich Gott also die Freiheit genommen, es Hiob schlecht gehen zu lassen", nahm Till den Faden auf. „Das sehe ich auch immer wieder in der Tagesschau. Die Freiheit des einen Menschen kann zur Unfreiheit des anderen führen. Aber diese Freiheit macht uns Menschen gerade aus. Deshalb können wir Gott nicht in die Schuhe schieben, dass er Unfreiheit zulässt." „Das kann ich so stehen lassen", meinte Bert, „ich denke, dass wir fortfahren können im Text."

Erfahrung kann verdichtet werden

Till nickte. *„Dies führt zu dem letzten und wichtigsten Argument Einsteins, wonach die Idee des „persönlichen Gottes" dem naturwissenschaftlichen Weltbild widerspricht. Bevor ich mich mit diesem Punkt auseinandersetze, möchte ich zwei methodische Bemer-*

kungen machen. Zunächst, ich stimme mit Einstein völlig überein, wenn er die Theologen davor warnt, ihre Lehren in die Lücken der naturwissenschaftlichen Forschung einzubauen. Das war die völlig unzulängliche Methode einiger fanatischer Apologeten in der Theologie des 19. Jahrhunderts, aber entsprach niemals der Einstellung irgendeines großen Theologen. Vor allem: die Theologie muss die Erforschung der gegenständlichen Welt der Naturwissenschaft überlassen. Und weiter: die Theologie muss die Darstellung der Strukturen und Kategorien des Seins und des logos, in dem das Sein offenbar wird, der Philosophie überlassen. Jede Einmischung der Theologie in die Aufgabenbereiche der Philosophie und Naturwissenschaft ist für die Theologie verhängnisvoll." „Da gibt es meiner Meinung nach nicht viel zu diskutieren", sagte Bert. „Allerdings sollte jenseits aller Einmischung eine Disziplin offen sein für Erkenntnisse von Nachbardisziplinen. Und gerade als religiöser Mensch fühle ich mich einem ganzheitlichen Ansatz verpflichtet. Nur die Energie, die in Herz, Hirn und Hand strömt, kann mich ganz ausfüllen." „Schön gesagt!" Till las weiter. *„Zweitens möchte ich aber Einstein und jeden kritisch eingestellten Naturwissenschaftler bitten, an die Theologie mit der gleichen Fairness heranzugehen, wie sie von jedem gefordert wird, der sich etwa mit der Physik auseinandersetzt; er muss gerechterweise die fortgeschrittenste und nicht irgendeine veraltete Form der Disziplin zum Gegenstand seiner Kritik machen. Nachdem Schleiermacher und Hegel Spinozas Lehre von Gott als wesentlichen Bestandteil für jede theologische Lehre von Gott anerkannt haben, geradeso wie die frühen Theologen, Origines und Augustin, Platos Lehre von Gott in ihr Denken aufgenommen hatten, ist es einfach nicht mehr statthaft, die primitivste Form der Vorstellung vom „persönlichen Gott" aufzugreifen, um diese Idee selbst zu bekämpfen. Die Vorstellung von einem „persönlichen Gott", der sich in das Geschehen in der Natur einmischt oder der als „eine unabhängige Ursache von Naturereignissen" betrachtet wird, macht Gott zu einem Naturobjekt unter anderen, zu einem Objekt unter Objekten, zu einem Seienden un-*

ter anderem Seienden, vielleicht zum höchsten, aber gleichwohl zu einem Seienden. Dies bedeutet in der Tat die Zerstörung nicht nur des physikalischen Systems, sondern mehr noch die Zerstörung eines jeden angemessenen Gottesgedankens. Es ist eine unsaubere Vermengung von mythologischen Elementen (die an ihrem Ort, nämlich im konkreten religiösen Leben, durchaus ihre Berechtigung haben) mit rationalen Elementen (die an ihrem Ort, nämlich bei der theologischen Interpretation religiöser Erfahrungen, ebenfalls ihre Berechtigung haben). Eine solche entstellte Gottesidee kann gar nicht scharf genug abgelehnt werden." „Ich schlage vor, dass wir die alten Philosophen und Theologen zu Spinoza und Descartes auf die lange Bank schieben. Und über den ersten Teil haben wir schon einiges gesagt", begann Bert. „Tillich hat natürlich Recht, wenn er einfordert, dass der aktuelle Forschungsstand für eine kritische Betrachtung herangezogen werden muss. Und auch ist klar, dass Gott als Basis allen Seins nicht verobjektiviert werden kann. Spannend ist für mich an dieser Textpassage die Einordnung von Mythen. Die gehören nämlich in den Bereich der Religion." „Zunächst ja", relativierte Till. „Mythen liegen alte Erfahrungen zugrunde und sie sind Türöffner für neue Erfahrungen. Wenn man aber Mythen und ihre Funktion analysiert, dann werden sie zum Gegenstand der Betrachtung der Theologie. So verhält es sich auch mit den Symbolen. Brot macht satt und Brot besteht aus bestimmten Zutaten, die eine bestimmte Wirkung entfalten. Die erstgenannte Erfahrung ist eine religiöse, die Analyse ist eine theologische." „Ich stimme dir im Prinzip zu", sagte Bert, „will aber betonen, dass ich einen lebendigen Austausch zwischen beiden Bereichen zumindest als fruchtbar empfinde." „Ich lese weiter", hob Till erneut an. *„Um die Vorstellung von einem persönlichen Gott zu kennzeichnen, die in keiner Weise mit Naturwissenschaft oder Philosophie in Konflikt gerät, möchte ich einige schöne Worte Einsteins anführen: der echte Wissenschaftler* „erreicht jene Demut des Geistes gegenüber der Größe der im Dasein verkörperten Vernunft, die in ihren tiefsten Tiefen dem Men-

schen unzulänglich ist". Wenn ich diese Worte richtig verstehe, so weisen sie auf einen gemeinsamen Grund des Ganzen der physikalischen Welt und der überpersönlichen Werte, einen Grund, der einerseits in der Struktur des Seins (in der physikalischen Welt) und des Sinns (im Guten, Wahren und Schönen) offenbar ist und der andererseits in deren unerschöpflicher Tiefe verborgen ist. Dies ist nun das erste und grundlegende Element einer jeden durchdachten Gottesidee von den frühesten griechischen Philosophen bis zur heutigen Theologie. Die Offenbarung des Grundes und Abgrundes von Sein und Sinn schafft das, was die moderne Theologie die „Erfahrung des Numinosen" nennt. Solch eine Erfahrung kann verknüpft sein mit der Schau der „Größe der im Dasein verkörperten Vernunft" oder mit dem Glauben an die „Bedeutung und Erhabenheit der überpersönlichen Objekte und Ziele, die weder eine rationale Begründung erfordern, noch deren fähig sind", wie Einstein sagt. Die gleiche Erfahrung kann für die breite Masse verknüpft sein mit dem Eindruck, den bestimmte Personen, Ereignisse in Geschichte oder Natur, Gegenstände, Worte, Bilder, Melodien, Träume usw. auf die menschliche Seele ausüben, indem sie das Gefühl des Heiligen, d.h. der Gegenwart des Numinosen, erwecken. In solchen Erfahrungen lebt die Religion, und auf diese Weise versucht sie, die Gegenwart der göttlichen Tiefe in unserer Existenz und die Verbindung mit ihr aufrecht zu erhalten. Aber da diese Tiefe aller gegenständlichen Erfassung unzugänglich ist, muss sie in Symbolen zum Ausdruck gebracht werden." „Für mich ist das Thema dieses Abschnitts die Verbindung von Ewigkeit und Raumzeit oder vielleicht besser in Anlehnung an Tillich die Aktualisierung der unerschöpflichen Tiefe in dem Bereich des Seins, in dem ich wahrnehmen und erfahren kann", begann Bert. „Es gibt also eine göttliche Energie, die auf Menschen einwirken kann. Diese Energie muss aber festmachen im Hier und Jetzt, und das kann sie mit Hilfe von Gegenständen oder Liedern, die dann eine heilige Erfahrung ermöglichen." „Gefällt mir!", antwortete Till, „und diese Erfahrung des Heils bedeutet eine Verbindung von Himmel und

Erde, von Unendlichkeit und Endlichkeit und von Essenz und Existenz." „Da man aber über Himmel und Unendlichkeit und Essenz keine direkten Aussagen machen kann, kann eine heilige Erfahrung nur mit Hilfe eines Mediums, konkret eines Symbols, gemacht werden", setzte Bert den Gedanken fort. „Und diese Symbole weisen über sich selbst hinaus auf eine höhere Wirklichkeit. Dabei haben sie aber einen Anteil an dem, was sie repräsentieren, denn sie sind nicht willkürlich gesetzt sondern gewachsen und anerkannt." „So wie das Symbol „Vater" eine bestimmte Gotteserfahrung wiedergibt, die fußt auf der Vorstellung einer idealtypischen Vaterfigur", meinte Till, „ich denke, dass wir Tillich verstehen und fahre fort. *Eines dieser Symbole ist „persönlicher Gott". Die gesamte klassische Theologie hat im Grunde zu allen Zeiten der Kirchengeschichte das Prädikat „persönlich" für das Göttliche nur symbolisch oder als Analogie gebraucht oder in der Weise, dass es zu gleicher Zeit bejaht und verneint wird. Es ist verständlich, dass in der religiösen Praxis das Symbolische in der Vorstellung vom „persönlichen Gott" nicht immer bewusst wird. Das ist aber nur dann gefährlich, wenn verfehlte theoretische oder praktische Folgerungen aus diesem Versagen gezogen werden. Dann sind Angriffe von außen und Kritik von innen die unausbleibliche Folge. Sie werden gerade von der Religion selbst herausgefordert. Ohne ein „atheistisches" Element kann der „Theismus" nicht aufrecht erhalten werden."* „Schwierig scheint mir hier lediglich der letzte Satz zu sein", begann Bert erneut. „Wenn ich Gott als Vater bezeichne, dann muss ich gleichzeitig darauf hinweisen, dass er keineswegs ein Vater ist, wie wir viele kennen. Er erschöpft sich nicht in dieser Qualität." „Genau", ergänzte Till, „Gott und Welt sind eben nicht deckungsgleich, auch wenn beide zusammen gehören." „Wenn man auf den Mond zeigt, dann muss man einerseits den unendlichen Unterschied zwischen Mond und Arm beziehungsweise Finger feststellen", entgegnete Bert, „und andererseits braucht Erkenntnis den Fingerzeig." „Dazu kommt noch", setzte Till zu einer Ergänzung an, „dass sich der Mensch zum

Mond hingezogen fühlt. Der Mond zieht an den Säften, hat ein Biologielehrer uns erzählt. So entstehen zum Beispiel Ebbe und Flut. Diese Beziehung zwischen Zeiger und Zeigeobjekt macht gerade ein Symbol aus. Ich lese weiter im Text. *Aber warum muss das Symbol des Persönlichen überhaupt gebraucht werden? Als Antwort kann man auf einen Ausdruck hinweisen, den Einstein selbst gebraucht hat: das „Über-Persönliche". Die „Tiefe des Seins" kann nicht durch Symbole ausgedrückt werden, die einem Bereich entnommen sind, der unter dem Persönlichen steht, aus dem Bereich der Dinge oder der unterpersönlichen Lebewesen. Das „Über-Persönliche" ist kein „Es", oder genauer, es ist ebenso ein „Er" wie ein „Es"; und es steht gleichzeitig über beiden."* „Das haben wir teilweise schon angesprochen, als wir über Gerechtigkeit nachdachten", begann Bert. „Gott muss ein Gestaltwandler sein, weil er ganz verschiedenen Gestalten gerecht werden will. Und diesen muss er dafür auf Augenhöhe begegnen." „Ich sehe gerade einen blinzelnden Stein vor mir auf Augenhöhe Gottes", sagte Till. „Aber ich bin ganz bei dir, auch wenn mir die Vorstellung schwerfällt und ich zu einer lustigen Verklärung neige. Vielleicht lässt es sich abstrakt sogar einfacher ausdrücken. Der Grund des Seins trägt Seinsqualität in sich, geht aber auch darüber hinaus. Das will uns, so denke ich, Tillich auch im Folgenden sagen. *Wenn aber das „Er"-Element weggelassen wird, dann verwandelt das „Es"-Element das angenommene Über-Persönliche in ein Unter-Persönliches, wie es gewöhnlich im Monismus und Pantheismus geschieht."* „Klingt logisch", meinte Bert, „wer nicht dauerhaft den Kopf aus dem Wasser heben kann, ist ein Wasserlebewesen, auch wenn er vielleicht als König der Meere bezeichnet wird. Gott und Welt können nicht einfach lediglich das gleiche sein." „Das hat Goethe auch schon gesehen", meinte Till. „Der hatte ja eine enge Beziehung sowohl zur Welt als auch zum Grund der Welt. Und so hat er Gott in der Welt gesehen aber auch diese umfassend oder tragend. Goethe war also ein Panentheist." „Fremdwortgriechisch kannst du schon", lächelte Bert. „Lies weiter!" *„Und solch ein neu-*

trales „Unter-Persönliches" kann uns nicht in der Mitte unseres Personseins treffen; es kann zwar unser ästhetisches Gefühl oder unsere intellektuellen Bedürfnisse befriedigen, aber nicht unseren Willen umwandeln und nicht unsere Einsamkeit, Angst und Verzweiflung überwinden." „Das gefällt mir", sagte Bert, „hier wird deutlich, dass sich Religion an den ganzen Menschen wendet und nicht lediglich an das Großhirn." „Und hier wird auch wieder der Unterschied zwischen Religion und Theologie klar", nahm Till den Faden auf. „Der Theologe erinnert mich an den Kunstturner, der zum Beispiel ein Gerät beturnt, welches er Pferd nennt. Aber er hat nicht unbedingt ein Gefühl für einen weichen und warmen Pferderücken. Vielmehr abstrahiert er von der konkreten Vorlage und ist insbesondere an Schrauben und Drehungen interessiert. Der religiöse Mensch dagegen erfährt eine lebendige Beziehung im Moment des Kontakts." „Alles Glück dieser Erde liegt auf dem Rücken der Pferde", lachte Bert. „Und ich bleibe dabei: Ein Kunstturner, der reiten kann, turnt besser." „Da wird man dir nicht widersprechen können", antwortete Till, „denn jede Bewegungserfahrung erweitert den Bewegungshorizont. Und ich denke, auch wenn ich keinen messbaren Hinweis liefern kann, dass meine Faustballerfahrungen mein Volleyballspiel befruchten können. Wir kommen langsam zum Schluss der Antwort von Tillich. *Der Philosoph Schelling sagt: „Allein eine Person kann eine Person heilen." Das ist der Grund, warum das Symbol des „persönlichen Gottes" für eine lebendige Religion unentbehrlich ist."* „Schelling als Person gehört dann auch zu einem nächsten Abend wie die anderen Philosophen und Theologen, schlage ich vor", sagte Bert. „Seine Aussage bringt es auf den Punkt. Wenn etwas lebendig ist, also im Fluss begriffen, dann ist es unfertig und angreifbar. Es bedarf der Heilung. Und ich habe bestimmte Erwartungen an einen Heiler. Er muss mich zum Beispiel ansprechen können." „Das schildern ja immer mehr Ärzte und Patienten", meinte Till. „Deren Beziehung scheint aufgrund von Zeitknappheit beziehungsweise Honorarkosten immer weniger lebendig zu werden.

Geräte treten teilweise an die Stelle eines Gesprächs. Aber der Mensch lebt weder vom Brot allein noch gesundet er am Gerät allein. Es folgen die beiden letzten Sätze. *Es ist ein Symbol, kein Gegenstand, und es sollte niemals gegenständlich gedeutet werden. Und es ist ein Symbol neben anderen, die ausdrücken, dass unser Person-Zentrum durch die Offenbarung des unzulänglichen Grundes und Abgrundes des Seins ergriffen ist."* „Das ist praktisch eine Zusammenfassung von zwei zentralen Aspekten", begann Bert. „Einerseits wird ein entscheidendes Merkmal eines Symbols genannt, nämlich dass es am Gegenstand partizipiert aber darüber hinausweist, und andererseits wird gesagt, dass ein Symbol allein keine umfassende Beschreibung liefern kann." „Das sehe ich auch so", zeigte sich Till einverstanden. „Hinzu kommt aber noch der Hinweis, dass sich Gott offenbart hat und nur so uns ganz erreichen kann." Bert wiegte den Kopf. „Aus christlicher Sicht ist das klar. Der Zimmermannssohn Jesus bildet mit dem Gottessohn Christus die Basis für eine Begegnung. Aber das Judentum wartet noch auf diese Qualität und der Islam schließt sie praktisch aus, da sie als eine Verletzung des wahren Monotheismus gilt." „Das ist so", nickte Till, „aber Tillich hatte wohl auch nicht den Anspruch einen interreligiösen Dialog anzustoßen. Jedenfalls sind wir jetzt durch. Und bist du nun voll einverstanden mit der Argumentation meines Urgroßvaters?" „Also erstens veranstalten wir hier keinen Wettstreit unserer Vorfahren", antwortete Bert, „und zweitens hatte dein Uropa ein doppeltes Heimspiel. Denn Einstein hat sich auf prinzipiell fremdes Terrain gewagt, indem er über das persönliche Gottesbild philosophierte, während Tillich als Theologe eine viel breitere Basis zur Verfügung hatte. Zudem sind wir beide durch unser Studium offen für theologische Argumentationen." „Voll einverstanden", stimmte Till zu, „wenn es überhaupt Sinn macht von einem Wettkampf zu sprechen, dann sind wir die Protagonisten. Wir haben uns mit anspruchsvollen Texten auseinandergesetzt. Wir sind taktisch klug vorgegangen und haben das Spiel jederzeit kontrolliert." Bert nickte. „Wir sind Sieger, weil wir gewonnen haben – und zwar an wertvollen Erfahrungen. Zudem haben wir Selbstbewusstsein getankt. Das ist gar nicht selbstverständlich, dass wir als studentische Frischlinge auf diesem Niveau sinnentnehmend lesen und vergleichen und abwägen können." „Das ist eigentlich ein gutes Schlusswort", meinte Till. „Uns gehört die Zukunft. Wir sind, was folgt."

Der Mensch lebt nicht vom Geist allein

Mit diesem optimistischen Grundton endeten die Semesterferien. Und die Zevener Kneipenbesuche der nächsten Ferien waren ja schon inhaltlich vorstrukturiert. Aber zwischen diesen Zeiten lebendiger Gespräche und erfrischenden Gerstensafts lag für Till und Bert eine Phase doch teilweise bitteren Brots. Mit einiger Mühe brachte Till die Vorlesungen zu Analysis III und Linearer Algebra und Analytischer Geometrie III mit den dazugehörigen Übungen zu einem glücklichen Ende. Nun hatte er den Grundstock gelegt und hoffte durch gewisse Wahlmöglichkeiten sich besser an die Mathematik anbinden zu können. Auch Bert keuchte und murrte manches Mal. Aber schließlich hatte er nach drei harten Semestern sein Latinum in der Tasche und somit den Rückstand bezüglich der Startposition Tills und der meisten anderen Theologiestudenten aufgeholt. Auch auf einem zweiten Feld gab es für Bert in diesem Semester eine grenzwertige Anstrengung. Und zwar stand das Schwerpunktfach Schwimmen auf dem Programm, nachdem er ja im Vorsemester die Praktischmethodische Veranstaltung absolviert hatte. Die Techniken hatte Bert sich sauber angeeignet. Allerdings gab es für ein „Sehr gut" in der Abschlussprüfung die Vorgabe 100 Meter Lagen schneller als in 80 Sekunden zu schwimmen. Einen Leistungsschwimmer würde das nicht großartig fordern. Aber wenn man nicht zu dieser Gruppe gehörte, musste man einen erheblichen Trainingsaufwand betreiben. Am Ende des Semesters war Bert fast täglich im Wasser und legte teilweise zwei Kilometer zurück. Für die Prüfung war dann das 25-Meter-Becken ein erheblicher Vorteil, denn erstens konnte der kraftraubende Delfinanteil durch den Startsprung quasi reduziert werden und zweitens half das jeweilige Abstoßen sehr. Erstaunlich war für Bert auch der enorme Trainingserfolg. In keiner anderen Sportart hatte er das bisher erlebt. Zu Beginn des Semesters pustete er schon nach 200 Metern Kraul. Nun konnte er ausdauernd schnell schwimmen. Und so schaffte er denn auch die geforderte Norm und konnte sich so über einen ersten sehr guten Prüfungserfolg freuen. Weiterhin nahm Bert an der Praktisch-methodischen Veranstaltung Tennis teil. Zunächst gab er hier den Kraftprotz, der er ja durchaus war durch das Faustballtraining, welches ihm eine gute Schlagkraft bescherte. Doch während der sportlichen Vergleiche mit technisch guten und erfahrenen Spielern musste er feststellen, dass seine Fehlerquote zu hoch war um erfolgreich zu sein. So verlegte er sich auf das Spielen von Sicherheitsbällen und verließ sich auf seine gute Beinarbeit. Dieses Rezept führte dann bei einigen Gegnern zu gewissem Ärger, da diese sich schwer taten zu akzeptieren gegen einen Amateur in Bedrängnis kommen zu können. Schließlich nahm Bert noch an einem Wassersportlehrgang teil. Dieser beinhaltete Wildwasserkajakfahren und eine Kanuwanderfahrt auch durch den Hamburger Hafen. Das war für Bert ein traumhafter Abenteuerurlaub. Hier konnte er den Lateinstress vollkommen vergessen. Gemeinsame Mitte ihres Studiums war für Till und Bert die Theologie. Im dritten Semester stand ein Methodenkurs an. In diesem wurde in das wissenschaftlich-theologische Arbeiten eingeführt. Till und Bert hatten reichlich Vorwissen. Till hat im elften Jahrgang eine Seminararbeit geschrieben und Bert in Klasse 12 eine Jahresarbeit. Beide fußten auf klassischer Recherche und wissenschaftlicher Zitierweise. Weiterhin besuchten sie eine Vorlesung zu Theologischen Positionen der Gegenwart. In dieser lernten sie etliche neue Ansätze und Persönlichkeiten kennen. Schließlich belegten die beiden noch eine Religionswissenschaftliche Übung mit dem Thema „Mystik und Schia im Iran". Die Gedanken Tills und Berts zum Nahen und Mittleren Osten waren stark durch die politischen Schlagzeilen der beiden letzten Jahrzehnte geprägt. So waren sie sehr überrascht über die traditionelle Innerlichkeit weiter Teile insbesondere des Schiitentums. Auch im Bereich Erziehungswissenschaft waren Till und Bert wieder gemeinsam unterwegs. Die von ihnen belegte Fachdidaktik Religion I beschäftigte sich mit dem Religionsunterricht in der Sekundarstufe I. Hier galt es für die beiden die Langsamkeit bezüglich der inhaltlichen Arbeit neu zu entdecken und das Hauptaugenmerk auf die Unterrichtsmethoden zu legen. Besonders spannend gestaltete sich eine Pädagogische Einführung in die Waldorfpädagogik mit dem Titel „Klassenlehrer sind unverzichtbar". Teil dieser Einführung waren Hospitationen an einer Waldorfschule. Till entdeckte eine ganz neue Welt, während Bert Altbekanntes antraf. Till konnte sich vor allem gar nicht vorstellen, wie ein Lehrer acht Jahre lang nahezu alle Fächer unterrichten konnte. Freimütig gestand Bert die Nachteile dieses Systems ein, indem er von seinem Klassenlehrer erzählte, der kein Geheimnis daraus gemacht hatte, dass Mathematik nicht zu seinen Vorlieben gehörte. „Dann seid ihr wohl mit gehörigen Defiziten in die neunte Klasse übergegangen?" fragte Till. „Das ist eine Frage des Standpunkts", entgegnete Bert. „Sicherlich hätte von uns zu dem Zeitpunkt niemand erfolgreich am Gymnasium mitarbeiten können. Dennoch gab es beim Abitur keine auffälligen Abweichungen, weder im Vergleich mit benachbarten Staatsschulen noch mit anderen Fächern. Es kommt eben darauf an, dass man zur richtigen Zeit das Richtige macht. Man wird Neuntklässlern gerecht, wenn man sie Kugeln stoßen lässt, weil genau dann sie neu gewonnene Kräfte zur Entfaltung bringen wollen. Und Chinesisch und Englisch im Kindergarten als Antwort auf den globalen Markt ist doch eher kontraproduktiv." Dem musste Till nun zustimmen und bekannte: „Richtig ist zumindest, dass wir insbesondere in den Klassen fünf und sechs Mathe auf einem zu hohen Abstraktionsniveau präsentiert bekamen. Und außerdem erfolgte der Einsatz des Graphikfähigen Taschenrechners zu früh." „Ich denke", fuhr Bert fort, „dass die vielen handwerklichen Fertigkeiten und die Raumbewegungskunst Eurythmie und auch der Rechenschieber viel mehr zu einer guten Grundlage für den Matheunterricht beigetragen haben als der frühe Einsatz eines Taschenrechners. Aber du bist ja der Fachmann. Du wirst schon herausfinden, wie du am besten Schüler bildest." „Vielleicht", meinte Till, „aber in vielen Bereichen, gerade in Bezug auf den Taschenrechner, ist nicht der einzelne Lehrer das Maß aller Dinge sondern ministerielle Vorgaben." „Ich muss deinen Sprachgebrauch kritisieren", schloss Bert. „Das Maß der schulischen Dinge sind die Schülerinnen und Schüler und das Maß aller Dinge ist entweder ein Widerspruch in sich, weil nicht alle Dinge vermessen werden können, oder es handelt sich um den Grund allen Seins, der als solcher ohne Vergleich ist."

Alte Kräfte strömen in neue Fenster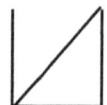

Die dritten Semesterferien nutzten Bert und Till noch einmal um sich ein kleines finanzielles Polster zu sichern. So nahmen sie ihre Ferienjobs als Postbote und Tankwart in Vollzeit wieder auf. Denn die verbleibenden Ferien bis zum voraussichtlichen Ende ihres Studiums waren schon überwiegend verplant für zwei Schulpraktika, ein Betriebspraktikum und die Prüfungsvorbereitungen. Aber natürlich blieb noch Zeit für viele andere wichtige Dinge. Da gab es zum Beispiel die Trainingsrevanche Berts. Till hatte sich ja in das Faustballspiel in Essel einführen lassen. Und so war klar, dass Bert in Sittensen am Volleyballtraining teilnehmen würde. Er brachte neben seinen faustballerischen Fähigkeiten die Erfahrungen zweier Kurse an der der Uni mit. Das Schwerpunktfach Volleyball hatte er gut abgeschlossen. Dennoch musste er ein großes Leistungsdefizit zum Oberliganiveau feststellen. Vor allem die Enge auf dem Spielfeld und die daraus resultierende schnelle Abstimmung sowie die Kürze des Ballflugs gerade auch im Zuspiel bereiteten ihm große Schwierigkeiten. Glücklicherweise wurde die Trainingsgruppe in der zweiten Hälfte nach Leistung getrennt, so dass er dann doch einigermaßen mithalten konnte.

Auch für Zevener Kneipenabende fanden die beiden natürlich Zeit. Sie hatten im Vorwege die Philosophen und Theologen aufgeteilt, mit denen sie sich beschäftigen wollten, weil Einstein beziehungsweise Tillich diese ansprachen. Und so begann Till mit Platon, Origenes und Augustin. Dann setzte Bert mit Descartes und Spinoza fort. Schließlich schloss Till mit Schleiermacher, Hegel und Schelling ab. „Platon ist das Zentrum der klassischen Periode der Antike", begann Till. „Platon denkt, dass dem Menschen ursprünglich eine Ahnung von tugendhaftem und gerechtem Verhalten eingepflanzt ist. Diese Ahnung geht zurück auf Urbilder, die für ein gutes Handeln fruchtbar gemacht werden können. Platon schätzt das Leben höherwertig ein, wenn es einem idealen Urbild entgegen strebt. Dieses Streben unterstellt er dabei nicht nur Menschen sondern der gesamten Wirklichkeit. Schon aus dem Begriff des idealen Urbilds wird ersichtlich, dass Platon dieses als das wahre Sein und die Tiefe der Wirklichkeit und das ewig Schöne betrachtet. Die Idee bleibt und das Abbild der Idee vergeht." „Und woher kommen nun Urbild und Idee?" fragte Bert. „Sie können sich nicht aus einzelpersönlichen Erfahrungen speisen", antwortete Till. „Vielmehr gehören sie in einen seelischen Bereich, der losgelöst von einer konkreten Existenz da ist. Dieses Seelische ist also vor dem einzelnen Menschen vorhanden und reicht auch über ein Leben hinaus." „Also könnte man sagen, dass die Seelen bei Gott wohnen und so einen potentiell guten Menschenkern liefern können?" fragte Bert noch einmal nach. „Prinzipiell trifft das Platons Ansatz", meinte Till. „Er hat zum Beispiel in seinem Höhlengleichnis von der Idee des Guten als Höhepunkt aller Qualität gesprochen. Origenes nimmt diese Gedanken Platons auf und beschreibt Gott als ideal-guten, geistigen und ewigen Grund der Welt. Gott überschreitet für den Christen Origenes, der zur Zeit der Christenverfolgungen im Römischen Reich lebte, Raum und Zeit. Damit ist Gott zunächst abstrakt angelegt. Aber seine Güte führt ihn zu einer Offenbarung." „Damit meint er Jesus Christus?" hakte Bert nach. „Ja, wobei er den Schwerpunkt auf Jesus setzt und darauf verzichtet, diesen als wesensgleich mit dem Vater zu bezeichnen. In der Spätantike baut dann Augustin auf Platon und Origenes auf. Augustin versucht eine Art Gottesbeweis zu führen, indem er von der Selbsterfahrung ausgeht. Beim Hineinblicken in sich selbst entdeckt er eine Spur von Wahrheit, Vernunft und Streben nach dem Guten. Grund dieser Ansätze ist für ihn Gott. Das Gute im Menschen weist auf den Grund des Guten, nämlich Gott. Neu ist bei Augustin der Gedanke der Schöpfung aus dem Nichts. Denn denkt man Gott lediglich als schöpferischen Ordner von Chaos, so würde das seine Macht einschränken, da etwas Chaotisches vorausgesetzt wird."

Eine neue Zeit bricht herein

„Die Idee Augustins bei sich zu beginnen zwecks Analyse des Seins, findet sich auch bei Descartes", übernahm Bert. „Der zog alles in Zweifel, bis ihm auffiel, dass er alles in Zweifel zog – bis auf sich selbst, denn er konnte sich selbst gewiss sein, da er ja zweifelte." „Das läuft auf eines der bekanntesten Zitate der Philosophie hinaus", erklärte Till, „nämlich „Ich denke, also bin ich!"". „Du hättest ruhig das Original bringen können", lächelte Bert, „denn schließlich habe ich ja nun mein Latinum." „Ich bin mir gar nicht sicher, ob Descartes nicht zunächst die französische Variante gewählt hat", sagte Till. „Na gut", setzte Bert fort, „jedenfalls nimmt sich Descartes wahr als endliches Wesen, das aber eine Ahnung von Unendlichkeit in sich trägt. Und so schließt er auf eine vom Menschen unabhängige Macht, die das Qualitätsmerkmal der Unendlichkeit beinhaltet. Gott ist so das Ergebnis einer intellektuellen Leistung. Im Zuge der Trennung von endlicher menschlicher Macht und unendlicher göttlicher Macht entwickelte sich ein Dualismus von Materie und Geist. Das war wohl von Descartes nicht direkt angelegt, aber letztlich hat er die Weichen gestellt für eine Entfremdung von Natur und Gott. Während Spinoza, auf den ich später eingehen will, von einer Weltsubstanz spricht, sind für Descartes res extensa und res cogitans, also Materie und Geist, beziehungslose Größen. Letztendlich entsteht so das mechanistische Weltbild, das später dem Denken Einsteins zugrunde liegen sollte. Abgesehen von einer Verarmung des religiösen Lebens durch diesen Gottesbegriff stand nun scheinbar nichts mehr im Wege bei dem Versuch, die Geheimnisse der Natur vollständig zu entschlüsseln. Durch diesen Dualismus gewann der Mensch einen Abstand von der Natur. Er verobjektivierte dieselbe, sodass zunächst die Beziehung zwischen „toter" Materie, organischem Sein und Bewusst-Sein verloren ging. Daraufhin kam es im Menschen selbst, als einem denkfähigen Ausschnitt der Natur, zur Spaltung. So wurde der Boden bereitet für die Zerstörung der Mitwelt." Till unterbrach den Vortrag Berts: „Ich denke nicht, dass wir Descartes verantwortlich machen sollten für die Verfehlungen seiner Nachwelt." „Da stimme ich dir zu", meinte Bert. „Er ist eben der klassische Vertreter des Rationalismus als Teil der frühen Aufklärung und als solcher hat er sich Verdienste erworben in Bezug auf die modernen Errungenschaften. Aber man sollte die Nebenwirkungen nicht verschweigen. Spinoza gehört nun in die gleiche Epoche und hat das Werk Descartes´ auch geschätzt. Dennoch hat er in einer Beziehung einen fundamental anderen Ansatz gewählt. Während Descartes zur Gottesgewissheit erst über die Selbstgewissheit kommt, so setzt Spinoza Gott voraus und sieht Gedanken Gottes als Grund für die Existenz von Menschen." „Du hast ja vorhin schon von einer einzigen Weltsubstanz gesprochen, aus der bei Spinoza alles erwächst", unterbrach ihn Till. „Ja", stimmte Bert zu, „Spinoza ist also ein Vertreter des Monismus und hebt sich an dieser Stelle deutlich von Descartes ab. Für Spinoza ist die Wirklichkeit eine Offenbarung Gottes. Gott ist also die innewohnende Ursache allen Seins. Da die Erscheinungen des Seins nun grundsätzlich begreifbar sind und man zumindest für damals bekannte Phänomene Kausalketten aufbauen konnte, schließt Spinoza auf Gott als Vernunftprinzip. Vom Verstehen der Wirkung kommt er zum Verstehen der Ursache. Gott ergibt sich so über die Rekonstruierbarkeit des sinnlich Wahrnehmbaren." „Ich ahne schon", meinte Till, „dass bei Spinoza für einen persönlichen Gott, der ein Gegenüber für die Menschen sein kann, kein Platz ist." „Gott ist die eine Substanz", antwortete Bert. „Alle Erscheinungen sind Modifikationen dieser Substanz. Eine persönliche Begegnung von Gott und Mensch wäre für Spinoza also eher ein unsinniges Selbstgespräch. Zudem würde ein solches Gespräch wenig bringen, da Spinoza aus dem Vernunftprinzip ableitet, dass der Weltenlauf aus Notwendigkeit geschieht und Zufall und Freiheit des Menschen praktisch keine Bedeutung haben." „Man sieht hier schon genau, warum sich Einstein auf Spinoza beruft", warf Till ein. „Gott erscheint als ein Name der Weltvernunft und die Struktur der Vernunft ist über das Kausalitätsprinzip erkennbar." „Genau das hat Einstein in eine bekannte und prägnante Formel gebracht", antwortete Bert, „er sagte nämlich „Gott würfelt nicht". Dabei war „Gott" für ihn sicherlich nicht mehr als eine Redensart, vielleicht noch eine Erinnerung an seine Kindheit. Auf jeden Fall ordnete er Gott keinen personalen Charakter zu. So ist diese Formel in jeder Hinsicht unsinnig. Einerseits personalisiert sie Gott, was ja Einsteins Denken widerspricht, und andererseits bleibt sie bezüglich der naturwissenschaftlichen Anschauung im Bereich der Newtonschen Mechanik stecken. Die Quantentheorie droht nun für Einstein den Glauben an die Harmonie in der Natur und die Gesetzlichkeit ihres Ablaufs zu zerstören. Aber genau dieser Glaube ist für Einstein entscheidend. Dieser Glaube ist für ihn Antriebsfeder in Bezug auf sein Forschen." „Schön, dass du deinen Vortrag abgerundet hast, indem du Einstein noch einmal aufgenommen hast über die Bedeutung Spinozas für den Blick deines Vorfahren auf die Welt", sagte Till. „So will ich das auch machen durch die Betrachtung von Schleiermacher, Hegel und Schelling und die Aufnahme Schellings durch Tillich. Mit Schleiermacher können wir ganz an den Anfang unserer Philosophiegeschichte gehen, denn der hat Platon übersetzt. Wichtiger für uns ist aber die Frage, wie der Deutsche Idealismus mit dem Rationalismus der Aufklärung umgegangen ist. Zunächst schließt Schleiermacher an Spinoza gegen Descartes an, wenn er die Welt als Einheit begreift und eine Spaltung in Subjekt und Objekt auflösen will.

Dies kann durch Religion geschehen, die für Schleiermacher ein Gespür für Unendlichkeit bedeutet. Religiöse Wahrnehmung ist für ihn eine Verschmelzung der endlichen Menschen mit der göttlichen Unendlichkeit. In der innerlichen Erfahrung können für Schleiermacher das Subjekt des Wahrnehmers und das Objekt der Wahrnehmung eins werden. Hier liegt auch der Unterschied zu den Rationalisten wie Spinoza und deren Vernunftgott. Für Schleiermacher gehören Anschauung und Gefühl zusammen. Diese Absetzung von Spinoza teilt Hegel nicht voll. Für Hegel lebt alles in Gott. Und da er die Welt als durchgeistigt erlebt, spricht er von Gott als dem absoluten Geist. Allerdings spricht er diesem Geist ein Entwicklungspotential zu, denn er sieht in ihm ein werdendes Selbstbewusstsein. An dieser Stelle kann man bei Hegel einen Dreisatz ausmachen, der als Kreislauf angelegt ist, der auf eine Bewusstwerdung zielt. In einem ersten Schritt nimmt er den Begriff der Idee in Anlehnung an Platon auf. Der zweite Schritt besteht in der Freiheit der Ideen sich zu äußern. Diese Äußerungen nennt Hegel Natur. Da aber die Natur zunächst geistlos ist, kann sie sich selbst nicht erkennen und bleibt gefangen in Raum und Zeit. In einem dritten Schritt gewinnt die Natur als Äußerung der Idee durch den Menschen ein Bewusstsein. So kann die Idee ihrer selbst gewahr werden und das Absolute erkennt sich als ewige und schöpferische Idee. Auch Schelling geht es um das Absolute und Unbedingte. Das kann Schelling finden, indem er auf den Grund seiner selbst schaut. Durch intellektuelle Anschauung sieht er das Ewige in sich. Hier ist er ganz bei Spinoza, der ja auch alle Wirklichkeit aus einem einzigen unerschöpflichen Ursprung kommen sieht. In diesem Lebensprinzip ist allerdings der klassische christliche Gott zunächst nicht sichtbar. Wichtiger ist Schelling eine neue Wertschätzung der Natur. Diese deutet er als einzigen lebendigen Organismus, der zur Höherentwicklung fähig ist. Und die Krone der Natur ist das Bewusstsein des Menschen. So verwirklicht sich Gott." „An dieser Stelle sehe ich eine klare Übereinstimmung zwischen Hegel und

Schelling", bemerkte Bert. „Das kommt nicht von ungefähr", entgegnete Till. „Die beiden waren lange Zeit befreundet und gaben auch zusammen eine Zeitschrift heraus. Beide sprechen auch von einer Selbstentfremdung Gottes, aus der Natur entsteht. Diese Entfremdung kann durch den endlichen Geist des Menschen überwunden werden. Im Gegensatz zu Hegel versteht aber Schelling diesen Prozess der Bewusstwerdung als Vollendung der Personalisierung Gottes. Dieser Gedanke entsteht aber erst in seiner Spätphilosophie, in der er sich intensiv mit dem Christentum auseinandersetzt. An dieser Stelle setzt nun Tillich an, der an einer neuen Verbindung von Gott und Welt arbeitet. Im Anschluss an Schelling und viele Vordenker gehören Gott und Sein zusammen. Aber sie sind nicht einfach eins sondern müssen in Beziehung gesetzt werden. Dies geschieht bei Tillich mit Hilfe seiner Symboltheorie. So kann der Urgrund des unbedingten Seins personales Gegenüber und damit Heiler werden." „Und damit kommst du zurück zu deinen Wurzeln", sagte Bert, „du schließt mit der letzten Aussage direkt an das Schellingzitat an, welches dein Vorfahre am Ende seiner Antwort auf Einstein bringt." „Ja, ich empfinde unsere kleine Zusammenschau auch als runde Sache", meinte Till.

Es gibt verschiedene Koordinatensysteme

Till fügte hinzu: „Kritisch könnte man sicherlich einwenden, dass wir aus einer ganz bestimmten Richtung auf die Philosophen und Theologen geblickt haben." „Zum Beispiel sind wir Christen und Studenten und haben konkrete Vorfahren, mit denen wir uns besonders beschäftigen", warf Bert ein. „Ja, aber das geht noch weiter", meinte Till. „Wir sind mit einer eigenen Vorbildung und mit einer bestimmten Fragestellung an diesen Abschnitt der Philosophiegeschichte herangegangen und haben so die Antwort praktisch vorstrukturiert." „Niemand kann doch voraussetzungslos an eine Sache heran gehen", sagte Bert. „Schon das Gehen ist eine Voraussetzung für das Gehen auf einen Sachverhalt zu." „Mir liegt es fern unsere Leistung zu schmälern", lächelte Till, „aber man sollte die eigenen Grenzen kennen und benennen können." „Wir haben ja auch gar nicht den Anspruch formuliert die angesprochenen Persönlichkeiten umfassend darzustellen", gab Bert zu bedenken. „Dafür würden die Semesterferien auch kaum reichen geschweige denn ein Abend", antwortete Till. „Mir wäre aber noch an einer kleinen Zusammenfassung gelegen oder zumindest an einem Herausstellen von Gemeinsamkeiten." Bert dachte kurz nach. „Alle Philosophen haben festgestellt, dass der Mensch in sich eine Ahnung spürt. Diese Ahnung haben sie zwar unterschiedlich benannt, aber es lief eigentlich immer auf Gott hinaus." „Das stimmt", nickte Till, „Platon nannte gute Urbilder und Augustin Wahrheit, Vernunft und das Streben nach dem Guten." „Descartes spürte Unendlichkeit wie auch Schleiermacher und Spinoza spürte die eine Substanz", ergänzte Bert. „Hegel ahnte den Geist und Schelling das Absolute", vollendete Till. „Gibt es denn auch Unterschiede, die uns unbedingt im Gedächtnis bleiben sollten?" fragte er. Bert wiegte den Kopf. „Sicherlich ist zumindest auf den ersten Blick der Sprung vom Dualismus Descartes´ zum Monismus Spinozas erheblich – gerade in Bezug auf das, was die Nachwelt daraus gemacht hat. Aber vielleicht sollten wir das auch nicht überbewerten angesichts der elementaren Gemeinsamkeiten. Für mich sind Körper und Seele beziehungsweise Materie und Geist zwei Seiten einer Medaille. Und dann ist es die Frage, in wie vielen Dimensionen ich zu Hause bin. Für den Menschen, der auf einer Scheibe lebt, kann es nur eine richtige Seite geben, denn auf der anderen droht der Absturz." „Oder der Mensch empfindet sich als Leidender", warf Till ein. „Dann fühlt er sich auf die falsche Seite gezwungen und erklärt die andere zum Paradies." „So oder so hat er eine Ahnung von der anderen Seite", meinte Bert. „Und diese Ahnung kann vertieft werden, wenn man eine dritte Dimension erobert und zumindest ansatzweise zu einem Rundflug um die Medaille ansetzen kann." „Es muss vielleicht gar nicht ein Rundflug sein", meinte Till. „Nach Schleiermacher reicht dafür die religiöse Erfahrung, die praktisch eine Versenkung bedeutet mit Gefühl für die andere Seite, ohne dass man gleich den Kopf heraus streckt und vielleicht das Klima in der anderen Welt nicht verträgt." „Wohl gesprochen", sagte Bert. „Deine Worte erinnern mich gleich zweimal an Descartes. Der wurde nämlich von Königin Christine nach Schweden gelotst, vertrug das Klima nicht und starb dort früh. Andererseits war er schon als Kind kränklich und fühlte sich im wahrsten Sinne des Wortes nicht wohl in seiner Haut. Folglich war für ihn das Großhirn praktisch einziges Erkenntnisorgan. Ein Bauchgefühl war ihm wohl suspekt. So ergibt sich schon aus seiner Lebensgeschichte, dass er etwas schärfer trennte zwischen Körperlichem und Seelisch-Geistigem." „Sehr interessant", sagte Till, „mir fällt gerade ein, dass Descartes auch Eingang in die Schulmathematik gefunden hat. Dort wird ja auch überwiegend zweidimensional gedacht. Und um Orte im Bereich des Zweidimensionalen beschreiben zu können, hat man das nach Descartes benannte kartesische Koordinatensystem eingeführt." „Daran erinnere ich mich auch noch", nahm Bert den Faden auf, „im rechten Winkel zu einander stehen die x- und die y-Richtung. Der Unterschied zwischen zwei Seiten einer Medaille und zwei Richtungen einer Ebene ist aber der Ursprung, also der Punkt, in dem sich die beiden Achsen treffen. Einen solchen Punkt kann die Medaille nicht bieten." „Ich würde etwas anders an die Sache herangehen", sagte Till. „Wenn man Raum und Zeit als die zwei Begrenzungen des Lebens auffasst, also als die beiden Achsen des kartesischen Koordinatenkreuzes, dann spielt sich Leben in klassischem Sinne lediglich im ersten Quadranten ab. Denn wir kennen weder negative Zeit noch negative Ausdehnung. Der Ursprung entspricht so dem Urknall, also dem Nullpunkt bezüglich Raum und Zeit. Und dieser Punkt ist prinzipiell unerreichbar genauso wie ein

Verbindungspunkt zweier Seiten einer Medaille." „Das verstehe ich", sagte Bert, „noch lieber als ein Verbindungspunkt wäre mir allerdings die Ausweitung der Medaille zu einer Kugel, das wäre gelebte Ganzheitlichkeit." „Du bewegst dich im Reich der Träume", gab Till zu bedenken, „ohne Warp 10 wirst du den Raum nicht hinreichend krümmen können." „Moment", unterbrach Bert, „ich habe ja schon mitbekommen, dass du ein großer Strar-Trek-Fan bist, aber das wird mir nun zu kompliziert. Vielleicht können wir später darauf zurückkommen." „Ich nehme dich beim Wort", lächelte Till, „und schlage vor, dass wir uns in den nächsten Semesterferien damit beschäftigen, denn wir wollen ja nicht im luftleeren Raum philosophieren sondern eine solide Basis legen durch ausgewähltes Episodenstudium." „Einverstanden", meinte Bert, „nun möchte ich aber zurückkommen zum Leben im ersten Quadranten – und zwar des kartesischen Koordinatenkreuzes. Wenn also Zeit linear verläuft und wir als Zeitachse die Horizontale nehmen, dann kann Leben nicht kreisförmig angelegt sein." „Das entspricht dem Funktionsbegriff", sagte Till, „jedem Zeitpunkt ist genau eine Raumsituation zugeordnet. Das gilt für ein konkretes Leben. Aber natürlich sind zwei einzelne Menschenleben denkbar, die annähernd gleichzeitig beginnen, sich zunächst ganz anders entwickeln und dann zu einem späteren Zeitpunkt zu einander finden und sich dann sehr nah sind. Die werden vielleicht ihr Zusammenfinden als glücklichen Zufall beziehungsweise Wink des Schicksals ansehen. Von außen betrachtet würde man dann wohl von einer runden Sache sprechen." „Und so entsteht dann neues einzelpersönliches Leben", lächelte Bert. „Genau", bestätigte Till, „Mathelehrer nennen das dann eine neue abschnittsweise definierte Funktion." „... die aus der x-Achse erwächst", fiel Bert ihm ins Wort. „Du spielst wohl auf die x- und y-Chromosomen an", erkannte Till. „Das wäre dann ein anderes Bezugssystem. Gemeinsam ist beiden Systemen, dass Leben erst entsteht, wenn Unterschiedliches in Beziehung tritt." „Mir liegt in Anlehnung an unsere Philosophen und Theologen noch ein anderes

Bezugssystem am Herzen", sagte Bert, „und zwar die Beziehung von Gott und Welt beziehungsweise Gott und Mensch." „Da müssen wir uns natürlich den Modellcharakter der Zweidimensionalität vor Augen halten, denn Gott ist nach meinem Urgroßvater der Urgrund allen Seins", gab Till zu bedenken. „Also liegt unser neues Bezugssystem einerseits vollkommen in seiner Hand. Andererseits trägt dieses Modell schon. Wenn wir Gott klassisch die Vertikale zuordnen und uns an den ersten Schöpfungsbericht erinnern, dann steht am Anfang das Wort. Gott spricht und es wird. Die Beziehung von Gott und Welt lässt sich also zum Beispiel als Ursprungsgerade beschreiben." „Das ist sogar für mich eine leichte Übung", lächelte Bert, „f von x gleich x." „Genau", bestätigte Till. „Anders sieht es aus, wenn man die Beziehung von Gott und Mensch beschreiben will. Wir haben uns ja von Hegel sagen lassen, dass Gott zum Selbstbewusstsein kommt durch das Bewusstsein der Menschen." „Aber dann wären wir ja wieder bei der Ursprungsgeraden", wendete Bert ein, „denn Gott wächst, wenn der Mensch wächst." „Das kommt auf die Definition von Mensch an", meinte Till. Wenn man den Menschen schwerpunktmäßig im Körperlichen ansiedelt und einem vergeistigten Menschen wenig Körper zuordnet, dann kommt man zu der Idee, dass die beiden Achsen Asymptoten sein können." „Auch das kann ich noch nachvollziehen", nickte Bert, „es handelt sich bei der Beschreibung durch eine Funktion um eine Verkehrung, nämlich f von x gleich eins durch x." „Sehr gut", bestätigte Till, „und genau auf diesen Spuren wandelt Jesus Christus." „Moment", bat Bert, „darüber muss ich kurz nachdenken. Also: der Mensch Jesus von Nazareth trägt wenig Gottesgeist in sich und der Christus wenig Menschliches." „Jesus Christus ist die Verbindung von Gott und Mensch", sagte Till. „So wie wir vorhin sagten, dass am Anfang das Wort stand, so wird hier das Wort Fleisch. Wichtig dabei ist für mich das Merkmal einer Asymptote. Übersetzt aus dem Mathegriechischen heißt das „nicht zusammenfallen". Das bedeutet also, dass Jesus Christus unendlich dicht an göttliche Qualität und menschliches Sein herankommt. Dennoch bleibt eine unendlich kleine Differenz, die in der Geschichte Anlass gegeben hat zu Streit." „Daran erinnere ich mich aus dem Religionsunterricht", meinte Bert, „auf dem Konzil von Nicäa bezeichnete Arius Jesus Christus lediglich als wesensähnlich mit Gott, um seinem strengen Monotheismusbegriff gerecht werden zu können. Athanasius sprach dagegen von einer Wesensgleichheit." „Und die Wesensgleichheit hat Eingang gefunden in das dort verfasste Glaubensbekenntnis", sagte Till. „Die Frage damals war, ob Kaiser Konstantin Einfluss auf diese Entscheidung genommen hat", setzte Bert fort. „In erster Linie war ihm wohl an der Einheit des Reiches gelegen. Und dafür versuchte er die wachsende Christenheit zu nutzen. Denn diese war nicht nur ein Machtfaktor sondern auch bekannt für guten Zusammenhalt." „Bei Konstantin denke ich immer an die Erscheinung vor der Schlacht an der Milvischen Brücke", ergänzte Till, „sinnierend sah er am Himmel eine Wolkenkonstellation, die ihn an das Christusmonogramm erinnerte. Dazu hörte er die Worte „In hoc signo vinces!""." „Schön, dass du mir wieder eine Chance gibst, mich über mein Latinum zu freuen", sagte Bert. „Die Übersetzung lautet „Unter diesem Zeichen siege!". Und für mich hat diese Geschichte Legendencharakter. Denn Konstantin konnte auf wesentlich weniger Soldaten zurückgreifen als Maxentius. So war er offen für einen Hoffnungsschimmer." „Jedenfalls hat Konstantin aus dieser Erscheinung und dem nachfolgenden Sieg sehr positive Konsequenzen gezogen für das Christentum", meinte Till. „Die Christenverfolgungen endeten und das Mailänder Toleranzedikt bedeutete eine volle Gleichstellung der Christen."

Von frohen Botschaften und anderen Heilmitteln

„Ich möchte noch einmal zurückkommen auf die von dir so benannte unendlich kleine Differenz zwischen Gott und Christus beziehungsweise Mensch und Jesus", sagte Bert. „Gilt nun die Formel „Wahrer Mensch und wahrer Gott" oder nicht?" „Im Prinzip ja", meinte Till, „aber das ist eine Frage des Standpunkts. Letztendlich läuft es auf die Frage hinaus, ob man mit einer Grenzwertbetrachtung dem Problem gerecht wird. Ein einfaches Beispiel ergibt sich aus der Frage, ob Null Komma Periode neun gleich eins ist oder nicht. Man kann es sich einfach machen und sagen, dass man ein Drittel als Null Komma Periode drei darstellen kann. Und drei Drittel sind ein Ganzes. Da drei mal Null Komma Periode drei gleich Null Komma Periode neun ist, muss gelten, dass Null Komma Periode neun gleich eins ist. Wenn man aber nun diese Fragestellung etwas näher an den Bereich der sinnlich erfahrbaren Wirklichkeit heranführt, dann ist es nicht mehr so eindeutig. Stell dir eine Pflanze vor, die im Zweidimensionalen lebt und Quadrate als Blätter ausbilden kann. Das Urquadrat habe die Seitenlänge eins. Nun wachsen im ersten Jahr nach links und oben und rechts jeweils ein junges Blatt mit der Seitenlänge ein Drittel. Im zweiten Jahr wachsen entsprechend an die Blätter des ersten Jahres neue Blätter. Dann kann man beweisen, dass nach unendlich langer Zeit die Pflanze im Vergleich zum Urzustand fünfzig Prozent an Fläche gewinnt." „Ich müsste mir das aufzeichnen um es zu überprüfen", unterbrach ihn Bert, „aber ich glaube dir." „Danke für das Vertrauen", setzte Till fort. „Es fehlt noch die Moral von der Geschicht´. Die Pflanze wird nicht unendlich lange leben. Leben findet in Raum und Zeit statt. Also wird man sagen müssen, dass die Pflanze einen Zuwachs von fünfzig Prozent Fläche nicht erreichen wird. Man wird also der Pflanze nicht gerecht, wenn man den Grenzwert betrachtet." „Nun verstehe ich endlich, worauf du hinauswillst", sagte Bert. „Eine Grenzwertbetrachtung ist sicherlich logisch – aber abstrakt und theoretisch. Für die Lebenspraxis ist sie eher von untergeordneter Bedeutung." „Auch in anderen Bereichen gibt es Grenzwertbetrachtungen, die dem Leben nicht gerecht werden", setzte Till den Gedanken fort, „denn minimale Veränderungen von Anfangsbedingungen können riesige Auswirkungen haben. So können kleine Schadstoffmengen zum Beispiel im Wasser große Wirkung entfalten in Bezug auf Lebewesen. Wenn man nun willkürliche Grenzwerte festlegt und womöglich auch noch an die Belastungsgegebenheiten anpasst, dann handelt man fragwürdig in Bezug auf den Erhalt der Artenvielfalt oder christlich gesprochen in Bezug auf die Bewahrung der Schöpfung." „Ich habe schon von dem Begriff Schmetterlingseffekt gehört", meinte Bert, „und ich bin da im Prinzip ganz deiner Meinung. Dennoch muss ich kritisch anmerken, dass ja schon der Begriff Schadstoff eine vielleicht willkürliche Setzung sein kann. In der biologisch-dynamischen Landwirtschaft ist man zum Beispiel von dem Wert eines Beikrauts überzeugt, welches man früher Unkraut nannte." „Den Vergleich kann ich nicht akzeptieren", widersprach Till, „weibliche Hormone im Wasser erhöhen nicht nur den Anteil von weiblichen Forellen sondern senken auch die Fortpflanzungsfähigkeit von Männern. Und diese Hormone passieren die Kläranlagen und gelangen ins Trinkwasser. Schon kleinste Mengen bewirken diese eindeutig negativen Veränderungen. Diese Mengen liegen oberhalb der Nachweisgrenze aber unterhalb des festgelegten Grenzwerts." „Das überzeugt mich", sagte Bert, „mir fällt gerade eine andere positive Verkehrung ein, nämlich die Homöopathie. In homöopathischen Arzneien werden Wirkstoffe so verdünnt, dass sie für Kritiker unter den Grenzwert einer Wirkmächtigkeit, teilweise sogar unter die Nachweisgrenze geraten. Und doch wirken sie, weil durch das Verschütteln sich die chemisch-physikalische Zusammensetzung des Lösungsmittels ändert und dieses dann eine für die Heilwirkung wichtige Information aus dem Wirkstoff weitergeben kann." „Die Sache mit der Informationsübertragung ist schon spannend", meinte Till, „so funktioniert auch das Beamen. Man braucht dafür verschränkte Teilchen, die einander sehr nah waren und auch nach räumlicher Trennung noch für die Übertragung von Informationen nutzbar gemacht werden können. Aber vielleicht können wir in unseren Star-Trek-Semesterferien darauf zurückkommen." „Gern", lächelte Bert, „ich habe 'mal von einem See gehört, der kurz davor war umzukippen. Der wurde geheilt, in dem man ihm in sozusagen homöopathischen Dosen Quellwasser verabreicht hat. Das Seewasser hat die Information aufgenommen und sich dadurch an bessere Zeiten erinnert. Dadurch konnte der See Selbstheilungskräfte aktivieren und gewann dann auch messbar an Qualität." „Ich bin unsicher", sagte Till, „ob wir da nicht wissenschaftliche Grenzbereiche überschreiten. Denn ein See hat Zuflüsse, durch Regen auch von oben, und man kann durch die Komplexität des Systems die Wirksamkeit des Quellwassers kaum beurteilen." „Jetzt redest du fast wie mein Urgroßvater", entgegnete Bert. „Der hat auch versucht das klassische Modell von Ursache und Wirkung zu retten, indem er in einem solchen Zweifelsfall, er brachte das Beispiel Wetter, von zu großer Phänomenkomplexität redete." „Das ist ein starkes Argument", lächelte Till. „Kommen wir noch einmal auf Jesus Christus zurück", sagte Bert. „Für mich ist das Thema noch nicht abgeschlossen. Denn Jesus Christus ist für mich ein homöopathisches Heilmittel. Versetze dich mit mir gedanklich in das Jahr 28 nach Beginn unserer Zeitrechnung. Die Römer halten Palästina besetzt. Die Juden wollen das nicht länger hinnehmen und gehen in die Apotheke. Dort fragt man sie: „Wünschen Sie ein homöopathisches Heilmittel oder wie sonst üblich ein Antibiotikum?" Was hätten sie antworten sollen?" „Das ist eine schöne kleine Geschichte", freute sich Till. „Die Frage kann ich aber nicht eindeutig beantworten, denn es gab ja verschiedene Gruppierungen im Bereich des jüdischen Volkes. Die Zeloten hätten sicherlich ein Antibiotikum verlangt, denn deren Messiaserwartung bestand in einer starken Führerpersönlichkeit, die Heilung erreichen sollte durch Vertreibung oder Vernichtung der Römer." „Das ist sicherlich richtig", sagte

Bert, „aber es gab ja nun ein homöopathisches Heilmittel. Denn in Jesus waren die Königsattribute nur zumindest unterhalb üblicher Grenzwerte sichtbar. Er kam aus bescheidenen Verhältnissen, wurde in der nördlichen Provinz geboren und ritt auf einem Esel in Jerusalem ein. Aber seine Wirkung war umwerfend und nachhaltig. Das wurde erreicht, indem die Information aus dem Wirkstoff, den man Liebe Gottes nennen könnte, auf das Lösungsmittel, nämlich den Menschen Jesus, überging. Durch diese Verschüttelung, also die Menschwerdung Gottes, wurde die Heilwirkung potenziert." „Ich bin beeindruckt", staunte Till, „das hört sich schlüssig an. Die Römer und viele andere sind längst Geschichte, aber die christliche Botschaft fasziniert seit zwei Jahrtausenden." „Hätte Jesus einen Gottesstaat ausgerufen, dann hätte auch dieser nicht überlebt", bestätigte Bert, „das Reich Gottes hat dörflich-elementare Strukturen. Deswegen ist es übertragbar in andere Zeiten und Gesellschaften. Heimat kann eine Tiefenwirkung entfalten, ein Machtapparat kann das nicht." „Zum Stichwort Heimat möchte ich noch genauer klären, wo Jesus zu Hause ist", sagte Till, „du hast ja gesagt, dass er in der nördlichen Provinz geboren wurde." „Das sagte ich in vollem Bewusstsein", antwortete Bert. „Denn der Zimmermannssohn Jesus stammt ja aus Nazareth, während der Gottessohn Christus seine Heimat in Bethlehem hat. Und wenn jemand die Frage nach dem Geburtsort Jesu Christi stellt, dann darf er keine zweidimensionale Antwort erwarten – man kann also mit der Angabe von Koordinaten der Frage nicht gerecht werden. So muss man auch die historische Wahrheit neben der Glaubenswahrheit stehen lassen können." „Ich würde sagen, dass es sich um zwei Wahrheitspole handelt", warf Till ein. „Mir fällt dazu die berühmte Frage ein, wie viele Engel auf einer Nadelspitze sitzen können." „Ich denke, dass diese Frage sich selbst genug ist und nicht einer Antwort harrt", meinte Bert. „Jedenfalls stehen im Neuen Testament auch mehrere Wahrheiten nebeneinander durch die unterschiedlichen Geburtsgeschichten." „Eigentlich müssten wir beide uns doch an die zugehörigen Erzählungen der vier Evangelisten erinnern können?" fragte Till. „Das denke ich schon", antwortete Bert. „Ich beginne mit Markus, der sein Evangelium als Erster schrieb. Er erzählt keine Geburtsgeschichte im engeren Sinne. Vielmehr berichtet er von der Taufe Jesu durch Johannes und dem damit verbundenen Attribut Gottessohn. Markus spricht also von einer Adoption Jesu durch Gott." Till übernahm: „Lukas berichtet von der wundersamen Geburt Jesu in einem Stall in Bethlehem. Seine Eltern waren aus ihrem Wohnort Nazareth angereist, weil für eine Volkszählung alle Menschen sich am Geburtsort ihrer Vorfahren einfinden sollten. So wird Jesus in die Nachfolge des großen Königs David gestellt, der aus Bethlehem stammt." „Und Matthäus nutzt das Symbol Jungfrauengeburt", setzte Bert fort. „Auch bei ihm findet die Geburt in Bethlehem statt. Als Herodes durch die drei weisen Ostländer von Jesus hört, hat er Angst um seinen Posten und befiehlt den Kindermord. So flieht Jesus mit seinen Eltern nach Ägypten, von wo aus er, wie 1200 Jahre vor ihm Mose, zurückkehrt und sich in Nazareth niederlässt." Till schloss die Reihe der Evangelisten ab: „Johannes, der sein Evangelium als Letzter schrieb, erzählt wie Markus keine Geburtsgeschichte. Er beschreibt Jesus als Licht der Welt. Johannes berichtet auch vom Taufgeschehen. Er stellt nicht in Frage, dass Jesus aus Nazareth stammt. Vielmehr verweist Johannes darauf, dass man die Legitimation Jesu in der persönlichen Auseinandersetzung mit ihm spüren könne." „Das haben wir gut zusammengefasst", meinte Bert. „Die Evangelisten wussten um die alttestamentliche Prophezeiung, nach der der Messias in Bethlehem, der Stadt Davids, geboren werden würde. Lukas und Matthäus nehmen diese direkt auf. Dabei griff der weltlich orientierte Heidenchrist Lukas, der für Seinesgleichen schrieb, zum Erzählelement Volkszählung." „Matthäus dagegen fühlte sich in zweierlei Hinsicht verpflichtet", nahm Till den Faden auf, „einerseits bediente er als Judenchrist seine torakundige Leserschaft. Andererseits gebrauchte er das Erzählelement Jungfrauengeburt, um die griechisch Orientierten zu gewinnen, in deren Bewusstsein das sagenhafte Geschehen um Herakles fest verankert war. Dieser war ja als Sohn des Zeus göttlicher Herkunft und wurde so ein halbes Jahrtausend vor Beginn unserer Zeitrechnung praktisch zum Stifter einer Quasi-Religion." „Zeus war ja sehr umtriebig. Er hat auch in Gestalt eines Goldregens in der Danae einen unsterblichen Helden namens Perseus gezeugt", setzte Bert fort. „Aber zurück zu den Evangelisten: Markus und Johannes beziehen sich nicht direkt auf die alttestamentliche Prophezeiung. Markus sah sich nicht genötigt, die Taufgeschichte in eine Geburtsgeschichte zu übersetzen, weil er wohl durch die größere zeitliche Nähe unmittelbarer von der Lebenskraft Jesu beeindruckt war. Johannes´ Blick auf das Leben Jesu ist durch den großen zeitlichen Abstand ohnehin verklärter." „Allen Evangelisten ist gemeinsam, dass sie sich absetzen gegen die damalige jüdische Messiaserwartung", ergänzte Till. „Die Befreiung von der Fremdherrschaft wollte Jesus nicht leisten und konnte so weder in den Augen der Zeloten noch in denen der Pharisäer und Sadduzäer einen legitimen Anspruch begründen." „Wichtig ist mir die Feststellung, dass diese unterschiedlichen Erzählungen an die prophetische Geschichtsschreibung des Alten Testaments anschließen", meinte Bert. „Der Glaube entwirft rückblickend ein Bild der Vergangenheit, um Perspektiven für Gegenwart und Zukunft zu eröffnen." „Wie wäre das denn heute?" fragte Till. „Unter Geschichtsschreibung versteht man heute zwar eher Datierungen und Dokumente als legendäre sinnstiftende Inhalte. Aber könnte man das Problem des Geburtsgeschehens trotzdem in die heutige Zeit übertragen?" „Wenn wir die Situation von Lukas und Matthäus als Ausgangspunkt nehmen", antwortete Bert, „dann müssten wir überlegen, wie man erklärt, dass ein Auserwählter in einer besonderen Stadt geboren wird, dort aber nicht bekannt ist, vielmehr fernab in der Provinz aufwächst." „Ich stelle mir vor", überlegte Till laut, „dass ich ein überragendes politisches Programm für die Stadt Hamburg anbieten kann. Und nun wollen viele Menschen, dass ich Bürgermeister werde. Aber an dieses

Amt sind bestimmte Bedingungen geknüpft, nämlich die Geburt in Hamburg und der erste Wohnsitz in dieser Stadt." „Mit dem Wohnort kannst du ja inzwischen dienen", meinte Bert. „Aber wie willst du an deinem Geburtsort feilen?" „Ich müsste zumindest meine Eltern entsprechend instruieren", meinte Till. „Und dann müssten wohl auch noch zufällig zeitnah zwei Standesämter brennen, so dass meine Geburtsurkunde verschwindet und ich behaupten kann, dass eine solche in einem Hamburger Standesamt vorlag." „Das hört sich schon sehr konstruiert an", wandte Bert ein. „Aber vor zweitausend Jahren sah die Sache ganz anders aus", meinte Till. „Da wäre man mit der Nummer wohl eher durchgekommen. Ich will aber noch fortfahren im Hinblick auf meine Bürgermeisterkarriere. Zum Beispiel könnte mein Vater eine Geliebte in Hamburg gehabt haben. Ich wäre das Produkt dieser Liebe. Und meine leibliche Mutter wäre dann bei einem Unfall ums Lebens gekommen, so dass ich quasi von meiner wahren Mutter adoptiert worden wäre." „Das scheint mir schlüssig zu sein", sagte Bert, „Hamburg entspricht Bethlehem und Sittensen entspricht Nazareth." „Man kann auch das Begriffspaar Zentrum und Peripherie nehmen", ergänzte Till. „Passen würde auch Himmel und Palästina", setzte Bert fort, „das Paar weist auf „wahrer Gott und wahrer Mensch"." „Mir fällt noch eine zweite Möglichkeit ein", sagte Till. „Ich könnte das Ergebnis einer Sturzgeburt bei einem Museumsbesuch in Hamburg sein." „Ich merke schon, dass du dir gefällst in deiner Rolle als Bürgermeister Hamburgs", lächelte Bert. „Aber wir müssen diesen bunten Geschichten keine weiteren hinzufügen, denn das Prinzip habe ich verstanden." „Die Rettung der Welt darf nicht an verstaubten Dokumenten scheitern", war Till immer noch ganz in der Geschichte. „Da wird man den Einzelfall prüfen müssen", gab Bert zu bedenken, „ob es um Weltrettung geht oder um Machtinteressen oder die Durchsetzung einer Ideologie."

Vom Leuchten am Horizont

„Na gut, du hast mich neu geerdet", sagte Till, „und ich will auch gar nicht Bürgermeister werden sondern Lehrer." „Und dafür gehen wir im nächsten Semester gemeinsam den nächsten Schritt", schloss Bert. „Wir lernen Neutestamentliches Griechisch, damit wir dann im Original lesen können." Eine solche Aufbruchstimmung verbreitet sich eher am Ende von Semesterferien. So hatte Bert die Mühen des Latinums zwar nicht vergessen, aber diese waren nicht mehr so präsent wie noch vor einigen Wochen. Und schließlich hatte er in dem neuen Sprachkurs einen Vertrauten, der ihm in mancher Not würde beistehen können. Außerdem war der Kurs auf ein Semester beschränkt, auch wenn er dafür sechsstündig war. Jeweils montags, mittwochs und freitags mussten sie um acht Uhr antreten. Aber vielleicht hatten diese Morgenstunden Gold im Mund, jedenfalls fiel ihnen diese neue alte Sprache leichter als gedacht, auch wenn ihnen das ordentliche Ergebnis nicht in den Schoß fiel. Daneben hörten Bert und Till eine große Vorlesung zur Theologie des Alten Testaments, die ihnen durchaus neue Einsichten für eine vergangene Epoche in zwei Doppelstunden pro Woche eröffnete. Im Fachbereich Erziehungswissenschaft mussten die beiden in diesem Semester getrennte Wege gehen. Sie belegten jeweils eine vierstündige Fachdidaktik I in ihrem zweiten Unterrichtsfach. Bert beschäftigte sich mit Sport in der Sekundarstufe I und Till mit ausgewählten Themen aus dem Mathematikunterricht der Sekundarstufe I. Till hatte sein Grundstudium in Mathematik abgeschlossen und hoffte nun auf buntere Erfahrungen. Teilweise wurden seine Hoffnungen erfüllt. Eine Vorlesung zur Geschichte der Mathematik weckte sein Interesse und auch eine Einführung in die Programmiersprache Pascal mit zugehörigen Übungen bereitete ihm zumindest keine besonderen Mühen. Im Seminar zu den Grundzügen der Geometrie konnte Till teilweise auf sein Grundstudium aufbauen. Manches erinnerte ihn sogar an den vertrauten Stoff der Schulmathematik. Bert ging nach wie vor vergnügt auf die andere Seite der Rothenbaumchaussee. Dort absolvierte er die Praktisch-methodische Veranstaltung Leichtathletik, in der er genauer in einige Disziplinen eingeführt wurde, in denen er bisher nicht so gut zu Hause war, dazu gehörten Hürdensprint, Diskus- und Speerwurf sowie Stabhochsprung. In höchsten Tönen aber lobte er ein Projekt mit dem Titel „Regeln der großen Sportspiele und ihre Interpretation I". Der Dozent war ein ehemaliger Basketballer, der auch als Trainer gearbeitet hatte, und der den Kopf weit über die Sportpraxis hatte hinausheben können, ohne dass er dabei in die Nähe eines Elfenbeinturms geriet. Der Umgangston lag zwischen väterlich-freundlich und kameradschaftlich. Die studentische Teilnehmerschar war sehr übersichtlich und schien merkwürdig ausgewählt. Viele hatten Trainer- und Schiedsrichterscheine gemacht und alle kamen aus dem Bereich der leistungsorientierten Eigenrealisation. So wurden in diesem Projekt auf hohem Niveau Elemente der Regeln von Sportspielen verglichen, Strukturdominanten ausgemacht, mögliche Regelentwicklungen beleuchtet und die Problematik des Schiedsrichterwesens erörtert. Schon nach wenigen Sitzungen war Bert klar, dass er diese Herangehensweise unbedingt vertiefen wollte und dass sich hier schon ein Horizont für eine Examensarbeit auftat. Zudem hatte er mit Till für dieses Projekt einen idealen Gesprächspartner und ihre beiden Wettkampfsportarten Faustball und Volleyball stellten eine gute Basis für die Thematik dar. So ließ sich Till von Berts Euphorie ein Stück weit anstecken und der eher graue Mathealltag verschwand sowohl in den gemeinsam besuchten Veranstaltungen des Fachbereichs Theologie als auch während der Gespräche über aktuelle und zukünftige Entwicklungen in den Sportspielen.

Eine neue Basis im Raum

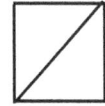

„So, nun ist ja wohl ein Bergfest fällig!" leitete Till die Sommersemesterferien ein. „Wenn alles gut läuft, können wir schon auf die Hälfte unseres Studiums zurückblicken." „Und vor allen Dingen blicken wir auf manche absolvierte Anforderung zurück, die uns nicht gerade am Herzen lag", bestätigte Bert. „Ich denke da zunächst an Latein und Griechisch." „Das stimmt", ergänzte Till, „für mich kommen die Basisvorlesungen in Mathe dazu. Der Sinn eines Bergfestes ist es, das Gewesene abschließend zu würdigen und damit hinter sich zu lassen." „Und natürlich kommt der Blick nach vorne dazu", warf Bert ein, „wir werden im nächsten Semester am Original forschen, nachdem wir unseren Schein im Neutestamentlichen Griechisch nun gemacht haben." „Ja, aber das liegt noch weit vor uns", unterbrach ihn Till, „zunächst können wir wirklich durchatmen. Wir müssen die Ferien nicht mehr nahezu durcharbeiten um Geld zu verdienen. Und vor dem nächsten Semester liegt noch unser erstes Schulpraktikum." „Darauf freue ich mich auch schon", lächelte Bert. „Da haben wir wirklich Glück, dass wir gemeinsam und auch noch in einer Schule quasi um die Ecke uns ausprobieren dürfen." „Aber auch bis dahin sind es noch vier Wochen, denn erst dann enden die Hamburger Schulferien", sagte Till. „Und diese vier Wochen werden wir füllen mit Heimat und Sport und einer Reise in eine Welt, in der du noch niemals warst." Bert blickte etwas erstaunt. „Moment", sagte er, „bei den beiden ersten Stichwörtern habe ich sofort Bilder im Kopf gehabt. Ich dachte an die Wärme speichernden Feldsteine der Selsinger Kirche und an den nächsten Faustballspieltag. Aber von Reiseplanungen weiß ich nichts." „Doch", widersprach Till, „wir haben eine Vereinbarung getroffen. Und die führt uns in unbekannte Räume: where no one has gone before." Bert stand noch etwas auf dem Schlauch. Aber dann leuchteten seine Augen. „Na klar", sagte er, „wir setzen uns in das Raumschiff Enterprise." „Wir gehen sogar noch darüber hinaus", meinte Till, „ich habe nämlich den Titel der sechsten Folge von Star Trek Next Generation zitiert. Und in dieser Episode eröffnen sich Räume völlig neuer Qualität. Ich schlage vor, dass wir in das Zentrum unseres Bergfestes die einführende Doppelfolge der Next Generation stellen. Und dann verteilen wir weitere ausgewählte Episoden auf Abende der nächsten Wochen. Ich habe schon einen konkreten Plan." „Daran zweifle ich nicht", schmunzelte Bert. „Aber soll das denn alles sein, dass wir quasi zusammen in die Röhre sehen?" „Röhrenfernseher sind von vorgestern", entgegnete Till. „Aber viel wichtiger ist, dass man sich wochenlang mit einer einzigen Episode befassen könnte. Wenn du aber befürchtest, dass du nicht ausgelastet bist, dann schlage ich vor, dass wir vorgehen wie in den letzten Semesterferien. Wir verteilen die Hintergrundforschungen. Dabei trägt der Begriff „Hintergrund" doppelt. Einerseits können wir einen Bogen schlagen von den alten Philosophen und Theologen, die dem Streit unserer Vorfahren zugrunde lagen, hin zu naturwissenschaftlich-basierten neueren philosophierenden Forschern, die unseren Horizont erweitern können. Und andererseits können wir das Star-Trek-Universum unterfüttern mit Basiswissen zu Licht und Lichtgeschwindigkeit und Raum und Zeit und Warpgeschwindigkeit und vielem mehr." „Du hast doch bestimmt schon Persönlichkeiten für mich im Auge?" fragte Bert. „Ich denke, dass es sinnvoll ist, wenn du dich mit Niels Bohr und Werner Heisenberg befasst und ich einige andere Forscher zu Wort kommen lasse, die vielleicht nicht so sehr im allgemeinen Interesse stehen", antwortete Till. „Einverstanden", sagte Bert, „und ich schlage vor den nächsten Samstagabend für das Bergfest anzusetzen. Ich überprüfe unsere Vorräte, damit wir uns eine bunte Pizza aus dem Ofen ziehen können und die eine oder andere Flasche Bier aus der Kiste." „Sehr gut", freute sich Till, „du bekommst dann eine kleine Einführung in das Star-Trek-Universum und ich bin schon ganz gespannt, ob wir gemeinsame Interpretationslinien finden können."

Vom Überschreiten von Grenzen

Der Samstagabend kam und der Pizzateig wurde belegt und in den Ofen geschoben. Das erste Bier war bereits geöffnet und die erste Staffel der Next Generation lag bereit. „Bevor wir uns aufmachen in eine weit entfernte Zukunft, will ich kurz den Rahmen abstecken ohne etwas vorwegzunehmen oder ins Detail zu gehen", begann Till. „Wir sind ja immer Grenzgänger auf dem Weg von der Vergangenheit in die Zukunft. Und diese Grenzerfahrung macht das eigentliche Leben aus. Mein Urgroßvater schrieb ein Buch mit dem Titel „Auf der Grenze". Damit meinte er seine Bewegung zwischen Theologie und Philosophie nach klassischer Einteilung. Aber Grenzerfahrungen haben eine noch viel längere Tradition. Noch heute gehen junge Handwerksgesellen auf die Walz, verbringen also Zeit außerhalb ihres gewohnten Lebensbereichs und sammeln Erfahrungen in neuen Welten. Auch der Militärdienst, so fragwürdig er grundsätzlich auch sein mag, sorgte zunächst für einen Einschnitt in ein Leben durch eine Trennung von Liebgewonnenem um eine Reintegration zu ermöglichen, die dann Basis ist für die Übernahme von Verantwortung in der Gesellschaft." „Das ist auch der Sinn von Initiationsriten", warf Bert ein, „man muss den Eintritt in einen neuen Lebensabschnitt äußerlich sichtbar machen. Und die Walz ist einfach ein gestreckter Ritus. Aber der Zusammenhang zu Star Trek ist mir überhaupt nicht klar." „Das kann sich lediglich um Sekunden handeln", nahm Till den Erzählfaden wieder auf. „Die räumliche und zeitliche Trennung liegt doch auf der Hand, wenn man in einem Raumschiff fremde Galaxien besucht. Und neue Erfahrungen bringt die Konfrontation mit anderen Welten auch ganz natürlich mit sich. Wichtig für uns ist nun, dass wir wirklich einsteigen in die Enterprise und uns mitnehmen lassen. Vielleicht bleiben unsere Erlebnisse dann zweitklassig, weil wir nicht mitriechen und -schmecken können. Aber wir werden herausgenommen aus dem Alltag und unserer vertrauten Welt, tauchen ein in die Kommunikation mit ganz anderen Lebensformen und gewinnen so Kräfte auch für die Bewältigung von irdischen Problemen, weil unser Horizont erweitert wird. Außerdem besinnen sich Menschen auf einer langen Reise auf ihre eigenen Wurzeln und Geschichten. Diese rücken ins Bewusstsein und gewinnen an Bedeutung, weil sie den Reisenden sagen, wer sie sind. Und das wird wichtiger, je weiter man sich entfernt von Vertrautem. Durch das Erzählen von Geschichten werden die Menschen in ihrer Identität bestärkt. Genau das passiert der Besatzung des Raumschiffes Enterprise. Ihre Erlebnisse haben Entsprechungen in ihrer Geschichte. Das liegt sicherlich auch daran, dass sie nicht als unbeschriebene Blätter erleben sondern Vorerfahrungen und Erwartungshaltungen mitbringen." Bert schaute nachdenklich. „Also reisen wir einerseits mit der Enterprise in die Zukunft und andererseits in unsere Vergangenheit, weil sich die Geschichten entsprechen?" „Genau", sagte Till, „dabei kann es sich handeln um Mythen und Figuren aus Heiligen Schriften. Aber auch der formale Rahmen hat eine klassische Entsprechung. Denn durch die Schwarzblenden, an deren Stelle sich im amerikanischen Original Werbung befand, entsteht die Fünf-Akt-Struktur des Aristotelischen Theaters." „Da kann ich wieder mitreden", meinte Bert. „Am Anfang steht die Exposition, also die Eröffnung von Handlungsperspektiven. Dann folgt ein erregendes Moment mit einer Verknüpfung von Handlungsfäden. Im dritten Akt wird der Höhepunkt erreicht. Dann wird innegehalten, fachsprachlich das retardierende Moment. Und schließlich mündet die letzte Veräußerung in eine Lösung oder auch in eine Katastrophe, wobei diese beiden Begriffe das gleiche beschreiben können, wie wir wissen, weil wir des Neutestamentlichen Griechisch kundig sind. Denn im Markusevangelium wirft Jesus die Tische der Händler um, auf dass eine Konzentration auf das Wesentliche im Tempel wieder möglich werden sollte. Und das Verb um-werfen heißt im Original kata-strefo." „Ich bin beeindruckt", lächelte Till. „Und ich will uns auch nicht länger von unserer Sternenreise abhalten.

Lediglich ein Hinweis sei mir noch erlaubt im Anschluss an deine Erwähnung des Evangelisten Markus. Denn unser Kapitän zeigt uns mit seinem Nachnamen, dass er an der Spitze steht und in seinem Vornamen stecken gleich zwei Evangelisten. Ich spreche von Jean-Luc Picard. Dabei könnte Johannes auf den Kapitän als wortgewaltige Lichtgestalt verweisen, gerade wenn wir an den Anfang seines Evangeliums denken. Und Lukas fühlte sich ja als Heidenchrist dem Römischen Reich verbunden so wie Jean-Luc Picard dem Sternenflottenkommando und der Hauptdirektive, auf die wir noch zu sprechen kommen werden."

Von fernen Punkten und parallelen Welten

Mit diesen Worten nahm Till die Fernbedienung in die Hand und sprach: „Energie!" Und so machten sich Till und Bert auf den Weg nach Farpoint Station. Dabei wurden sie von einem Wesen mit scheinbar unbegrenzter Macht aufgehalten. Es konnte verschiedene Gestalten annehmen und sagte von sich: „Wir nennen uns Q!" Q warf der menschlichen Rasse ein aggressives Verhalten vor und forderte Picard auf in die eigene Galaxis zurückzukehren. Dieser tätigte einen Fluchtversuch, der aber trotz des taktischen Manövers der Trennung des Antriebmoduls von der Untertassensektion nicht gelang. Q setzte dann ausgewählte Besatzungsmitglieder konkret auf die Anklagebank eines Gerichts, dem er selber vorsaß. Dabei verlangte er auch durch Einsatz von Gewalt das Aufstehen der Angeklagten. Und er gewährte Picard eine Chance zu beweisen, dass die Menschheit Fortschritte gemacht hat. Diese Chance bestand aus dem Auftrag das Rätsel um Farpoint Station zu lösen. Dort lebten die Bendi, die gute Beziehungen zu der Sternenflottenföderation pflegen wollten. Erlebnisse und Untersuchungen auf der Station führten nun zu dem Verdacht, dass diese auf Kosten eines riesigen Wesens entstanden war, das Materialien durch seine Gestalt darstellen konnte. Dieses Wesen wurde von den Bendi in einer Schwächephase gefangen genommen und genötigt die Station zu simulieren. Als dann ein riesiges vermeintliches Raumschiff auftauchte, stellte sich dieses als Wesen heraus, welches von gleicher Qualität war wie das von den Bendi missbrauchte Wesen. Durch Energiezufuhr half dann die Enterprise dem angeschlagenen Wesen sich zu befreien. Und so zog es mit seinem „Bruder" von dannen. Daraufhin ließ Q von Picard und der Besatzung „auf Bewährung" ab. Und Till und Bert kehrten von Farpoint Station zurück. Till sah Bert erwartungsvoll an. Dieser wollte zunächst keine Bewertung abgeben sondern sprach Details an. „Q gibt ja trotz seiner unbegrenzten Möglichkeiten einen eher traditionellen Herrscher, da er den Pluralis Majestatis benutzt und viel Wert auf seine äußere Erscheinung legt." „Und seine wahre Gestalt ist nicht greifbar", ergänzte Till, „er nimmt Kontakt auf zu den Menschen, stellt sie quasi in Frage und prüft sie, aber er scheint nicht an Raum und Zeit gebunden." „Das war ein Wink mit dem Zaunpfahl", grinste Bert, „Q wie Question - der In-Frage-Steller heißt Q aufgrund des englischsprachigen Originals. Und seine Richterqualität erinnert natürlich an den Gott des Alten Testaments. Jetzt fällt mir auch ein, woran mich Q erinnert, wenn er das Antriebsaggregat der Enterprise in Form einer Energiewolke verfolgt, nämlich an den brennenden Dornbusch aus dem Beginn des dritten Exoduskapitels." „Im weiteren Verlauf des Exodus sagt dann Gott zu Mose, dass er das Volk als widerspenstig erkannt hat und es strafen will", warf Till ein. „Aber Mose legt ein gutes Wort für das Volk ein und stimmt Gott ein Stück weit um, so dass dieser davon absieht seine Drohung wahr zu machen." „Der Anführer des auserwählten Volks wird also hier mit dem Anführer der Enterprisebesatzung verglichen", führte Bert den Ansatz zu Ende. „Und Picard vermag es wie Mose Einfluss zu nehmen auf den, der nicht an Raum und Zeit gebunden ist. „Das Geschöpf wandelt den Schöpfer" hat Carl Gustav Jung in seiner Antwort auf Hiob dazu gesagt." „Wie Hiob Gott macht Picard Q konkrete Vorhaltungen, die dieser nicht einfach so wegwischen kann", ergänzte Till. „"Du bist der Wilde! Du lässt den Tod geschehen!" sagt unser Kapitän." „Und tatsächlich nimmt Q sowohl bei dem Fluchtmanöver als auch bei der sogenannten Bewährungschance billigend in Kauf, dass Teile der Enterprisebesatzung Schaden nehmen", fügte Bert hinzu. „Wie bei der Sintflut", nahm Till den Gedanken auf, „zwar wird der Fokus auf die Rettung durch die Arche gelegt, aber grundsätzlich wird Leben vernichtet." „Die Arche habe ich auch gesehen", sagte Bert. „Vor der Trennung der Enterprise in Zufluchtsort und Kampfstation sah man verschiedene Menschen auf dem Weg in die sichere Herberge. Aber eins ist mir noch nicht klar geworden, nämlich der Name der Station auf dem fernen Planeten." „Da habe ich natürlich Vorteile durch meine mathematische Grundbildung", freute sich Till. „Meistens bewegt man sich im Matheunterricht im zweidimensionalen Raum, nämlich im Bereich der sogenannten Euklidischen Geometrie. Und da ist es selbstverständlich, dass sich Parallelen nicht schneiden. Das gilt aber nicht für Nicht-euklidische Geometrie. Dort schneiden sich Parallelen in einem unendlich fernen Punkt, dem Fernpunkt, der auf englisch Farpoint heißt." „Ich verstehe", meinte Bert, „die Parallelen bedeuten zwei Welten, die einander fremd sind. Und auf Farpoint Station treffen Wesen aufeinander, für die andere Gesetze gelten bezüglich der Beziehung von Gestalt, Materie und Energie." „Und wie gefällt dir nun unsere Reise zu den Sternen?" fragte Till gespannt. „Ich bin doch positiv überrascht", gab Bert zu, „und ich freue mich auf weitere Abenteuer." „Na ja", meinte Till, „Euphorie hört sich anders an, aber ein Anfang ist gemacht. Ich schlage vor, dass du unsere zweite Reise einleitest mit Informationen zu Heisenberg und Bohr. Du fühltest dich ja nicht ausgelastet." „Ich habe mir schon Gedanken dazu gemacht", erwiderte Bert. „Ich will häppchenweise eher inhaltlich orientiert arbeiten und weniger Wert auf die beiden Persönlichkeiten legen." „Gerne und ganz, wie du meinst", lächelte Till und hielt Bert seine Bierflasche hin um durch ein Anstoßen den Plan zu besiegeln. Damit war der eher anspruchsvolle Teil des Bergfestes absolviert und sie entschlossen sich spontan noch ein wenig um die Häuser zu ziehen.

Die Möglichkeit des Seins liegt dem Sein zu Grunde

Die Einleitung zur zweiten Sternenreise übernahm also Bert. „Naturwissenschaftliche Forschung bedeutet, dass man die Natur zum Objekt der Betrachtung macht. Hier ist also schon ein Dualismus zwischen Geist und Materie angelegt. Das kann in der Biologie zum Problem werden, da Leben auf der Grenze von Körperlichem und Geistigem stattfindet und ein Eingriff zum Tod führen kann. In der Physik aber kümmert man sich in erster Linie um unbelebte Materie. Diese wurde Versuchen unterzogen und so kam man zu Naturgesetzen als Verstandeskonstruktionen auf der Basis von Messergebnissen. Im Bereich der Makrophysik klappte das problemlos. Im atomaren Bereich ist es jedoch eher Zufall zu nennen, wenn bei gleicher Versuchsanordnung ein in Bezug auf Raum und Zeit konkretes Einzelergebnis wiederholt auftritt. Und in diesem Bereich forschten in erster Linie Niels Bohr und Werner Heisenberg. Beide stellten einerseits fest, dass im Mikrokosmos die Wahrscheinlichkeit regiert und nicht die klassische Kausalität und andererseits, dass der Beobachter nicht wirklich vom Objekt der Beobachtung abgetrennt werden kann. Heisenberg sagt ganz ausdrücklich, dass die Quantentheorie sich deutlich abhebt von der Zweiteilung der Welt nach dem Bild Descartes´. Weiterhin stellen beide die Bedeutung der Sprache heraus, da sie erkannt haben, dass Vorgänge, die von den Sinnesorganen nicht direkt wahrgenommen werden können, auch nicht in einer anschaulichen direkten Sprache beschrieben werden können. Ihnen war der Charakter der Sprache als Symbolverknüpfung klar und so konnten sie elementar unterscheiden zwischen Modell und Wirklichkeit. Heisenberg hat das in seinem Werk „Ordnung der Wirklichkeit" verdeutlicht und Bohr hat eine Sprachfigur mit neuem Leben gefüllt, die dann quasi eine eigene Denkschule begründete. Ich rede von dem Begriff der Komplementarität. Aber dazu will ich mich später noch genauer äußern." „Du machst mich neugierig", unterbrach ihn Till, „ich selbst habe nur einen eingeschränkten Blick in die Physik. Ich habe dich gebeten etwas über Bohr und Heisenberg zu sagen, weil diese beiden immer wieder genannt werden, wenn über den Tellerrand geschaut werden soll. Bei Bohr ist dann neben seinem Atommodell immer vom Begriff der Komplementarität die Rede. Aber bei Heisenberg vermisse ich die Unschärferelation." „Die wird nicht unter den Tisch fallen", erwiderte Bert. „Einerseits kann ich nicht in zehn Minuten alle für uns wichtigen Botschaften präsentieren und andererseits bemühe ich mich um einen aus meiner Sicht systematischen Aufbau. Und dieser sieht nun vor, das ich die beiden Forscher konkret verorte. Die Grundlagen für die moderne Physik wurden in den ersten drei Jahrzehnten des letzten Jahrhunderts im nördlichen Teil Mitteleuropas gelegt. Die erste Hochburg Deutschlands war zu der Zeit Berlin. Hier hat mein Urgroßvater 1916 die Allgemeine Relativitätstheorie formuliert. Das zweite Zentrum der Physik war Göttingen. Hier forschte Heisenberg. Der schloss sich aber zu Beginn der zwanziger Jahre der Kopenhagener Gruppe unter der Leitung von Niels Bohr an. Dadurch entstanden gute Kontakte zwischen den Göttinger und den Kopenhagener Forschern. Das führte auch dazu, dass die Göttinger eher der Kopenhagener Deutung der Quantentheorie zustimmten. Die Berliner dagegen standen unter dem Einfluss von Einstein, der nicht auf sein Kausalitätsideal verzichten wollte. Mein Uropa versuchte Bohrs Sichtweise zu verunglimpfen, indem er diesem unterstellte, dass er einem Elektron einen freien Willen zuordnen wollte, weil Zeitpunkt und Richtung der Bewegung desselben nicht vorhersagbar waren. Auch zwanzig Jahre später konnte Einstein sich nicht dazu durchringen, seine Meinung zu revidieren. Allerdings war ihm wohl klar, dass gerade die jüngeren Kollegen an dieser Stelle an Altersstarrsinn dachten. Bohr und Heisenberg jedenfalls hatten das Gespenst allgemeiner Vorhersagbarkeit verscheucht und so den Laplaceschen Dämon besiegt. Und so wurde man sich einig, dass die klassische Physik das Sein betrachtet und die Quantentheorie die Möglichkeit des Seins. Dabei werden natürlich nicht die Naturgesetze außer Kraft gesetzt. Aber es kommt in den Blick, dass durch die Beobachtung ein System mit einer Außenwelt verbunden wird. Und so ist der Mensch nicht lediglich Zuschauer sondern auch Teil einer Systemverbindung. Das führt dazu, dass einerseits die Art und Weise einer Forscherfrage schon die Antwort vorstrukturiert und andererseits der Forscher sich nicht als neutraler einflussloser Außenstehender begreifen kann." „An dieser Stelle muss ich dich unbedingt unterbrechen", sagte Till, „ich möchte dich bitten die Fortsetzung auf die nächste Sternenreise zu verschieben. Nun müssen wir sofort die Episode „Der Gott der Mintakaner" sehen."

Von stechenden Blicken

„Der Zusammenhang wird sofort klar, wenn wir auf den amerikanischen Originaltitel hören", setzte Till fort. „Der lautet nämlich „Who watches the watchers?". Aber ich will dich nicht unterfordern sondern vielmehr dein Latinum feiern. Das wahre Original stammt nämlich von dem römischen Satiriker Juvenal und lautet „Quis custodiet ipsos custodes?". „Ich würde eher mit Wächter oder Bewacher übersetzen statt mit Beobachter, wie es der englische Titel nahelegt", entgegnete Bert, „aber der Zusammenhang ist mir schon klar, denn es geht darum, dass die Wächter sich selbst einer Kontrolle bezüglich ihres Verhaltens nicht stellen und so kann ein Einfluss der Bewacher auf die zu Bewachenden nicht ausgeschlossen werden. Wandle auf den Spuren des Kapitäns!"

Till ließ sich nicht zweimal bitten und sprach: „Energie!" Und so besuchten Till und Bert den Planeten Mintaka III, deren Einwohner keine Raumfahrt kennen und sich also nach klassischer Einschätzung auf einer niedrigeren Entwicklungsstufe befinden. Ein direkter Kontakt ist nach der Hauptdirektive nicht möglich. Diese verbietet eine Einmischung in die Entwicklung fremder und insbesondere aus Sicht der Sternenflotte rückständiger Zivilisationen. Die von Anthropologen an einem steilen Berggelände eingerichtete Beobachtungsstation wurde also getarnt um einen Einfluss zu vermeiden. Aufgrund von technischen Problemen versagte die Tarnung jedoch und es wurden Wissenschaftler verletzt, um die sich die herbeigerufene Besatzung der Enterprise kümmern sollte. Noch bevor der Tarnungsgenerator seine Arbeit wieder aufnehmen konnte, bemerkte ein Mintakaner das Geschehen und stürzte vor Schreck einen Felsvorsprung herab. Die Schiffsärztin Dr. Crusher, Teil des Außenteams, eilte dem Schwerverletzten zu Hilfe und ließ ihn zur Behandlung auf die Krankenstation beamen. Den Beamvorgang bemerkte dessen Tochter. An dieser Stelle wurde die Hauptdirektive schon mehrfach verletzt. Durch die defekte Tarnung wurde eine Kettenreaktion ausgelöst. Zudem konnte einer der Anthropologen zunächst nicht lokalisiert werden, da er bei einem Versuch der Reparatur aus der Station geschleudert wurde. Als Gegenmaßnahmen im Hinblick auf die Verletzung der Hauptdirektive wurde der Versuch unternommen das Kurzzeitgedächtnis des verletzten Mintakaners zu löschen und es wurde ein getarntes Suchteam auf den Planeten gebeamt um den verletzten Anthropologen zu finden. Aber beide Maßnahmen griffen nicht. Vielmehr erklärte der geheilt zurückgekehrte Mintakaner, dass ihm von Picard ein neues Leben geschenkt wurde und andere Bewohner von Mintaka III fanden den verletzten Wissenschaftler. Nach weiteren vergeblichen Versuchen der Rettung der Situation beschloss Jean-Luc Picard die vermeintliche Anführerin der Einwohnerschaft des Planeten an Bord der Enterprise aufzuklären. Vor allem wollte er ihr erklären, dass er keineswegs quasi göttliche Fähigkeiten hat. Schließlich beamte Picard zusammen mit der Anführerin auf die Oberfläche und erklärte persönlich, dass er kein Gott ist. Aber der geheilte Mintakaner konnte das nicht akzeptieren und und nahm den Nachweis selbst in die Hand, indem er mit einem Bogen auf Picard schoss. Als der Kapitän getroffen zusammenbrach, wurde klar, dass er aus Fleisch und Blut und verletzbar ist. Picard konnte geholfen werden und so kam es zu einem Abschiedsbesuch, bei dem er die Situation erklärte und versprach, dass die Beobachtungsstation abgebaut wird. Er ermutigte die Mintakaner eigene Schritte in die Zukunft zu tun ohne Einmischung. Diese zeigten sich verständig und äußerten die Hoffnung, dass auch ihr Volk eines Tages zu den Sternenfahrern gehören möge. Das hatten Till und Bert den Mintakanern voraus. Zurück auf dem Heimatplaneten nahm sich Bert den ersten Kommentar. „Das Dilemma hat seine Entsprechung in der jüngeren Geschichte. Wenn die Vereinten Nationen Beobachter in ein Land schicken, dann bleibt das nicht ohne Wirkung. Dabei müssen die Beobachter gar nicht auf einem höheren Niveau vorleben oder von ihren guten Erfahrungen mit einer freiheitlich-demokratischen Grundordnung erzählen. Es reicht schon, dass die Beobachtung als solche registriert wird und die Beobachteten die Situation kritisch hinterfragen. Das allein führt schon zu einer Veränderung. Somit ist dann von einer zumindest indirekten Einmischung zu sprechen." „Das stimmt", ergänzte Till, „allerdings ist dieser Fall doch eher eine zurückhaltende Variante. Es gab ja auch schon die Idee, Gesellschaftsformen nach westlichem Vorbild quasi von oben zu etablieren. Das ging aber oft nach hinten los." „Auch die Hilfe zum Überleben, wie Dr. Crusher sie praktiziert, bedeutet eine Einflussnahme", sagte Bert. „Ich denke dabei an Bootsflüchtlinge. Wenn man denen bei einer Kenterung hilft, und das sollte ja selbstverständlich sein, dann könnte das bedeuten, dass sich eine immer größere Gruppe aufmacht und so die Zahl möglicher Opfer steigt." „Zudem bedeutet das eine Schwächung der abgebenden Gesellschaft", erwiderte Till, „denn auf so eine Bootsfahrt, sei es auch auf einem eher seeuntüchtigen Kahn, werden eher die Jüngeren und Gebildeteren und Reicheren eines armen Landes geschickt." „Vielleicht sind diese Vergleiche auch problematisch", warf Bert ein. „Wir leben in einem System auf einer Erde und sind immer vernetzter auch durch Entwicklungen im Bereich der Information und Kommunikation. Um wirklich einander fremde Systeme in eine Beobachtungsbeziehung zu bringen, müssen wir wohl weit in die Geschichte zurückgehen. Ich denke da an Kapitän James Cook. Der war als Weltentdecker vornehmlich in der Südsee unterwegs und besuchte sogenannte primitive Eingeborene, für die er mehr als ein Held war. Das lag auch daran, dass diese Inselbewohner einen Mythos kannten, nach dem eines Tages ein Gott mit weißen Segeln über das Meer kommen sollte. Als dann Cook ein weiteres Mal die Insel besuchte, prüften die Einwohner, ob der Kapitän wirklich göttliche Qualitäten hatte, indem sie seine Macht zur Wiederauferstehung testeten. Und so wurde James Cook in der Südsee begraben." „Interessant", meinte Till, „diese Geschichte könnte tatsächlich die Vorlage für dieses Sternenabenteuer sein. Vielleicht hätte James Cook sich anders verhalten, wenn er den Mythos gekannt hätte." „Vielleicht wäre er dann zu Hause geblieben", antwortete Bert lakonisch. „Denn er hätte das Rad der Geschichte nicht zurückdrehen können. Und er hätte auch nicht den Mythos als Unsinn erklären oder gar einen wissenschaftlichen Vortrag über die Bedeutung von Mythen halten können." „Ich stimme dir zu", nickte Till, „aber möglicherweise hätten Cook beziehungsweise Picard sich zu einem Teil der einheimischen Mythologie erklären können, um diese dann zu erweitern, indem sie quasi vom Himmel auf die Erde zu den Menschen herabgestiegen wären." „Das ist eine schöne Idee, die mir irgendwie bekannt vorkommt", lächelte Bert. „Ich denke aber, dass wir unsere Erfahrungen auf Mintaka III nicht schönreden sollten. Denn schon die als Hochsitz ausgebildete Beobachtungsstation verweist auf den tendenziell gewalttätigen Charakter, die jeder Beobachtungstätigkeit innewohnt." „Da gibt es keine zwei Meinungen", bestätigte Till. „Aber ich möchte noch kurz zurückkommen auf den Gott, der vom Himmel herabsteigt. So wie sich die göttliche Qualität in Jesus als Christus inkarniert, so zeigt sich doch auch Jean-Luc Picard den Mintakanern und ist bereit ein Opfer zu bringen." „Glücklicherweise steht er nicht von den Toten sondern von den Verletzten auf und seine Himmelfahrt ist für die Besatzung der Enterprise Tagesgeschäft", reihte Bert den Kapitän in die Reihe der Menschen ein." „Das ist ein gutes Stichwort", sagte Till, „Ich stehe jetzt von den Sitzenden auf und gehe ein zentrales Tagesgeschäft, oder besser ein zentrales Nachtgeschäft, an. Wahrscheinlich werde ich auf meiner Himmelfahrt noch einmal auf Mintaka III zurückzukehren. Gute Nacht!"

Hintergründiges wird unscharf, wenn Vordergründiges den Blick fängt

Die dritte Reise zu den Sternen ließ nicht lange auf sich warten. „Heute werden wir dem Reisenden begegnen", freute sich Till, als er die Datenscheibe einlegte. „Die Übersetzung von „Where no one has gone before" mit „Der Reisende" hat mir zunächst gar nicht gefallen. Allerdings hat diese deutliche Akzentverschiebung auch ihren qualitativen Reiz, denn aus einer Begegnung mit einer besonderen Persönlichkeit kann man wohl mehr Wärme generieren als außerhalb jeglicher Heimat. Aber bevor wir starten, willst du fortsetzen auf dem Wege uns deine Hintergrundforschungen näher zu bringen. Beim letzten Mal habe ich dich unterbrochen, als du davon sprachst, dass grundsätzlich ein Messender nicht ohne Einfluss auf die Messung bleiben kann." „Das hast du als Anlass für unsere Reise nach Mintaka III genommen", begann Bert. „Und ich will nun zur Unschärferelation kommen, die du ja schon angemahnt hast. Diese wurde 1927 von Heisenberg formuliert. Danach sind Ort und Geschwindigkeit, ein Physiker würde wohl eher Impuls sagen, eines jeden Körpers grundsätzlich nicht gleichzeitig beliebig genau messbar. Während dieser Effekt im Makrokosmos praktisch bedeutungslos ist, spielt er eine wichtige Rolle im mikrokosmischen Bereich. Die Unschärferelation bedeutet einen wichtigen Schritt im Hinblick auf die Widerlegung des klassischen Kausalitätsideals. Wie wollte man Zukünftiges exakt voraussagen, wenn man nicht einmal die Gegenwart genau bestimmen konnte? Dabei liegt die Undurchführbarkeit einer genauen Messung nicht an der fehlenden Messgenauigkeit der Apparatur sondern ist grundsätzlicher Natur. Allerdings bleibt hier ein göttlicher Spielraum, denn ein übernatürliches Wesen, welches der Beobachtung fähig ist, ohne auf das Beobachtete einzuwirken, kann die Strukturgesetze des Seins trotz Unschärferelation genau erkennen. Ich will die Unschärferelation in einem Bild etwas näher erläutern. Der alltäglich-gegenständliche Bereich gleicht einem völlig ebenen Fußballplatz, auf dem ich unter Einsatz meiner passablen technischen Fertigkeiten Ort und Geschwindigkeit eines Balles für die nähere Zukunft ziemlich genau vorhersagen kann, direkt nachdem ich gegen denselben getreten habe. Wenn ich mich nun zusammen mit dem Ball um ein Vielfaches verkleinern könnte, mich also tendenziell in den Bereich des Mikrokosmos begebe, so dürfte jeder Grashalm den Ball von seiner zunächst vorausberechneten Bahn abbringen. Der Ballweg wäre also zum Beispiel vom Wind abhängig, der die Grashalme bewegt. Und dieser Wind gehört zumindest nicht in einen Bereich, der einem Kausalitätsideal in einer Weise genügt, so dass Vorhersagbarkeit im Detail möglich ist. Eher würde man von einem chaotischen System sprechen. Mein Urgroßvater aber würde hier Einspruch einlegen und sagen: „Setz' dir eine Brille auf, so dass du die entsprechenden Lagen der Grashalme in deine Planung einbeziehen kannst und ruf' beim Wetteramt an, auf dass sie dir die Windrichtung mitteilen!" Allerdings gibt es nach Heisenbergs Unschärferelation aus prinzipiellen Gründen eine hinreichend gute Brille beziehungsweise eine hinreichend genaue Wettervorhersage nicht. Natürlich konnte Einstein eine solche Brille auch nicht finden. So versuchte er, die Unbestimmtheit gedanklich-logisch zu widerlegen. Mein Uropa schloss aus verschiedenen Gedankenexperimenten auf eine Unvollständigkeit der so genannten Kopenhagener Deutung der quantenmechanischen Prozesse, da er die Widerspruchsfreiheit nicht leugnen konnte. Für ihn war der statistische Charakter der Quantentheorie ein Fingerzeig auf eine nicht umfassende Beschreibung von Wirklichkeit. Er wollte die Möglichkeit nicht hinnehmen, dass zukünftige Physik sich auf Statistik gründet. Für ihn war der Abschied von einer determinierten Welt ein nahezu existenzieller Verlust. Einstein wollte sich der Realität stellen – sozusagen von Angesicht zu Angesicht. Und so konnte er es nicht ertragen, dass es in der Welt des Kleinen keine Realität seiner Definition gibt. Steinen und Bäumen ist es vielleicht gleich, ob sie beobachtet werden oder nicht. Das gilt aber nicht für ein Atom. Wenn dieses angeregt ist, wird es ein Photon emittieren. Man kann den Zeitpunkt aber nicht voraussagen und es gibt keine ersichtliche direkte Ursache. Gegen diesen Forschungsstand führte mein Urgroßvater schließlich seinen Instinkt ins Feld, der ihn in seinem bisherigen Leben zu bahnbrechenden Erkenntnissen geführt hatte. Aber aus heutiger Sicht müssen wir wohl konstatieren, dass es sich eher um Vorurteile handelte oder um für ihn nicht verhandelbare Grundannahmen. Ein Problem bei der Beobachtung von Quantenphänomenen ist ja, dass die Messinstrumente mit Hilfe der Begriffe der klassischen Physik beschrieben werden müssen, damit die Ergebnisse für jeden Beobachter nachvollziehbar sind. Dabei hat der sogenannte Beobachter nicht zwingend typisch menschliche Eigenschaften. Vielmehr handelt es sich um eine Zählmaschine, die bei der Registrierung keine bewussten Entscheidungen trifft. So ist eine Einflussnahme durch ein aktives Eingreifen beim Messvorgang ausgeschlossen. Aber vor dem Messvorgang existiert eine besondere Fragestellung, deren Einfluss nicht ignoriert werden kann. Wenn man zum Beispiel zu einem bestimmten Zeitpunkt fragt, welcher Anteil einer gegebenen Anzahl von Radiumatomen in der nächsten Sekunde zerfallen wird, so kann man lediglich verschiedenen Anteilen Wahrscheinlichkeiten zuordnen. Allerdings geht es hier keineswegs darum den Atomen Willensfreiheit zuzugestehen. Auch stören Messvorgänge die Atome nicht und sie bekommen dadurch auch keine neuen Eigenschaften. Gegen solchen Mystizismus als falsch verstandenes Forschungsergebnis wenden sich Bohr und Heisenberg. Vielmehr tritt an die Stelle einer voraussagbaren Wirklichkeit eine natürliche Entwicklung. Und es wird der Blick dafür geweitet, dass der klassischen Physik eine idealisierte Wirklichkeit zu Grunde liegt, für deren Beschreibung von einer Objektivierbarkeit alles Seins ausgegangen wird. Dabei tritt der Objektivierer aus dem Fluss des Seins und darf nicht erwarten, dass er das Geheimnis des Seins enträtselt, wenn er eine Schöpfkelle nimmt und schöpft." „Wahre Beobachtung ist nur durch den wahren Schöpfer möglich", unterbrach Till den Redefluss Berts. „Und der braucht keine Kelle." „Der braucht auch weder Messungen noch symbolische Operatoren und Rechenregeln für diese", ließ sich Bert nicht beirren. „Wichtig für uns ist die Erkenntnis, dass der Makrokosmos zunächst sinnvoll mit den Möglichkeiten der klassischen Physik beschrieben werden kann, diese aber einen Grenzfall darstellen in Bezug auf Wahrnehmung von Wirklichkeit. Wenn wir über diesen Grenzfall hinausgehen wollen, dann müssen wir den Bereich der direkten und anschaulichen Sprache verlassen. Da aber Ergebnisse von Experimenten in gewöhnlicher Sprache mitgeteilt werden, muss man im Bereich der Quantentheorie mit dem Paradoxon leben, dass Form und Inhalt einander nicht direkt entsprechen können." „Das ist ja im Bereich des Religiösen an der Tagesordnung", warf Till ein. „Der Schöpfer schöpft ohne Körper und ohne Kelle. Aber die Sprache bedient sich dieser Bilder und schafft so eine Vorstellung, die hilfreich ist für eine Ahnung des Geschehens. Aber Form und Inhalt dürfen nicht miteinander verwechselt werden." „Wir sind da völlig einer Meinung", entgegnete Bert. „Dennoch gibt es natürlich einen qualitativen Sprung bezüglich der Beziehungen von Schöpfer und Geschöpf beziehungsweise von Registrierungsapparatur und Beobachtungsobjekt. Wechselwirkungen im Bereich der klassischen Physik können vernachlässigt werden, im Subatomaren nicht. Uns als Geschöpfen ist aber im Gegensatz zu Atomen sehr wohl Freiheit zugeordnet. Und diese Freiheit bestimmt das Verhältnis von Gott und Mensch." „Wechselwirkungen in diesem Verhältnis können dazu führen, dass Freiheit nicht als Freiheit von etwas sondern als Freiheit für etwas erfahren wird", ergänzte Till. „Im Anschluss an Paulus würde Luther sagen, dass wir einerseits frei sind vom Gesetz und andererseits frei für Nächstenliebe." „Auch hier bestimmt die Fragestellung das Ergebnis", nickte Bert, „es kann nicht um absolute Erkenntnisse über atomare Objekte gehen sondern um Kenntnisse von etwas, was zu einem Beobachtungsgegenstand der Physik gemacht worden ist. Genauso macht es keinen Sinn absolute Freiheit zu proklamieren, da der Mensch ein Beziehungswesen ist. Vielmehr ist es angemessen von relativer Freiheit zu sprechen, der eben ein Beziehungsgeflecht zu Grunde liegt." „Und dieses Beziehungsgeflecht ist in stetem Fluss begriffen", übernahm Till. „Zudem lassen sich verschiedene Aspekte nicht gleichzeitig beobachten, da sie in einem komplementären Verhältnis zu einander stehen. Je genauer man einen Aspekt in den Blick nimmt, desto ungefährer wird die Kenntnis von anderen Aspekten." „Du hast die Unschärferelation gut erfasst und ihren Bedeutungsbereich schön erweitert", lächelte Bert. „Genau in diese Richtung geht auch meine Motivation. Ich definiere hiermit die Unschärferelation der Geschichte. Und zwar geht es um das Verhältnis von Sage zu moderner Geschichtsschreibung. Eine Sage erzählt Geschichte nicht möglichst objektiv, sondern indem das wahrnehmende Subjekt mit seiner Sicht der Dinge in das Weitergesagte eingebaut wird. Dadurch bleibt ein Zusammenhang zwischen Messbarem und Erlebtem erhalten. Eine Chronik dagegen stellt Ereignisse nüchtern in zeitlicher Reihenfolge dar." „Der Ansatz gefällt mir", meinte Till, „aber moderne Geschichtsschreibung geht doch über eine Chronik hinaus. Sie erkennt die Bedeutung der Interpretation durch den Geschichtsschreiber." „Ganz genau", antwortete Bert, „und die Interpretation beginnt schon bei der Art und Weise, in der Daten dargestellt werden. Der Geschichtsbeobachter kann sich um Neutralität und Objektivität noch so sehr bemühen, sobald er Daten strukturiert, hat er Einfluss genommen. Wichtig ist mir aber auch, dass aus einem präzisen Detailstudium notwendigerweise folgt, dass der Zusammenhang und andere Einzelheiten verloren gehen beziehungsweise unscharf werden. Das gilt auch für die Theologie im engeren Sinne. Je stärker man den personalen Charakter Gottes betont, desto mehr tritt seine Unbedingtheit in den Hintergrund. Das gilt natürlich auch umgekehrt. Wenn man in den Vordergrund stellt, dass Gott ein absoluter und überlegener Souverän ist, dann verschwimmt die göttliche Liebe, die wir quasi von Angesicht zu Angesicht erfahren können." „Die Unschärferelation der Theologie – das könnte einen Eintrag in die Geschichtsbücher geben!", zeigte sich Till euphorisch. „Dabei ist das Prinzip einfach und erfahrungsgesättigt", gab sich Bert bescheiden. „Auf einem Foto verschwimmt der Hintergrund auch, wenn man die Blume im Vordergrund fokussiert. Und auf einer Fähre kann man das erleben. Je unklarer der Blick auf den einen Hafen wird, desto schärfer wird der andere." „Dieser lebensweltliche Bezug erhöht sogar noch die Bedeutung deiner Erkenntnis", entgegnete Till. „Und außerdem hast du eine Steilvorlage geliefert für unseren Reisenden, der nicht nur einen Hafen repräsentiert sondern sogar auf der Fähre mitreist. Ich bin stolz auf dich und ernenne dich hiermit zum Kapitän ehrenhalber – ich bin bereit."

Gedankenkraft bewegt grenzenlos

Bert freute sich, machte den Rücken gerade und sagte: „Energie!" Und so begegneten sie an Bord der Enterprise dem Reisenden, der unscheinbar und im Hintergrund als Assistent eines Warpexperten auftrat. Der vermeintliche Experte sollte den Antrieb verbessern durch neue Einstellungen. Jedoch schlug das Warpexperiment fehl und die Enterprise wurde in einen Bereich des Alls geschleudert, in dem noch niemand war. Der Reisende erschien in einer Art Gefangenenanzug und sagte auf Anfrage, dass sein eigentlicher Name für Menschen unausprechbar sei. Es stellte sich heraus, dass er in der Lage war durch Gedankenkraft Energie zu erzeugen. Diese Möglichkeit wollte er einsetzen um die Enterprise in bekannte Gefilde zurückzuführen. Dabei wandelte er durch Handauflegen seine Energie in Antriebskraft um. Da allerdings zuvor der junge und talentierte Wesley Crusher, der sich zu dem Reisenden hingezogen fühlte, die Grundeinstellungen des Warpantriebs änderte, entfernte sich das Raumschiff noch weiter von ihrer Heimat in eine Sphäre, in der Raum, Zeit und Gedanken nicht getrennt werden konnten. Wesley beobachtete bei der vermeintlichen Rettungsaktion den Reisenden, über den er dann sagte, dass er desintegrierte, also in Auflösung begriffen war. Der geschwächte Assistent erholte sich auf der Krankenstation und wurde daraufhin zur Rede gestellt und versicherte, dass er lediglich im Raumschiff der Menschen mitreisen wolle. Er machte auf die veränderten Umstände aufmerksam, indem er sagte, dass das Gedachte Realität werden könnte. Und er ergänzte, dass Kinder einen intuitiven Zugang zu dieser Wirklichkeit erlangen könnten. Weiterhin wies er in Anspielung auf Wesley darauf hin, dass die Förderung talentierter Kinder ein besonderes Augenmerk erfordere. Schließlich gab er Picard den Hinweis, dass seine Fähigkeiten wie eine Linse wirkten, die Gedankenströme bündeln könnte. So befahl dann Picard der gesamten Besatzung Gedankendisziplin walten zu lassen und dem Reisenden Kraft zufließen zu lassen. Dadurch gelang die Rückkehr in die heimatliche Galaxis. Allerdings bedeutete diese übergroße Kraftanstrengung für den Reisenden eine vollständige Desintegration. Und so teilte Picard der Besatzung mit, dass der Reisende sie verlassen hätte. „Das Ende stimmt zunächst traurig, aber insgesamt dominieren Elemente einer frohen Botschaft", lächelte Bert. „Du hast natürlich sofort den Braten gerochen", stellte Till zufrieden fest. „Die Parallelen werden auf schöne Weise deutlich. Gleich zu Beginn der Geschichte wahrt der Reisende Zurückhaltung und verweist nicht etwa auf seine besondere Herkunft." „Zwar reitet er nicht auf einem Esel ein, aber durch seine Kleidung wandelt er auf vergleichbaren Pfaden", übernahm Bert. „Er sucht Kontakt zu den Menschen und nimmt dafür ihre Gestalt an. Dann heilt er durch Handauflegen und interessiert sich insbesondere für den Jungen Wesley, den er fördern will ohne in seine Entwicklung einzugreifen." „Lasset die Kinder zu mir kommen und wehret ihnen nicht", zitierte Till. „Davon erzählen sowohl Markus als auch Matthäus und Lukas." „Sehr gelungen finde ich auch, dass die Enterprise vom Kurs abkommt, weil die Grundeinstellungen nicht stimmen", meinte Bert, „dieses Phänomen kann man ja in vielen gesellschaftlichen Gruppen beobachten. Fehlen Respekt, Toleranz und Vertrauen, dann kann ein Vorhaben nicht gelingen." „Diese Grundeinstellungen müssen über das Bewusstsein verankert werden", nickte Till. „Das wird deutlich, als Picard an die Besatzung appelliert dem Reisenden Vertrauen und Kraft zu spenden, man könnte wohl auch von Liebe sprechen. Jedenfalls wird so entscheidend auf das Sein Einfluss genommen und Heimat zurückgewonnen." „Allerdings handelt es sich keineswegs um eine Leistung der Schiffsbesatzung", setzte Bert einen anderen Akzent, „ohne den Reisenden wäre die Enterprise verloren gewesen." „Stimmt", entgegnete Till, „denn der Reisende verbessert entscheidend den Antrieb der Menschen. Und natürlich gehören auch hier Sein und Bewusstsein zusammen. Denn ohne die Erfahrung des Verlusts von Heimat und ohne die konkrete Erfahrung, dass Gedanken auch zur Entfremdung führen können, wäre die höhere Bewusstseinsstufe nicht erreichbar gewesen." „Eigentlich beginnt für die Enterprise nun eine neue Zeitrechnung", überlegte Bert, „denn einerseits haben sie die Bedeutung der Energieform Liebe und Vertrauen neu kennengelernt und andererseits wissen sie nun, dass sie in der unendlichen Weite des Raums auch Hilfe und Zuwendung erfahren können. Das war ja zu Beginn des Sternenabenteuers noch anders, als sie auf Q trafen." „Genau", bestätigte Till, „der Neue Bund und die Frohe Botschaft sind hier auf eine Episode verdichtet. Zwischen Ostern und Himmelfahrt liegen nur wenige Minuten." „Allerdings wurden Tod und Auferstehung doch sehr entschärft", bemerkte Bert. „Eine Sache ist mir aber noch nicht ganz klar geworden, nämlich der Umgang mit dem Warpantrieb." „Gerade in dieser Episode wird schön deutlich, dass der Warpantrieb das Herz des Raumschiffs darstellt", meinte Till. „Dieses Herz pulsiert und gerät dabei in beklemmende Hektik, als eine Geschwindigkeit außerhalb aller Skalen erreicht wird." „Genau an dieser Stelle musst du mich noch elementarer aufklären", unterbrach Bert, „wie funktioniert überhaupt dieser Antrieb?" „Normalerweise reisen wir von einem festen Ort A zu einem festen Ort B", antwortete Till, „dabei können wir durch die Wahl des Fortbewegungsmittels die Geschwindigkeit bestimmen. Allerdings gibt es bei dieser Art des Reisens eine Grenze, nämlich die Lichtgeschwindigkeit. Schneller als das Licht kann grundsätzlich niemand reisen. Diese Grenze kann aber mit Hilfe einer alternativen Methode geknackt werden. Dafür muss man die Raumzeitstruktur verändern. Das bedeutet, dass die Punkte A und B durch hohen Energieeinsatz aufeinander zu bewegt werden. Dadurch wird die Reisestrecke kürzer und kann sogar gegen eine Identität streben. Diese Omnipräsenz wird durch die Geschwindigkeit Warp 10 symbolisiert." „Ist das nun reine Fiktion oder basiert der Warpantrieb auf physikalischer Erkenntnis?" fragte Bert. „Darüber wird gestritten", entgegnete Till, „die Raumzeitkrümmung ist ein Fakt, aber die benötigte Energiemenge könnte zu hoch sein. Zudem dürften die Nebenwirkungen erheblich sein. Aber das ist für mich nicht entscheidend. Wichtig ist die Qualität des Symbols Warpgeschwindigkeit. Mit ihm wird zum Ausdruck gebracht, dass wir in Träumen und Gedanken nicht an Raum und Zeit gebunden sind. Wir können in einem Moment nach Afrika reisen oder das letzte oder nächste Punktspiel erleben." „Ich verstehe", nickte Bert, „bleibt zu hoffen, dass unsere Grundeinstellungen stimmen, wenn wir uns in Traumwelten bewegen, sonst erleben wir statt himmlischer Gefilde einen Höllenritt." „Das ist ein gutes Schlusswort", meinte Till, „und ich bin mir sicher, dass wir eben ein Stück weit die Basis gelegt haben für süße Träume."

Kraft fließt zwischen den Polen

Wenige Tage später bereiteten Bert und Till sich darauf vor, erneut in das Raumschiff Enterprise zu steigen. „Nachdem uns bisher von alten Gottesbildern und dem Neuen Bund berichtet wurde, soll heute der Schwerpunkt auf der Übertragung von Informationen mit Hilfe von Sprache liegen", begann Till. „Das trifft sich gut", nahm Bert den Faden auf, „denn ich bin beim letzten Mal nicht abschließend auf den Begriff der Komplementarität eingegangen. Und dieser Begriff steht für mich auf der Schwelle zwischen direkter und symbolischer Sprache. Denn zunächst macht der Forscher, der Wirklichkeit aus der Perspektive der Physik beschreiben will, experimentelle Entdeckungen. Und diese will er möglichst angemessen begrifflich fassen. Dabei greift er zurück auf Erfahrungen auf der Basis von Sinnesorganen. So wird er wohl, wie auch die Adressaten seiner Beschreibung, flache Steine am Strand in die Hand genommen haben um sie auf der Wasseroberfläche hüpfen zu lassen. In seinem Kopf existieren also Bilder von fliegenden Objekten und Wellen. Diese Bilder liefern ihm Vorlagen für Modelle. Ein Partikelfluss gewinnt so Ähnlichkeit

mit hüpfenden Steinen und ein kontinuierlich sich ausbreitendes Feld ähnelt einer Welle. Die sich je nach Versuchsanordnung widersprechenden Erscheinungen des Lichts können nun in ihrer Ganzheit nur in komplementären Bildern beschrieben werden."
„So sind wir, die vielen, ein Leib in Christus, als einzelne aber sind wir Glieder, die zu einander gehören", warf Till etwas unvermittelt ein und erklärte: „Das stammt aus dem Römerbrief, Kapitel 12, Vers 5. Ich will damit sagen, dass es auch in anderen Bereichen Komplementaritäten gibt. Wir sind aufgerufen uns zu einer sinnvollen Einheit zu ergänzen. Man kann mit Hilfe von Augen einen Gegenstand fixieren, Hände können dann danach greifen und, wenn es gut läuft, kann das Großhirn etwas be-greifen. Und so wie eine Hand sich nicht zu einem Auge erklären kann, so wird man aus einem Teilchenfluss keine Welle machen, erst recht nicht durch Einführung eines freien Willens. Die klare Abgrenzung von Hand und Auge ist Grundlage einer echten Ganzheit." „Zu einer Ganzheit gehören Brüche", setzte Bert fort. „Das gilt sicherlich auch für Partnerschaften. Wenn wir den Begriff der Partnerschaften etwas weiten, dann haben wir schon mehrere komplementäre Verhältnisse angedacht. Zum Beispiel haben wir Jesus Christus als Gott und Mensch betrachtet. Dabei haben wir gesehen, dass Jesus in Nazareth und Christus in Bethlehem geboren wurde." „Ich denke dabei auch an Spinoza, der Geist und Materie unterschied", ergänzte Till. „Und die Erfahrung der Liebe Gottes und die Existenz des Bösen verhalten sich komplementär." „So sahen das wohl auch die Mönche, die ein Leben in Gott und ein Leben in der Welt voneinander trennten", sagte Bert. „Außerdem haben wir Luthers Gedanken zur Freiheit betrachtet. Wir sollen niemand und jedermann untertan sein." „Und die Weltentstehung fällt mir noch ein", meinte Till, „Schöpfung und Evolution ergänzen sich." „Ich denke auch an meinen Musikunterricht", übernahm wieder Bert, „die Analyse eines Stücks und das Erleben von Musik zum Beispiel durch Singen waren für mich immer zwei Schuhe eines Paares. Das gilt vielleicht auch manchmal für unser

Theologiestudium. Der Großhirnzugang ist ein anderer als der in der Gemeinschaft erlebte." „Beim Stichwort Gemeinschaft denke ich auch an eine Klasse, in der etwas erarbeitet wird. Entweder rede ich oder ich höre zu. Entweder bin ich Lehrer oder Schüler." „Das kann man noch allgemeiner denken", reagierte Bert, „entweder bin ich oder ich habe. Ich lehne mich dabei an den Klassiker „Haben oder Sein" von Erich Fromm an. Aber wir müssen nun zugeben, dass wir uns recht weit von dem Komplementaritätsbegriff der Physik entfernt haben. Ein Schritt zurück könnte die Unterscheidung von Materie und Antimaterie sein oder auch von Potential und Aktualisierung. Ich denke dabei an Schwarze Löcher. Beim Eintritt auf die Oberfläche eines Schwarzen Lochs verdampft ein Objekt zu einer Information, die prinzipiell wieder umwandelbar ist. So wird eine Aktualisierung zunächst in ein Potential verwandelt um dann vielleicht später wieder neues Leben zu gewinnen. Das gilt möglicherweise nicht nur für bloße Objekte sondern auch für Menschen beziehungsweise deren Gedanken. Der Rote Faden eines Lebens oder ein einzelner Informationsbereich, zum Beispiel ein Gedicht, könnten nach dem Tod des Dichters wieder aufgenommen, also aktualisiert werden. So erscheint Wirklichkeit als Projektion von Information." „Zeit und Ewigkeit stehen auch komplementär zueinander", setzte Till den Gedanken fort, „und Ewigkeit als Zeitlosigkeit ist Merkmal eines Schwarzen Lochs." „Spannend ist dabei die Frage, wie Information übertragen wird", fügte Bert hinzu. „Ich denke dabei auch an das Beamen. Für eine Teleportation braucht man verschränkte Teilchen. Bei der Übertragung wird zwangsläufig das Original zerstört, während das neue Original als verwandeltes zweites verschränktes Teilchen erscheint." „Das bedeutet, dass ich auf meiner Lebensbahn ohne Kopie unterwegs bin, auch wenn ich einen Spurwechsel vornehme?" fragte Till. „Ja, wenn die Basis deiner Frage eine Spur auf der Autobahn des Lebens ist", antwortete Bert. „Allerdings sagt das noch nichts darüber aus, dass die Autobahn vielleicht unendlich viele Spuren hat und so eventuell viele Par-

alleluniversen mit dir gefüllt sind." „Ich muss sagen, dass mir der Energie-Finger juckt, wenn ich angeregt durch diese Begriffe gerade wieder in die Enterprise einsteige", wurde Till etwas unruhig, „zudem geht es in der nächsten Folge ja gerade um Informationsverarbeitung." „Ich halte dich nur ungern auf", wiegelte Bert ab, „aber ich würde gern die Gedanken zur Komplementarität abschließen. Es gibt also sich gegenseitig ausschließende Versuchsbedingungen, die Quantenphänomene erzeugen, deren Aspekte zunächst für uns als außenstehende Beobachter widersprüchlich erscheinen. Dabei erleben wir diese Brüche als Subjekte. Das sagt nichts aus über das Objekt der Betrachtung. Licht ist eine Ganzheit und nicht etwa ein Widerspruch in sich. Der Bruch entsteht also in uns im Moment der Beschreibung und durch verschiedene Ausgangssituationen. Wenn ich mit einem Raumfahrer kommuniziere, der sich außerhalb unseres Sonnensystems, also außerhalb meines Erfahrungshorizonts, befindet, dann könnte ich mit diesem trefflich darüber streiten, ob sich die Sonne um die Erde dreht oder umgekehrt. Diese unterschiedlichen Erkenntniswarten führen also zu einem Komplementärmodell. So erwächst aus dem Widerspruch auf der Subjektseite ein Qualitätsmerkmal der Objektseite. Denn etwas von wahrer Größe kann ich nicht als einzelner in den Griff bekommen. Vielmehr lassen die verschiedenen Subjektpositionen auf die Dimension des Betrachteten schließen."
„Mit Dimension meinst du natürlich nicht lediglich die schiere Größe", ergänzte Till, „ich denke da auch an eine Vielschichtigkeit, an Komplexität und Dynamik. Diese Begriffe beschreiben meinen Körper. Der lässt sich nicht mit einem einzigen Rezept dressieren. Ich muss für einen Wettkampf zum Beispiel konditionell fit sein. Aber der Grad der Erschöpfung lässt sich nicht ausschließlich in gelaufenen Kilometern messen. Und ich muss mir Techniken aneignen. Aber ich kann nicht vorher sagen, ob mir im Einzelfall die Zergliederungsmethode oder die ganzheitliche besser bekommt. Kommt die Wettkampfhärte eher von außen oder von innen? Ich bin unsicher. Wahrscheinlich ist es am be-

sten, wenn man das eigene Spiel von verschiedenen Standpunkten aus analysiert und sich dabei helfen lässt nicht nur von Kameras sondern auch von Experten, die aus ganz unterschiedlichen Ecken kommen." „Schon die Art deiner Beschreibung weist auf das Problem", lächelte Bert. „Eine alte Fußballweisheit lautet, dass die Wahrheit auf dem Platz liegt. Und wer gewinnt, hat recht. Vom Ergebnis her betrachtet ist es also unerheblich, ob man mit Viererkette oder mit Libero, mit falscher Neun oder mit Stoßstürmer spielt. Dieser finalistische Ansatz steht also in einem komplementären Verhältnis zu der Idee, einzelne Bausteine zu optimieren und und dann zusammenzusetzen. Auch in der Medizin kann man von verschiedenen Seiten auf den Körper zugehen. Die alten Chinesen durften Körper nicht öffnen. Also heilten sie von außen. Dabei stand nicht eine Fehlerbeseitigung im Vordergrund sondern eine Orientierung an einem idealtypischen Fließen. Das westliche Denken fußt auf Physik und Chemie. Es versucht eher Vorgänge im mechanischen und molekularen Bereich zu analysieren und dann eine Heilung zu erreichen über das Betrachten von Ursache und Wirkung. Heute erkennen wir immer mehr, dass ein Zusammenspiel beider Ansätze zum besten Ergebnis führt."
„Da sind wir auch wieder beim Problem der Messbarkeit", meinte Till. „Wir können zum Beispiel eine Körpertemperatur nicht genau bestimmen und also muss eine Diagnose im Ungefähren verbleiben. Und so ein sensibel-chaotisches System wie der menschliche Körper reagiert unter Umständen massiv auf kleinste Veränderungen." „Das liegt auch daran, dass wir Fließgleichgewichte sind", ergänzte Bert, „die Analyse bleibt entweder unscharf oder durch die Analyse kann ein Fließgleichgewicht aus dem Zusammenhang gerissen werden und sich dadurch in ein absolutes Gleichgewicht verwandeln, was dann das Ende des Lebens bedeuten würde. Die Physik kann also keine wirklich relevanten Aussagen über Lebendiges machen. Wenn der Messer das Messer ansetzt, kommt der Tod. Auch hier hat also Heisenbergs Unschärferelation im weiteren Sinne eine Bedeutung. Entweder kann man

den atomaren Zustand eines Organismus untersuchen oder man kann ihm das Leben lassen. Der Fluss und die Momentaufnahme stehen in komplementärem Verhältnis. "Ich spüre gerade meine Lebendigkeit", sinnierte Till, "ich nehme neue Gedanken auf, verarbeite sie, setze sie um, vielleicht auch in andere Energieformen, und werde dadurch immer wieder ein Stück weit neu geboren. Ich bin mehr als die Summe meiner Muskeln und Hirnzellen. Ich bin immer in Bewegung." "Und das ist gut so", lächelte Bert, "möge dir die Sonne noch lange leuchten und dich wärmen." "Danke für die guten Wünsche", freute sich Till. "War das ein indianischer Segen?" "Das ist gut möglich", antwortete Bert, "denn die Indianer lebten ja nicht in der Sahara, also war die Sonne ihr Freund. Und so integrierten sie die Sonne als positives Element in ihr ganzheitliches Denken, welches sich am Fluss des Geschehens orientierte. Auch das ist wieder ein Beispiel für eine Unschärferelation. Wir können einerseits die Sonne beobachten und andererseits die Indianer. Aber wir können von außen nicht wirklich die lebendige Beziehung der beiden analysieren." "Streng genommen können wir nicht einmal sagen, wer oder was ein Indianer ist", warf Till ein, "weil wir nicht ihren Erfahrungsschatz haben und nicht in ihrer Welt leben. Und das gilt erst recht für die Sonne." "Ja", stimmte Bert zu, "aber wir können sagen, dass sie eine Beziehung zur Sonne haben. Indianer sind Beziehungswesen wie alle Menschen oder vielleicht sogar alle Organismen. Und die Erfahrung der Beziehung gewinnt in Religionen und Kulturen eine Gestalt. Die Gestaltungen verschiedener Kulturkreise können sehr unterschiedlich sein. Das bedeutet aber keineswegs, dass sie sich widersprechen. Vielmehr verweisen sie auf eine Ganzheit, die Geistiges und Heiles repräsentiert." "Und so stehen religiöse und kulturelle Formen und Inhalte in einem komplementären Verhältnis", fiel ihm Till ins Wort. "Das haben wir nun gut herausgearbeitet. Und außerdem erinnern mich die Indianer an die Bewohner von Mintaka III. Die hat der Beobachtungseingriff ja erheblich aus der Bahn geworfen. Solche Wechselwirkungen zwischen Objekten, die zu solchen durch die Beobachtung erklärt wurden, und den zur Beobachtung eingesetzten Geräten und den Subjekten der Beobachtung haben wir als außerordentlich problematisch erkannt. Ich würde nun gerne Kulturen als harmonische Gleichgewichte erleben, die sich gegenseitig befruchten. Und du ahnst, dass wir davon lediglich einen Knopfdruck entfernt sind." „Alles klar, Herr Licht", lächelte Bert, „mach´ deinem Namen Ehre und ermögliche uns Energie und Erleuchtung."

Sprechen verbindet – eine gemeinsame Sprache noch mehr

Till setzte das Zeichen und so stießen die beiden zusammen mit der Besatzung der Enterprise auf die ebenfalls in einem Schiff reisenden Tamarianer, mit denen sie zunächst nicht wirklich kommunizieren konnten. Zwar vermochte der Universaltranslator die einzelnen Worte zu übersetzen, aber ein Sinn ergab sich nicht. Man stand sich quasi zunächst verständnislos gegenüber. Die Tamarianer ergriffen dann die Initiative, indem sie ihren Anführer Dathon zusammen mit Picard auf den in der Nähe befindlichen Planeten El-Adrel IV beamten. Versuche der Rückholung des Kapitäns scheiterten. Und als Dathon den Satz „Darmok und Jalad auf Tanagra" mehrfach wiederholte, begann Picard ein wenig zu verstehen. Doch als ihm von Dathon ein Messer angeboten wurde, dachte er zunächst an ein Duell und lehnte ab. Dathon kommentierte das mit den Worten „Shaka, als die Mauern fielen". Nachdem eine kalte Nacht auf dem Planeten hereingebrochen war und Picard im Gegensatz zu Dathon kein Feuer entfachen konnte, half ihm dieser, indem er sprach „Temba, seine Arme weit". Am nächsten Morgen näherte sich etwas Ungeheuerliches den beiden. Da es aber der Enterprisebesatzung partiell gelang das störende Partikelfeld der Tamarianer zu durchbrechen und so Picard im

Ansatz zurück zu beamen, konnte dieser Dathon im Augenblick der Not nicht helfen. Dathon wurde schwer verletzt und Picard musste zunächst auf dem Planeten bleiben, da Beamversuche nicht abgeschlossen werden konnten. So tauschten die beiden am Lagerfeuer sich aus und kamen doch noch zu echtem Verständnis. Denn es zeigte sich, dass Dathon von dem Ungeheuer auf El-Adrel wusste und geplant hatte zu gegenseitigem Respekt und Freundschaft zu kommen durch das gemeinsame Meistern eines Abenteuers auf Leben und Tod. Mit dieser Idee bezog er sich auf den tamarianischen Mythos von den Jägern Darmok und Jalad, die beide auf der Insel Tanagra auf dem Planeten Shantil III strandeten und gemeinsam ein Monster besiegten und so ihre Freundschaft besiegelten. Picard erzählte dann den vergleichbaren irdischen Mythos von Gilgamesch und Enkidu. Die Anspannung löste sich und die beiden Kapitäne verband die begründete Hoffnung auf ein friedliches zukünftiges Verhältnis von Tamarianern und der Föderation. Dathon erlag daraufhin seinen schweren Verletzungen und Picard konnte an Bord zurückgeholt werden gerade in dem Moment, als sich das Ungeheuer wieder näherte. Schließlich konnte er die verstörte Besatzung des tamarianischen Raumschiffs beschwichtigen, indem er mit Hilfe von Dathons Sprachfiguren das Geschehen schilderte und den beiderseitigen Wunsch nach Frieden und Verständigung signalisierte. „Leider kann sich auf dieser Kommunikationsbasis keine tiefe Freundschaft entwickeln", meinte Bert. „Aber Respekt und Toleranz wurden erreicht", entgegnete Till, „und durch die Begegnung mit einem ganz anders gearteten Gegenüber kann die eigene Identität gestärkt werden, indem man über ihre Wurzeln nachdenkt und über die Art der Verarbeitung von Erfahrungen." „Die von dir angesprochene Verarbeitung bestimmt das Wesen einer Kultur", schloss Bert an den Gedanken Tills an. „Die Geschichte der Tamarianer beinhaltet Sagen und Mythen und ihre Kommunikation basiert auf Elementen dieser sagenhaften Welt. Wir tun uns damit schwer in der Neuzeit. Das haben wir ja schon festgestellt, als wir den Begriff der Unschärferelation der Geschichte prägten." „Diesen Begriff hast du geprägt", lächelte Till. „Ehre, wem Ehre gebührt! Mich interessiert, ob wir die Bedeutungen von einzelnen konkreten Elementen der tamarianischen Sprache entschlüsseln können. Dann können wir vielleicht auch Entsprechungen in unserer Sprache finden." „Das können wir mit Sicherheit", nickte Bert. „Der Titel dieser Episode ist ein hervorragendes Beispiel. „Darmok" ist eine erweiterte Form von „dark". Und dieses englische Wort wurde ergänzt um die die ersten beiden Buchstaben von „Mordor", was übersetzt aus dem Sindarin „Schwarzes Land" bedeutet." „Von Mordor habe ich schon einmal gehört", warf Till ein, „das ist das Land, in dem die Schatten drohen aus dem Herrn der Ringe. Da bin ich aber kein Fachmann und die Sprache Sindarin kenne ich nicht." „Da helfe ich dir gerne weiter", freute sich Bert, „und mir kommt da gerade eine großartige Idee. So wie du mich in diesen Semesterferien in das Star-Trek-Universum einführst, so will ich dich in den nächsten Ferien mitnehmen nach Mittelerde." „Abgemacht!" nickte Till. „Ich freue mich jetzt schon riesig. Aber zunächst würde ich gerne näher über die Sprachfiguren der Tamarianer nachdenken. Gibt es denn auch für „Jalad" einen Ansatz im Sindarin?" „Auf jeden Fall", antwortete Bert, „Sindarin hat Verbindungen zum Gälischen und zum Hebräischen. Das wird bei „Jalad" deutlich. Als Verb steht „jalad" im Hebräischen für „zeugen" beziehungsweise für „gebären". Und substantiviert steht „Jalad" für das Licht. Im Gälischen wird aus dem J ein G. So bedeutet der Name der berühmten Elbin Galadriel „Lichtbekränzte Maid" oder freier übersetzt „Herrin des Lichts". „Galad" im Sindarin meint ein Leuchten oder Glänzen. Verkürzt man „Galad" zu „gala", so erhält man das Verb „wachsen"." „Zusammengefasst könnte man sagen, dass das Licht zeugt oder Leben gebiert", meinte Till. Bert wiegte den Kopf. „Ja und nein, denn der Begriff „Darmok und Jalad" legt eher nahe, dass der Wechsel von Dunkelheit und Licht einen Lebensrhythmus ermöglicht", sagte er und fügte hinzu: „Darmok und Jalad begegnen sich ja auf

Tanagra. Das ist auch der Titel eines Gedichts von Rilke, welches beginnt mit „Ein wenig gebrannter Erde ...". Es bezieht sich auf Tonfiguren, für die die griechische Stadt Tanagra berühmt war. Und nach dem zweiten Schöpfungsbericht wurde Adam als erster Mensch aus Ton beziehungsweise Lehm geschaffen. Das Trocknen von Lehm durch Sonnenlicht oder das Brennen von Erde durch Hitze macht erst aus dem wachsweichen Adam einen kernig-kantigen Kerl. So wird auch die Begegnung von Darmok und Jalad in Form gegossen und durch immer neue Beleuchtung konserviert." „Die Form heißt Sage oder Mythos und die immer neue Beleuchtung verweist auf die Wiederaufnahme der Erfahrung durch die Sprachfiguren der Tamarianer", stimmte Till zu. „Das habe ich verstanden. Aber hat es einen tieferen Sinn, dass du eben kurz-knapp-kraftvoll eine Alliteration benutzt hast?" „Ja, das hat es", lächelte Bert, „und alle sechs K-Worte, die wir eben gebraucht haben, werden nicht ohne Grund mit männlichem Verhalten in Verbindung gebracht – und wir wissen ja, dass Adam nicht etwa der erste Mann war sondern der erste Mensch. Aber irgendwie verweisen diese harten Konsonanten k und r zumindest auf äußere Erscheinungsmerkmale des Mannes. Ein typischer Mann erscheint eckig-markant und kauft ein entsprechend aussehendes Auto. Frauen neigen dagegen eher zu runden Formen – sowohl körperlich als auch bezüglich ihres Autokaufs." „Das hört sich interessant an", bemerkte Till, „allerdings kenne ich auch Frauen, die einen kastenförmigen Pseudotransporter bevorzugen. Und ich frage mich, ob erst das Ei oder erst die Henne da war. Hat also die geschlechtsspezifische Körperlichkeit zu bestimmten Schwerpunkten bei der Benutzung von Konsonanten bezüglich der Beschreibung von Verhalten geführt oder hat die Zuordnung von kurz, knapp und männlich erst aus den Jungen ergebnisorientierte Rechner gemacht, die sich kaum um die Dokumentation von Rechenwegen und Erklärungen kümmern?" „Es handelt sich wohl um einen sich selbst verstärkenden Prozess", antwortete Bert. „Und über die Beziehung von Sprache und Denken sind schon Bücherschränke gefüllt worden. Ich denke aber, dass man die äußere Form, also die Rahmenbedingungen, nicht unterschätzen sollte. Denn es ist kein Zufall, dass Kleinkinder von Mama und Papa sprechen. Die Konsonanten m und p können ohne großen Aufwand vorne im Mund gebildet werden – im Gegensatz zu k und r. Und wenn dann die Eltern freudestrahlend antworten, kann das Kind Zuordnungen treffen und so Denkprozesse einleiten. Auch Raumzeitvorstellungen entwickeln sich aus Rahmenbedingungen. Naturvölker wie die Aborigines orientieren sich am Lauf der Sonne und ordnen Momentaufnahmen von Alterungsprozessen immer von Osten nach Westen – unabhängig davon, in welche Himmelsrichtung sie gerade blicken. Wir Europäer ordnen von links nach rechts, weil wir so schreiben. Und im Hebräischen und im Arabischen ist es gerade umgekehrt. Unsere Erfahrungen und unser Sprechen und Schreiben führen also zu einer Formung des Denkens und konstruieren das, was wir als Realität bezeichnen." „In China werden traditionell dem Weiblichen und dem Männlichen leicht abweichende Charakterisierungen zugeordnet", überlegte Till, „das Komplementaritätsmodell beinhaltet das weibliche „yin", welches als weich aber auch als dunkel und kalt beschrieben wird, und das männliche „yang", das als hart aber auch als hell und heiß gilt. Himmel und Erde entstehen durch Aufsteigen des „yang" und Absinken des „yin". Es ist schon schlüssig, dass die Erde zunächst als kalt und dunkel beschrieben wird und ihr dann Lebensenergie vom Himmel zufließt." „Das stimmt", nickte Bert, „aber die andere Zuordnung ist keineswegs unschlüssig. Denn das Lebenspotential steckt im Wasser und ohne Wasser hätte keine Sonne eine Atmosphäre erdampfen können." „Wir sind uns aber einig, dass für die Chinesen der Begriff „Darmok und Jalad" nicht optimal gewählt ist", meinte Till, „denn die Verknüpfungen dunkel-männlich und hell-weiblich haben eben für diese keine Tradition." „Wenn Chinesen und Europäer sich also über Schöpfung unterhalten, sind Missverständnisse nicht auszuschließen wie bei der Kommunikation von

Tamarianern und Sternenflottenangehörigen", fasste Bert zusammen. Till nickte zustimmend: „Es sind noch weitere Metaphern zu klären. Da ist zum Beispiel „Shaka, als die Mauern fielen"." „Das lässt sich leicht erklären", meinte Bert. „Es handelt sich um eine plötzliche negative Schicksalswendung oder ganz konkret um das Fallen von schützenden Stadtmauern. Vielleicht ist der Name „Shaka" eine Anspielung auf den Zulukönig, der anlässlich des Todes seiner Mutter 7000 Untertanen hinrichten ließ und eine dreimonatige Trauerphase verordnete, in der gehungert werden musste. Diese Maßnahme wurde natürlich als ungerecht empfunden und schwächte seine Macht. Das führte letztlich dazu, dass Shaka von seinem Halbbruder und Nachfolger erstochen wurde – also seine ganz persönliche Mauer fiel." „Ich bin beeindruckt von deinem Wissen", sagte Till. „Wie sieht es denn aus mit der Formel „Temba, seine Arme weit"?" „Das lässt sich aus dem Zusammenhang erschließen", antwortete Bert, „wenn man jemanden mit offenen Armen empfängt, dann ist man freundlich gesonnen und hilfs- und gesprächsbereit. Möglicherweise deutet auch der afrikanische Jungenname „Themba" darauf hin, der Hoffnung bedeutet." „Ich stelle bei dir eine gewisse Affinität bezüglich Namen und Sprachen fest", staunte Till. „Darauf wurde bei uns Waldorfschülern Wert gelegt", bestätigte Bert, „allerdings ist mein Name dafür kein besonderer Beleg und auch will ich keineswegs sagen, dass Waldis kein Gefühl für den mathematisch-naturwissenschaftlichen Bereich haben." „Eine solche Behauptung wäre mir nicht im Traum eingefallen", lächelte Till. „Aber du kannst vielleicht noch weitere Sprachfiguren einordnen. Wie steht es mit „Der Fluss Temarc im Winter" und mit „Eine Armee mit geschlossener Faust"?" „Winterzeit ist Trauerzeit", meinte Bert, „und der Fluss steht für eine Grenze, die sich schwerlich überwinden lässt. Die geschlossene Faust verweist auf eine Verteidigungsstrategie, welche wir als Einigeln kennen. Die Armee mit offener Faust dagegen versucht den Gegner aus der Reserve zu locken um dann überraschend zuzuschlagen." „Sehr schlüssig", stimmte Till zu,

„und so will Dathon Picard von einer Strategie mit offener Faust überzeugen, damit das Ungeheuer besiegt werden und somit Freundschaft entstehen kann." „Das war sicherlich im Wilden Westen ähnlich", überlegte Bert, „denn die Bleichgesichter und Rothäute haben sich ja nicht ausschließlich bekriegt sondern sind als versprengte Kleingruppen im Augenblick gemeinsamer Gefahr durchaus auch zusammengewachsen." „Doch da die Strategie nicht umfänglich verfängt, lässt Dathon sein Leben", sinnierte Till. „Mich erinnert diese Szene auch an Kapitän James Cook, von dem wir ja schon im Anschluss an Mintaka III sprachen", sagte Bert. „Die Südseebewohner wollten Cook in den Mythos von der Rückkehr eines Gottes integrieren. Leider bedeutete diese Integration für Cook den Tod. So geschieht es auch mit Dathon, der den Mythos seiner Kultur neu aufleben lassen wollte mit Beteiligung von Jean-Luc Picard. Das gelang auch, führte aber zu dem ungewollten aber grundsätzlich einkalkulierten Selbstopfer." „Picard kann sich aufgrund der Erfahrung der Rolle im neu aufgelebten Mythos ein Stück weit in die Kultur und Sprache der Tamarianer hineinversetzen", schloss Till an den Gedanken an. „Der Kapitän kann sich dann den Tamarianern verständlich machen, indem er sagt „Die Bestie von Tanagra" und „Als die Mauern fielen". So beschreibt er den Kontakt mit dem Ungeheuer und den Tod Dathons." „Picard hat für sich das Geschehen in einem ihm bekannten Strickmuster betrachtet, nämlich dem Gilgameschepos", ergänzte Bert, „Dathon spielt die Rolle von Enkidu, dem Freund des Königs Gilgamesch, welcher von Picard verkörpert wird. Enkidu findet den Tod im Kampf gegen das Himmelstier und Gilgamesch betrauert den Freund, der mit ihm bis dahin alle schwierigen Situationen bestand." „Picard bezieht sich auf ein Strickmuster genauso wie Kolumbus", nahm Till den Faden auf. „Der dachte bei seiner ersten Landung in der Karibik auch an Figuren aus dem Paradiesgarten Eden, als er Indianer sah." „Kinder Adams, aus dem Garten Eden", sprach Bert mit feierlicher Stimme. „So hätte Kolumbus als Tamarianer seine Erfahrungen in Worte kleiden können." „Und wenn wir nicht wüssten, wofür Adam und Eden stehen, könnten wir ihn nicht wirklich verstehen", setzte Till fort. „Genau das meint auch Counselor Troi, wenn sie das Beispiel „Julia, auf dem Balkon" bringt. Ohne Wissen um die Familiensituation von Romeo und Julia kann man die Balkonszene nicht wirklich verstehen." „Mir gefällt übrigens die sehr bildhafte Sprache der Tamarianer", sagte Bert. „Wir neigen ja häufig zu einer recht abstrakten Sprache. Dagegen wird man durch Figuren mit metaphorischer Qualität gleich in eine Geschichte hineingezogen und kann die eigene Erfahrungswelt direkt mit der mythologischen in Beziehung setzen." „Deshalb gehört wohl auch das Erzählen von Mythen schon in die Anfangszeit menschlicher Sprachgeschichte", ergänzte Till. „Allgemein will man sich durch das Erzählen einbinden in erfahrene Wirklichkeit", meinte Bert. „Das Merkmal der abstrakten Sprache ist ja ein Herausnehmen aus dem Gesamtzusammenhang und das Betrachten von Momentaufnahmen. Erzähler dagegen betonen die Prozesshaftigkeit des Seins und die Rhythmisierung." „Dieser Gedanke erinnert mich an das Wesen des Chaos", entgegnete Till. „Die Chaostheorie kümmert sich eher um das Werden als um das Sein. Sie schließt stärker an die menschliche Wahrnehmung an. Und sie liefert anschauliche Bilder, da sie Elemente der täglichen Erfahrung in den Mittelpunkt rückt. Ich denke da zum Beispiel an benachbarte Schaumkronen, die aus einem Wasserfall resultieren. Newtonsche Mechanik kann kaum etwas darüber sagen, ob die zugehörigen Wassermoleküle schon an der Absturzkante des Wassers in Beziehung standen. Vorhersagen sind also in chaotischen Systemen nicht möglich." „Der Klassiker in diesem Zusammenhang ist ja der Schmetterlingseffekt", ergänzte Bert. „Der beschreibt die Vorstellung, dass der Flügelschlag eines Schmetterlings in einer weit entfernten Region einen Wirbelsturm auslösen kann. So wirkt auch der Mythos von Darmok und Jalad. Ohne raumzeitliche Nähe hat die Geschichte zweier gestrandeter Abenteurer entscheidenden Einfluss auf Krieg und Frieden be-

züglich des Verhältnisses der Tamarianer und der Föderation."
„Das hast du schön übertragen", freute sich Till. „Das Leben ist gekennzeichnet durch eine sensitive Abhängigkeit von Anfangsbedingungen. Geringe Abweichungen zu Beginn können zu großen Veränderungen am Ende einer Entwicklung führen. Und obwohl die klassischen Gesetze der Physik gelten, ist eine Vorhersage unmöglich, da der Startwert einer Entwicklung nicht beliebig genau bestimmbar ist und Auswirkungen von minimalen Störungen nicht absehbar sind." „Dennoch führt das nicht zu einer Beliebigkeit", wiegte Bert den Kopf, „denn aus der Wiederaufnahme von Darmok und Jalad wird keine Liebesgeschichte entstehen. So falsch die Behauptung meines Urgroßvaters auch ist, dass Gott nicht würfele, so kann man doch keinen Würfel mit unendlich vielen Flächen annehmen." „Da bin ich ganz bei dir", nickte Till. „Aber natürlich können wir den Würfel nicht in den Griff bekommen, da unsere Hände, unsere Sinnesorgane und auch unser Gehirn an die Welt so angepasst sind, dass wir überleben. Wenn wir dieses Manko kompensieren wollen mit Hilfe von Messinstrumenten, dann verlieren wir die Möglichkeit anschaulich über die Ergebnisse sprechen zu können." „Glücklicherweise erleben wir gerade ein solches Manko nicht sondern baden im Reichtum der Sprache der Mythen", entgegnete Bert. „Und wir nehmen uns als lebendigen Organismus wahr, der in einem bestimmten Rahmen in seiner Entwicklung offen ist. Wir lassen uns nicht von der Ambivalenz aller Phänomene den Lebensmut vermiesen, sondern wir treten in Beziehung zum Beispiel zu den Tamarianern. Und durch die vielfältigen Beziehungen ist das Leben im Fluss begriffen und lässt sich nicht dingfest machen als Summe von isolierten und aus dem Zusammenhang gerissenen Elementen." „Und durch diese lebendigen Beziehungen bilden wir eine Identität aus", ergänzte Till. „Persönlichkeit entsteht aus der Begegnung mit einem Gegenüber." „Mir scheint es dabei wichtig zu sein, dass wir nicht aus uns selbst heraus uns erschaffen", meinte Bert, „ohne die Beziehung zu dem Mythos von Darmok

und Jalad wäre die Begegnung mit den Tamarianern nicht so friedlich verlaufen. Wir können uns nicht selbst organisieren im luftleeren Raum und wir können uns auch nicht selbst reproduzieren oder steuern. Die Welt braucht ein Gegenüber und kann nicht aus sich selbst heraus existieren. Das wäre ein Rückfall in den Materialismus." „Die Welt ist offen für einen persönlich gearteten Kontakt zu etwas, was wir als Gott bezeichnen können", stimmte Bert zu, „und dadurch strömt uns Energie zu, die Licht in unsere Dunkelheit bringt. Darmok braucht Jalad." „Das gilt wohl auch umgekehrt", entgegnete Till, „Jalad braucht Darmok. Die göttliche Liebe kann sich erst in einer Beziehung entfalten." „Im Sinne einer Elementarisierung kann man sagen, dass ein Stein Licht braucht um Wärme in die Zukunft zu übertragen", lächelte Bert seinen Freund an. Der revanchierte sich: „Ohne Stein keine Erdung und ohne Erdung bleibt Licht nicht einmal heiße Luft." Und nach einer kurzen Pause setzte Till fort: „Zum Thema heiße Luft fällt mir noch ein, dass ich dir zu Beginn unserer Sternenreise einen riesigen Haufen Arbeit zugeordnet habe. Du hast dich um Heisenberg und Bohr und um Komplementarität und Unschärfe gekümmert. Mein Beitrag fiel dagegen sehr kümmerlich aus. Ich kann dir aber sagen, dass ich unsere nächste und vorletzte Reise einleiten kann und zur letzten Unternehmung etwas zu Gödel vorbereitet habe." „Alles ist gut", schloss Bert diesen Abend, „ich bin sehr zufrieden, dass diese Forschungsarbeit mir zugefallen ist und freue mich auf die beiden letzten Abenteuer mit der Enterprise."

Grundbetrachtungen

Als sie sich anschickten zum vorletzten Mal in das Raumschiff einzusteigen, ergriff Till das Wort:„Wir haben uns intensiv an der Physik versucht, obwohl das keineswegs unser beider Spezialgebiet ist. Diesen Teil möchte ich gerne abschließen, indem wir einzelne Physiker nach einer Einordnung ihrer Forschung fragen. Fünf pointierte Antworten habe ich mitgebracht. Beginnen möchte ich mit dem großartigen Werner Heisenberg. Der sagte: „Der erste Trunk aus dem Becher der Naturwissenschaft macht atheistisch; aber auf dem Grund des Bechers wartet Gott."" Nach einer kleinen von Ehrfurcht geprägten Pause meinte Bert: „Ich denke, dass man diese Aussage aus der Biographie vieler Physiker generieren kann. In reiferem Alter neigen diese Forscher eher zu Philosophie und Theologie." „Ich sehe aber keine Anzeichen dafür, dass sich dieses Phänomen mit einer primitiven Angst vor dem Tod erklären lässt. So werden ja häufig die in den Kirchen überrepräsentierten Älteren in die Ecke gestellt." „Das kann ich mir auch nicht vorstellen", stimmte Bert zu, „vielmehr neigt man wohl mit zunehmendem Alter weniger zu Aktionismus als zu einer ruhigen Betrachtung. Und zudem hat sich ja auch die moderne Physik vom Experiment entfernt, zumindest in der Weise, dass weniger über konkrete Ergebnisse gesprochen wird als über zweistellige Anzahlen von Raumzeitdimensionen und sogenannte Gottesteilchen." „Auch für Max Planck steht Gott am Ende aller Existenz", ging Till zum zweiten Zitat über, „aber ich will ihn genau wiedergeben: „Wohin und wieweit wir also blicken mögen, zwischen Religion und Naturwissenschaft finden wir nirgends einen Widerspruch, wohl aber gerade in den entscheidenden Punkten volle Übereinstimmung. Religion und Naturwissenschaft schließen sich nicht aus, wie heutzutage manche glauben und fürchten, sondern sie ergänzen und bedingen einander. Gott steht für den Gläubigen am Anfang, für den Physiker am Ende aller Dinge." „Planck beschreibt das komplementäre Verhältnis von Religion und Naturwissenschaft und schließt dann direkt an Heisenberg an", fasste Bert zusammen. „Damit ist eigentlich alles gesagt", nickte Till, „ich habe diese Aussprüche auch nicht ausgewählt um sie auseinander zu nehmen, sondern um einen krönenden Abschluss unserer eigenen Bemühungen zu ermöglichen. Wir können direkt zu Pascual Jordan übergehen. „Die moderne

Entwicklung hat die früheren Hindernisse einer Harmonie von Naturwissenschaft und religiöser Weltauffassung beseitigt. Die heutige naturwissenschaftliche Erkenntnis liefert keinen Einwand mehr gegen einen Schöpfergott."" „Ich denke, dass sich Jordan insbesondere auf die Unschärferelation und die Quantenmechanik bezieht, wenn er von der modernen Entwicklung spricht", meinte Bert. „Und beim Stichwort Hindernis denke ich sofort an Determinismus und den Laplaceschen Dämon." „Wir sind uns völlig einig", stimmte Till zu. „Als weiteren Zeugen rufe ich Sir Arthur Stanley Eddington auf. „Die moderne Physik führt uns notwendig zu Gott hin, nicht von ihm fort. Keiner der Erfinder des Atheismus war Naturwissenschaftler. Alle waren sie sehr mittelmäßige Philosophen."" „Von Erfindung des Atheismus zu sprechen, finde ich nicht unproblematisch", kommentierte Bert. „Der Begriff hat natürlich eine lange Geschichte und bezeichnete sowohl den Vorwurf eines Abfalls vom vermeintlich wahren Pfad als auch einen eigenständigen Qualitätsanspruch." „Ich denke, dass für Eddington Atheismus auf Anthropozentrismus folgt", warf Till ein, „wer sich zum Maß aller Dinge macht, besetzt die Mitte und duldet keine Götter neben sich. Und diese Geisteshaltung ist doch im wahrsten Sinne des Wortes mittelmäßig." Bert nickte. „Schließlich will ich noch einen Amerikaner zu Wort kommen lassen", setzte Till fort. „Robert Andrews Milikan sagte: „Leute, die wenig von Wissenschaft wissen, und Leute, die wenig von Religion verstehen, mögen sich einmal streiten, und die Zuschauer mögen denken, da streiten sich nun die Wissenschaft und der Glaube, während es sich in der Tat um einen Zusammenstoß zwischen zwei Arten von Unwissenheit handelt."" „Mir gefällt gut, dass Milikan von einem Zusammenstoß spricht", hob Bert an, „da denkt man gleich an ungebremste Dickköpfe, die sich jeweils auf geradem Weg befinden. Und Menschen, die wenig verstehen, neigen eher zum Fundamentalismus." „Ich denke auch, dass es sich bei einem aufgeklärten Streit eher um ein Ringen handelt, welches von grundsätzlicher Toleranz gekennzeichnet ist und nicht auf persönliche Verunglimpfung setzt", meinte Till. „Und ich denke, dass es an der Zeit ist, den Planeten Kataan zu besuchen." Bert machte den Rücken gerade. Till lächelte und sagte: „Auch bei dieser Episode gefällt mir der Originaltitel besser als die Übertragung ins Deutsche. „The inner light" wird zu „Das zweite Leben". Wir werden sehen, ob du mir zustimmst. Energie!"

Einkehr

Kaum hatten Bert und Till in der Enterprise Platz genommen, da trafen sie auf ihrem Weg durch den Raum auf eine Sonde. Diese sandte einen Strahl aus, der Picard traf, welcher daraufhin ohnmächtig wurde. Er erwachte als ein Mann namens Kamin in der Gemeinde Ressik auf dem Planeten Kataan, der nach fast überstandener Krankheit seine Frau Eline ungläubig ansah, weil er einerseits sich als Angehöriger der Sternenflotte und andererseits als integrierte Persönlichkeit Ressiks erlebte. Im Laufe der Zeit nahm er sein Schicksal immer mehr an und zeugte zwei Kinder, verfeinerte sein Flötenspiel und untersuchte den Lauf der Sonne. Diesem Naturforscherinteresse lag eine Dürre zugrunde, die sich immer weiter verstärkte und als unumkehrbar herausstellte. Zu einer Evakuierung war die Zivilisation Kataans nicht in der Lage. Allerdings konnte vor dem Untergang eine Sonde abgeschossen werden. Diese letzte Botschaft Kataans suchte sich Picard als Träger. So konnte die vergangene Kultur in dem Kapitän weiterleben und neues Leben gewinnen. Nachdem Picard nach weniger als einer halben Stunde aus seiner Ohnmacht wieder aufgewacht war, hatte er mehrere Jahrzehnte auf Kataan durchlebt. Später wurde die Sonde an Bord geholt und geöffnet. Es fand sich lediglich eine Ressikanische Flöte darin. Diese spielte der Kapitän dann auf traurig-schöne Weise. „Schon allein das Flötenspiel macht diese Episode für mich zu einer besonders schönen Erfahrung", meinte Bert und atmete tief ein. „Picard wird eine große Verantwortung übertragen", sinnierte Till, „das gesamte kulturelle Wissen des versunkenen Kataan wurde ihm übergeben." „Das Besondere daran ist ja, dass er sich nicht lediglich Geschichten hat erzählen lassen", ergänzte Bert, „vielmehr erfährt er leibhaftig von dem Schicksal und der kulturellen Identität der Einwohner Ressiks." „So werden nicht nur Artefakte oder einzelne Gebräuche überliefert", übernahm Till wieder, „sondern das Lebensgefühl einer Kultur wird als Erfahrung übertragen. Diese Erfahrung bleibt beim bloßen Studium historischer Quellen auf der Strecke." „Wirklich erleben und beurteilen kann man eine Kultur wohl nur von innen", folgerte Bert. „Nur so kann eine Kultur auch nach ihrem Untergang weiterleben. Das Symbol dieser echten Erinnerung ist die Flöte. Picard kann sich praktisch durch sein Flötenspiel nach Kataan beamen." „Glücklicherweise wurde unser Kapitän nicht zu einer gespaltenen Persönlichkeit", meinte Till, „vielmehr scheint Kataan für ihn die Bedeutung eines Resonanzkörpers zu haben. Er ist nicht einfach ein Kulturträger sondern bringt seine Lebenssaite mit Hilfe eines anderen Instruments auf neue Weise zum Klingen." „Das hast du schön poetisch ausgedrückt", lobte Bert. „So ähnlich kann vielleicht für manche ein Auslandssemester funktionieren. Man spürt sich als durchgängig-geschlossene Persönlichkeit und spielt doch in ganz anderen Zusammenhängen eine neue Rolle." „Völlig andere Rahmenbedingungen, in die ein individuelles Leben gestürzt wird, können zu einer Stärkung der Identität führen", ergänzte Till. „Und zwar resultiert diese Stärkung nicht etwa aus einer verbesserten Fähigkeit der Abgrenzung zur Mitwelt sondern aus einer Verbreiterung der Basis der sozialen Interaktion. Das Individuum wird also nicht gestärkt durch ein sogenanntes „dickes Fell" sondern durch ein Öffnen gegenüber der Mitwelt, welches ein vertieftes und erweitertes Fließen von Bindungsenergie bedeutet. Mit Bindungsenergie meine ich das Erleben von Beziehungen und verbindlichem Sein." „Ich verstehe dich", nickte Bert. „Die Fähigkeit Verbindungen und

Verbindlichkeiten einzugehen führt nicht zwangsläufig zu Einengung und Fesselung. Wahres Leben braucht Semipermeabilität. Die einzelne Persönlichkeit darf sich nicht auflösen, wenn sie sich einem Austausch aussetzt. Aber mindestens genauso wichtig ist es, sich einlassen zu können um so ein Stück weit zu einem Hologramm werden zu können." Till überlegte kurz und bestätigte dann: „Wenn man ein Individuum in einem bestimmten Licht betrachtet, erscheint es in einer bestimmten Weise. Fällt das Licht anders, so kann man vom Individuum über seine Verbindungen auf die Gesellschaft blicken. Das Einzelne repräsentiert prinzipiell das Ganze. So scheint in Picard das Licht der gesamten Kultur Kataans." „Mit diesem Ausdruck hast du unterstrichen, dass dir der englische Titel der Episode mehr am Herzen liegt", lächelte Bert. „Das innere Licht, welches in Picard scheint, leuchtet durch seine erweiterte Persönlichkeit mit Hilfe seiner sozialen Kontakte in die Welt hinaus." „Kamin trägt wie ein Kamin innere Wärme nach außen", bestätigte Till. „Allerdings lebt der Energieträger, dem Kaminholz entspricht dabei die Kultur Kataans, konkreter weiter als lediglich als Hitze und Asche beim Feuer. Man nimmt den Baum nicht nur als Holzlieferanten wahr sondern als Lebewesen." „Das ist ein schönes und tröstendes Schlusswort am Ende dieser etwas melancholischen Reise", schloss Bert.

Ohne Beziehungen sind wir unvollständig

Einige Tage später trafen sich Bert und Till zum Start in das letzte Sternenabenteuer. Till versuchte eine Verbindung zu bisherigen Erfahrungen an Bord des Raumschiffes Enterprise herzustellen. „Auf Mintaka III haben wir gesehen, dass nur ein Beobachter, der sich vollkommen außerhalb eines abgeschlossenen Systems befindet, beobachten kann ohne Einfluss zu nehmen. Auf Kataan hat nun Picard eine Kultur von innen erlebt und nur so konnte er sie wirklich wahrnehmen und beurteilen. Andererseits befand er sich als Kapitän einer fernen Zukunft aus der Sicht der Einwohner Ressiks auch außerhalb des Systems und vermied so einen direkten Eingriff. Zudem wurde durch diese Erfahrung seine Identität gestärkt. Picard konnte sich also quasi von außen betrachten, indem er sich in einen anderen hineinversetzte und auf diese Weise sich weiterentwickeln." „Das ist eine frohe Botschaft", lächelte Bert und erklärte: „Gott wurde Mensch in Jesus als Christus und erweiterte seinen Erfahrungshorizont und begeisterte daraufhin auf ganz neue Weise." „Das ist eine schöne Übertragung", freute sich Till, „und sie verweist gleichzeitig auf ein logisches Problem. Die christliche Sprachfigur „Dreieiniger Gott" behauptet auf den ersten Blick, dass drei gleich eins ist. Und damit sind wir auf vielfältige Weise schon mittendrin in der Welt des Kurt Gödel. Der hat sich nämlich einerseits mit solchen Problemen der Logik befasst, andererseits aber auch mit Zeitreisen. Und ich will nicht zu viel verraten, aber wir werden in wenigen Minuten gleichzeitig in die Zukunft und in die Vergangenheit reisen und wir werden uns mit logischen Sprüngen befassen. Vorher will ich aber versuchen, uns den genialen Mathematiker Gödel etwas näher zu bringen. Idealerweise können wir anknüpfen an deinen Urgroßvater. Der war nämlich mit Kurt Gödel befreundet. Wie Einstein emigrierte Gödel in die USA. Allerdings kam er erst Anfang 1941 mit seiner Frau in Princeton an. Sie wurden dort von den Einsteins aufgenommen. Auch bei Gödels späterer Einbürgerung half dein Uropa, indem er seinen Freund zum Schweigen brachte, als dieser dem patriotischen Richter erklären wollte, dass die Vereinigten Staaten auch nicht vor einem Diktator gefeit wären aufgrund bestimmter Formulierungen, die die Umsetzung der demokratischen Entscheidungsfindung regelten. Gödel hatte nämlich die Verfassung sehr genau gelesen. Immer wieder brachte Gödels scharfer Verstand ihn in Schwierigkeiten. Dieser trieb einen Keil zwischen Welt und Individuum. Grundsätzlich ist es zwar normal, dass schon bei einer Beobachtung zunächst eine

Subjekt-Objekt-Spaltung erfolgt und aus einer Trennung von Beobachter und Beobachtetem ein Dualismus sich ergeben kann. Unsere Erfahrung kann dann aber dafür sorgen, dass wir als Persönlichkeit nicht auseinanderbrechen. Doch Gödel war als strenger Analytiker im Laufe seines Lebens immer weniger in der Lage, durch ganzheitliche Ansätze ein Heilbleiben zu erreichen. Am Ende führte das zu einer so starken Entfremdung, dass er unter Verfolgungswahn und Vergiftungsangst litt. Als seine Frau aufgrund eines Krankenhausaufenthalts sein Essen nicht vorkosten konnte, verhungerte Gödel. Aber ich will mich im Folgenden mehr um das Nachhaltigere seiner Gedanken kümmern. Den Anlass zu Gödels Forschungen lieferte wohl der berühmte Mathematiker David Hilbert. Dieser war als Formalist und Axiomator von der Vollständigkeit und der Widerspruchsfreiheit der Mathematik überzeugt. Im Hintergrund steht die wohl unstrittige Annahme, dass die Mathematik eine Geisteswissenschaft ist. Es bleibt aber die Frage, ob dieser Geist auf die Dimension des Großhirns beschränkt ist oder ob er Verbindungen nach außen hat beziehungsweise ob man zwischen innen und außen gar nicht sinnvoll trennen kann. In enger Anlehnung an Plotin hat Goethe das so formuliert: „Wär nicht das Auge sonnenhaft, wie könnt´ die Sonne es erblicken? Wär nicht in uns des Gottes eigne Kraft, wie könnt´ uns Göttliches entzücken?"" „Ich will dich nicht wirklich unterbrechen", hob Bert an, „aber in Ergänzung muss ich kurz eine Zeile aus dem Morgenspruch der Waldorfoberstufe von Rudolf Steiner bringen. „... der Gottesgeist, er webt im Sonn- und Seelenlicht...".„Das passt genau zu unserer Fragestellung", nickte Till. „Da wir gerade bei der Sonne sind, will ich als Beispiel die Sonnenblume nehmen. Deren Blütenkorb besteht aus rechts- und linksdrehenden Spiralen beziehungsweise Schraubenlinien. Es verlaufen nun oft 13 Linien in die eine und 21 in die andere Richtung und 34 Linien in die eine und 55 Linien in die andere Richtung. Manchmal sind es sogar 55 und 89 Linien. Fällt dir etwas auf?" „Die Zahlen werden immer größer", meinte Bert, „und das

Maß der Vergrößerung steckt im Vorgänger einer Zahl." „Völlig richtig", freute sich Till, „diese Zahlen nennt man Fibonacci-Zahlen, nach einem italienischen Mathematiker benannt, der eigentlich Leonardo von Pisa hieß. Die Folge dieser Zahlen beginnt mit zwei Einsen." „Dann folgen zwei, drei, fünf, acht und alle die Zahlen, die du schon genannt hast", konnte sich Bert nicht zurückhalten. „Stimmt genau", lächelte Till. „Natürlich haben Sonnenblumen keine mathematische Grundbildung. Vielmehr ist es für sie einfach sinnvoll, auf diese Weise Blütenkörbe auszubilden. Denn die Zahlen der Fibonaccifolge beinhalten ein irrationales Verhältnis, was dafür sorgt, dass keine Perioden entstehen und damit keine vollständigen Schatten. Denn das Sonnenlicht ist ja Wachstumsvoraussetzung." „Das mit dem irrationalen Verhältnis habe ich noch nicht verstanden", zog Bert die Stirn in Falten. „Wenn man die Fibonaccizahlen durch ihre Vorgänger teilt, dann läuft die Folge gegen den Goldenen Schnitt, der durch eine nicht abbrechende Dezimalzahl repräsentiert wird." „Den Goldenen Schnitt kenne ich aus dem Kunstunterricht", meinte Bert, „aber ich muss das kurz konkret nachvollziehen. Als Quotienten erhalte ich also erst eins, dann zwei, eins Komma fünf, eins Komma Periode sechs, eins Komma sechs und so weiter." „Genau", nickte Till, „und als Näherungswert merke ich mir eins Komma sechs eins acht. Genau genommen erhält man die halbe Summe aus eins und der Wurzel aus fünf. Übrigens regeln nicht nur Sonnenblumen ihr Wachstum nach diesem Prinzip sondern auch Spargel, Fichtenzapfen, Gänseblümchen..." Bert unterbrach seinen Freund: „Das Auge im blauen Gesicht sah ein Auge im grünen Gesicht. „Sieht genau aus wie mein Auge", sagte das erste Auge. „Doch so tief unten blinzle ich nicht. Ich stehe droben im blauen Gesicht." „Du sprichst in Rätseln", sagte Till etwas irritiert. „Volltreffer!" lachte Bert. „Tatsächlich handelt es sich um ein Rätsel. Und zwar hat der Hobbit Bilbo dieses Rätsel Gollum gestellt, als sie sich am Rand eines unterirdischen Sees trafen." „Sicherlich werden wir Näheres in den nächsten Semesterferien erfahren", wiegte Till langsam den Kopf und hatte so noch etwas Zeit gewonnen. Schließlich platzte es aus ihm heraus: „Die Sonne steht am Himmel und das Gänseblümchen in der Wiese." „Und beide sind einander ähnlich, würden jetzt nicht nur Plotin und Goethe schlussfolgern", nickte Bert. Till versuchte sich wieder dem Ausgangspunkt anzunähern: „Auch die Sehnen eines Pentagramms teilen sich im Verhältnis des Goldenen Schnitts. Dieses Verhältnis empfinden wir als Kunst- und Architekturbetrachter als harmonisch und die Natur gebraucht es als sinnvolles Baumuster. Aber das Verhältnis selbst ist irrational. Möglicherweise stehen Rationalität und Irrationalität in einem komplementären Verhältnis. Dann ist einerseits das mathematische Prinzip vernünftig und erscheint harmonisch und geschlossen, andererseits lässt es sich nicht denken ohne Beziehung zu einer grundlegenden Idee. Das Gänseblümchen steht in der Wiese und orientiert sich an der Sonne. So ist auch die Mathematik keine autarke abgeschottete Insel in der Welt der Wirklichkeit." Till machte eine kleine Pause. „Nun springe ich mit dir auf eine konkrete Insel, nämlich Kreta. Kreta erscheine zunächst als ein abgeschlossenes System und die Bewohner ziehen an einem Strang. Nun stehe als Behauptung im Raum, dass alle Kreter immer lügen. Das behauptet zumindest das Paradoxon des Epimenides. Davon berichtet uns Paulus in seinem Brief an Titus. Übrigens fällt mir gerade ein, dass diese Textstelle sich vielleicht für das Neutestamentliche Proseminar anbieten würde. Aber ich will nicht weiter ablenken. Jedenfalls ist das Problem an dem Ausspruch, dass Epimenides selbst Kreter ist. Wenn die Behauptung als richtig angenommen wird, dann lügt auch Epimenides und damit wäre die Behauptung widerlegt. Wenn die Behauptung als falsch angenommen wird, dann lügt Epimenides aufgrund der falschen Behauptung. Wir können festhalten, dass Epimenides ein Lügner ist. Dadurch können wir nicht entscheiden, ob die Behauptung richtig ist. Das kretische System kann also nicht herangezogen werden um die Frage nach der Widerspruchsfreiheit des kretischen Systems zu beantworten. Und genau mit dieser Logik widerlegt Gödel den Anspruch Hilberts an die Mathematik. Seine zwei Unvollständigkeitssätze besagen einerseits, dass es in starken widerspruchsfreien Systemen unbeweisbare Aussagen geben muss und andererseits, dass aus diesen Systemen heraus nicht bewiesen werden kann, dass sie widerspruchsfrei sind. Gödel führt seinen Beweis mit Hilfe der Zahlentheorie. Er ordnet Symbolen nach einem bestimmten Code Zahlen zu und kommt so gleichzeitig zu einer zahlentheoretischen Aussage und einer Aussage über zahlentheoretische Aussagen. Ich will noch einmal nach Kreta übersetzen. Epimenides macht also einerseits als Kreter eine Aussage und andererseits macht er eine Aussage über Kreter, die eine Aussage machen. Diese Konstellation bringt die Unentscheidbarkeit und damit die Unvollständigkeit." „Aber was führte Gödel eigentlich im Schilde?" fragte Bert. „Ich habe den Eindruck, dass Gödel das Elfenbeinturmdenken der Mathematik störte", antwortete Till. „Er sah Querverbindungen zu verschiedenen Bereichen der Wirklichkeit. Und er ahnte wohl, dass sich Wahrnehmung und Wahrheit nicht hinreichend mit formalen Mitteln beschreiben lassen. Wir beide sind ja Epimenides. Wir sind als Menschen befangen und können also nicht abschließend über uns selbst urteilen. Wir können nicht aus unserem System heraustreten und unser System ist unvollständig." „Wenn wir also nicht heraustreten können, ist es vielleicht möglich herauszuspringen?" fragte Bert. „Denn ich habe noch im Hinterkopf, dass du vorhin von logischen Sprüngen sprachst." „Wir haben uns schon an einigen logischen Sprüngen versucht", meinte Till. „Aber ich ahne, was du meinst. Ein Herausspringen verweist allerdings auf eine Eigenaktivität. Möglicherweise trifft es ein Herausgenommenwerden besser, eine Offenheit dafür vorausgesetzt. Ich denke, dass wir nun den Punkt erreicht haben, an dem wir in eine neue alte Welt aufbrechen sollten." Bert signalisierte sein Einverständnis und das Abenteuer begann.

Sprunghafte Erkenntnis

Ein Reisekamerad von Bert und Till an Bord der Enterprise war der Klingone Worf. Klingonen haben eine starke Bindung an Traditionen ihres Volkes. Da Worf hauptsächlich mit Menschen unterwegs ist, kann er eine gewisse innerliche Leere nicht durchgängig vermeiden. So zog Worf sich auf dieser Reise zurück um alte Rituale durchzuführen. Er dachte dabei an Kahless, einen vor Jahrhunderten verschwundenen geistigen Anführer. Zunächst stellte sich bei Worf keine neue Bindung an die alte Gedankenheimat ein. Als er sich jedoch in ein klingonisches Kloster zurückzog, erschien ihm Kahless. Der derzeitige Führer des klingonischen Reiches Gowron zeigte sich nicht erfreut über die Rückkehr des vermeintlichen Konkurrenten. Denn für das Volk kam mit Kahless ein erhoffter Prophet zu neuem Leben. Und tatsächlich stellte sich heraus, dass eine Gowron feindlich gesonnene Gruppierung Kahless etabliert hatte – und zwar als Klon. Doch konnte das Rad der Geschichte nicht zurückgedreht werden. Kahless hatte eine bestimmte Erwartungshaltung beim Volk hervorgerufen. Es musste konstatiert werden, dass der zu neuem Leben erwachte Mythos stärker war als die Klonrealität. Zudem erkannte Worf, dass die in verfeindete Gruppen zerfallene Klingonengesellschaft zu einer neuen Einheit und zu neuen Idealen finden könnte durch eine Orientierung an dem Vordenker Kahless. Diese Hoffnung und die Furcht vor einem möglichen Bürgerkrieg brachten Worf dazu einem Kompromiss zuzustimmen. Dieser sah vor, dass Kahless einerseits zugeben sollte ein Klon zu sein, andererseits aber die repräsentative Führerschaft zu übernehmen. Gowron sollte als Kanzler für das tagespolitische Geschäft zuständig bleiben. Dieser Kompromiss wurde von den Parteien angenommen und erwies sich als tragfähig. Das klingonische Imperium konnte mit der Hoffnung auf Erneuerung weiter bestehen. „Wir lernen also aus dieser Episode, dass ein Pastor als Bundespräsident eine Neuorientierung durch Rückbesinnung auf alte Werte leisten kann", stieg Bert verschmitzt in das Gespräch ein. „Würde allerdings jemand mit der Behauptung auftreten, er sei der Christus, dann würde ihm nicht nur das Präsidentenamt verwehrt sondern vielleicht auch noch die Freiheit", meinte Till. „Das stimmt wohl", nickte Bert, „aber die Schuld dafür dürfen wir wohl weder Machtpolitikern noch dem Papst in die Schuhe schieben. Ich habe nämlich die Hoffnung, dass unsere Gesellschaft religiös aufgeklärter ist als die klingonische und also den Anspruch Christus zu sein unterscheiden kann von dem Versuch in Jesu Fußstapfen zu treten." „Dennoch würde mich interessieren, welche Figur der Papst abgeben würde, wenn jemand mit großer Zustimmung im Rücken meinetwegen auch nur auf den Spuren des historischen Jesus wandeln würde", entgegnete Till. „Ich denke, dass wir mit diesem Ansatz schon dichter an Kahless herankommen", sagte Bert, „denn wenn ich seinen Namen zerlege in „Khan" und „less", dann deutet das darauf hin, dass er weniger als einen Führer klassischer Prägung darstellt. Und damit sind wir bei dem zunächst unscheinbaren Zimmermannssohn aus Nazareth. Der tauchte auch auf, als das Volk verschiedene Gruppierungen ausgebildet hatte, die sich gegenseitig nicht grün waren, nämlich Pharisäer, Sadduzäer, Zeloten und Essener." „Da muss ich noch einmal zurückkommen auf den Papst", meinte Till. „Das römische Reich änderte seine religiöse Ausrichtung, als es sich auf dem absteigenden Ast befand, um eine Erneuerung und Stärkung zu erreichen. Konstantin etablierte 313 das Christentum und Theodosius machte es 380 zur Staatsreligion. Dadurch und durch die Schwäche des Reiches konnte sich die starke Position des Bischofs von Rom entwickeln. Letztlich war das konsequent, denn wenn man eine Tür aufmacht, muss man akzeptieren, dass jemand auf ganz bestimmte Weise hereinkommt. So gesehen ist der Papst ein rechtmäßiger Erbe des Anliegens Jesu. Konstantin wollte die Solidarität der Christen und bekam den Papst. Und der Klon Kahless ist der rechtmäßige Erbe der verlorengegangenen geistigen Anführerschaft, also des inkarnierten Mythos. Übrigens ist „Der

Rechtmäßige Erbe" auch der Titel dieser Episode." „Interessanterweise bezeichnet sich Kahless auch als Reisender", ließ Bert die Aussage Tills stehen. „Er ist aus einer anderen Epoche zu Besuch um zu helfen. Und er erzählt den Mythos von dem Kämpfer gegen den Wind. Als Gowron ihn nach dem Namen des Kämpfers fragt, muss er allerdings passen." „Das war eine Warnung an Gowron sich nicht gegen den Wind der Geschichte zu stellen", nickte Till. „Ansonsten würde er wie der Kämpfer gegen den Wind den Tod erleiden. Aber diese Warnung verliert deutlich dadurch, dass Kahless den Namen nicht sagen kann. Ein Mythos lebt auch von ganz konkreten Geschehnissen und Namen." „Das gilt auch für den klingonischen Himmel, die Heimat der Krieger, an dessen Namen ich mich jetzt, wie Kahless sich an den Namen des Kämpfers, nicht erinnern kann", sagte Bert. „Sto´Vo´Kor!" rief Till aus. „Genau", erinnerte sich Bert, „mit diesem Namen gewinnt der Mythos echte Gestalt. Für Worf hat „Sto´Vo´Kor" eine große Bedeutung. Worf sagt, als er auf dem Klingonischen Heimatplaneten meditiert, dass er gerne glauben möchte. „Das ist ein Anfang!" bekommt er zur Antwort. Darin steckt für mich, dass man den persönlichen Glauben nicht herbeimeditieren kann. Man kann lediglich Offenheit signalisieren und sich dann beschenken lassen." „Auf der anderen Seite leistet Worf aktiv einen wichtigen Beitrag zu neuem Sein, indem er den Kompromiss mitträgt", meinte Till. „Dem Kaiser wird gegeben, was des Kaisers ist. Also bekommt Gowron die politische Macht, muss dafür aber einen Kniefall machen vor dem geistigen Erneuerer Kahless, so wie es früher Könige und Kaiser vor dem Papst machen mussten." „Dafür muss Worf über seinen Schatten springen", meinte Bert, „denn eigentlich ist er ja ein Kämpfer, der klare Entscheidungen sucht und einen Klon gefühlsmäßig wohl eher als Abziehbild betrachtet." „Das Springen über den eigenen Schatten findet im Hier und Jetzt statt", entgegnete Till. „Der Glaubenssprung dagegen, der sich ja eigentlich eher als ein Gezogenwerden darstellt, hat eine andere Dimension." „Wahrscheinlich spielt auch der Zufall eine

Rolle, so dass das Fällige zufällt", sagte Bert. „Wir haben Worf zehn Tage orientierungslos in dem Klingonischen Kloster gesehen. Und dann erscheint der Kahlessklon. Daraufhin schöpft Worf neue Hoffnung und kann seinen Alltag wieder bewältigen. Das ist genau die Zeitspanne zwischen Himmelfahrt und Pfingsten. In dieser Zeit waren auch die Jünger orientierungslos." „Auch die fünfzehn Jahrhunderte des Wartens auf Kahless, der bei seiner Verabschiedung versprochen hatte aus „Sto´Vo´Kor" zurückzukehren, fallen nicht einfach vom Himmel", stimmte Till zu. „Ungefähr fünfzehn Jahrhunderte vergingen von Himmelfahrt bis zur Reformation, die zusammen mit dem Buchdruck als Beginn der Neuzeit und damit der Erneuerung gesehen werden kann."
„In dieser Episode gibt es ja noch eine Erneuerung, die sich sprunghaft vollzieht", meinte Bert. „Ich denke da an den Androiden Data. Dem wurde ursprünglich gesagt, dass er eine Maschine sei und als solche nicht über sich hinauswachsen könne. Da er überwiegend mit Menschen umging, die er als Persönlichkeiten mit ganz bestimmten Charaktereigenschaften und Gefühlen wahrnehmen konnte, kam er nach eigener Aussage in eine Bewusstseinskrise, da er diese Personqualität bei sich nicht spürte. Eines Tages konnte er Aspekte bündeln, die es als schlüssig und sinnvoll erscheinen ließen, sich zu einer Person zu erklären. Zwar konnte er sein Personsein nicht beweisen, aber mit der Entscheidung eine Person zu sein endete die Krise. So kann Data feststellen: „Ich machte einen Sprung im Glauben!" „Man kann wohl nicht von sich selbst sagen, dass man prozentuale Zuwächse verzeichnet auf dem Weg Person zu werden", ergänzte Till. „Das Reden von einem Sprung ist also schlüssig. Auch der Android Data ist nicht in der Lage sich selbst vollständig zu erfassen und zu beschreiben. Denn er ist mehr als die Summe seiner Bauteile und Programmierungen. Diese Unvollständigkeit der Erfassung führt zu der Möglichkeit der Anbindung an die ganze Wirklichkeit durch einen Sprung." „So kann die Sonnenblume durch einen Sprung an den Bereich der Fibonaccizahlen angeschlossen werden

und umgekehrt", konkretisierte Bert den Gedanken. „Und beide haben eine Verbindung zum Grund allen Seins", ergänzte Till. „Dieser Begriff wurde ja von meinem Urgroßvater geprägt. Der stellte einerseits fest, dass es einen unendlichen Sprung zwischen dem Seienden und dem Sein-Selbst gibt. Andererseits aber partizipiert das Seiende am Sein-Selbst, weil das Sein-Selbst der Grund allen Seins ist." „Das wäre eigentlich ein gutes Schlusswort", meinte Bert, „aber du schuldest mir noch einen Hinweis auf Gödels Zeitreisen." Till nickte und erzählte: „Gödel hat aufbauend auf die Allgemeine Relativität deines Uropas dessen Gleichungen zur Gravitationstheorie gelöst. Diese Lösung schenkte er Einstein zu dessen siebzigsten Geburtstag. Gödel kam zu neuen Erkenntnissen, weil er ein anderes Koordinatensystem zugrunde legte. Dadurch kam er zu einer imaginären Drehachse des Universums. Diese verwirbelt nun Materie und Raumzeit. Verwirbelungen können zu so starken Krümmungen führen, dass sogenannte Weltlinien entstehen, auf denen man, wenn sie sich schließen, in der Zeit reisen kann. Gödel gab sogar eine Mindestgeschwindigkeit an, nämlich siebzig Prozent der Lichtgeschwindigkeit. Einstein war von diesem Ansatz allerdings überhaupt nicht angetan, weil er zu Paradoxien führen konnte, die seinem Kausalitätsideal entgegenstanden. Aus diesem Grunde hat er auch die Existenz von Schwarzen Löchern bestritten. Aber die Lösung Gödels hat in jüngerer Vergangenheit immer mehr Beachtung gefunden, die zu einem Fachbegriff führte, nämlich dem Gödel-Universum." „Das hört sich nach einem interessanten Gedankensprung an", meinte Bert. „Und es ist merkwürdig, wie mein Uropa als Weltbilderneuerer in manchen Bereichen so dem Boden verhaftet war, dass er nicht springen konnte." „Die Annahme, dass aus einer Ursache eine Wirkung folgt, führt zu einem Denken von Schritt zu Schritt", entgegnete Till. „Dieses Denken ist unvollständig bezüglich des Versuchs die ganze Wirklichkeit zu spüren." „Der Sprung ins kalte Wasser der Weltraumwirklichkeit hat sich für mich jedenfalls sehr gelohnt", stellte Bert fest. „Ich habe neue

Freunde gewonnen, neue Kulturen kennengelernt und gleichzeitig die Kenntnis der eigenen Kultur vertieft. Und ich habe eine neue Vaterfigur ins Herz geschlossen. Jean-Luc Picard, du bist mein Kapitän!"

Landung in heimatlichen Gefilden

Die Hamburger Schulferien gingen zu Ende und damit kam die Zeit des ersten Schulpraktikums. Bert und Till durften im Harburger Heisenberg-Gymnasium zunächst hospitieren und dann auch unterrichten. Diese Schule befindet sich in der Triftstraße und damit lediglich zwei Kilometer entfernt von der Wohnung in der Marienstraße. Weiterhin kam für die beiden Freunde als glücklicher Umstand hinzu, dass sie auf ihren täglichen Fahrradtouren zur Schule und wieder zurück an der TU Harburg in der Eissendorfer Straße vorbeikamen. Die TU beherbergt nämlich sowohl eine gute Mensa als auch eine wohlbestückte Bibliothek. Vier Wochen lang gingen die beiden nun wieder zur Schule. In der ersten Woche liefen sie mit jeweils einer Klasse mit. Sie erlebten also in erster Linie die Schüler und Lehrer im Umgang miteinander. Das Fachliche war von untergeordneter Bedeutung. Das lag natürlich auch daran, dass sie alle Fächer miterlebten. Bert wurde einer zehnten Klasse zugeteilt und Till einer achten. Die jeweiligen Klassenlehrerinnen waren ihre ersten Ansprechpartner. Teilweise rutschten sie wieder in eine Schülermentalität. Sie saßen hinter der letzten Reihe und gerade in Unterrichtssituationen, in denen sie sich nicht so recht angesprochen fühlten, nahmen sie eine Konsumentenhaltung an und wurden manchmal sogar müde. Es gab aber auch Momente, in denen sie die Lehrerinnen aufgrund ihres methodischen Geschicks bewunderten oder auch Momente, in denen sie sich einbildeten, es besser machen zu können. Auf jeden Fall stellten sie fest, dass ein Schüler-

tag lange dauert und dass der durchschnittliche Schüler sich die Kraft einteilen muss. In den folgenden drei Wochen übernahmen Bert und Till in den Klassen, in denen sie mitgelaufen waren, den Unterricht in ihren Fächern. So brachte es Bert zu jeweils sechs Unterrichtsstunden in Religion und Sport. Diese nutzte er einerseits für eine Einheit zum Thema Wirklichkeit und andererseits befasste er die zehnte Klasse mit einer Verbindung von Faustball und Volleyball. Till durfte sogar zwölf Stunden rund um das Thema Binomische Formeln unterrichten und versorgte daneben seine achte Klasse mit einer Einheit zu den Schöpfungsberichten. Die jeweiligen Fachlehrer waren sehr freundlich und zu einer kurzen Vor- und Nachbereitung der Stunden der beiden Praktikanten bereit. Aber natürlich tauschten sich die Freunde auch bei abendlichen Sitzungen in der Marienstraße aus. Bert erzählte von seinem Einstieg mit einer Meinungsumfrage, die getrennt nach West- und Ostdeutschland durchgeführt und zwanzig Jahre später wiederholt worden war. Er hatte die einzelnen Positionen durch eine Kombination von Zeichen veranschaulicht, in deren Zentrum ein Kreis mit einem W wie Welt und ein Dreieck mit einem G wie Gott standen. Sieben Positionen wurden in der Umfrage in allgemeinverständlicher Sprache unterschieden. Bert fasste diese in seinen Worten kurz zusammen: „Erstens: Atheismus, die Welt kann naturwissenschaftlich erklärt werden. Zweitens: Gott als Uhrwerkanstoßer. Drittens: Gott als Idee des Guten. Viertens: Gott als Harmonierer der Natur. Fünftens: Gott als Orientierung. Sechstens: Gott, in dessen Hand unser Schicksal liegt. Siebtens: Gott als Richter." „Ich traue mir ansatzweise das Schätzen der Umfrageergebnisse zu", meinte Till. „Das traue ich dir auch zu", entgegnete Bert, „allerdings waren bei dieser Umfrage Mehrfachnennungen möglich, so dass wir bei einem Herunterbrechen auf hundert Prozent etwas vorsichtig sein müssen."
„Dann beschränke ich mich auf das Wesentliche", sagte Till. „Die Hälfte der Ostdeutschen sind Atheisten mit leicht zunehmender Tendenz." Bert nickte und Till setzte fort: „Der Anteil der Athe-

isten an den Westdeutschen liegt zwischen zehn und zwanzig Prozent mit stark zunehmender Tendenz." „Auch richtig!" reagierte Bert. „Und die Mehrheit der an Gott Glaubenden sieht diesen lediglich als Ingangsetzer eines Mechanismus, der auch ohne ihn weiterläuft", gab Till eine dritte Prognose ab. „Das ist bedingt richtig", antwortete Bert. „Eine Mehrheit der Westdeutschen sieht das so, allerdings rangiert diese Position im Osten hinter dem Ansatz, Gott als Idee des Guten zu sehen. Und wie hast du mit deiner achten Klasse über Schöpfung nachgedacht?" „Zunächst haben wir uns nacheinander mit den beiden Schöpfungsberichten befasst", antwortete Till. „Dabei haben wir diese jeweils zeichnerisch veranschaulicht. Den ersten Bericht haben wir quasi als Comic nacherzählt, indem wir ein A4-Blatt in acht kleine Teile trennten und nach einem Titelteil die Erschaffung der Welt in sieben Tagen wiedergaben. Viele Schüler haben ihre Bilder sehr gegenständlich gehalten. Eine Schülerin hat ausschließlich mit Farbflächen gearbeitet. Das hat mich begeistert." „Da will ich mitdenken", unterbrach ihn Bert. „Der erste Tag beinhaltet blau, gelb und schwarz für Wasser, Licht und Dunkelheit. Der zweite Tag unterscheidet sich vom ersten lediglich durch eine Trennung der blauen Fläche. Ein großer Teil bleibt unten als Meerwasser und ein kleinerer Teil rückt als Atmosphäre nach oben." Till reckte den Daumen in die Höhe. „Am dritten Tag wird etwas vom unteren Blau ins obere verlagert und es erscheint inmitten der unteren blauen Fläche eine braune Fläche mit einem grünen Anteil. Die steht für den Erdboden und das Pflanzenwachstum. Am vierten Tag wird das Licht neu verteilt. Aus der gelben Fläche wird eine schwachgelbe mit einem sattgelben Element. Und in die Dunkelheit wandern schwachgelbe Elemente." Zur Zustimmung stimmte Till kurz ein Kinderlied an: „Sonne, Mond und Sterne …" Bert lächelte und fuhr fort: „Am fünften Tag werden grünblaue Elemente im unteren Blau etabliert und grün-braune Elemente im Bereich oberhalb der braunen Fläche mit dem grünen Anteil. Das sind Wasserbewohner und Vögel. Am sechsten Tag treten im Bereich der braunen Fläche neben die grünen Anteile noch kleine schwach-gelbe und sattgelbe Elemente. Diese repräsentieren Tiere, die an Land leben, und Menschen." „Hervorragend!" lobte Till. „Und genauso hat die Schülerin das umgesetzt. Ich war sehr beeindruckt." „Ich finde im Moment keine Lösung für den siebten Tag", bemerkte Bert. „Die Schülerin hat die ganze Fläche sattgelb ausgemalt", entgegnete Till. „Auf Nachfrage hat sie mir dann gesagt, dass der Wochenvorhang gefallen ist und Gott zufrieden ist und die Welt heil." „Absolut schlüssig", lächelte Bert. „Und wie habt ihr den zweiten Schöpfungsbericht umgesetzt?" „Da waren sich die Schüler in ihren Darstellungen sehr ähnlich", antwortete Till. „Basis aller Zeichnungen war eine grüne Insel mit zwei besonderen Bäumen und vier Flüssen und zwei Menschen. Unterschiedlich wurde das Menschenpaar gestaltet. Dieses sollte sich seiner Nacktheit ja nicht schämen. Eine solche Darstellung ist natürlich insbesondere für Achtklässler nicht einfach. Noch spannender war aber die anschließende Übertragung in den Bereich der Werbung. In der Werbung wird das Paradiesmotiv häufig benutzt. Manchmal ersetzt ein Produkt das verlorengegangene Paradies und manchmal wird die ursprünglich eher negativ belastete Verführung in ihr Gegenteil verkehrt nach dem Motto „Man sollte es sich gönnen!". Dabei steht häufig ein leckerer Apfel im Vordergrund. Es wird suggeriert, dass man durch einen Biss in den Apfel, also den Kauf eines Produkts, auf ein höheres Niveau gehoben wird. Meistens treten zusammen mit dem Apfel auch schöne nackte Menschen auf, insbesondere natürlich eine nackte Eva, die in diesem paradiesischen Zusammenhang nicht deplatziert wirkt. Die Schüler haben dann in Kleingruppen selbst eine Werbeanzeige für ein erfundenes Produkt gestaltet. Am besten hat mir die Parfümwerbung gefallen. Die Schülergruppe hat für beide Geschlechter je einen Entwurf angefertigt. Das Parfüm für Frauen hieß „Licht". Die Flasche war wie die Anzeige in gelb, orange und rot gehalten und hatte eine schlank-runde Form. Der Slogan dazu lautete: „Und der Herr sprach: „Es werde Licht!" Und es ward Licht." Und das Parfüm für Männer hieß „Lehm". Es befand sich in einer kantigen, also quaderförmigen Flasche." „Ich will raten", platzte Bert dazwischen. „Das Parfüm war erdfarben und die Werbebotschaft muss heißen „Gott nahm Lehm!"" „So ist es", nickte Till, „sinnigerweise ist sie etwas kürzer gehalten, weil ja Männer etwas einfacher gestrickt sind. Konntest du das in deinem Sportunterricht auch feststellen?" „Aber natürlich", lächelte Bert, „einfach geradeaus sind sie. Die Heldenzeit haben sie in Klasse zehn schon überwiegend hinter sich und so können sie sich gut kontrollieren und sind in der Lage auch die sensiblen Mädels ins Spiel einzubeziehen. Auf jeden Fall hat sich die Verbindung von Faustball und Volleyball gelohnt. Wenn man einen Ball direkt aus der Luft spielen will, ist das nicht nur technisch anspruchsvoll sondern erfordert auch eine gute Stellung zum Ball, die man schnell einnehmen können muss. Und ein Spiel, bei dem es praktisch nur um Aufschläge geht und alle anderen Spieler gelangweilt in der Gegend herumstehen, verdient den Namen Volleyball nicht. Deshalb habe ich nach der Einführung von spezifischen technischen Elementen das Spiel geöffnet. Wenn ein Ball den Boden einmal berührt, dann darf er mit einem Arm weitergespielt werden. Das ist die entscheidende Regeländerung. Natürlich sind die Spieler aufgerufen sich zu fordern unter Berücksichtigung ihrer persönlichen Möglichkeiten. Manche brauchen eine Extraportion Motivation um sich nicht zu schonen, um also den direkten Ballkontakt sich zu erarbeiten. Glücklicherweise haben wir eine dreigeteilte Sporthalle mit drei Volleyballfeldern zur Verfügung. So können wir jeweils vier gegen vier spielen. Dabei wird von der Dreimeterlinie aufgeschlagen und es wird rotiert, damit sich nicht schon in der Anfängerphase ein Spezialistentum ausbilden kann. Aufgeschlagen wird von vorne rechts und der Rückschlag soll von vorne links erfolgen. Wenn das Spiel gut läuft, dann kann man einerseits das Spielfeld auch auf den ganzen Hallendrittelboden ausdehnen und andererseits die Rotation fliegend durchführen, also in dem Moment, in dem der Ball von der eigenen in die gegnerische Hälfte fliegt. Nun musst du noch von deinen Erfahrungen mit den Binomischen Formeln in der achten Klasse erzählen." „Wichtig für die Schüler ist vor allem, dass sie nicht nur abstrakte Formeln vorgesetzt bekommen und dann nachturnen. Die gedankliche Durchdringung erfolgt auch über Hand und Auge. Also habe ich in aller Ruhe alle drei Formeln zeichnerisch umgesetzt. Wenn man ganz konkret ein Quadrat zeichnet, dessen Seiten aus einem fünf Zentimeter und einem zwei Zentimeter langen Abschnitt bestehen, dann kann man erkennen, dass der Flächeninhalt des Quadrats sich als Summe zweier Quadrate und zweier Rechtecke ergibt." „Das kann ich mir vorstellen", meinte Bert. „Ein Quadrat hat die Seitenlänge fünf und das andere die Seitenlänge zwei und die beiden Rechtecke haben natürlich einen Inhalt von fünf mal zwei Quadratzentimetern." „So ist es", nickte Till. „Kannst du mir auch eine sinnvolle Antwort geben auf die Frage nach dem Flächeninhalt, der entsteht, wenn ich Seitenlängen eines Quadrats bilde aus jeweils sieben Bleistiften und drei Radiergummis?" „Dann müssen die Bleistifte und Radiergummis aber genormt sein", warf Bert ein und verlängerte so die Nachdenkphase. Dann aber gab er die Antwort: „$49 b^2 + 42 br + 9 r^2$!" „Ich bin beeindruckt", lächelte Till. „Du sollst noch weitere Chancen bekommen, dich zu profilieren. Nun habe ein Quadrat die Seitenlänge 79 Meter." „Nach der zweiten Binomischen Formel gehe ich von einem Quadrat der Seitenlänge 80 Meter aus und ziehe zwei Rechtecke mit den Seitenlängen 80 Meter und ein Meter ab und addiere dann noch ein Quadrat, welches ich vorher durch die Subtraktion der Rechtecke doppelt abzog, mit einer Seitenlänge von einem Meter. Dann erhalte ich das Ergebnis von 6241 Quadratmetern." „Du bist gut", nickte Till. „Eine Aufgabe habe ich noch: 104 mal 96." Bert war warm gelaufen: „Die dritte Binomische Formel liefert die Differenz zweier Quadrate, da man beim Basteln mit der Vorlage eines Quadrats der Seitenlänge hundert von dem an der einen Seite abgeschnittenen und an der anderen Seite angeklebten Rechteck noch ein kleines Quadrat eliminieren muss. Das Ergebnis lautet also 9984."

Von der hohen Schule der alten Briefe

Bert und Till waren mit sich und der Welt zufrieden. Und das konnten sie wohl auch sein, denn beiden wurden von den jeweiligen Fachlehrern sowohl eine Lehrerpersönlichkeit als auch eine gute fachliche Qualität attestiert. So gingen sie optimistisch in ihr fünftes Semester. Im Mittelpunkt in Bezug auf den Fachbereich Theologie stand die Anwendung ihrer Griechischkenntnisse im Neutestamentlichen Proseminar. Dort wurden sie eingeführt in die Exegese des Neuen Testaments. Als Textgrundlage kam Till auf seine im Zusammenhang mit dem Paradoxon des Epimenides geäußerte Idee zurück und wählte aus dem ersten Kapitel des Titusbriefs die Verse zwölf bis vierzehn. Ihm lag eine gewisse Akribie bei der Textkritik. Und der Text selbst gab Raum für eine durchaus eigene Übersetzung. Till entschied sich zum Beispiel für den Begriff der „bösen Tiere" und gegen „Raubtiere" um die Anklage des Verfassers zu illustrieren, die sich an viele Kreter und ihre fragwürdige Sexualmoral richtete. In der Formgeschichte dominierten für Till die Argumente einen Pseudepigraphen anzunehmen, also die Autorenschaft nicht Paulus sondern einem Schüler von ihm zuzuordnen, der dessen guten Namen gebrauchte. Bert entschied sich für eine Stelle aus einem Brief, der auf das Verhältnis von Christen zum Staat abhebt. Er wählte aber nicht den klassischen Text, der aus den ersten sieben Versen des dreizehnten Kapitels des Briefes von Paulus an die Römer besteht, sondern einen Text aus dem ersten Brief des Petrus, nämlich die Verse dreizehn bis siebzehn aus dem zweiten Kapitel. Bert sammelte viele Argumente für und gegen die Annahme, dass wirklich Petrus der Verfasser des Briefes war. Diese Überlegungen hatten entscheidenden Einfluss auf die Datierung. Die Annahme der Verfasserschaft des Petrus führt in die frühen sechziger Jahre des ersten Jahrhunderts, da Petrus wohl unter Nero in Rom im Jahre 64 den Märtyrertod starb. Die Ablehnung dagegen legt die im Brief erwähnten Christenverfolgungen in die Zeit des Trajan, also wohl in die letzten beiden Jahre des ersten Jahrhunderts. Noch wichtiger war Bert aber die sich an eine Übersetzung anschließende Frage, wie ein Christ sich verhalten soll, wenn er, wie in der Textstelle gefordert, ein guter Staatsbürger zu sein hat. Aber diese Fragestellung ging im Kern über die Anforderungen an eine Proseminararbeit hinaus. Bert entschied sich für die Übersetzung „Ehrt alle ...!" und meinte, dass damit eine Wertschätzung aller Bürger, also auch der Vertreter der Staatsgewalt, als Menschen ausgedrückt wurde.

Neben dem Proseminar hörten Bert und Till noch eine große Vorlesung über den Römerbrief, die mit vier Semesterwochenstunden zu Buche schlug. Außerdem nahmen sie an einer Übung zu Philosophischen Grundbegriffen teil. Hier hatten sie gegenüber den anderen Studenten durch ihre privaten Forschungen einen erheblichen Kenntnisvorsprung. Im Fachbereich Erziehungswissenschaft ließen sich die beiden einführen in den Religionsunterricht in der Sekundarstufe II, also in fachdidaktische Überlegungen für die „großen Kinder". Daneben belegten sie ein kleines Seminar zur Vorbereitung des Betriebspraktikums, welches in den nächsten Semesterferien anstand. Till setzte sein Mathestudium ohne große Begeisterung aber auch ohne Bauchschmerzen fort. Er hörte eine Geometrievorlesung und bewältigte die zugehörigen Übungen mit hinreichendem Erfolg und bekam über eine Vorlesung einen Einblick in die Grundzüge der Algebra. Bert begeisterte sich für den zweiten Teil des Projekts zu den Regeln der großen Sportspiele und ihre Interpretation. Zudem absolvierte er zwei Praktisch-methodische Veranstaltungen in den Bereichen Fußball und Leichtathletik und ergänzte seine Tenniserfahrungen durch die Teilnahme an einem Schwerpunktfach, welches er mit einer guten Prüfung abschloss.

Ein Sprung in eine andere Welt

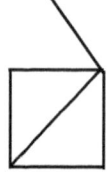

Die Wintersemesterferien lagen vor ihnen und sollten aus zwei Phasen bestehen. Zunächst lockte der Sprung in die Anderswelt Tolkiens, den die beiden Freunde auf Initiative Berts vereinbart hatten. Dann stand das Betriebspraktikum auf dem Plan, auf welches sie sich im letzten Semester schon vorbereitet hatten. Sie hatten im Mercedes-Benz-Werk in Heimfeld die Zusage bekommen, vier Wochen lang in ganz andere Bereiche der Wirklichkeit Einblicke erhalten zu können. Dafür mussten sie von ihrer Wohnung in der Marienstraße ungefähr fünf Kilometer nach Westen radeln. Aber zunächst durften sie teilhaben an den Erfahrungen der Reisegesellschaften um Bilbo und Frodo. Bert übernahm die Position des Reiseleiters. „Ich habe mir überlegt", begann er, „dass wir in einem Dreischritt vorgehen. Zunächst lesen wir aus dem Silmarillion „Die Musik der Ainur", das ist die Schöpfungsgeschichte. Dann hören wir den ersten Teil der frohen Botschaft, nämlich den Hobbit. Und dann sehen wir uns die Fortsetzung als Trilogie an, also den Herrn der Ringe." „Muss ich mir im Vorwege Hintergrundwissen aneignen, damit ich folgen kann?" fragte Till. „Keineswegs", antwortete Bert, „das Wesentliche kann en passant einfließen. Den kleinen Einstiegstext aus dem Silmarillion habe ich uns herauskopiert." „Von der Band Marillion habe ich schon gehört", meinte Till, „aber was bedeutet das Wort Silmarillion?" „Die Band nannte sich zunächst Silmarillion in Anlehnung an Tolkiens Welt", antwortete Bert, „hat dann aber den Namen gekürzt. Sil kommt aus dem Altirischen und meint tropfen- beziehungsweise fließenlassen und Marille heißt die Aprikose in Österreich. Auf jeden Fall kommen die Silmarilli aus der Elbensprache Quenya und sind leuchtende Juwelen aus Silima. Silima ist eine leuchtende Substanz, die kristallin und unzerbrechlich ist. Damit sind wir schon mittendrin in der Welt Tolkiens. Diese Welt beginnt eben mit der Musik der Ainur. Die Ainur sind aus Gottes Geist entstandene Wesen, die eine physikalische Gestalt annehmen können. Sie wirken mit an der Gestaltung der Erde. Diese erste Phase wird das Zeitalter vor den Tagen genannt. Darauf folgen die Jahre der zwei Bäume." Till fiel ihm ins Wort: „Die Vorlage liegt wohl in der älteren der beiden biblischen Schöpfungsberichte. Demnach standen im Mittelpunkt des Seins Erkenntnis und ewiges Leben, also zeitloses Sein." „Das ist eine solide Interpretation", übernahm Bert. „Es gibt noch keine Zeitrechnung. Und die beiden Bäume bilden die Energiebasis der Wirklichkeit. Konkret sorgen sie für eine Belichtung der Erde. Und die Silmarilli fangen das Licht der Bäume ein. Aus der letzten Frucht und der letzten Blüte der beiden Bäume wurden Sonne und Mond. So begannen die drei Zeitalter der Sonne, die zusammen ungefähr 7000 Jahre andauerten. Das erste Zeitalter der Sonne endet mit der Verbannung von Melkor, dem gefallenen Engel, zu dem wir gleich noch genauer kommen werden. Das zweite Zeitalter wird beendet durch eine Anlehnung an die Sintflut und einen Sieg über Sauron, den Diener Melkors, des Bösen. Und das dritte Zeitalter endet mit der Vernichtung des einen Rings am Ende des Herrn der Ringe, also mit dem erfolgreichen Kampf gegen das Böse. Aber dazu werden wir später uns ausführlicher austauschen können. Wir befinden uns im Vierten Zeitalter. In diesem bleibt neben den dominanten Menschen kaum Raum für Elben, Hobbits und Zwerge." „Tolkiens Welt spannt also einen Bogen von der Schöpfung bis zum heutigen Tag?" fragte Till nach. „Tolkien spannt viele Bögen", antwortete Bert. „Aber als eine direkte Übersetzung wollte Tolkien sein Werk nicht verstanden wissen. Es ging ihm schon um eine neue Aufnahme alter Mythen, aber zunächst standen für den Philologen Tolkien die Sprachen im Mittelpunkt, die er erfunden hatte. Diese Sprachen brauchten eine Geschichte, einen Raum, in dem sie klingen konnten. Also schuf Tolkien diesen Raum und mit ihm auch Landkarten und Zeitrechnungen. Ich habe mir übrigens in Anlehnung an den Auenlandkalender eine neue Zeitrechnung überlegt, die aktuelle konkurrierende Modelle ersetzen könnte. Grundlage sind zwölf Monate mit je dreißig Tagen. Jeder Erste eines Monats ist ein Montag und jeder Letzte also ein Dienstag. Zwischen den Jahren liegen zwei Feiertage, nämlich der Jahresendtag und der Neujahrstag. So könnte man das Weihnachtsfest der verschiedenen christlichen Kirchen zusammenführen. Zur Jahresmitte gibt es drei oder vier Feiertage, je nachdem, ob ein Schalttag eingefügt wird oder nicht. Diese Tage heißen Vormittag, Mittag, eventuell Übermittag und Nachmittag. So wird die Sommersonnenwende aufgenommen." „Das hört sich spannend an", meinte Till, „aber besteht dann nicht die Übergangswoche zwischen den Monaten aus sieben Arbeitstagen?" „Das kann unter Umständen passieren", sagte Bert, „deshalb sollten religiöse und kulturelle Feste in diesen Wochen terminiert werden. Zum Beispiel könnte Karfreitag fest auf dem 26. März liegen, so dass der Ostermontag als letzter Märztag aus der Arbeitswoche herausfallen würde." „Ich merke, dass du dir Gedanken gemacht hast", stellte Till fest. „Allerdings würde dieser Kalender mit etlichen Traditionen brechen." „Da gilt es Vor- und Nachteile abzuwägen", nickte Bert, „aber sinnvoller als zum Beispiel die Unterscheidung von Sommer- und Winterzeit ist dieser Kalender auf jeden Fall, da er zusammenführt und nicht trennt." „Da bin ich unsicher", widersprach Till, „zum Beispiel werden Christen von der Tradition getrennt, dass Ostern am ersten Sonntag nach dem ersten Vollmond nach Frühlingsbeginn gefeiert wird." „Schon diese beschreibende Sprachfigur und auch die Sachinformation trennen den Menschen von seiner Erfahrungswelt. Die Erfahrungswelt wird aber entscheidend bestimmt von Sonne und Mond. Vielleicht können und müssen wir das nicht abschließend klären. Wichtig scheint mir der Aspekt, dass Tolkien sich um viele Details seiner Welt gekümmert hat. Und wenn es dir recht ist, dann vertiefen wir das nun mit der Musik der Ainur." „Gerne", stimmte Till zu. „Ich entnehme dem Text, dass am Anfang aller Zeiten Gott zunächst allein ist. Ihm wird der

Name Eru zugeordnet mit dem Hinweis, dass Eru der Eine ist."
„Und Eru schöpft nicht etwa aus dem Nichts sondern er eruiert – bringt also in Erfahrung. Der Urgrund des Seins ist einerseits personal geprägt und andererseits ist er schöpferisch in dem Sinne, dass er erhebt in den Bereich der Erfahrung." „Eru als Person lässt sich auch an dem Namen Iluvatar festmachen", warf Till ein, „was sich mit erleuchteter Vater übersetzen lässt. Diese Bezeichnung sei in Arda üblich. Tauscht man die beiden Vokale gegen die alphabetisch nächsten, dann sind wir direkt auf der Erde." „Das sehe ich im Prinzip auch so", meinte Bert, „allerdings beginnt der Entstehungsprozess der Erde erst mit dem Gesang der Ainur, welcher im Laufe der Zeit immer melodischer und harmonischer wird." „Und dann kommt Melkors Eigensinn zum Tragen", sagte Till. „Es erwachsen Missklänge, da nicht mehr alle stimmlich an einem Strang ziehen. Denn Melkor verwirrt mit seinen eigenen Tönen auch andere Ainur." „Bevor der Prozess ganz aus dem Ruder läuft, beendet Iluvatar den Gesang", setzte Bert fort, „und dabei tadelt er Melkor, der dann den Frust in sich hineinfrisst und also ein verstocktes Herz davonträgt." „Aus dem Gesang entsteht die Struktur der Welt", übernahm Till, „und Melkors Misstöne werden eingearbeitet ohne dabei die Oberhand zu gewinnen." „Dann schafft sich Iluvatar Kinder", sagte Bert. „Diese Kinder sind die erstgeborenen Elben und die Menschen. An dem deutschen Wort Elben hat Tolkien übrigens selbst mitgewirkt. Er hat die erste Übersetzerin Margaret Carroux auf ihre Anfrage hin entsprechend instruiert. Er hat dabei sicherlich an eine Übertragung aus dem Hebräischen gedacht." „Die Übersetzung lautet Gottessöhne!" warf Till ein. „Genau", nickte Bert, „und weiterhin wollte er weg von den niedlichen Elfen und sich eher orientieren an den germanischen Alben." „Jedenfalls erregen die Kinder Iluvatars Aufsehen unter den Ainur", meinte Till, „und während die anderen Ainur den Kindern helfen, will Melkor diese zu seinen Knechten machen." „Diese Absicht wird zunächst nicht offenbar", ergänzte Bert, „vielmehr freuen sich die Ainur mit ihren jeweils

eigenen Fähigkeiten die sogenannte Wohnung der Kinder zu gestalten. Für das Wasser ist Ulmo zuständig, für die Erde Aule und für den Wind Manwe." „Es fehlt das vierte Element", bemerkte Till, „Melkor repräsentiert also das Feuer." „Ja", stimmte Bert zu, „und damit sind wir bei der Temperamentenlehre, die auch der Waldorfpädagogik zugrunde liegt. Melkor gibt den Choleriker, Manwe den Sanguiniker, also den positiv gefärbten Luftikus, Aule den Melancholiker und Ulmo den Phlegmatiker. So wurden bei uns in der Schule die Sitzordnungen hergestellt. Ausgeprägte Temperamente sollten nebeneinander sitzen. Die Choleriker sollten sich gegenseitig spiegeln bei ihren Gefühlsausbrüchen, die Phlegmatiker sich gegenseitig nerven mit ihrer Langatmigkeit und so weiter. Auch die Zuordnung von Musikinstrumenten und Theaterrollen kann sich orientieren an Temperamenten. Persönlichkeiten zwischen cholerisch und sanguinisch gelten als extrovertiert, zwischen phlegmatisch und melancholisch als introvertiert, zwischen phlegmatisch und sanguinisch als stabil und zwischen cholerisch und melancholisch als instabil." „Kann das nicht zu problematischem Schubladendenken führen?" fragte Till. „Ich denke, dass es sich um konkrete Hinweise zu Entscheidungsfindungsprozessen handelt", antwortete Bert. „Aber natürlich steht das einzelne Kind mit seiner ganz eigenen angelegten und auszubildenden Persönlichkeit im Mittelpunkt der Betrachtung." „Jedenfalls ringen die Elemente und die zugeordneten Ainur miteinander und so entsteht die Erde", kam Till wieder zu der Musik der Ainur zurück. „Ja", bestätigte Bert, „allerdings ringen quasi alle gegen einen. Denn Melkor macht sich zum Außenseiter durch sein offensichtliches Zerstörungswerk." „Über den Außenseiter und Verführer Melkor kommt man zum personifizierten Bösen, das nach dem zweiten biblischen Schöpfungsbericht erwähnt wird, also der Schlange", begann Till eine kleine Zusammenfassung. „Und die Schöpfung aus der Musik heraus ist eine Steigerung der Wortschöpfung aus dem ersten Bericht. Die Schöpfungsgeschichte Tolkiens ist also praktisch auf der Basis der biblischen

Berichte entstanden." „Dazu gehört sicherlich auch der biographische Hintergrund Tolkiens", ergänzte Bert. „Tolkien war gläubiger Christ. Und er hatte ein personales Gottesbild. So gehörte für ihn zur Geschlossenheit einer Zweitschöpfung ein klassisches Fundament. Dieses Fundament ist im Grunde positiver Natur. Tolkien lässt Iluvatar feststellen, dass die Musik zunächst ohne Fehl und also die Schöpfung im Ansatz perfekt war. Im ersten Genesiskapitel wird sogar sieben mal erwähnt, dass Gott sah, dass die Schöpfung gut war. Aber Tolkien machte als Soldat im Ersten Weltkrieg schreckliche Erfahrungen, er verlor mehrere Freunde. Auch daher rührt wohl das Bedürfnis der Begründung des Bösen. In dieser Beziehung schließt er ebenfalls an klassische Motive an, nämlich an den gefallenen Engel. So erscheint seine Welt als Polarität. Aus dieser polaren Struktur heraus entsteht ein Möglichkeitsraum, der insbesondere durch Vielfalt gekennzeichnet ist."
„Aus Ambivalenz entstehen Spannung und ein Energiefluss, der sich in immer neuen Formen materialisiert", hatte Till das letzte Wort zum Einstieg in das Tolkiensche Universum.

Besuch bei einem Hobbit im Auenland

„Ich habe vorgeschlagen den Hobbit zu hören", begann Bert die Fortsetzung ihrer Reise. „Dabei geht es nicht nur um den Methodenwechsel. Vielmehr möchte ich dir die Möglichkeit nicht vorenthalten eigene Bilder zu entwerfen, bevor wir später fertige, wenn auch wunderschöne Bilder im Herrn der Ringe geliefert bekommen. Weiterhin schlage ich vor, dass wir uns beim Hören an der klassischen Fünf-Akt-Struktur orientieren, die wir ja schon im Star-Trek-Universum kennengelernt haben." „Alles klar", sagte Till, der es sich auf dem Sofa bequem gemacht hatte. „Du hast die Fäden in der Hand und den kurzen Weg zum CD-Spieler. Eröffne uns neue Perspektiven!" Bert saß auf einem Sessel neben der Musikanlage, für die sie im Gegensatz zum Fernseher keine Fernbedienung hatten. Das passte zu der Reise, die vor ihnen lag, denn diese basierte nicht auf einem Transport durch Beamen sondern es wurde überwiegend Schritt vor Schritt gesetzt. Die ersten Schritte führten sie zu der Höhle des Hobbits Bilbo Beutlin. Bilbo erscheint zunächst als ein durchschnittlicher Hobbit, das heißt, dass er bodenständig und gemütlich ist und als Junggeselle lebt. Eines Morgens kommt der Zauberer Gandalf vorbei, der ihn für ein Abenteuer begeistern will. Doch Bilbo lehnt zunächst ab, obwohl in seinen Adern mütterlicherseits durchaus Blut fließt, das in besondere Wallung geraten kann, was einzelne Vorfahren zeigten, indem sie sich in Abenteuer verwickeln ließen. Gandalf geht dann, ritzt dabei aber ein Geheimzeichen an die Haustür. Daraufhin erscheinen am nächsten Tag zwölf Zwerge plus Thorin Eichenschild, ihrem Anführer. Der gastfreundliche Bilbo bewirtet die Zwerge und erfährt von ihnen, dass er als sogenannter Meisterdieb eingeplant ist. Zunächst traut er seinen Ohren nicht und bringt diesen Besuch auch nicht in Zusammenhang mit Gandalf. Als er dann erlauscht, dass die Zwerge an seinen Qualitäten zweifeln, fühlt er sich an der Ehre gepackt und sagt spontan zu. Als Meisterdieb soll er helfen dem Drachen Smaug einen Schatz zu rauben, den die Zwerge als ihr Eigentum betrachten. Bis dahin liegt aber ein langer Weg vor der Reisegesellschaft, zu der zunächst auch Gandalf gehört. Die erste große Prüfung scheint gleich eine Nummer zu groß zu sein. Es handelt sich nämlich um drei Trolle, deren Lagerfeuer sie sich nähern. Bilbos Versuch sich als Meisterdieb zu bewähren, geht gründlich schief mit der Folge, dass neben Bilbo auch alle Zwerge in die mächtigen Hände der Trolle geraten. Erst Gandalf, der zur Geländeerkundung vorausgeritten war und nun auf seine gefangenen Kameraden trifft, kann die Situation lösen, indem er die Trolle gegeneinander ausspielt. So vergessen diese die Zeit und verpassen es, sich vor dem Sonnenaufgang in Sicherheit zu bringen. Denn Sonnenlicht verwandelt Trolle in Stein. Letztlich nützt der Gruppe diese Begegnung, denn sie können dem Diebesgut der Trolle vor allem wertvolle Schwerter entnehmen. Und erholen von diesen ersten Strapazen können sie sich auch, nämlich im Haus des Halbelben Elrond. Weiterhin können sie dort eine Geheimbotschaft auf der Karte vom Einsamen Berg, welcher die Drachenhöhle beinhaltet, entschlüsseln. Diese Botschaft verweist auf einen Zeitpunkt, zu dem die Truppe am Einsamen Berg ankommen muss um eine Tür öffnen zu können. „Ich kann gut nachvollziehen, dass Zeitpunkte und Umstände entscheidend sein können bei der Lösung eines Problems", bezog sich Till auf das Ende des Gehörten. „Schon mehrfach meine ich selbst erfahren zu haben, dass es sensible Lebensphasen braucht für bestimmte Prägungen. Ich habe dabei das Bild einer Wachstafel vor Augen, die nur in weich-warmem Zustand offen ist für tiefe Erfahrungen." „Mir fällt dazu das sogenannte Mondholz ein", bestätigte Bert, „dieses Holz soll eine besondere Qualität dadurch erreichen können, dass es am Jahresende kurz vor Neumond geschlagen wird. Zum Beispiel steht im Harz in Clausthal-Zellerfeld die größte deutsche Holzkirche, nämlich die Marktkirche zum Heiligen Geist. Die wurde im dreißigjährigen Krieg mit Mondholz gebaut und steht immer noch. Die Qualität hängt ein Stück weit am Mond, weil bei abnehmendem Mond die Säfte in Richtung Wurzelwerk verschoben werden. Wenn nun das Holz geschlagen wird, ist es trockener und reißt und verzieht sich weniger. Und weil der Mensch dem Wasser entstiegen ist, ist Blut dem Meerwasser ähnlich und also hängt auch der menschliche Lebensrhythmus am Mond. Der Mond hat Einfluss auf den Schlaf und vor allem auf den Menstruationsrhythmus, jedenfalls wenn nicht hormonell eingegriffen wird." „Das hört sich alles interessant an", meinte Till, „aber soweit ich gehört habe, fehlen konkrete wissenschaftliche Beweise." „Einerseits gibt es durchaus Forschungsergebnisse, die nachdenklich machen. So haben Wissenschaftler Baumstämme nach Mondphasen vermessen und kleinere Veränderungen festgestellt. Der Durchmesser wächst also, wenn mit zunehmendem Mond die

Säfte sich vom Wurzelwerk durch den Stamm schieben. Andererseits haben wir den Kern dieser Fragestellung schon vor einiger Zeit diskutiert, als wir über die Heilung eines kranken Sees mit Quellwasser sprachen und über Jesus Christus als homöopathisches Heilmittel." „Ich erinnere mich", lächelte Till, „du hast mir damals vorgehalten, dass ich mich manchmal schlecht lösen kann von dem Ansatz deines Urgroßvaters, Ursache und Wirkung in einer ganz bestimmten Beziehung zu sehen. Am Ende der Diskussion wäre ich fast Bürgermeister von Hamburg geworden. Und außerdem sind wir uns ja einig, dass ein Mythos wirkt, weil in ihm wesentliche Menschheitserfahrungen verdichtet sind, die uns helfen können Perspektiven zu entwickeln." „Und genau diese Verdichtungen gilt es zu erleben auf unseren Reisen durch Mittelerde", schlug Bert den Bogen zurück ins Abenteuer. „Zum Beispiel erleben wir im Hause Elronds eine Verdichtung und Veredelung des menschlichen Geistes. Durch seine Geburt als Halbelb hat er besondere Antennen nach oben, im übertragenen Sinne gesprochen. Aus dem Sindarin übersetzt heißt er Sternendach. Auch Bilbo werden durch seine Vorfahren besondere Antennen zugeordnet." „Bilbo ist grundsätzlich offen für Abenteuer", ließ sich Till diese Vorlage nicht entgehen. „Das liegt daran, dass er von den Tuks abstammt. Wenn man Tuk englisch denkt, dann springt die Aktivität direkt ins Auge." „An dieser Stelle ergibt sich ein Vorteil des Hörens", ergänzte Bert, „denn in der deutschen Übersetzung geht die von dir angesprochene Qualität verloren." „Die Abstammung von den Tuks kann man wohl als Begründung dafür ansehen, dass Gandalf eben Bilbo besucht und an seine Tür das Geheimzeichen ritzt", überlegte Till laut. „Die Vorlage für diese Idee scheint mir in der Abstammung Jesu von David zu liegen." „Da bin ich ganz deiner Meinung", lächelte Bert, „es gibt aber auch noch eine alternative Möglichkeit die Auswahl Bilbos zu vergleichen, wenn man das Ritzen als elementaren Einfluss in den Vordergrund schiebt." Till dachte kurz nach und sagte dann: „Das Ritzen erinnert dann an die Taufe. Markus berichtet in seinem Evangelium, dass Jesus durch die Taufe zum Auserwählten wird." „Ausgezeichnet!" freute sich Bert. „Und das hat nun Auswirkungen auf die Charakterisierung des Hobbits Bilbo aus dem Auenland." Wiederum überlegte Till einen Moment und sagte dann: „Gandalf reist an und besucht Bilbo in seiner Höhle. Das spricht neben dem Namen selbst dafür, dass es sich bei dem Auenland um eine ländliche Gegend fernab eines Zentrums handelt. Und Bilbo ist ein eher durchschnittlicher Junggeselle. Das zielt eindeutig auf Jesus aus Nazareth." „Da bin ich wiederum ganz bei dir", nickte Bert. „Bilbo ist übrigens nicht nur ein Junggeselle sondern auch ein junger Geselle, obwohl er zu Beginn des Abenteuers ungefähr fünfzig Jahre alt ist. Das liegt daran, dass die Hobbits im Vergleich zu den Menschen längere Entwicklungsschritte gehen. Wir können in Lebensjahrsiebten denken. Am Ende des ersten Jahrsiebts kommen wir zur Schule und durchlaufen den Zahnwechsel, am Ende der zweiten Phase werden wir konfirmiert und pubertieren und am Ende des dritten Jahrsiebts sollten wir das Erwachsenwerden erreichen. Das kann man festmachen nicht nur an einer gewissen Freiheit im Geiste sondern auch an äußeren Anlässen wie Führerschein, Abitur oder Gesellenbrief. Wir haben schon einmal die Walz erwähnt, die den frischen Gesellen in die Welt hinausführt um durch Abstand Erfahrungen machen zu können, die dann eine Reintegration in die Gesellschaft auf höherem Niveau ermöglichen." „Ich erinnere mich", sagte Till, „und ich kann rechnen. Die Entwicklungsschritte bei den Hobbits dauern siebzehn Jahre. Denn Bilbo ist ungefähr fünfzig Jahre alt und das Abenteuer erstreckt sich vielleicht über ein Jahr. Und mit der Rückkehr in die Heimat ist Bilbo wirklich erwachsen. Zu der Zahl Siebzehn kann ich übrigens einiges beitragen. Siebzehn ist die Summe der einstelligen Primzahlen und die Wurzelschnecke reicht bis zur Siebzehn, bevor es zu Überlappungen kommt." „Was ist denn eine Wurzelschnecke?" frage Bert. „Wenn man ein rechtwinkliges Dreieck mit zwei Katheten der Länge eins ausstattet, dann entsteht eine Hypotenuse der Länge Wurzel aus zwei", antwortete Till. „Wenn man an diese im rechten Winkel eine neue Kathete der Länge eins anfügt, dann erhält man eine neue Hypotenuse der Länge Wurzel aus drei. Das kann man bis zur Wurzel aus siebzehn treiben. Dann ist man bei einer inneren Winkelsumme von fast 360 Grad." „Ich bilde mir ein dir folgen zu können", meinte Bert. „So wie die religiöse Zauberzahl Sieben eine Entwicklung abrundet, so macht die Siebzehn aus den Entwicklungsschritten der Hobbits eine runde Sache." „Und ich kann eine weitere Besonderheit hinzufügen", ergänzte Till. „Der große Mathematiker Carl Friedrich Gauß hat die schwierige Konstruktion des regelmäßigen Siebzehnecks mit Zirkel und Lineal gefunden. Davon zeugt auch eine Briefmarke der Deutschen Post der DDR aus dem Jahre 1977. Gauß liegt mir besonders am Herzen, weil er in den Jahren 1824 und 1825 rund sechs Wochen in Zeven gewohnt hat. Er war nämlich vom hannoverschen König beauftragt worden das Land zu vermessen. Dazu nutzte er den Zevener Kirchturm. So ist übrigens Zeven auch auf den Zehnmarkschein gekommen, der zu Ehren von Gauß in Deutschland bis zur Einführung des Euro Zahlungsmittel war." „Sehr interessant", nickte Bert, „und in Bezug auf das Vermessen von Land kann ich sogar mitreden, weil wir ja in der zehnten Klasse im Anschluss an die Trigonometrieepoche ganz konkret auf den Spuren von Gauß wandelten und Land vermaßen." „So schließt sich auch dieser Kreis", lächelte Till. „Eine Frage müssen wir aber noch klären", sagte Bert. „Es ist nämlich kein sogenannter Zufall, dass Bilbo bei seinem Abenteuer auf dem Wege zum Erwachsenwerden zwölf Zwerge plus ihrem Anführer Thorin zugeordnet werden." „Ich freue mich, dass Bilbo aus der Schusslinie genommen wird", schmunzelte Till. „Denn das Problem, dass ein volles Dutzend Jünger, welches die zwölf Stämme Israels repräsentiert, Jesus zur Nummer dreizehn macht, will ich unserem Freund Bilbo nicht zumuten. Denn schließlich führt die Zahl Dreizehn in den Tod. So ordne ich dem Hobbit lieber die Doppelsieben zu. Leider muss nun Thorin diese Bürde übernehmen. Möge er als Kapitän des

Anliegens der Zwerge würdig sein Schicksal annehmen und nicht vorzeitig von Bord gehen." „Wir werden sehen", lächelte Bert.

Wundersame Bergung durch gute Mächte

Der Vorteil an Gedankenreisen ist, dass man gemütlich auf dem Sofa oder im Sessel sitzen kann, während die Kameraden miserablem Wetter trotzen müssen. So geht es nämlich der Reisegruppe, die von Elronds Haus ins Nebelgebirge gezogen ist. Als ein schweres Gewitter aufzieht, wird Schutz in einer Höhle gesucht. Diese nutzen die Gefährten für das Nachtquartier, obwohl eine Eignung nicht hinreichend geprüft wird. So übersehen sie einen Zugang im hinteren Bereich, der dazu führt, dass sie von Orks in das Innere des Bergs verschleppt werden. Dort greift Gandalf in das Geschehen ein, so dass eine Flucht gelingt. Diese führt die Gruppe allerdings nicht zurück in Richtung Höhle sondern tiefer in den Berg. Dabei verliert Bilbo den Anschluss, weil er stürzt. Beim Tasten in der Dunkelheit findet Bilbo nun einen Ring. Zunächst steckt er ihn in die Tasche und denkt nicht weiter über den Fund nach. Dann begegnet er Gollum, einem vereinsamten Hobbit, der an einem See im Berg lebt. Gollum hat sich weit entfernt von jeglicher Zivilisation. Das gilt auch im übertragenen Sinn. Auslöser war ein Mord an einem Freund, den er dadurch um einen Ring erleichtern konnte, den dieser auf dem Grund eines Wasserlaufs gefunden hatte, als ein großer Fisch ihn mitsamt seiner Angel ins Wasser zog. Diesen Ring hat Gollum nun verloren. Und Bilbo hat ihn in die Tasche gesteckt. Die Begegnung von Gollum und Bilbo ist geprägt von einem Wetträtseln. Dabei soll Bilbo bei einem Sieg aus dem Berg ins Freie geführt werden mit Hilfe von Gollum. Es kommt auch zu einem Sieg Bilbos, wenn auch mit Hilfe eines nicht klassischen Rätsels, welches nach dem Inhalt der Hosentasche Bilbos fragt. Der leise Verdacht Gollums bestätigt sich, als dieser den Verlust des Rings bemerkt. Bilbo flieht vor dem zornigen Gollum, lässt dabei ohne darüber nachzudenken den Ring auf einen Finger gleiten, und stürzt. Verwundert stellt er nun fest, dass Gollum an ihm vorbeirennt ohne ihn zu bemerken. Daraus schießt Bilbo, dass der Ring unsichtbar macht. Geistesgegenwärtig verfolgt er nun Gollum, der ihn unbeabsichtigt zu einem Ausgang des Höhlen- und Gängesystems führt. Auf der anderen Seite des Nebelgebirges trifft Bilbo dann auf die Zwerge und Gandalf, denen er zunächst nichts von dem Ringfund erzählt. Gemeinsam setzen sie ihre Flucht vor den Orks fort, die sie aber einholen, unterstützt von Wargen, den riesigen Wölfen. Die Reisegesellschaft klettert in ihrer Not auf Bäume, welche dann aber von den Orks angezündet werden. In nahezu letzter Sekunde gelingt die Rettung durch große Adler, die sie in Richtung des Hauses von Beorn bringen. Beorn ist ein Gestaltwandler, der als Feind der Orks die Gruppe unterstützt. Entscheidenden Anteil an dem Wohlwollen Beorns hat wiederum Gandalf. Durch die Unterstützung in Form von Nahrungsmitteln und Ponys für den Transport gelangen die Kameraden an den Rand des Nachtwalds. „Die Trolle waren zwar böse", begann Till die Nachbetrachtung, „aber sie pflegten immerhin eine gewisse Kameradschaft. Die Orks dagegen sind eine echte Steigerung in Bezug auf die Dimension des Bösen. Sie sprechen kaum und orientieren sich lediglich am sogenannten Recht des Stärkeren." „Sie stammen eben aus der Unterwelt", nahm Bert den Gedanken auf, „wie der lateinische Ursprung „orcus" nahelegt. Auch im Altenglischen gibt es den „orc", der dort als Dämon gilt." „Ich sehe insbesondere eine Verwandtschaft zu den Orcas", meinte Till. „Diese Schwertwale werden ja im Volksmund Killerwale genannt, was durchaus auf das Verhalten der Orks verweist." „Vielleicht werden wir den Schwertwalen mit diesem Vergleich nicht gerecht", sagte Bert. „Denn sie töten um sich selbst am Leben zu halten. Bei den Orks sieht das anders aus. Die töten aus Prinzip und ohne Not, wenn sie jemanden als Feind identifizieren. Manchmal töten sie sich sogar gegenseitig, wenn einer Schwäche zeigt." „In dieser Eigenschaft erinnern sie mich an die Klingonen", entgegnete Till. „Allerdings sind die Klingonen doch weniger abgestumpft und schon fast Intellektuelle im Vergleich mit den Orks, zumindest will ich das für Worf in Anspruch nehmen." „Ich teile diesen Ansatz", nickte Bert. „Wir haben ja gesehen, dass ein vollwertiger Klingonenführer sich auch im Zweikampf durchsetzen können muss. Es kommt noch Weiteres hinzu. Zwar klingen mir nur wenige klingonische Worte noch in den Ohren, aber diese waren doch sehr von harten Konsonanten geprägt. Die Härte im Vokabular scheint ihre Entsprechung im Verhalten zu haben. Genauso sind auch Orks und Warge in Bezug auf die bestimmenden Buchstaben kantig-hart geprägt. Übrigens gibt es die Warge auch in der Nordischen Mythologie. Dort tauchen sie ebenfalls als Wölfe auf." „Glücklicherweise treten auch Gestalten auf, die das Böse bekämpfen", sagte Till, „ich denke da an Beorn. Hat der eigentlich etwas mit dem Vornamen Björn zu tun?" „So ist es", nickte Bert. „Björn stammt aus Skandinavien und heißt übersetzt Bär. Genauso gibt Beorn des Nachts den Bären und Orkjäger. Allerdings dürfte Tolkien Beorn aus dem Altenglischen übernommen haben. Dort heißt Beorn auch Bär und meint im übertragenen Sinne einen starken Mann." „Beorn ist mir als Mann sympathisch", meinte Till, „denn einerseits kann er seinen natürlichen Aggressionen freien Lauf lassen, natürlich im Kampf gegen das Böse, und andererseits ist er in belichteten Stunden ansprechbar und intellektuell kontrolliert. Das macht für mich durchaus den Reiz eines Kampfspiels wie Fußball aus. Man kann sich mit aller Körperlichkeit einbringen. Aber es gibt Regeln, die einen Rahmen vorgeben und so die Aggressionen kanalisieren und regulieren." „Beim Fußball sollte aber eigentlich in jedem Moment eine Kontrolle über das Großhirn möglich sein", entgegnete Bert. „Beorn dagegen lebt zwei vollkommen unterschiedliche Halbzeiten." „Da stimme ich dir im Prinzip zu", wiegte Till das Haupt, „andererseits erleben wir uns doch immer wieder als hin- und hergerissen.

Triebe und Begierden ziehen an uns und es ist wohl nicht gesund, diese immer im Keim zu ersticken. So schwanken wir wie Beorn zwischen Nacht und Tag, zwischen dem Unbewussten und dem Bewusstsein." „Ich muss zugeben, dass das sogar für die Hobbits gilt, die ja eigentlich harmlos und freundlich sind", nickte Bert. „Denn wir haben ja von Gollum gehört, der als gefallener Hobbit seinen Freund aus niederen Beweggründen, nämlich Habgier, umbrachte. Also treten manchmal auch bei den Hobbits Elemente des Schattenreichs ans Tageslicht." „Genau das wollte vielleicht Tolkien dadurch zum Ausdruck bringen, dass der Ring zweimal von Hobbits aus der Dunkelheit ans Licht befördert wird. Denn sowohl eine Flusstiefe als auch eine Höhle stehen für das Unbewusste." „Das ist ein interessanter Gedanke", meinte Bert. „Dann würde eine Vernichtung des Rings für die Hobbits eine Befreiung von dämonischen Einflüssen bedeuten können. Aber soweit sind wir ja noch nicht. Erst einmal hilft der Ring Bilbo ganz konkret durch seine Fähigkeit seinen Träger unsichtbar zu machen. Übrigens wird schon in der Edda ein mächtiger goldener Ring erwähnt, von dem in jeder neunten Nacht acht gleich schwere Ringe abtropfen. Dadurch wird der Ring zu einem Symbol für Reichtum und Fruchtbarkeit. Tolkien verkehrt allerdings die Bedeutung, wenn wir daran denken, dass der Ring zum Mord verführte. Auch in der Nibelungensage existiert ein goldener Ring. Dieser wird von dem Zwerg Alberich verflucht, als man ihm den abnahm. Außerdem besaß Alberich eine Tarnkappe, die ihm Unsichtbarkeit verlieh." „Tolkien verknüpft Fäden aus der Welt der alten Mythen und strickt daraus ein neues schönes Kleid", schloss Till aus den Aussagen seines Freundes. „Das kann man so sagen", stimmte Bert zu, „aber die Basis hat er ja im Bereich der Sprachen gelegt. Vielleicht kann man sagen, dass er Fäden aus verschiedenen Materialien und Farben verknüpft hat. Und den roten Faden hat er selbst gesponnen." „Mir scheint auch aufgrund der Steigerung der Handlung in diesem zweiten Akt, dass der von Bilbo gefundene Ring als Klammer fungiert, welche Bereiche der Wirklichkeit miteinander verbindet, die man auf den ersten Blick als getrennt betrachten würde", meinte Till. „Der Ring als Klammer verbindet sogar weit über den Hobbit hinaus die Manifestation des Bösen mit dessen Vernichtung", entgegnete Bert. „Das werden wir später sehen."

Nach Dunkelheit erfrischt das Licht

Bert und Till machten sich startklar für die dritte Etappe der Reise. Allerdings waren sie wie Bilbo und die Zwerge in gedämpfter Stimmung. Grund dafür ist einerseits der Umstand, dass Gandalf anderen Verpflichtungen nachgehen muss und die Gruppe also auf sich allein gestellt ist. Das wiegt schwer vor dem Hintergrund, dass auf den beiden ersten Etappen Gandalf in erster Linie für die Rettung aus fast aussichtsloser Lage verantwortlich zeichnete. Andererseits kommt es zu einem trüben Blick durch den Eintritt in den Nachtwald. Das fehlende Tageslicht raubt den Mut. Und als auch noch die Vorräte zur Neige gehen, lässt die Gesellschaft sich vom Weg abbringen, obwohl Beorn sie ausdrücklich davor gewarnt hatte. Feste der Waldelben locken die Reisenden von einem Lagerfeuer zum nächsten. Doch Teilhabe ermöglichen ihnen die Elben nicht, sondern packen in Windeseile ihre Sachen jeweils zusammen. Vielmehr sind sie sogar so genervt von den nächtlichen Ruhestörungen, dass sie zunächst Thorin gefangen nehmen. Der Rest der Truppe muss sich daraufhin riesiger Spinnen erwehren. Dies gelingt nur, weil Bilbo sich mit Hilfe des Rings unsichtbar machen kann. Doch die zwölf Zwerge werden dann wie Thorin im Schloss der Waldelben festgesetzt. Bilbo wird quasi übersehen und organisiert die gemeinsame Flucht mit Hilfe von Fässern, die eigentlich leer durch einen Fluss vom Waldelbenschloss zur Seestadt der Menschen transportiert werden. Nun aber befüllt Bilbo Fässer mit Zwergen und klammert sich selbst an das letzte Fass. So gelingt die Flucht bis zur Seestadt. Dort leben Handel treibende Menschen, welche die Reisegesellschaft unterstützen, weil Thorin sich vorstellt als Nachfolger des Zwergenkönigs. Nach einer kurzen Erholungsphase ziehen Bilbo und die Zwerge zum Einsamen Berg weiter. „Der Wendepunkt in diesem dritten Akt ist offensichtlich", begann Till, „denn während Gandalf in den Hintergrund tritt, übernimmt Bilbo immer mehr Verantwortung." „Um diese Entwicklung einordnen und bewerten zu können, sollten wir uns genauer um Gandalf kümmern", entgegnete Bert. „Auf mich wirkt Gandalf wie ein traumhafter Lehrer", sagte Till. „Er schiebt Erfahrungsprozesse an, hält sich dabei grundsätzlich zurück und greift aber ein, wenn es unbedingt notwendig ist. Dabei erscheint er einerseits sehr weise und und andererseits pflegt er lebendige Beziehungen auch zu jüngeren Leuten." „Tatsächlich ist der große Initiator Gandalf ein Stück weit herausgenommen aus Raum und Zeit", nickte Bert. „Er lebt nämlich schon seit fast zwei Jahrtausenden in Mittelerde. Über Gandalf können wir unser Abenteuer sogar an die Schöpfungsgeschichte anbinden. Denn Gandalf wurde von Manwe, dem wohl wichtigsten Ainur und ersten Gegenspieler Melkors, ausgewählt, um denjenigen zu helfen, die für die gute Sache eintreten. Dabei stehen ihm besondere Kräfte zur Verfügung, wie schon sein aus der Edda übernommener Name anzeigt, der Alb mit Zauberstab bedeutet. Die Auserwählung durch Manwe schlägt sich auch in der freundschaftlichen Verbindung zu den sogenannten Herrn der Lüfte, also den Adlern, nieder." „So wie Gandalf selbst auserwählt wurde von einem Wesen aus Gottes Geist, so trägt er entsprechend das Schicksal an Bilbo heran", meinte Till. „Aber er begleitet Bilbo auch ganz konkret auf seinem Weg, zumindest abschnittweise." „Gandalf will dabei keineswegs Verantwortung abschieben", entgegnete Bert, „vielmehr ist er Träger einer der drei Elbenringe, die ohne Einfluss des Bösen sind und vor dem Bösen versteckt werden. Als solcher muss er es vermeiden, die feindlichen Kräfte gebündelt auf sich zu ziehen. Die Träger der

Elbenringe wären in einem offenen Kampf gegen Sauron, den Statthalter Melkors, wohl unterlegen. Ihre Aufgabe kann also nur darin bestehen, das gute Potential Mittelerdes einer Aktualisierung zuzuführen. Und dieser Prozess soll nicht an die große Glocke gehängt werden. Deshalb ist Gandalfs Entscheidung, am Rande der Welt, im Auenland, einen Hobbit indirekt zu beauftragen, stimmig. So kann der unscheinbare Bilbo im Laufe des Abenteuers über sich hinaus wachsen." „Das in diesem Maße nicht zu erwartende Wachstum fällt Bilbo offensichtlich zu", sagte Till. „Ich denke da an die Definition von Max Frisch, nach der das Fällige zufällt." „Einerseits hat Gandalf einen Plan", erwiderte Bert, „und andererseits ist ihm keineswegs genau klar, welche Schrittfolge einzuhalten ist und wann welche Protagonisten wie mit ins Boot geholt werden müssen. Man könnte also sagen, dass Gandalf zwar ein Stück weit würfelt, aber dass der Würfel nicht etwa unendlich viele Flächen hat." „Da sind wir wieder bei der unsinnigen Behauptung deines Urgroßvaters, nach der Gott nicht würfele", lächelte Till. „Das ist zwar im Prinzip richtig", stimmte Bert zu, „aber auch wenn in dem tendenziell alters- und zeitlosen Gandalf über Manwe der Geist Gottes weht, so ist eine direkte Identifizierung doch nicht angezeigt. Eher könnte man Gandalf in Ergänzung an die Jesusqualität Bilbos Christuspotential zuordnen. Das wird vielleicht auch deutlich, wenn man mögliche Vorlagen für Gandalf aus dem Bereich der alten Mythen anschaut. Da ist zum Beispiel Vainamoinen aus der Kalevala. Dieser ist ein Zauberer, der am Ende seines Lebens in ein Schiff steigt und nicht zurückkehrt. Wir werden später sehen, dass das auch auf Gandalf zutrifft. Ich denke auch an den keltischen Druiden Merlin, der sich nicht in den Vordergrund drängt, sondern die Träger des Geschehens freundschaftlich berät. Schließlich ist auch der Gott Odin aus der Edda eine Orientierung. Dieser wandert zumeist unerkannt mit Stab und Hut, um seine Einsichten an von ihm Auserwählte weiterzugeben. Dabei kann er sich mit Hilfe eines Pferdes gleichsam in Windeseile bewegen. Genau das ist auch eine Qualität Gandalfs, der ja sogar über Manwe einen direkten Draht in den Bereich der Lüfte hat." „Dann betrachtest du also Bilbo und Gandalf als eine Art kongeniales Duo", folgerte Till. „Das kann man so sagen", lächelte Bert. „Bilbo verkörpert mit seiner Freude am Essen und an Behaglichkeit das irdische Sein, während Gandalf besondere Beziehungen zum Geistigen pflegt. Bilbo scheint insbesondere von dieser Verbindung zu profitieren, da er seinen Horizont gehörig erweitern kann. Allerdings führt das auch dazu, dass Bilbo sich immer weiter entfernt von dem paradiesisch-elementaren Hobbitleben. Insofern repräsentiert die Begegnung mit Gandalf auch ein Stück weit den Biss in den Apfel vom Baum der Erkenntnis. Es stellt sich dabei aber nicht die Frage, ob man diese Entwicklung eher als Vertreibung aus dem Paradies oder als Himmelfahrt betrachten soll. Denn Bilbo verspürt immer mehr, dass durch die Auserwählung seine Individualität zurücktritt hinter den Anspruch, dem Ganzen, dem Guten, der Möglichkeit eines erfüllten Lebens zu dienen."

Vom Umgang mit Schätzen

Zum vierten Mal machten sich Bert und Till auf die Reise in Richtung Sofa und Sessel. „Wir haben gestern Abend gut und hart trainiert", meinte Bert in Anspielung auf das Faustballtraining in Essel. „Und das empfinde ich nun als gute Voraussetzung um sozusagen auf Augenhöhe mit Bilbo und den Zwergen das Gelände rund um den Einsamen Berg erkunden zu können. Denn die haben ja auch schon einige Strapazen in den Beinen." „Sicherlich gehört eine gute Vorbereitung auch zu einem erfolgreichen Abenteuer", nahm Till den Faden auf. „Dabei darf man auch den Aufbau einer guten Muskulatur nicht vergessen. Die Virtualisierung in der Moderne oder positiver formuliert die zunehmende geistige Durchdringung von Wirklichkeit birgt natürlich die Ge-

fahr der Vernachlässigung der Körperlichkeit. Zum Beispiel setzte beim Steinzeitmenschen das Hungergefühl zu einem Zeitpunkt ein, als er noch genügend Energiereserven im Körper hatte um erfolgreich einen Mammut jagen zu können. Heute beschränkt sich die Jagd auf den Gang zum Kühlschrank. Und so legen viele Leute einen zu großen körpereigenen Vorrat an." „Andere wiederum zwingen ihren Körper über ein sogenanntes Bewusstsein in ein so enges Korsett, dass der ganze Organismus in eine Dysbalance gerät", entgegnete Bert. „Die ernähren sich dann überwiegend von Wasser und finden sich schön." „Zur richtigen Balance gehört einerseits ein solides Muskelaufbautraining, welches wir beide überwiegend mit Ball gestalten dürfen", meinte Till. „Andererseits ist es aber auch wichtig, dass wir nach einer Reiseetappe aufstehen und in die Welt treten. Das meine ich im österlichen Sinne. Auferstehung im Hier und Jetzt heißt also, dass wir uns Kraft zuströmen lassen und dann für eine bessere Welt eintreten."
„Und in der besseren Welt lassen wir uns den Schatz des Lebens nicht von Drachen wegnehmen", beendete Bert diesen Einstieg in die Sichtung der Gegend, in der der Drache Smaug haust. Es dauert einige Tage, bis Bert und Till mit der Reisegesellschaft die verzauberte Tür als Einstieg in den Einsamen Berg finden. Dabei macht der Meisterdieb eine gute Figur. Und es gibt Hilfestellungen durch eine Drossel und Sonnenstrahlen, welche sich zu einem bestimmten Zeitpunkt Bahn brechen und so eine Stelle erscheinen lassen, an der der mitgebrachte Schlüssel zum Einsatz kommen kann. Nach dem Öffnen der Tür wird Bilbo in das Innere des Bergs geschickt. Dort trifft er auf Smaug, der offensichtlich schläft. So kann der Meisterdieb einen Becher stehlen und seinen Kameraden präsentieren. Aber Smaug bemerkt den Diebstahl und begibt sich auf die Suche nach dem Verantwortlichen. Später wird Bilbo ein zweites Mal zu Smaug in die Höhle geschickt und von diesem in ein Gespräch verwickelt. Ohne den unsichtbar machenden Ring könnte Bilbo diese Begegnung wohl nicht überleben. Aber auch so ist das Unternehmen in Gefahr, denn der Dra-

che erfährt durch geschicktes Fragen einige Details und beginnt zu ahnen, dass die Einwohner von Seestadt den Dieb unterstützten. Doch Bilbo bringt ebenfalls Wesentliches in Erfahrung, nämlich eine verwundbare Stelle am Bauch des Drachen, der ansonsten einen undurchdringlichen Panzer trägt. Diese Information gibt Bilbo an die Zwerge weiter. Dabei lauscht die Drossel. Als dann Smaug erneut ausfliegt, können Bilbo und die Zwerge sich gerade noch vor der Rache des Drachen retten, indem sie die Geheimtür schließen. Nun gibt es kein Zurück mehr. Während Smaug Seestadt angreift, machen sich die Zwerge ein Bild vom Schatz. Dabei steckt Bilbo den Arkenstein, das wertvollste Juwel, in die Tasche. Währenddessen erreicht die Drossel Seestadt und teilt dem Bogenschützen Bard die verwundbare Stelle des Drachen mit. Daraufhin trifft Bard Smaug tödlich. Ein alter Rabe berichtet Bilbo und den Zwergen von diesem Ereignis und auch von der Bewegung bewaffneter Menschen- und Waldelbengruppen in Richtung des Einsamen Bergs. Die Antwort Thorins auf diese offensichtliche Gefährdung des alleinigen Rechts am Schatz besteht im Auftrag an den Raben, den Verwandten Dain und seine Truppen zu informieren und also in Marsch zu setzen. Zunächst treffen aber die Menschen und Waldelben am Berg ein und fordern einen Anteil am Schatz, da sie unter dem Drachen zu leiden hatten. Thorin errichtet nun in mehrfachem Sinne Mauern zwischen der Reisegruppe und den nun so in Erscheinung tretenden Besatzungstruppen. Bilbo ergreift eine deeskalierende Maßnahme, indem er sich in das feindliche Lager schleicht und den Arkenstein übergibt, der damit zu einem Verhandlungsunterpfand wird. Überraschend trifft Bilbo dabei Gandalf, der ihn für seinen Einsatz lobt. Zunächst kehrt Bilbo zu seinen Kameraden zurück. „Zum dritten Mal taucht die Reisegesellschaft ab in dunkle Sphären", begann Till die Nachbetrachtung. „Zunächst durchliefen sie das Nebelgebirge, dann den Nachtwald und nun stecken sie fest im Einsamen Berg." „Dieses Feststecken scheint in unterschiedlichem Maße auf die Zwerge und auf Bilbo zuzutreffen",

meinte Bert, „denn während die Zwerge immer mehr in Passivität verharren und sich dann vom Schatz gefangen nehmen lassen, ergreift Bilbo die Initiative." „Wahrscheinlich heißt der Berg aus mehreren Gründen Einsamer Berg", sagte Till. „Sicherlich liegt er fernab der Zivilisation und hat wohl auch keine Brüder, die mit ihm den Kopf in die Wolken stecken. Aber wahrscheinlich bezieht sich sein Name auch auf seine Wirkung. Wer sich vom Reichtum anziehen lässt wie die Motte vom Licht, der verliert ein Stück weit seine Freiheit und wird ein Gefangener des Modus des Habens."
„Du denkst dabei wohl an die Unterscheidung von Haben und Sein, wie sie insbesondere Erich Fromm getroffen hat", entgegnete Bert. „Und vielleicht gibt es eine Beziehung von Reichtum und Einsamkeit, die an die Beziehung von Henne und Ei erinnert. Aber wir sehen ja, dass Bilbo zum Beispiel den Arkenstein nicht einsteckt um ihn zu besitzen, sondern um ihn einzutauschen gegen Frieden und positiv-lebendige Beziehungen. Es gibt also besondere Anfälligkeiten, die manch einer mitbringt aufgrund seiner Biographie. Die Zwerge sind ja von Grund auf mit dem Materiellen verbunden." „Warum heißt das Herz des Berges eigentlich Arkenstein?" fragte Till. „Das ist einfach ein altenglischer Begriff für Edelstein", antwortete Bert. „Ich denke beim Arkenstein an die Silmarilli, von denen gesagt wird, dass sie als mit Mondlicht gefüllte Kugeln erscheinen." „Ich erinnere mich", lächelte Till, „hier wird also an das Urlicht der zwei Bäume aus der Schöpfung angeschlossen. Eine Sprachverbindung kann ich übrigens alleine herstellen. Smaug erinnert mich an den alten Ausdruck des Schmauchens, also des gemütlichen Rauchens einer Pfeife. Und außerdem ist das englische Wort smoke eine naheliegende Verbindung zu einem Drachen, der Feuer und Rauch aus seinem Rachen erzeugen kann." „Unser Drache kann das nun nicht mehr", meinte Bert, „denn Smaug ist tot. Ob da wohl ein Lindenblatt mit im Spiel war?" Till legte die Stirn in Falten. Dann kam ihm eine Erleuchtung: „Tolkien erinnert hier an die Nibelungensage. Siegfried erschlug den Drachen und badete in seinem Blut, um un-

verwundbar zu werden. Doch ein Lindenblatt fiel dabei auf seine Schulter, so dass eine Stelle seines Körpers zum Einfallstor des Todes werden konnte." „So ist es", nickte Bert. „Niemand ist perfekt. Und wenn jemand perfekt ist, dann mutiert er quasi zum Niemand. Er löst sich also vom irdischen Sein und verliert die Bodenhaftung." „Und das nehmen wir im Bereich der menschlichen Beziehungen eher als negativ wahr", ergänzte Till. „Wenn jemand unnahbar und unverwundbar ist, dann wirkt er kalt und es fällt uns schwer, ihm Sympathien entgegenzubringen." „Das wird dann auch aus Sicht des vermeintlichen Helden zum Problem", stimmte Bert zu, „Wer sich abschottet um nicht verletzt zu werden, der kappt auch die Verbindungen zu anderen Menschen. Und ohne diese Verbindungen entfernt man sich immer mehr vom wahren Menschsein." „Wir sind ja als Fließgleichgewichte ausgelegt", setzte Till den Gedanken fort, „und das gilt nicht nur für die Körperfunktionen sondern auch für Sinneseindrücke und Erfahrungen mit anderen Menschen, die wir verarbeiten. Mir ist es zum Beispiel unheimlich, wenn mich über längere Zeit niemand kritisiert. Dann fürchte ich, dass mir meine Mitmenschen nicht mehr zutrauen offen für Veränderungen zu sein." „Das ist ein interessanter Gedanke", meinte Bert, „der zwischenmenschliche Energiefluss, der Grundlage einer Aktualisierung unseres Entwicklungspotentials ist, sollte also aus verschiedenen Strömungen bestehen. Dazu gehören konstruktive Kritik aber auch positive Verstärkung." „Und diese positive Verstärkung zieht unser Meisterdieb gerade auch aus dem Geschehen rund um den Einsamen Berg", sagte Till. „Denn ohne ihn wäre diese gute Entwicklung nicht möglich gewesen. Der Drache konnte getötet werden, weil Bilbo seine Schwachstelle in Erfahrung gebracht hat. So schlägt der Kleine den Großen. Schon David schlug den Goliath." „Ich stimme zu", nickte Bert, „allerdings möchte ich betonen, dass Bilbo nicht als heldenhafter Vollstrecker in Erscheinung tritt. Ohne die Drossel als Informationsträger und ohne Bard wäre Smaug nicht zur Strecke gebracht worden." „Der Flug der Drossel und der Bogen Bards sind der verlängerte Arm des Schicksals so wie auch die Steinschleuder Davids", ergänzte Till. „Wenn auch das Schicksal hier etwas offensiver daherkommt als zum Beispiel beim Transport Jesu durch einen Esel, so bleibt doch, dass die Welt indirekt und eher unscheinbar gerettet wird. Und um zurückzukehren zu unseren Freunden, tue ich hiermit meine Freude kund, dass das Abenteuer noch nicht zu Ende ist. Zwar wurde unserer Reisegruppe eine Atempause gegönnt, aber durch die Versammlung der Heere droht Unheil. Und auch die Gruppe selbst steht vor einer Zerreißprobe. Das liegt nicht nur an dem Arkenstein, den Bilbo übergab. Vielmehr treibt auch Thorin Keile zwischen sich und Menschen und Waldelben oder allgemein zwischen sich und Mitwelt, weil er sich immer mehr gefangen nehmen lässt vom Schatz."

… und wieder zurück, mit geputzten Fenstern

„Hier hängen wir nun zwischen allen Stühlen dieser Welt", sagte Till, während er sich in Richtung des Sofas bewegte zur Bewältigung der letzten Etappe der Reise. „Der Hinterausgang ist verschüttet, die Vorräte sind sehr begrenzt, vor uns lagern die überlegenen Verbände der Menschen und Waldelben, und der Schatz hilft uns nicht weiter. Vielmehr steht sogar der übergebene Arkenstein zwischen Bilbo und den Zwergen." „Diese Einschätzung ist mir eindeutig zu pessimistisch", entgegnete Bert. „Gleich sitzen wir wieder gemütlich auf Sofa und Sessel und es gibt keinen Grund, auf irgendwelche womöglich imaginären Stühle hinzuweisen als Rechtfertigung für Selbstmitleid. Zudem ist Gandalf wieder aufgetaucht, der uns schon mehrfach aus der Klemme geholfen hat. Allerdings dürfen wir uns nicht in einer Weise auf ihn verlassen, dass wir die Hände in den Schoß legen. Zumindest muss die Grundeinstellung stimmen." „Diese Aussage erinnert mich doch sehr an den Reisenden, der uns auf der Enterprise besucht hat", meinte Till. „Gandalf bringt ja durchaus Qualitäten des Reisenden mit. Hoffentlich muss er nicht diese unsere Wirklichkeit verlassen, wenn er uns zurückführt in friedlich-gemeinschaftliche Sphären." „Diese Sorge kann ich dir für den Moment nehmen", lächelte Bert. „Allerdings werden wir im Herrn der Ringe noch einmal neu auf diesen Zusammenhang schauen müssen. Nun aber lösen wir erst einmal die Situation am Einsamen Berg auf." Mauern und Gräben tun sich auf zwischen der Reisegesellschaft und den Besatzern. Bilbos Versuch eine Brücke zu bauen, wird, wie zu erwarten war, von Thorin als Verrat eingestuft. So muss Bilbo die Zwerge verlassen, als Bard in seiner Rolle als Verhandlungsführer der Menschen den Arkenstein präsentiert. Derweil nähert sich das Heer Dains und eine gewaltsame Auseinandersetzung droht. Doch plötzlich erscheinen Orks und Warge. Als diese angreifen, wird die verfahrene Situation zwischen Zwergen, Menschen und Waldelben aufgelöst, da nun ein gemeinsamer Feind bekämpft werden muss. Die Schlacht ist lang und blutig. Gleich zu Beginn wird Bilbo ins Abseits gestellt, indem er von einem Stein getroffen bewusstlos wird. Da er zu diesem Zeitpunkt den Ring am Finger hat und erst am nächsten Tag wieder erwacht, sucht man ihn nach dem Ende der Schlacht zunächst vergebens. Die kriegerische Auseinandersetzung nimmt erst einen günstigen Verlauf, als die Adler und auch Beorn in Bärengestalt eingreifen. Für Thorin endet die Schlacht auf dem Sterbebett. Dort kann er sich aber lösen von seiner Habgier und sich ins Reine bringen auch mit Bilbo. So kommt das Abenteuer an ein Ende. Einerseits stellt der verlustreiche Kampf eine Katastrophe dar. Andererseits bringt diese letzte große Veräußerung eine Reinigung und Klärung, die neues Leben und bessere Zeiten ermöglichen. Nun stehen noch Wiederaufbauarbeiten an, die auch durch die Aufteilung des Schatzes möglich werden. Die Zwerge errichten ein neues Reich unter dem Berg und die Menschen führen Seestadt zu frischem Glanz, nachdem Smaug schwere Verwüstungen angerichtet hatte, bevor Bard ihm sein Ende bereitete. Bilbo tritt mit Gandalf die Rückreise an. Dabei besuchen sie ihre Freunde Beorn und Elrond. Schließlich erreichen sie wieder das Auenland und in der Hobbithöhle kehrt die ganze Geschichte an ihren Ausgangspunkt zurück, indem Bilbo und Gandalf ein Gespräch führen. In diesem bemerkt Bilbo, dass Hoffnungen sich erfüllten. Gandalf reagiert darauf mit rhetorischen Fragen, die darauf zielen, dass es sich beim Ausgang des Abenteuers nicht etwa um einen bloßen Zufall handele. Mit den Worten „Gott sei Dank" beschließt dann Bilbo dieses Abenteuer. „Ich distanziere mich von meinem Pessimismus zu Beginn dieser Etappe", eröffnete Till das Gespräch. „Zwar ist viel Blut geflossen, aber grundsätzlich scheint mir das Abenteuer von Erfolg gekrönt. Das gilt natürlich für den Entwicklungsprozess, den insbesondere Bilbo durchleben durfte, aber das gilt auch für die konkreten Ergebnisse. Smaug ist tot, die Heere der Orks und Warge wurden besiegt, insbesondere Zwerge, Menschen und Waldelben konnten eine neue Gesprächskultur etablieren und der Schatz wurde sinnvollen Verwendungen zugeführt." „Das wurde möglich durch glückliche Umstände, nämlich zum Beispiel durch die zeitliche Nähe des Eintreffens der verschiedenen Heere, und auch durch Kraftströme, die von außen zuflossen", sagte Bert. „Dabei denke ich an die Adler und an Beorn." „Und Bilbo wird wiederum keine Heldenrolle zugeordnet", meinte Till. „Erst nach der Schlacht tritt er in Erscheinung. Und er bleibt doch eher passiv, als er Thorin sozusagen die Beichte abnimmt und Absolution erteilt." „Thorin bleibt als einziger aus der Kameradschaft auf der Strecke", ergänzte Bert. „Das hatte sich schon angedeutet durch die zahlenmäßige Besetzung der Gruppe. Als dreizehntem Zweig und als führendem Vertreter des Habenmodus, also der Fixierung auf das materielle Sein, war Thorin von vornherein der Tod zugedacht. Sein Tod ermöglicht auch das Weiterleben Bilbos, der später zumindest indirekt noch gebraucht wird. Etwas despektierlich könnte man auch sagen, dass Tolkien auf diese Weise zwei Fliegen mit einer Klappe schlägt. Denn in der klassischen

Frohen Botschaft findet neben dem dreizehnten Mitglied der Reisegesellschaft Jesus auch noch mit einiger Verspätung Judas den Tod. Judas hatte ja Hand an sich selbst gelegt, weil er die Last des Verrats nicht ertragen konnte. Auch Judas war dem Materiellen verhaftet, da er sich für den Verrat hat bezahlen lassen. Thorin bekommt also gleichzeitig die Rolle des Dreizehnten und die Rolle des Habgierigen aufgebürdet." „Das haut den stärksten Mann aus den Latschen", schmunzelte Till und schob schnell nach: „Ich will mich natürlich nicht lustig machen auf Kosten Thorins. Mir geht es darum, dass dieser Todesfall eher eine Randnotiz darstellt, wenn man auf die ganze Geschichte schaut. Eigentlich haben wir an einem Abenteuer des Lebens teilgenommen." „So habe ich auch unsere Sternenabenteuer wahrgenommen", sagte Bert. „Jeweils haben wir Erfahrungen auch im Grenzbereich außerhalb unserer Alltagspfade gemacht. Wir haben uns insbesondere auf unserer Reise durch Mittelerde trennen lassen vom Komfort und uns beschränkt auf das Wesentliche. Dadurch können wir nun neu auf das schauen, was erfülltes und gelungenes Leben wirklich ausmachen kann." „Und wir sind wieder auf eigene Wurzeln gestoßen", ergänzte Till. „Wir haben Elemente aus der Nibelungensage, der Edda, der Bibel und alten Sprachen neu fruchtbar gemacht. Wir haben also Tolkien bei seiner Arbeit als Fensterputzer zugesehen." „Den Begriff musst du mir erklären!" warf Bert ein. „Tolkien hat alten, verstaubten Mythen, die kaum noch wahrgenommen wurden, zu neuem Glanz verholfen", reagierte Till. „Sehr schön", freute sich Bert. „Dieser Begriff hätte Tolkien bestimmt gefallen. Wir brauchen eben manchmal Hilfe, damit Licht in unser Leben fällt."

Die Bürde geht über an Frodo

"Vor unserem Sprung in die Anderswelt Tolkiens hast du den Hobbit als ersten Teil der frohen Botschaft bezeichnet", sagte Till, als sie es sich vor dem Fernseher bequem machten. "Handelt es sich bei dem Herrn der Ringe also um den zweiten Teil?" "Ja und nein", meinte Bert, während er sich die Fernbedienung zurechtlegte. "Sicherlich wird der rote Faden in mehrfacher Hinsicht weitergesponnen. Tolkien bringt sich weiterhin als Philologe und Erfinder von Sprachen und auch, um den von dir gewählten Begriff zu übernehmen, als Fensterputzer ein. Inhaltlich gibt Bilbo den Ring an seinen Neffen Frodo weiter. Zwar passiert sechzig Jahre lang nichts von Bedeutung, beziehungsweise nichts, von dem wir Details erfahren. Aber dann wird Bilbo von dem Ring getrennt und ein Jahrsiebzehnt später wandert der Ring wieder mit einem Hobbit in ähnliche Richtung. Das Ziel liegt diesmal nicht im Osten sondern im Südosten, wenn man vom Auenland aus zum Einsamen Berg beziehungsweise nach Mordor schaut. Aber wenn man die Art des Erzählens betrachtet, dann fallen schon Unterschiede auf. Der Hobbit erscheint teilweise märchenhaft verspielt, manchmal sogar albern und überwiegend kindgerecht. Dagegen wendet sich der Herr der Ringe eher an ein Publikum auf dem Sprung zum Erwachsensein und darüber hinaus. Zudem hatte Tolkien zunächst keine Fortsetzung geplant. Für diese brauchte er Anstöße von außen. Eine solche Motivation war sicherlich der große Erfolg des Hobbits, als dieser im Jahre 1937 auf den Markt kam. Aber noch wichtiger war vielleicht die Freundschaft mit Clive Staples Lewis, der von Tolkien und anderen Freunden Jack genannt wurde. Lewis war knapp sieben Jahre jünger als Tolkien, hatte aber eine ähnliche Biographie. Beide verloren früh ihre Mutter, Lewis mit neun Jahren und Tolkien mit zwölf. Beide dienten auch im Ersten Weltkrieg und machten schreckliche Erfahrungen. Zudem lehrte Lewis wie Tolkien in Oxford, und zwar Philosophie und Englisch. Dadurch lernten sich die beiden auch kennen. Lewis war bis in die Phase des frühen Erwachsenseins ein überzeugter Atheist. Dann aber beschäftigte er sich im Studium insbesondere mit Hegel und entwickelte sich auf diesem Weg zu einem Christen mit einem personalen Gottesbild. Neben diesen vielfältigen Gemeinsamkeiten und persönlicher Sympathie verband Tolkien und Lewis auch eine Neigung zu einer schriftstellerischen Tätigkeit, die über die Anforderungen des Wissenschaftsbetriebs hinausging. Diese Neigung strahlte aus in und um Oxford und so bildete sich eine Gruppe, die sich „Inklings" nannte. Das lässt sich einerseits übersetzen mit „Ahnungen" und andererseits steckt in dem Begriff auch „ink", also Tinte. So könnte man die Gruppenmitglieder auch als Tintenkleckser oder Schreiberlinge bezeichnen." „Ich sehe auch noch eine Verbindung über Ahnungen zu Ahnen, also Vorfahren", warf Till ein. „Die „Inklings" wollen also vielleicht die Bilder ihrer Vorfahren auf neue Weise ins rechte Licht rücken." „Das hast du schön gesagt", lächelte Bert. „Auf jeden Fall handelt es sich bei dieser Gruppe um Christen, die gern in einem Bereich schrieben, den wir heute mit Fantasy bezeichnen würden. Dieser Begriff hätte heute wohl ohne die „Inklings" nicht die gleiche Bedeutung. Und Tolkien hatte in dieser Hinsicht sicherlich den größten Einfluss. Übrigens waren die Mitglieder dieser Gruppe überwiegend Dozenten in Oxford. Jedenfalls war diese Gruppe nicht nur für Tolkien eine wichtige Möglichkeit fundierte Rückmeldungen über die eigene Schreiberei zu bekommen. Lewis wurde dabei zum Motivator für Tolkien. Er erkannte das herausragende Talent und ermutigte Tolkien zu einer Fortsetzung des Hobbit. Dieser stellte dann einerseits andere Projekte zurück. Und andererseits arbeitete er eine entscheidende Passage im Hobbit um, damit der Ring zum tragenden und verbindenden Element werden konnte. In der ersten Fassung handelte es sich nämlich zunächst nicht um den einen Ring sondern um irgendeinen Ring, den Gollum beim Rätselwettstreit mit Bilbo als Einsatz bot. So legte Tolkien die Basis für eine zweite frohe Botschaft. Diese besteht nun aus sechs Büchern, von denen jeweils zwei zu einem Teil zusammengebunden wurden." „Also orientiert sich der Film zumindest in Bezug auf den äußeren Rahmen an der Buchvorlage, da du ja von einer Trilogie gesprochen hast?" fragte Till. „So ist es", antwortete Bert, „aber die Orientierung am Original geht weit darüber hinaus. Ich denke, dass der Film auch inhaltlich überwiegend eng an der Vorlage hängt. Und ich finde die filmische Umsetzung hervorragend. Dennoch gibt es sowohl einzelne Abweichungen als auch eine Tendenz, Tolkiens Figuren dynamischer und beweglicher darzustellen." „Das liegt doch vielleicht einfach daran, dass ein Film aus bewegten Bildern besteht?" fragte Till. „Nicht nur", meinte Bert, „ich habe mich nicht klar genug ausgedrückt. Tolkien hat seine Figuren als archetypische Vertreter dargestellt. Er hat also versucht, Urbilder aus dem kollektiven Unbewussten so figürlich darzustellen, dass die Bilder erfahrbar werden. Dabei lernten die Bilder zwar laufen, aber die Persönlichkeiten der Figuren sind stabil. Der Regisseur Peter Jackson hat dagegen den Figuren Entwicklungsprozesse zugeordnet. Das Abenteuer verändert im Film die Protagonisten. Tolkien dagegen hat eher Porträts gemalt. In den Gesichtern der Helden kann man natürlich auch Geschichten nachlesen, aber der Held selbst hat eine klar definierte Rolle, die er treu ausfüllt." „Ich denke, dass ich den Unterschied verstehe", meinte Till. „Mich erinnert das ein wenig an Entwicklungen im Alten Testament und vom Alten zum Neuen Testament. Zunächst verbleibt Gott in der Rolle des Schöpfers, der in einem klar definierten Verhältnis zur Schöpfung steht. In der Auseinandersetzung mit den Menschen, mit denen er sich ja auf besondere Weise verbunden hat, verändert er sich aber. Er wandelt sich vom strafenden Richter zum liebenden Vater." „Das ist ein interessanter Vergleich", nickte Bert. „Vielleicht kann man so sagen, dass Peter Jackson die frohe Botschaft Tolkiens noch verstärkt, indem er eine im Hintergrund verankerte Dynamik sichtbar macht." „Vorhin sprachst du von einzelnen inhaltlichen Abweichungen von der Buchvorlage bei der Umsetzung des Films", sagte Till. „Das interessiert mich noch genauer." „Vielleicht sollten wir das erst nach dem Erleben des ersten Teils der Trilogie besprechen", reagierte Bert. „Denn dann hast du klarere Vorstellungen und kannst dann die Unterschiede besser erkennen." „Natürlich bin ich einverstanden", lächelte Till, „und nun freue ich mich riesig, denn für mich hast du gerade das Startsignal gegeben." Und so wurden die beiden mitgenommen in die Vorgeschichte, die zu Beginn des ersten Teils mit dem Titel „Die Gefährten" erzählt wird. Bert und Till erlebten, wie am Ende des Zweiten Zeitalters Elendil, einer der Anführer des letzten Bundes, der schließlich Sauron niederwarf, von eben diesem getötet wurde. Daraufhin flossen Isildur, seinem Sohn, Kräfte zu, die es ihm ermöglichten, den Ring vom Finger Saurons zu schneiden. Damit war die Herrschaft Saurons zunächst gebrochen. Allerdings versäumte es Isildur den Ring zu vernichten. So konnte das Böse als schleichendes Gift weiter wirken. Isildur verlor dann bei einem Orkangriff sein Leben, als er versuchte durch einen Sprung in den großen Fluss Anduin sich dem Zugriff zu entziehen. Doch Orkpfeile töteten ihn, als der Ring von seinem Finger glitt. Dieser Angriff fand in der Nähe der Schwertelfelder statt. Dabei handelt es sich um ein Sumpfgebiet am Schwertelfluss. Von dort gelangte der Ring in den Bereich, in dem fast zweieinhalb Jahrtausende später Deagol und Smeagol angelten. Danach vergingen noch etwas mehr als fünf Jahrhunderte, bevor Bert und Till eintauchen in das Geschehen rund um den 111. Geburtstag von Bilbo, den dieser gemeinsam mit seinem Neffen Frodo feiert, der 33 Jahre alt wird. Gandalf erscheint auch zu diesem Anlass. Als Bilbo gegen Ende der Feier quasi verschwindet, indem er den Ring auf den Finger gleiten lässt, versucht Gandalf durch einen blendenden Blitz das Geschehen einer sozusagen zauberhaften Erklärung zuzuführen. Er stellt dann Bilbo auch in scharfem Ton zur Rede, als dieser sich nicht von dem Ring trennen mag. Schließlich macht sich Bilbo doch ohne Ring zu Fuß auf den Weg aus dem Auenland in Richtung Bruchtal, wo er seinen Lebensabend zu verbringen gedenkt. Gandalf überträgt nun die

Verantwortung für den Ring an Frodo. In den nächsten siebzehn Jahren wird Gandalf im Auenland nicht oft gesehen. In dieser Zeit studiert er alte Aufzeichnungen und stellt weitere Nachforschungen an, die ihm eine Ahnung vermitteln von der besonderen Bedeutung des Rings. Dann besucht er Frodo eines Tages wieder. Dieser hat nun das Alter, in dem Bilbo von Gandalf auserwählt wurde um unter anderem den Zwergen als Meisterdieb zur Verfügung zu stehen. Also wird nun Frodo bestimmt die Bürde des Rings zu übernehmen. Denn als Bürde stellt sich der Ring heraus, als er kalt in der Hand liegt, direkt nachdem er dem Kaminfeuer entnommen wird. Zudem wird dadurch eine Inschrift in der Sprache Mordors sichtbar, die Gandalf übersetzen kann. Frodo nimmt die Bürde an und ist bereit allein zu gehen um das Auenland zu retten – denn das ist zunächst sein Anliegen. Während des Gesprächs zwischen Gandalf und Frodo lauscht Sam und wird dabei vom Zauberer entdeckt. Als Konsequenz daraus beschließt Gandalf, dass Sam Frodo begleitet und er empfiehlt mit dem Ring nach Bruchtal zu gehen. Etwas später schließen sich noch Merry und Pippin an. Da nach Aussage Gandalfs der Feind sich regt, lässt die Abreise nicht lange auf sich warten. Nach der Bewältigung von etlichen Gefahrensituationen führt die Absicht einer Rast die vier Hobbits nach Bree in ein Gasthaus. Dort bekommt Frodo einen Brief von Gandalf, den dieser dort einige Wochen vorher hinterlegte. Gandalf kann nicht persönlich erscheinen, da er sich in einer Auseinandersetzung mit dem Zauberer Saruman befindet, der eigene Ziele verfolgt und so die gute Sache verrät. Gandalf unterliegt zunächst der Macht Sarumans, kann sich dann aber mit Hilfe eines Adlers absetzen. Währenddessen lernen die Hobbits im Gasthaus in Bree Aragorn kennen, den Erben des Königshauses von Gondor, der sich als solcher zunächst nicht zu erkennen gibt sondern Streicher genannt wird. Unter seiner Führung gelingt die Flucht vor den sogenannten Schwarzen Reitern, den Nazgul, durch die Furt der Lautwasser nach Bruchtal, dem von Elrond geführten Rückzugsbereich der Elben. Eine Verletzung Frodos durch einen Nazgul wird dort geheilt. In Bruchtal wird auch das weitere Vorgehen beraten. Die Entscheidung besteht in der Erweiterung der Gruppe, die zur Vernichtung des Rings weiterreisen soll, auf neun Mitglieder. Neben den vier Hobbits, Aragorn und dem rechtzeitig eingetroffenen Gandalf sind der Elb Legolas aus dem Waldkönigreich, der Zwerg Gimli und der Mensch Boromir, ältester Sohn von Denethor, des Verwalters von Gondor, dabei. Diese Reisegruppe will das Nebelgebirge überwinden, scheitert aber, da Saruman einen mächtigen Schneesturm heraufbeschwört. Also müssen die Abenteurer durch die Minen von Moria. Dort fliehen sie vor Orks und einem Höhlentroll und stoßen auf einen Balrog, einen mächtigen Dämon aus der Unterwelt. Gandalf stellt sich diesem und stürzt mit ihm in die Tiefe. Die Gefährten ziehen ohne ihn weiter in das Elbenreich Lorien und von dort gestärkt den Anduin flussabwärts. Als sie am Ufer rasten, werden sie von einer Gruppe Uruk-hai, das sind von Saruman gezüchtete besonders widerstandsfähige Orks, angegriffen. Im Zuge des Kampfes wird die Gruppe der neun Gefährten gesprengt. Merry und Pippin werden verschleppt und Frodo reist mit Sam alleine weiter zur beabsichtigten Vernichtung des Rings. Zuvor hatte Boromir versucht, Frodo davon zu überzeugen den Ring gegen das Böse einzusetzen. Schließlich wollte er sogar Frodo den Ring abnehmen. Als das scheiterte, besann er sich und ermöglichte durch seinen Einsatz die Flucht Frodos. Doch Boromir sah sich daraufhin einer Übermacht gegenüber und blies in sein Horn um Verstärkung zu erbitten. Aragorn traf aber erst ein, als Boromir schon tödlich getroffen war. „Auch diese Reisegesellschaft verliert also ein Mitglied", stieg Till in die Nachbesprechung ein. „Und ich sehe deutliche Parallelen. Denn die Habgier Thorins und auch sein Vertrauen auf die eigene Stärke finden sich in Boromir wieder. Zudem handelt er gegen den in Bruchtal gefassten Entschluss, die Bürde des Rings bei Frodo zu belassen. Er wird also zum Verräter. Und so übernimmt er wie Thorin im Hobbit die Rolle des Judas." „An dieser Stelle wird sehr gut deutlich, warum nicht ein Mensch zum Ringträger werden konnte", ergänzte Bert. „Denn Menschen sind verführbar. Sie lassen sich manipulieren, da sie besitzen und kontrollieren wollen. Außerdem sind sie weder unscheinbar noch bescheiden. Vielmehr bauen sie in erster Linie auf sich selbst und sind nicht wirklich offen für Hilfe, die ihnen zufallen könnte. Dabei sind sie eigentlich darauf angewiesen, da die Menschen sich nicht aus sich selbst heraus retten können." „Hoffentlich kommen wir durch dieses negative Beispiel Boromirs zur Besinnung, damit die frohe Botschaft Raum greifen kann", lächelte Till. „Glücklicherweise sind da nun nach der Sprengung der Gruppe der Gefährten zwei Hobbits am Start um Mittelerde zu retten", entgegnete Bert. „Die sind ja weniger anfällig und unscheinbarer. Aber ich will noch einmal konkret auf Boromir zurückkommen. Hast du Assoziationen, wenn du an das Horn Boromirs denkst?" Till dachte kurz nach und sagte dann: „Kurz nach dem Hornsignal bricht Boromir zusammen. Das erinnert mich einerseits an die Eroberung Jerichos aus dem Buch Josua aus dem Alten Testament. Die Stadtmauern stürzen ein, nachdem sieben Posaunen erschallen. Andererseits klingen mir die Worte Dathons aus unserem Sternenabenteuer noch im Ohr. Er sagte traurig „Shaka, als die Mauern fielen" und meinte damit eine plötzliche negative Wendung des Schicksals und letztlich seinen eigenen Tod. Weiterhin könnte man den Ruf des Horns mit dem Hahnenschrei in Verbindung bringen, der erschallt, als Petrus Jesus verleugnet. Denn dadurch wird Petrus ein Stück weit auch zu einem Verräter. Schließlich fällt mir noch der Klageruf Jesu kurz vor seinem Tod am Kreuz ein. Er fühlt sich ebenso verlassen wie Boromir." „Ich bin sehr beeindruckt", sagte Bert. „Ich kann lediglich noch mit einer Ergänzung dienen. Denn ich bin mir sicher, dass Tolkien bei dieser Szene die Rolandssage im Hinterkopf hatte. Roland war ein Ritter, der mit Karl dem Großen nach Spanien gegen die Araber zog. Dabei fand er den Tod. Diese historische Begebenheit wird später poetisch verarbeitet. Und zwar bläst Roland kurz vor seinem Tod in sein Horn um Hilfe zu

rufen. Dieses Horn hat übrigens einen Namen, nämlich Olifant. So nennt Tolkien riesige Elefanten, die später zum Einsatz kommen und natürlich auch mächtig trompeten können. Jedenfalls kann auch Roland das Hornsignal nicht retten. Vielmehr zerspringt das Horn sogar während des Kampfes, genau wie bei Boromir." „Da erscheint er wieder, unser guter Fensterputzer", schmunzelte Till. „Du hast mir übrigens vor dem Filmstart versprochen auf Abweichungen von der Buchvorlage einzugehen." „Das will ich gerne tun", nickte Bert. „Zunächst schildert uns Tolkien gleich zu Beginn des eigentlichen Abenteuers die geheimnisvolle Figur Tom Bombadil. Dieser ist immun gegen die Macht des Rings. Er scheint partiell außerhalb von Raum und Zeit zu leben. Jedenfalls rettet er sowohl Merry und Pippin aus den Fängen des Alten Weidenmanns, einem Baum mit Eigenleben, als auch alle vier Hobbits aus den Hügelgräberhöhen vor den Grabunholden. Tom wohnt am Ufer der Weidenwinde und er nennt sich „Ältester". Tolkien wurde oft nach Tom Bombadil gefragt, er klärt dessen Existenz aber nicht sondern deutet lediglich an, dass Tom den schwindenden Charakter der ländlichen Gegend um Oxford repräsentiert. Die ganze Episode fehlt im Film. Vielleicht wäre eine Umsetzung zu schwierig gewesen. Oder aber der Respekt vor der Geheimniskrämerei Tolkiens gab den Ausschlag."
„Ich habe noch nie einen schöneren und wohl passenderen Flussnamen gehört", sagte Till und sprach langsam und bedächtig: „Weidenwinde." „Ich stimme dir zu", nickte Bert. „Man sieht den Fluss förmlich vor sich, wie er sich durch Weiden und Wiesen windet und auch noch um Weiden und andere Bäume herum. Auch in der nächsten abweichenden Szene spielt ein Fluss eine wesentliche Rolle, nämlich die Lautwasser." „Auch schön", zeigte sich Till begeistert, „ich höre sie gurgeln und plätschern. Wahrscheinlich liegt ihren Äußerungen ein starkes Gefälle zugrunde." „Das lässt sich im Film nur erahnen", kommentierte Bert. „Aber die Kinderstube der Lautwasser im Nebelgebirge ist nicht weit entfernt, als der verletzte Frodo über die Furt nach Bruchtal ge-

rettet wird. Die Abweichung von der Buchvorlage besteht nun darin, dass nicht der Elb Glorfindel das Pferd reitet sondern Arwen. Arwen ist im Film sehr überrepräsentiert. Ihre Liebesbeziehung zu Aragorn wird ausgeschmückt. Das ist sicherlich dem angenommenen Geschmack des durchschnittlichen Kinobesuchers geschuldet. Es stört mich aber nicht besonders. Denn die Figur Arwen wird auf harmonische Weise ausgebaut. Jedenfalls soll sie wohl mehr sein als schön. Deshalb darf sie Frodo retten."
„In dieser Szene treten ja die Nazgul massiv auf", sagte Till. „Was hat es mit diesen Schwarzen Reitern auf sich?" „Die neun Nazgul sind ehemalige Könige der Menschen, die von Sauron mit Hilfe von neun Ringen verführt wurden", antworte Bert. „Diese Diener Saurons heißen in der Sprache Mordors Nazgul. Als Übersetzung bietet Tolkien Ringgeister an. Ein Ghul aus dem persisch-arabischen Kulturkreis ist ein Dämon, der in verschiedene Gestalten schlüpfen kann. Die Ghul gehören zu der Gruppe der Dschinn, die nach der Schöpfungsgeschichte im Koran aus Feuer entstanden sind in Abgrenzung zu den Engeln, die Lichtwesen sind. Hier wird eine Hierarchie zugrunde gelegt. Während Melkor den gefallenen Engel repräsentiert, ist ein Ghul ein negativ aufgeladener Dschinn." „Und die Bedeutung der Vorsilbe liegt auf der Hand", meinte Till. „Denn als Tolkien sich an den Herrn der Ringe machte, waren die Nazis schon einige Jahre an der Macht." „So schätze ich die Herkunft der Vorsilbe auch ein", nickte Bert. „Die Nazgul sind also sozusagen die rechte Hand Saurons. Zunächst erscheinen sie als Kundschafter und dann greifen sie auch direkt ein. Wir haben ja gesehen, wie Frodo verletzt wurde." „Der arme Frodo wird schon so früh im Laufe des Abenteuers so elementar mit dem Bösen konfrontiert", warf Till ein, „und auch wenn ihm geholfen wird, so muss er doch allein die schwere Bürde des Rings tragen." „Das hat Frodo ja schon im vorbereitenden Gespräch mit Gandalf akzeptiert", meinte Bert. „Allerdings konnte er da wohl noch nicht erahnen, wie intensiv ihm das Böse zum Beispiel in Form der Nazgul zusetzen würde. Und es wird noch schlimmer.

Deshalb ist es vielleicht ganz gut, dass Frodo schon zu Beginn quasi vorbereitet wird auf die Qualen, die ihm noch bevorstehen." „Ich bin mir sicher, dass du ein guter Lehrer wirst", lächelte Till. „Denn durch die von dir gewählten Formulierungen hast du mich auf die Vorlage gestoßen. Jesus wird auch direkt nach seiner Auserwählung vom Geist in die Wüste geführt und dort mit dem Bösen konfrontiert. Er hält stand und Engel dienen ihm. Danach hat er seinen ersten öffentlichen Auftritt. Genauso verhält es sich auch bei Frodo, der in Bruchtal öffentlich Verantwortung übernimmt." „Sehr schön", freute sich Bert. „Und ich will noch hinzufügen, dass ja auch Tolkien selbst durch den Verlust beider Eltern im frühen Kindesalter sich alleine fühlte und durch die Kriegserfahrungen auch direkt mit dem Bösen konfrontiert wurde. Eine Frage müssen wir übrigens noch klären. Warum wird der Geburtstag von Bilbo und Frodo en gros gefeiert?" „Die von dir gebrauchte französische Sprachfigur könnte darauf verweisen, dass nahezu das ganze Auenland eingeladen war", antwortete Till. „Aber Bilbo selbst spricht ja von einem Gros und meint damit, dass die Summe aus der Zahl der Lebensjahre von ihm und Frodo einem quadrierten Dutzend entspricht. Vielleicht hebt Tolkien ab auf eine Potenzierung der zwölf Stämme Israels beziehungsweise der zwölf Jünger Jesu. Wir hatten ja schon festgestellt, dass Tolkien Wert auf Zahlensymbolik legt. Möglich ist auch, dass das festliche Geburtstagsmahl am Abend mit dem bevorstehenden Abschied Bilbos auf das letzte Abendmahl hinweist." „Hoffentlich können wir noch oft zusammen Abendmahl feiern, mein Freund", sagte Bert. „Ich spüre in deiner Nähe Begeisterung."

Der Ring wird nach Südosten getragen

„Der unproblematischere Teil des Abenteuers liegt wohl hinter uns", leitete Bert das zweite Drittel ihrer Reise zum Schicksalsberg ein. „Zuerst bewegten wir uns nach Osten, trafen Freunde in Bruchtal, erhielten Instruktionen und bildeten eine starke Gemeinschaft. Zwar ist uns dann Gandalf abhanden gekommen, aber da bin ich nicht ohne Hoffnung auf ein Wiedersehen. Schließlich konnten wir uns neu ausgerüstet vom Strom abwärts nach Süden treiben lassen. Aber nun ist unsere Reisegruppe in mehrere Teile zerfallen. Die Hauptverantwortung liegt dabei auf dem Ringträger Frodo und seiner Begleitung Sam. Diese beiden wenden sich nun wieder nach Osten und spüren dabei eine düstere Atmosphäre, je dichter sie an Mordor und damit den Schicksalsberg herankommen." „Der Ring wird also nach Südosten bewegt", folgerte Till. „Das kommt mir bekannt vor. Denn gegen Ende des achtzehnten Jahrhunderts hat Lessing im Streit mit dem Hamburger Hauptpastor Goeze den Ring ebenfalls nach Südosten bewegt, und zwar von Norddeutschland nach Jerusalem. Ein Stück weit war er dazu gezwungen, da er im sogenannten Fragmentenstreit den Kürzeren zog und nicht mehr unzensiert publizieren konnte. Also erzählte er eine Parabel, die in Jerusalem spielt." „An diese erinnere ich mich gut", warf Bert ein, „mit ihr haben wir uns in der Schule ausführlich befasst. Die Ringparabel ist ja Teil des Nathan, der gegen Ende des zwölften Jahrhunderts zur Zeit des Dritten Kreuzzugs spielt. Es geht um die Gleichberechtigung der drei großen monotheistischen Religionen, die Lessing in Form von drei Ringen auftreten lässt, die wohl als Kopien eines Rings zu betrachten sind, der verloren ging." „Und zumindest dieser Urring macht aus dem Träger einen angenehmen Menschen, wenn er auf die positive Ausstrahlung des Rings vertraut", übernahm Till. „Aber dieses Geschenk wird in Frage gestellt, als die Vererbung vom Vater zum Lieblingssohn an einem Vater dreier Söhne scheitert, die er alle drei gleichermaßen liebt. Denn die

Söhne streiten sich und rufen sogar einen Richter an, der den wahren Ring herausfiltern soll, da alle drei an den Besitz des Originals glauben." „Der Richter nimmt nun den Streit als Indiz dafür, dass der wahre Ring verloren ging", setzte Bert fort. „Als weiser Richter fügt er dann noch hinzu, dass ein jeder der Söhne auf die Echtheit des Rings vertrauen solle um so ein gottgefälliges Leben führen zu können, welches dann wiederum für einen Richter in ferner Zukunft der Maßstab sein könne, die Frage nach dem Original endgültig zu beantworten." „Ich frage mich, ob es Lessing im Hinblick auf Judentum, Christentum und Islam wirklich um Gleichberechtigung und Toleranz ging", meinte Till. „Anlass des Streits war ja zunächst, dass Lessing kritische Thesen in Bezug auf das Christentum des Orientalisten Reimarus herausgab. Unter anderem ging es dabei um Widersprüche in den Evangelien. Goeze hat dagegen einen absoluten Wahrheitsanspruch der Bibel behauptet. Und Lessing selbst hat als Aufklärer die menschliche Vernunft betont. Diese müsse der Maßstab sein für eine offene Diskussion über sogenannte Wahrheiten." „Lessing spricht ja von historischen Wahrheiten", setzte Bert den Gedanken fort, „und ist damit ein Wegbereiter der Historisch-kritischen Methode, die für uns heute ein selbstverständlicher Bestandteil auf der Suche nach Wahrheit in der Bibel ist und natürlich auch in unsere Proseminararbeit eingeflossen ist. So gesehen zielt die Ringparabel eher auf Freiheit im Geiste als auf die Rechte einzelner Religionen." „Ich stimme dir zu", nickte Till, „aber letztlich können erweiterte und damit angepasste Rechte anderer zu Frieden und Toleranz führen. Und das Maß aller Dinge ist für Lessing das Verhalten der Menschen, also Humanität." „Es bleibt die Frage, wie man dieses Ziel erreichen kann", entgegnete Bert. „Der Gebrauch des Verstandes allein reicht dafür nicht aus, denn auch Saruman benutzt seinen Verstand. Und vielleicht ebnet gerade das zu optimistische Vertrauen auf verstandesbasierte Toleranz den Weg für einen totalitären Anspruch, den zum Beispiel Sauron durchsetzen will. Deshalb ist mir wichtig, dass Vernunft nicht lediglich eingesetzt wird zur Befreiung von ungerechtfertigten Wahrheitsansprüchen sondern für die Freiheit zu interpretieren und gerecht zu gestalten." „Da kann und will ich dir nicht widersprechen", sagte Till. „Vielleicht betrachtet Lessing den möglichen Verlust den Urrings als Chance für eine bessere Welt. Aber natürlich muss diese Chance beim Schopf gepackt werden. Ein Zurücklehnen wäre kontraproduktiv. Genauso dürften auch unsere Helden in Mittelerde gefordert sein, nach der hoffentlich gelingenden Vernichtung des Rings bei der Aktualisierung des dann grundsätzlich guten Potentials aktiv zu helfen." „Leider muss ich dir sagen, dass der Film in dieser Hinsicht etwas kurz tritt im Vergleich zur Buchvorlage", meinte Bert, „denn die Befreiung des Auenlands durch die vier Hobbits am Ende des Abenteuers, also nach der Ringvernichtung, wird von Peter Jackson nicht umgesetzt. Aber nun will ich nicht weiter vorgreifen und schlage vor, unsere Reise fortzusetzen." Und so schauen die beiden Freunde zunächst genauer auf den Kampf Gandalfs mit dem Balrog. Gandalf kann diesen töten, verliert aber selbst seine personelle Integrität. Es bleibt nun keine Zeit, lange darüber nachzudenken, denn jetzt geraten Frodo und Sam in den Blick. Die beiden können Gollum überwältigen, der ihnen auf den Spuren des Rings gefolgt war. Gollum wird geschont. Als Gegenleistung soll er die beiden Hobbits führen. Denn er kennt sich in der Gegend aus, da er auf der Suche nach dem Ring ungefähr ein Jahr zuvor bis nach Mordor gelangte, wo er dann zunächst von Sauron gefoltert, verhört und eingekerkert, dann aber wieder freigelassen wurde mit der Erwartung seinen Spürsinn nutzen zu können. Und wieder wird ein anderer Schauplatz aufgemacht. Die von den Uruk-hai entführten Merry und Pippin können fliehen, als diese vernichtend geschlagen werden von Reitern Rohans. Die Reitergruppe hatte sich von ihrem König Theoden gelöst, da der von seinem Berater Grima Schlangenzunge verführt und geschwächt wird. Grima wiederum handelt im Auftrag Sarumans. Auf der Flucht geraten Merry und Pippin in den Fangornwald. Dort treffen sie auf Baumbart, einen der Baumhirten, die auch Ents genannt werden. Baumbart können sie erfolgreich drängen sich gegen das Böse zu engagieren. Auf der Suche nach Merry und Pippin treffen Aragorn, Legolas und Gimli auf Gandalf. Dieser hat sich in der Zwischenzeit vom Grauen zum Weißen gewandelt. Dabei sind ihm neue Kräfte zugewachsen. Als das Quartett bei Theoden eintrifft, kann Gandalf diesen von dem Einfluss Grimas befreien, der daraufhin zu Saruman flieht. Saruman zeigt sich nun als Verräter, der eigene Pläne der Macht verfolgt. Zunächst hatte er erwogen gemeinsame Sache mit Sauron zu machen, den er im Kampf des Guten gegen das Böse für unbesiegbar hielt. Beide bauen nun riesige Heere auf. Dabei deckt Saruman bei der Produktion von Waffen den Energiebedarf auch durch das Fällen von Bäumen, was die Ents mit Trauer erfüllt. Fangorn liegt nämlich in unmittelbarer Nähe von Isengart, der Residenz Sarumans. Die Uruk-hai Sarumans ziehen nun gegen Rohan. So fliehen die Rohirrim, wie die Bewohner des Pferdelands Riddermark auch genannt werden, auf eine alte Burganlage nach Helms Klamm auf die Hornburg. Dort trifft als Unterstützung eine Einheit elbischer Bogenschützen ein. Aber erst als Gandalf die Reitergruppe Rohans heranführt, die sich vom König losgesagt hatte, kann der Angriff der Uruk-hai abgewehrt werden. Währenddessen stürmt Baumbart mit den Ents Isengart. Schließlich wird der Blick noch einmal auf Frodo und Sam gerichtet. Diese werden zwischenzeitlich von Faramir, dem Bruder Boromirs, festgesetzt aber wieder freigelassen, und nähern sich mit Gollum im Schlepptau Mordor. „Ich bin schwer beeindruckt von Baumbart und seinen Entkameraden", nahm sich Till den ersten Kommentar. „Man merkt ihnen an, wie sehr sie sich mit den Bäumen verbinden, für die sie als Hirten Verantwortung empfinden. Vielleicht kann man sogar von einer Ebenbildlichkeit sprechen. Denn die Ents sind tief verwurzelt im natürlichen Sein, treu und beständig, aber auch langsam und zögerlich. Letzteres macht sie offenbar angreifbar, beziehungsweise geht es ihren Schutzbefohlenen an den Kragen." „Die Ents haben eine andere Beziehung zu Raum und Zeit", meinte Bert. „Sie können sich nicht schnell bewegen und ihre Zöglinge können größere Entfernungen sogar lediglich über eine neue Generation zum Beispiel mit Hilfe des Winds oder von Tieren überwinden. Und Baumbart, der auch Fangorn genannt wird, ist das älteste Lebewesen Mittelerdes. Nach ihm ist der uralte Wald am südlichen Rand des Nebelgebirges benannt." „Die Ents brauchen zwar sehr lange für eine Entscheidungsfindung, aber dann setzen sie diese außerordentlich konsequent und nachhaltig um", sagte Till. „Wenn ihre Weisheit sich erst einmal Bahn bricht, dann stellen sie die sogenannte Moderne radikal in Frage. Jedenfalls können die Waffenindustrieanlagen Sarumans nicht ansatzweise standhalten." „Wir sind uns wohl einig, dass die Moderne nicht gleichzusetzen ist mit der Produktion von Waffen", nahm Bert das Stichwort auf, „aber prinzipiell stimme ich dir völlig zu. Und Tolkien war noch viel unmittelbarer mit den Folgen der Industrialisierung konfrontiert als wir heute. So kann man schon sagen, dass der Herr der Ringe auch eine Warnung darstellt, sich nicht die Basis unter den Füßen wegzuziehen durch ungezügelte Produktion und Ressourcenverbrauch bis zur Neige. Tolkien empfand eine tiefe Freude an der Natur und so ist sein Werk ein Stück weit auch eine Art Ökomärchen." „Ich bin unsicher, ob ich den Begriff des Ökomärchens an dieser Stelle passend finde", meinte Till. „Denn im Gegensatz zu dem positiven Inhalt, den du transportieren willst, wird die Form des Märchens im allgemeinen zeitgeistigen Sprachgebrauch eher gering geschätzt." „Der Zeitgeist ist selten ein sinnvoller Maßstab für die Bewertung tiefer liegender Wirklichkeitsschichten", entgegnete Bert. „Im Märchen kann man etwas über die Seele erfahren und über Träume, Ängste und Hoffnungen. Außerdem hat es eine Erziehungsfunktion." „Ich bin da inhaltlich ganz bei dir", lächelte Till, „als zukünftige Lehrer müssen wir aber immer überlegen, wo wir unsere Schüler abholen können. Und Begriffe spielen dabei eine wichtige Rolle. Denn ich muss zunächst wissen, was der andere wie im Griff hat, bevor ich helfen kann seine Hand zu öffnen." „Allerdings sind wir gerade zu zweit", wollte Bert das Argument nicht wirklich gelten lassen, „und sicherlich sind wir uns gegenseitig Lehrer und Schüler. Da wir aber schon so manchen Berg gemeinsam erklommen haben, müssen wir nicht mehr jede Wanderung auf Meereshöhe beginnen. Wir wissen, dass im Märchen wundersame Begebenheiten im Gegensatz zu Sage und Legende frei erfunden werden können. Aber es gibt eine Verwandtschaft mit der mythologischen Sage. Das wird deutlich an Dornröschen, die an Brünhilde aus der Nibelungensage erinnert. Vielleicht haben die Gebrüder Grimm das Märchen an die nordische Tradition angeglichen. Auf jeden Fall haben sie mit ihrer Märchensammlung einen Erfahrungs- und Erinnerungsschatz der Menschheit gebildet. Und mit diesem Schatz können wir uns verbinden. Wir können über kollektivunbewusste Prozesse ein Selbst und eine Seele ausbilden. Dabei ist die kulturelle Prägung nicht entscheidend. Die tiefen Seelenschichten, die im Märchen angesprochen werden, sind unabhängig von Raum und Zeit und Kultur. Alle Märchengestalten und ihre Taten heben ab auf das Wesen des Menschen. Und zum Wesen des Menschen gehört eine Verbindung zu allem, was lebt. Oder noch allgemeiner kann man sagen, dass wir verbunden sind mit dem Urgrund des Seins, auch wenn wir vielleicht immer mehr Zugänge verschütten. Jedenfalls fühlt sich Tolkien verbunden mit der Natur und er will einen märchenhaften Zugang auf neue Weise zur Entfaltung bringen." „Ich kann gut nachvollziehen, was du mir sagen willst", nickte Till, „auch wenn ich wohl nicht auf einen so großen Märchenschatz zurückgreifen kann wie du. Da hast du wohl Vorteile durch den Besuch der Waldorfschule. Aber ich kann ein konkretes Beispiel beibringen für einen märchenhaften Zugang. Und zwar hat die Bildsprache der Märchen Eingang gefunden in die weihnachtlichen Darstellungen der Geburt Jesu. Man findet auf den Bildern einen Ochsen und einen Esel. Der eine steht für die Leidenschaft des Menschen und der andere für die Mühsal des Lebens, die sichtbar wird im beladenen Packesel. Beides kann grundsätzlich überwunden werden durch eine neue Verbindung zum heilen Grund des Seins. Und diese neue Verbindung wird sichtbar in Jesus als Christus." „Ich frage mich, ob Erich Honecker auch die Bildsprache der Märchen im Hinterkopf hatte, als er sein berühmtes Wort sprach", lächelte Bert. „Den Sozialismus in seinem Lauf hält weder Ochs´ noch Esel auf", zitierte Till. „Ich kann mir schon vorstellen, dass er nicht nur seine Gegner verunglimpfen wollte. Denn der Sozialismus sollte wohl die Funktion der Religion mit übernehmen. Und dafür musste der ganze Mensch angesprochen werden, also auch der leidenschaftliche und der beladene." „Jedenfalls geht es darum, dass innere Prozesse nach außen gesetzt werden", ergänzte Bert. „Und außen erscheinen sie über die Bildsprache als Vorgang in der Welt, in der wir mit unseren Sinnesorganen zu Hause sind. So kann eine Außenwelt die Innenwelt ein Stück weit sichtbar machen. Eine mögliche Außenwelt ist die Welt der Märchen. Tolkien spürt nun einen Verlust von Heimat auf Grund der Industrialisierung. Und diese Empfindung setzt er aus sich heraus in die Welt, indem er die Bedrohung märchenhaft in einen See versenkt. Vielleicht kann die technische Entwicklung, die hier dämonisch auftritt, später eine Läuterung erfahren und reintegriert werden. Aber natürlich muss man diesen märchenhaften Ansatz nicht verfolgen. Man kann sich auch beschränken auf den legendären Charakter der Sinnflut, welche die Ents auslösten durch das Einreißen der Staumauer. Vielleicht können wir an dieser Stelle etwas allgemeiner auf den Aspekt der Bedrohung durch dämonische Elemente eingehen. Mich interessiert in diesem Zusammenhang, wie du die beiden Gipfel des Bösen einordnest." Till dachte kurz nach und sagte dann: „Der kleinere Gipfel hat seine pseudospirituelle Mitte verloren durch die von dir so genannte Sinnflut. Dafür gewann er ein Gipfelkreuz." „Du sprichst in Rätseln", runzelte Bert die Stirn. „Karibische Spirituose mit drei Buchstaben!" freute sich Till über die Falten auf der Stirn Berts. Dieser überlegte einen Moment, bevor er dann die Lösung präsentiert bekam. „Saruman ist die kleinere Version des Bösen. Und wenn man Saruman den Rum wegnimmt und dafür ein Gipfelkreuz etabliert, dann erscheint der Satan. Ich freue mich riesig, dass ich dir als Fachmann ein solches Rätsel stellen konnte." Till lachte. „Und auch für den höheren Gipfel kann ich nachweisen, dass ich ein gelehriger Schüler bin. Wenn man nämlich entsprechend aus Sauron drei Buchstaben aus der Mitte eliminiert und angemessen ersetzt, dann erhält man ebenfalls den Satan." „Ich bin beeindruckt", lächelte Bert, „allerdings dachte ich bei der Einordnung der Gipfel des Bösen eher an das Verhältnis von Gott und dem Bösen in der Welt." „Diese Frage haben wir ja schon einmal angerissen", nahm Till den Faden auf. „Wir werden für dieses Problem keine eindeutige Lösung finden. Einerseits gibt es neben dem Urgrund des Seins kein zweites Prinzip, welches man als Gipfel des Bösen bezeichnen könnte. Und andererseits kann man Gott keine Baupläne der Maschinerie des Bösen zuordnen. Dieses logische Problem lässt sich allenfalls auf der Ebene der Erfahrung und auch lediglich im Ansatz einer Lösung zuführen. Und zwar meine ich die Erfahrung der Liebe, die manchmal sozusagen vom Himmel zu fallen scheint. Du hast ja vor einiger Zeit dazu ein schönes Modell entwickelt, welches ich nicht vergessen habe. Danach wird durch eine Evolution Gottes die polare Struktur des Urgrunds des Seins am Ende von Raum und Zeit einer neuen Identität zugeführt. Die Welt als Objektpol kann durch das Moment der Freiheit auch ein dämonisches Potential entfalten. Das Dämonische kann nun überwunden werden im Laufe der Evolution. Dafür ist aber eine Hilfestellung durch eine Verbindung zum Subjektpol nötig. Und diese Brücke wird geschlagen durch Jesus als Christus." „Diese optimistische Sicht teilt auch Tolkien", ergänzte Bert. „Das wird deutlich an der Rolle Gandalfs. Die Reisegruppe betrauerte ihn, als er mit dem Balrog in den unendlichen Abgrund stürzte. Nun aber sehen wir, dass sich Gandalf vom Grauen zum Weißen wandelte und dass ihm neue Kräfte und eine noch größere Ausstrahlung zuwuchsen." „Die Auferstehung verbindet mit Gott und bringt Hoffnung im Hier und Jetzt", schloss Till den Gedanken.

Es endet die Macht des Bösen und das Dritte Zeitalter

„Ich bin sehr optimistisch, dass dem Guten ein grundlegender Sieg über das Böse gelingen wird", meinte Till, als sie sich zum dritten und letzten Teil vor dem Fernseher trafen. „Saruman wurde schon seiner destruktiven Macht beraubt und über den auferstandenen Gandalf fließen unseren Freunden unfassbare Kräfte zu." „Ich will dir keineswegs widersprechen", entgegnete Bert, „allerdings ist dieses Abenteuer überhaupt kein Selbstgänger. Vielmehr werden wir sehen, dass noch viele Gefahren drohen und ein Scheitern immer wieder in hohem Maße wahrscheinlich wird." „Wir werden sehen", nickte Till seinem Freund auffordernd zu. Und so erkennen die beiden die Absicht Saurons zu Beginn der „Rückkehr des Königs" die Hauptstadt von Gondor anzugreifen. Der Verwalter der Stadt, Denethor, ist deprimiert aufgrund des Todes seines Lieblingssohns Boromir und aufgrund der Aussicht seiner Macht beraubt zu werden, wenn Aragorn die Königswürde übernimmt. So kann er seinen Aufgaben nicht gerecht werden. Später stürzt er sich in den Tod. Die Krieger von Rohan eilen Gondor zu Hilfe.

Gollum führt Frodo und Sam zu der Riesenspinne Kankra, um sich der beiden zu entledigen. Der Plan scheint auch im Ansatz aufzugehen, als der bewusstlose Frodo von Kankra eingesponnen wird. Doch Sam kommt darauf zu und kann die Spinne in die Flucht schlagen. Orks entdecken dann Frodo und nehmen ihn mit. Sie streiten sich um seine Habseligkeiten und töten einander. So kann Sam Frodo befreien. Beide verkleiden sich nun als Orks und gelangen so zum Schicksalsberg.

Währenddessen gibt sich Aragorn der Armee der Untoten als König von Gondor zu erkennen und kann so ihre Hilfe einfordern, die aus einer Verfluchung durch Isildur resultiert, die sich gründet auf die Hilfeverweigerung trotz eines Treueschwurs. Im Gegenzug kann Aragorn als Erbe Isildurs die Schuld vergeben und so ewige Ruhe ermöglichen.

In Gondor toben Schlachten. Die Armee Mordors besteht aus Orks, Trollen, Menschen aus dem Süden mit Olifanten und den Nazgul. Deren Anführer trifft im Kampf auf Eowyn aus Rohan. Diese kann als Mann verkleidet den Nazgul besiegen, der gemäß einer Legende „von keines Mannes Hand getötet werden kann". Nun schickt Mordor auch noch die Korsaren von Umbar in die Schlacht. Doch die Untoten entscheiden die Schlacht und retten Gondor. Daraufhin beschließt Aragorn mit den Streitkräften von Gondor und Rohan direkt gegen Mordor zu ziehen um Saurons Aufmerksamkeit auf sich zu lenken. Dadurch kann Frodo mit dem Ring bis zum Feuer des Schicksalsbergs vorstoßen. Nun aber gewinnt der Ring Macht über ihn und er kann ihn so nicht vernichten. Gollum, der Frodo und Sam gefolgt war, sieht nun seine Chance und beißt Frodo im Zweikampf den Ringfinger mit Ring ab. Der Freudentanz Gollums führt diesen nun über die Abbruchkante und so stürzt er mit dem Ring in die glühende Lava, was zur Vernichtung des Rings führt. Daraufhin bricht der Schicksalsberg aus und der ganze Machtapparat Saurons fällt in sich zusammen. Frodo und Sam werden von Adlern gerettet, die Gandalf zur Suche angehalten hat.

Aragorn wird zum König gekrönt. Elben verlassen über die Grauen Anfurten Mittelerde und nehmen Gandalf, Bilbo und Frodo mit.

Nach den letzten Bildern saßen Bert und Till einige Zeit ohne Bewegung und ohne Worte auf Sessel und Sofa. „Es ist gar nicht so leicht wieder ganz im Hier und Jetzt anzukommen", brach Till das Schweigen. „Ich bin seelisch-geistig mit unseren Helden auf das Schiff gestiegen und über das Meer nach Westen gesegelt. Und nun holt mein Körper den entflohenen Teil meines Ichs zurück. Diese Erfahrung erinnert mich an Schilderungen von wiederbelebten Verunfallten, die kurzzeitig desintegrierten und dann wieder zurückgeholt wurden auf den Boden der Tatsachen." „Das ist übrigens ein Vorwurf an das Werk Tolkiens", entgegnete Bert. „Manche Leute sagen, es handle sich um blanken Eskapismus, also um Flucht aus der als kalt und unwirtlich empfundenen Realität. Wenn man das politisch zuspitzen will, kann man sagen, dass der Versuch, Trost in einem Jenseits zu finden, dazu führt, dass man darauf verzichtet, im Hier und Jetzt dem Rad in die Speichen zu greifen, um an ein Wort Bonhoeffers zu erinnern." „Die Behauptung, dass wir hier auf dem Sofa sitzen bleiben, empfinde ich als bloße Unterstellung", meinte Till. „Ich kann Kraft und Hoffnung aus den Erfahrungen unserer Helden ziehen. Und es handelt sich ja gerade um eher alternative Helden. Die Kleinen und Unscheinbaren retten die Welt. Frodo ist bodenständig und beharrlich und hat ein großes Herz und Durchhaltevermögen. Aber er ist kein Feldherr und auch kein Muskelprotz, der in irgendwelche Speichen greift." „Ich bin hundertprozentig deiner Meinung", lächelte Bert, „aber ich wollte nicht verschweigen, dass es auch Kritiker Tolkiens gibt. Tolkien selbst verurteilt im Herrn der Ringe die Neigung von Menschen vor unangenehmen Situationen zu fliehen. Ich denke dabei an Denethor, den Verwalter von Gondor." „Betroffenheit und Mitleid kann ich schon entdecken im Zuge seines Selbstmords", ergänzte Till. „Aber insgesamt dominiert eher Verachtung, denn im Gegensatz zu seinem Sohn Boromir kann er durch seinen Abgang das Gute nicht direkt befördern. Allenfalls dient er als Negativbeispiel." „Glücklicherweise rettet der zweite Sohn Faramir ein Stück weit die Familienehre", sagte Bert. „Faramir stellt sich zumindest der Rettungsaktion zunächst nicht dauerhaft in den Weg sondern ordnet sich dem höheren Ziel unter und wächst dabei über sich hinaus. Aber Denethor und Boromir liefern die Gründe, warum nicht ein Mensch Ringträger wurde. Menschen sind verführbar und nicht hinreichend unscheinbar und bescheiden." „Menschen brauchen jemanden, der sich für sie einsetzt und ihnen die Hand reicht", stimmte Till zu. „Menschen können sich nicht an den eigenen Haaren aus dem Sumpf ziehen." „Das gilt sicherlich nicht nur für Menschen", entgegnete Bert. „Für mich liegt der Unterschied eher im Verhältnis von Schein und Sein. Menschen wollen als Könige erscheinen und sind nicht einmal gute Verwalter. Hobbits dagegen sind zufrieden mit ihrer Erscheinung als Randfiguren und verdienen sich, wenn es darauf ankommt, durch treuen Einsatz höchsten Respekt." „Ich stimme dir zu", nickte Till. „Die Einsatzfreude mit lauterem Herzen macht einen wichtigen Unterschied. Aber auch die Hobbits brauchen zumindest die Ausstrahlung Gandalfs. Ohne von Christusqualität profitieren zu können, kann kein Jesus die Welt retten." „Glücklicherweise reicht die positive Ausstrahlung sogar bis in die Todeszone", fügte Bert hinzu. „Und das meine ich nicht nur in Bezug auf das Ende eines einzelpersönlichen Lebens sondern auch im Hinblick auf die Todeszone Mordor." „Schon der Name Mordor verweist auf einen Mordort", ergänzte Till. „Zu den dominierenden Konsonanten am Ende der beiden Silben kommt mit dem offenen Vokal die staunende Mitte, die Erschrecken ausdrückt." „Noch stärker empfinde ich die harten Konsonanten bei der kranken Kankra", meinte Bert. „Das finde ich ungerecht", wiegte Till den Kopf, „denn abschreckend werden die Spinnen erst zwischen unseren Ohren. Wir ordnen Bienen Fleiß zu, auch weil wir Honig mögen, und ekeln uns vor Spinnen. Dabei arbeiten die auch lediglich ihr Programm ab. Und der Lauf der Natur kann grundsätzlich nicht krank sein." „Wiederum stimme ich dir zu", nickte Bert. „Krank ist etwas, das sich entfremdet hat vom Grund des Seins. Diese Entfremdung führt zur Trennung von Gott." „Das haben wir ja schon bei der Verbannung von Melkor durch Iluvatar gemerkt", ergänzte Till. „Diese Trennung heißt in der religiösen Sprache Sünde und setzt dämonische Kräfte frei." „Das sehen wir an Sauron und seinem Zerstörungswerk", sagte Bert. „Dennoch zeugt der Versuch Saurons andere zu binden vielleicht auch von der Sehnsucht, selbst eingebunden zu werden in das Netz des Lebens." „Eine neue Einbindung ist wohl nur über eine Auflösung möglich", meinte Till. „Sauron muss erst untergehen, um dann im Rahmen einer Energieumwandlung ein neuer Baustein des Seins werden zu können." „Ich denke auch, dass eine Läuterung im Hier und Jetzt für Sauron nicht möglich ist", nickte Bert. „Der Untergang ist für ihn der einzige Weg der Erlösung. Interessant finde ich, dass der Selbstzerstörungsprozess gerade durch Gollum in Gang gesetzt wird, dem unfreiesten aller Geschöpfe." „Unfreiheit und negative Bindungsenergie versinken im Schmelztiegel des Schicksalsbergs", setzte Till den Gedanken fort. „Ähnliches gilt wohl auch für die Armee der Untoten, die sich so in die Sackgasse manövriert hat, dass nur der ersehnte Tod Erlösung bedeuten kann." „An dieser Stelle möchte ich erinnern an unser Gespräch über die Bedeutung von Märchen im Anschluss an den zweiten Teil", hob Bert an. „Sarumans Industrieanlagen wurden von den Ents geflutet und so in einen See versenkt. Diese Idee findet sich auch in dem Märchen vom Eisenhans der Gebrüder Grimm. Der Wald bei dem Schloss des Königs schluckt immer wieder Jäger, so dass er über einen längeren Zeitraum nicht mehr betreten wird. Eines Tages gelingt es dann doch einem fremden Jäger das Geheimnis zu lüften. Und zwar lässt dieser Jäger einen Tümpel leerschöpfen, so dass ein wilder Mann mit brauner Haut, die wie rostiges Eisen aussieht, zum Vorschein kommt. Der sogenannte Eisenhans wird nun im Schloss eingesperrt. Als eines Tages der goldene Ball des Königssohns in die Zelle rollt, überredet der Eisenhans den Knaben den Ball gegen den Zellenschlüssel einzutauschen und kann diesem sogar den Aufbewahrungsort des Schlüssels sagen, nämlich unter dem Kopfkissen der Mutter des Königssohns. Der Eisenhans will nun von dannen ziehen. Der Junge aber bittet ihn mitgehen zu dürfen aus Furcht vor Strafe. Im Wald übernimmt nun der wilde Mann die Erziehung des Knaben. Diesem wird die Aufgabe zugeordnet den Goldbrunnen zu bewachen. Als der

Junge zum dritten Mal unaufmerksam wird und sein Haar in Kontakt mit dem Wasser gerät und so goldfarben wird, muss er den Wald verlassen. Der Eisenhans verspricht ihm aber in der Not zu helfen. Der geborene Königssohn zieht nun in die Welt hinaus und verdingt sich in einem fremden Schloss in einer großen Stadt als Gehilfe zunächst eines Kochs und dann eines Gärtners. Als Gärtnergehilfe lernt er die Königstochter kennen. Später wird die große Stadt mit Schloss in einen Krieg verwickelt und unser Held in froher Erwartung, der nun zu einem jungen Mann herangereift ist, will helfen und erinnert sich an das Versprechen des Eisenhans. Und so stellt der wilde Mann dem Jüngling nicht nur ein edles Pferd sondern auch eine hochgerüstete Armee zur Verfügung, die unwiderstehlich die Schlacht entscheidet. Schließlich lässt sich der geborene Königssohn auch noch vom Eisenhans ausrüsten, um von der Königstochter geworfene goldene Äpfel zu fangen. Das führt dann zur Hochzeit der beiden, auf der ein stolzer König auftritt, der sich herausstellt als der ehemals verwünschte wilde Mann, der rehabilitiert wurde durch die erfolgreiche Erziehung des ihm Anvertrauten." „Das ist ja ein tolles Märchen", zeigte sich Till begeistert. „Und ich sehe viele Parallelen zum Herrn der Ringe, die über die Armee der Untoten und das Böse auf dem Grund eines mit Wasser gefüllten Lochs hinausgehen. Zum Beispiel sehe ich Aragorn als geborenen König, der zunächst als Streicher unerkannt bleibt und am Ende die edle Elbenmaid Arwen ehelicht und dazwischen noch die Armee führt und Schlachten gewinnt." „Allerdings sehe ich den Unterschied, dass Saruman sich aus Machtgier von der guten Seite verabschiedete, während der Eisenhans verwünscht wurde", warf Bert ein. „Und der wilde Mann wurde als böse wahrgenommen, weil er Jägern, die ihm nicht die Stirn bieten konnten, das Leben nahm. Vielleicht bestrafte er lediglich im Auftrag deren Hochmut. Als die Zeit und mit ihr der richtige Jäger gekommen war, ließ er sich in das Schloss sperren, um dann seinen Erziehungsauftrag wahrnehmen zu können." „An dieser Stelle lässt sich Frodo, der wohlbehütet im Auenland aufwächst, mit dem Königssohn vergleichen", übernahm Till wieder das Wort. „Irgendwann ist das behütete Spiel vorbei und die Trennung von der Mutter ist notwendig. Weiterhin müssen Erfahrungen in der weiten wilden Welt gesammelt werden, um später das Potential voll ausschöpfen zu können. So geht auch Frodo auf Abenteuertour um erwachsen zu werden. Dafür braucht er nicht den Schlüssel, den die Mutter verwahrt, sondern den Ring, auf den sein Onkel aufpasst, der Frodo als Erziehungsberechtigter angenommen hat." „Sowohl der Königssohn als auch Frodo gehen quasi auf die Walz", nickte Bert. „Außerdem erinnert mich das Märchen vom Eisenhans an eins der berühmtesten Gleichnisse aus dem Neuen Testament." „Das ist nicht schwer zu erraten", lächelte Till. „Der verlorene Sohn löst sich aus dem Elternhaus, muss sich seinen Lebensunterhalt mit einfachsten Arbeiten verdienen und kehrt schließlich geläutert zurück und wird mit offenen Armen von seinem Vater empfangen, der ein großes Fest anlässlich der Heimkehr ansetzt." „Genau daran habe ich natürlich auch gedacht", bestätigte Bert. „Da wir gerade beim Neuen Testament sind, würde ich gerne auf das Ende des Herrn der Ringe zu sprechen kommen." „Auch das kann ich ohne Probleme einordnen", freute sich Till. „Das Entschwinden unserer Helden mit Hilfe eines Schiffes, das von den Grauen Anfurten ablegt, findet seine Entsprechung in der Himmelfahrt Jesu Christi. Und ich spreche bewusst von Jesus Christus, da nicht nur der auferstandene Gandalf sondern auch die Jesus repräsentierenden Bilbo und Frodo mit an Bord sind. Sie steuern ein Paradies außerhalb von Raum und Zeit an, oder in der Sprache der Offenbarung, das Neue Jerusalem." „Du musst nicht lange nachdenken, um Verbindungen herzustellen zu alten Geschichten", freute sich Bert. „Wir Europäer haben ja auch eine lange Tradition, was den Umgang mit dem Neuen Testament und mit Märchen angeht. Die eingewanderten Amerikaner haben sich dagegen von ihren überwiegend europäischen Wurzeln gelöst. Dennoch existieren in ihrem Unterbewusstsein Archetypen, die entstanden aus den Erfahrungen der Vorgenerationen der Auswanderer. Durch diese Archetypen konnten die Amerikaner beim Eintauchen in das Tolkiensche Universum ihre mythologische Heimat wiederentdecken. Dabei spürten sie eine tiefe Vertrautheit. Deshalb baute sich insbesondere um den Herrn der Ringe in Nordamerika eine riesige Fangemeinde auf. Und so konnte vor allem die tendenziell geschichtslose USA sich neu anbinden an die Wurzeln ihrer Vorfahren." „Tolkien putzt die Fenster also nicht nur im Erdgeschoss sondern auch im Keller", schloss Till an seine Idee an, die er am Ende der Reise mit Bilbo geäußert hatte. Bert stutzte einen Moment und sagte dann mit einem Leuchten im Gesicht: „Tolkien ermöglicht einen neuen Blick auf alte Mythen über das Bewusstsein und eine Reaktivierung verschütteter Verbindungen über das Unterbewusstsein, welches du mit dem Kellergeschoss identifizierst. Ich bin begeistert! Damit haben wir einen zentralen Interpretationsansatz bezüglich des Werks Tolkiens entscheidend erweitert, nämlich vom Fensterputzer zum Erdgeschoss- und Kellerfensterputzer." „Dann haben wir nun alle Fenster des Hauses für einen klaren Blick nach draußen genutzt", meinte Till. „Durch die Dachgeschossfenster im Anschluss an die neue Basis im Raum haben wir ja schon in das Star-Trek-Universum geblickt." „Das Haus ist sicherlich ein zentrales Symbol für das menschliche Leben, insbesondere für das Leben eines Europäers der Neuzeit", nickte Bert. „Aber auch der Weg ist ein wichtiges Symbol. Die Reisen von Bilbo und Frodo sind Bildungsreisen und Abenteuertouren. Mit einem modernen Fachbegriff kann man auch sagen, dass es sich jeweils um eine Queste handelt." „Den Begriff kannte ich noch nicht", entgegnete Till. „Aber er scheint mir selbsterklärend zu sein, wenn man eine Verbindung zum Englischen herstellt. Eine Reise wird angetreten, weil eine offene Frage so drängt, dass alles andere dahinter zurücktritt. Dabei ist keine einfache Antwort möglich. Vielmehr ist der Weg das Ziel." „Und damit sind wir schon bei dem Gedanken der Walz", übernahm Bert. „Über Bilbo und Frodo erzählt Tolkien eine Initiationsgeschichte, also teilgeführte Erfahrungen im Hinblick auf ein Erwachsenwerden." „Für mich sind die beiden nicht nur Jünglinge sondern Helden", ergänzte Till. „Allerdings handelt es sich um alternative Heldengeschichten, denn das Unscheinbare rettet die Welt." Das wird auch dadurch deutlich, dass die Supermächtigen Sauron und Saruman den Kürzeren ziehen", setzte Bert den Gedanken fort. „Tolkien bringt also nebenbei eine Handlungsanweisung für die Gestaltung einer Opposition gegen Totalitarismus." „Zudem haben wir festgestellt, dass nach Tolkiens Erfahrungen auch die Industrialisierung und ihre Folgeerscheinungen das Leben total verändert haben", übernahm wieder Till. „Du hast ja sehr schön dargelegt, dass der Begriff Ökomärchen sinnvoll ist, um einer Opposition gegen das Diktat des schonungslosen Wachstums Ausdruck zu verleihen." „Um Tolkien als Philologen zu würdigen, dürfen wir auch nicht vergessen, dass seine Freude an alten Sprachen und Namen die Basis bildet für sein Universum", leitete Bert das Schlusswort ein. „Über eine alternative Schöpfungsgeschichte, nämlich die Musik der Ainur, gelangt Tolkien zu einer Zweitschöpfung. Dieses zweite Haus ermöglicht Ausblicke durch frisch geputzte Fenster aber auch Einblicke in eine andere Welt, die entsteht durch leichtes Drehen an der Raumzeitstruktur."

Mitten im Vierten Zeitalter

Nach ihrem Ausflug in die Anderswelt Tolkiens erdeten sich Bert und Till, indem sie mit dem Fahrrad nach Westen fuhren um das Betriebspraktikum zu absolvieren. Innerhalb von vier Wochen durften sie im Heimfelder Automobilwerk in ganz verschiedene Abteilungen hineinschnuppern. So bekamen sie ein Gefühl für Fließbandarbeit, auch wenn vieles im Bereich der Montage von Robotern erledigt wurde. Und sie schauten Ingenieuren bei der Entwicklung von Lackierungen über die Schulter. Zudem lernten sie auch die Personalabteilung und für Werbung zuständige Mitarbeiter kennen. Auf dem Hin- und Rückweg tauschten sie sich über ihre Erfahrungen aus und dachten auch ganz grundsätzlich über den Begriff und die Bedeutung von Arbeit nach. „Arbeit gehört zum Menschsein dazu", begann Bert ein Gespräch. „Das gilt, auch wenn es sogenannte Arbeitslosigkeit gibt. Dieser Begriff bezieht sich ja auf Erwerbsarbeit. Aber man kann ja auch außerhalb von Existenzsicherung bebauen und bewahren, gestalten und erhalten." „Ich stimme dir zu", nickte Till, „Mensch und Arbeit stehen in ähnlicher Beziehung zueinander wie Sein und Bewusstsein. Das Sein prägt das Bewusstsein und umgekehrt auch das Bewusstsein das Sein. Arbeit prägt den Menschen und der Mensch die Arbeit und insbesondere die Arbeitsprozesse." „Dabei tragen wir als Menschen eine besondere Verantwortung, weil die Prozesse entscheidenden Einfluss haben bezüglich des Wohlergehens der Erde", setzte Bert fort. „Wir bilden den Haushaltsvorstand, der für die Bewahrung allen Seins zuständig ist. Ich denke dabei an das griechische Wort für Haus, nämlich „oikos", welches die erste Hälfte liefert der Begriffe Ökonomie und Ökologie." „So gesehen ist Arbeit allgemeiner Dienst an einem Ganzen", meinte Till. „Wichtige Dienste sind insbesondere Erziehungsarbeit, Altenpflegearbeit, Politische Arbeit und Forstarbeit. Vieles in diesen Bereichen fällt nicht unter die klassische Erwerbsarbeit." „Hier gibt es erhebliche Defizite bezüglich der gesellschaftlichen Akzeptanz", ergänzte Bert. „Arbeit kann und sollte sinnstiftend sein. Das hat aber grundsätzlich nichts mit einer Bezahlung zu tun. Ich erwarte, dass wir als Gesellschaft mittelfristig sowohl ein bedingungsloses Grundeinkommen als auch ein an Bedingungen geknüpftes Einkommen, welches deutlich über dem Grundeinkommen liegt, anbieten sollten." „Voraussetzung ist sicherlich, dass eine überragende Mehrheit die so gewonnene Freiheit auf eine Weise nutzt, die dem Ganzen dient", warf Till ein. „Ich erinnere an Luther und sein Wort vom Christenmenschen, der niemandem und jedermann untertan sein solle. Das bedeutet nicht die Freiheit von Erwerbsarbeit sondern die Freiheit für ein Engagement im Sportverein oder im Hospiz. Dabei geht es mir nicht um Leistungsfeindlichkeit bezüglich der Ablehnung einer Steigerung des Bruttosozialprodukts oder des Wirtschaftswachstums. Auch eine Erwerbsarbeitsleistung kann verwirklichte Nächstenliebe sein, wenn sie dem Leben dient." „Ich bin prinzipiell ganz deiner Meinung", sagte Bert. „Allerdings halte ich den Spruch „Arbeit war sein Leben" als Teil einer Todesanzeige für eine Pervertierung. Zu einem gelungenen Leben gehört insbesondere der Sonntag. Für mich ist der Sonntag oder der Sabbat die Voraussetzung für wahres Leben und damit auch für ein gutes Arbeitsleben. Er ist der erste Tag der Woche und erinnert mich an mein grundsätzliches Angenommensein und an das Fest der Auferstehung." „Das kann man so stehenlassen", wiegte Till den Kopf, „aber für mich ist der Sonntag eher die Vollendung des Wochenweges, also ein Zeichen für das Angekommensein. Dafür spricht auch der Sonntag als siebter Tag der Schöpfung. So erscheint mir der Sonntag als Krönung der Arbeitswoche und als Relativierung mancher Mühsal." „Wenn ich mich im Sabbatmodus befinde, dann freue ich mich des Daseins", setzte Bert nach. „Und diese Freude ist Voraussetzung für gute Arbeit. Der Sonntag ist die Vollendung des Sabbatgebots, so wie Nächstenliebe die Vollendung der Zehn Gebote darstellt." „Vielleicht können wir uns darauf einigen, dass die Woche zum Reich der Welt gehört und der Sonntag vorweggenommener Himmel sein kann", entgegnete Till. „Da Himmel als Einssein mit Gott Anfang und Ende repräsentiert, müssen wir nicht länger erörtern, ob der Sonntag der erste oder der letzte Tag der Woche ist." „Das ist ein guter Kompromiss", freute sich Bert. „Ohnehin ist die Gestaltung des Sonntags wichtiger als sein Platz in der Woche. Entscheidend ist, dass ich mich am Sonntag ein Stück weit aus Raum und Zeit herausnehme und nicht das Leistungsprinzip der Woche übersetze in Freizeitstress." „Da bin ich ganz bei dir", meinte Till. „Wir sollten den Sonntag nicht zu hoch hängen, denn ansonsten laufen wir Gefahr, dass die große Erwartungshaltung die Erfahrung von Erfüllung verhindert. Überhaupt ist es eher unser Auftrag im Rahmen eines um eine theoretische Erörterung erweiterten Praktikumsberichts uns zu kümmern um die Organisation von Arbeit und nicht von Freizeit." „Ich interessiere mich mehr für die Führung eines Betriebes und Formen der Teilhabe als für die reine Organisation von Arbeit", sagte Bert. „Denn die Fremdbestimmung bei der täglichen Arbeit und die Unterwerfung unter die Anordnungen von Vorgesetzten und sogenannten Sachzwängen scheint mir teilweise einen optimalen Arbeitsprozess zu verhindern." „Manchmal geht es doch eher um das Produkt als um den Prozess", entgegnete Till. „Und das Produkt kann für viele lebenswichtig sein." „Ich will das nicht abstreiten", meinte Bert. „Aber dieser Ansatz darf nicht am Anfang einer Diskussion stehen. Der Arbeitsprozess als Produktionsfaktor muss gestärkt werden, da er gegenüber dem Kapital benachteiligt ist. So sollten in einem Betrieb Mitbestimmung und Mitverantwortung einen zentralen Wert darstellen. Fremdkapital führt zu einem klassischen Arbeitnehmerverhältnis mit vielen negativen Begleiterscheinungen wie zum Beispiel Eintönigkeit und Nichtverbundenheit. Wenn man dagegen als Arbeitender Eigenkapital einbringen kann, dann wächst die Bereitschaft Verantwortung zu übernehmen und so auch die Zufriedenheit." „Wenn ein Betrieb unverschuldet insolvent wird, zum Beispiel durch nicht bezahlte Rechnungen eines Großkunden, dann geht doch das Eigenkapital des braven Arbeiters verloren?" fragte Till. „Eine Insolvenz hat immer Verlierer", antwortete Bert. „Vielleicht kann man für solche Fälle eine Art Versicherung einrichten. Aber wichtig ist mir, dass niemand gezwungen wird, einen Arbeitsplatz mit Gesellschafterstatus zu übernehmen. Mit einer Wahlmöglichkeit gewinnen alle am Arbeitsprozess Beteiligten an Freiheit. Zudem wird durch ein solches Modell die Krisenfestigkeit eines Unternehmens erhöht. Denn ein Arbeitnehmer im Arbeitspartnerverhältnis wird eher bereit sein, vorübergehend auf einen Teil seines Lohns zu verzichten, wenn kein angemessener Ertrag generiert werden kann. Ich will jedenfalls am Ende des Praktikums eine kleine Arbeit zur partizipativen Führung eines Betriebes schreiben." „Da bin ich ganz gespannt", lächelte Till. „Und ich denke, dass wir beide ähnliche Ziele verfolgen. Denn die Optimierung von Arbeitsorganisation hat auch das Ziel, die Zufriedenheit des Arbeitnehmers zu erhöhen und damit auch den Prozess nachhaltiger zu gestalten. Zum Beispiel kann ich mir vorstellen, dass bestimmte Arbeitsplätze systematisch in einem Rotationsverfahren besetzt werden. So kann man Nahtstellen harmonisieren, da durch einen Wechsel der eine Arbeitnehmer sich besser in den anderen hineinversetzen kann. So eine Rotation könnte man im Rahmen einer Gruppe durchführen, die dadurch an Zusammenhalt und gegenseitigem Respekt gewinnt." „Für manche Arbeitenden könnte dieses Modell einen Leistungsdruck erzeugen, da die Anforderungen zumindest in die Breite gehen", warf Bert ein. „Zudem könnten einige die Verantwortung für die Gruppe als Belastung empfinden." „Selbstverständlich greift hier auch das Prinzip der Freiwilligkeit, was du für dein Modell in Anspruch genommen hast", lächelte Till. „Zudem kennt ein guter Personalchef seine Schäfchen und wird sie nicht überfordern. Unterforderung ist aber ebenso ein Feind der Leistung. Und deshalb kann man für viele auch den Umfang der Arbeitsinhalte vergrößern. Das kann auf horizontaler Ebene geschehen, wenn die Aufgaben auf vergleichbarem Qualifikationsniveau liegen. Die Erweiterung kann aber auch vertikal orientiert sein, wenn zum Beispiel größere Entscheidungsspielräume ermöglicht werden." „Ich bin überzeugt, dass du neue und attraktive Formen der Organisation von Arbeit finden wirst", lächelte Bert. „Und ich freue mich, dass wir beide auch das Betriebspraktikum zu unserer Sache machen können. Wenn wir uns auf die Erfahrungsprozesse konzentrieren, mache ich mir um das Produkt keine Sorgen."

Diese Einschätzung Berts erwies sich im nachbereitenden Begleitseminar zum Betriebspraktikum als zutreffend. Denn die Referate der beiden stießen auf echtes Interesse und wurden von der Seminarleiterin gelobt. Auch in zwei anderen Bereichen der Erziehungswissenschaft konnten Bert und Till an Gespräche in den vorangegangenen Semesterferien anknüpfen. Einerseits belegten sie ein Seminar zum Thema „Die vergessene Sprache der Träume". Dort konnten sie mit ihren Gedanken zur Sprache der Märchen und ihrer Bedeutung glänzen. Andererseits setzten sie ihr Gespräch über das Verhältnis von Arbeitswoche und Sonntag fort, indem sie das Seminar „Brauchen wir eine neue Freizeitmoral?" besuchten.

Im Fachbereich Theologie vertieften sich Bert und Till in die jüngste der drei abrahamitischen Religionen. Das Religionswissenschaftliche Hauptseminar hatte den Titel „Der Islam als theologische Anfrage". Beispielsweise beschäftigten sie sich mit der Behauptung islamischer Theologen, dass im sogenannten christlichen Abendland Hunde und Autos besser behandelt werden als Kinder und welches Licht das auf das Christentum beziehungsweise die Christen wirft. Zudem ging der Blick nach Osten. Bert und Till ließen sich über eine Übung in den Hinduismus einführen. Wenn sie sich über ihr zweites Unterrichtsfach unterhielten, so war der Tenor immer der gleiche. Till konnte sich kaum für die Inhalte seines Mathematikstudiums begeistern. Er hörte eine Vorlesung zur Algebra und bewältigte die zugehörigen Übungen eher mittelmäßig. Weiterhin hörte er zwei Vorlesungen zu Grundzügen der Graphentheorie und Kombinatorik und zu Grundzügen der Zahlentheorie. Beide Veranstaltungen musste er nicht mit gelösten Aufgaben unterfüttern. Anders verhielt es sich in dem Geometrieseminar. Die Teilnehmerschar war übersichtlich und mehrfach musste Till an die traditionelle Kreidetafel um Hausaufgaben zu präsentieren oder Ideen zu Fragestellungen in den Sitzungen. Da ihm die Geometrie noch am ehesten lag, gab es hier keine großen Schwierigkeiten. Bert dagegen schwärmte immer wieder neu von seinem Sportstudium. Im Schwerpunktfach Leichtathletik lernte er ausgiebig den Hürdenlauf kennen und sammelte auch Erfahrungen im Stabhochspringen. Natürlich verfeinerte er auch seine Techniken im Kugelstoßen und im Weitsprung und legte sich ein immenses Theoriewissen in Bezug auf diese Disziplinen zu. Das Schwerpunktfach Fußball war natürlich auch ein Selbstgänger. Alle Teilnehmer hatten Freude am Philosophieren in Sachen Fußball und zeigten zudem Eigenrealisationen auf hohem Niveau. Beide Schwerpunktfachprüfungen konnte Bert gut abschließen. Schließlich belegte er noch die Praktisch-methodische Veranstaltung Handball. Durch das parallele fußballerische und handballerische Bewegen und Bedenken konkretisierte sich seine Idee, Regeln von Sportspielen zu vergleichen, ihre mögliche Entwicklung zu analysieren und durch daran angepasste Trainings- und Unterrichtsmethoden das Niveau zu erhöhen. Glücklicherweise ließ sich Till ein wenig von Berts Begeisterung anstecken und so konnten beide mit dem bisher Erfahrenen zufrieden sein.

Gedacht wird, damit es nicht hereinregnet

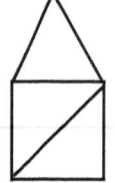

Für die Sommerferien vor dem siebten Semester hatten sich Bert und Till einen gemeinsamen Heimaturlaub vorgenommen. Dieser sollte sie von ihrer Wohnung in Harburg aus zu den Stätten ihrer Kindheit und Jugend führen und wieder zurück. Dabei wollten sie das Norddeutsche Tiefland zwischen Elbe und Weser und insbesondere die Lüneburger Heide durchradeln, bewandern und auf dem Fluss erobern. Sie hatten sich einen genauen Plan gemacht, der auch einen sportlichen Anspruch hatte. In erster Linie aber ging es den beiden um die Erfahrung von Heimat und die Betrachtung der Bedeutung derselben für sie. Bert und Till hatten nicht nur einzelne Stationen festgelegt. Vielmehr stellte jeweils einer von ihnen Hintergrundinformationen über die einzelnen Gebiete und Sehenswürdigkeiten zusammen. Außerdem wählten sie für jeden der geplanten sechs Reisetage drei besondere Orte aus, an denen sie ein passendes, selbst verfasstes Gedicht aufsagen wollten. Dieser Anspruch erwies sich in der Vorbereitung allerdings als etwas hoch. So brachte es Till auf lediglich zwei Gedichte. Bert sprang aber locker in die Bresche, indem er versprach, für alle fehlenden sechzehn Orte ein Haiku beizusteuern. „Haikus sind einfach und elementar", meinte Bert, „sie bestehen aus siebzehn Silben, die auf drei Zeilen verteilt sind. Und dabei sind die Portionen eindeutig festgelegt. Die erste Zeile hat fünf Silben, die zweite sieben und die dritte wieder fünf." „Das ist ja eine runde Sache", entgegnete Till. „Einerseits sehe ich einen symmetrischen Aufbau und andererseits erkenne ich den Reifezyklus der Hobbits wieder." „Die Anspielung auf das Universum Tolkiens gefällt mir", lächelte Bert. „Denn auch die Haikus stammen aus einer anderen Welt. Und zwar sind sie dem Buddhismus entsprungen. Auch der Sprachraum ist ein anderer. So müsste man eigentlich von siebzehn Moren sprechen. Moren sind so etwas wie Aushauchungen und natürlich nicht direkt mit Silben zu übersetzen. Aber die klassische Übertragung ins Deutsche besteht eben aus siebzehn Silben. Wichtiger dabei ist jedoch der Anspruch der traditionellen Haikus eine Naturerfahrung auszudrücken." Die Etappen ihrer Bildungsreisewoche verteilten Bert und Till auf sechs aktive Tage. An einem siebten Tag wollten sie ausruhen und die Erfahrungen Revue passieren lassen. Das sollte auch mit Hilfe von Fotos gelingen, welche sie zu einem bebilderten Reisebericht verdichten wollten.

Und kaum waren die beiden mit den Reisevorbereitungen fertig, da begann die Heide zu blühen. So schwangen sie sich auf das Fahrrad mit gepackten Satteltaschen und fuhren Richtung Südwesten aus Harburg hinaus. Zunächst durchfuhren sie die Harburger Berge und wunderten sich, wie wellig eine Gegend sein kann, deren höchste Erhebung lediglich 155 Meter misst. Auf ihrem Weg kamen Bert und Till dann durch Eversen und Appel und Appelbeck am See, dessen Wasser in die Este fließt, welche der Heide entspringt und in die Elbe mündet. Und weiter ging es durch Hollenstedt, Dierstorf, Drestedt und Trelde nach Sprötze zum Bahnhof. Dort schlossen sie ihre Räder an und marschierten unter den Gleisen hindurch Richtung Brunsberg. Till hatte sich über die Geschichte der Heide informiert, und während sie langsam bergan stiegen, erzählte er. „Vor dreihundert Jahrtausenden schoben sich Gletscher aus Skandinavien ins Norddeutsche Tiefland. Dabei formten sie das Bodenrelief. Nach ihrem Abgang hinterließen sie Gesteinsblöcke und einen sandigen Boden. Dieser Abgang ist ungefähr zwanzig Jahrtausende her. Zunächst entstand eine Steppenlandschaft und später siedelten sich Bäume, vornehmlich Eichen, an. Um das Jahr 800 begannen dann Bauern die Laubwälder zu lichten und durch Rodungen Ackerflächen zu ermöglichen. Darauf verweist der Ortsname Walsrode, der im Laufe der Zeit einen Konsonanten verloren hat. Aufgrund des sandigen Bodens konnten allerdings keine guten Erträge erzielt werden und so konzentrierte man sich auf Viehzucht. Das Vieh nahm im Wald Eicheln und Bucheckern auf und verbiss aber auch junge Bäume. So ging der Waldbestand immer weiter zurück. Dazu trug auch der Holzbedarf bei, den die Lüneburger bei ihrer Salzgewinnung entwickelten. Es gab zwar Versuche insbesondere der Obrigkeiten, dieser Entwicklung Einhalt zu gebieten, um weiterhin der Jagd nachgehen zu können. Aber trotzdem entstanden zunächst riesige Flächen mit Heide und Wacholder. Die um ihre Existenz kämpfenden Bauern reagierten darauf, indem sie die sogenannten Heidschnucken züchteten, die von Mufflonschafen aus dem Mittelmeerraum abstammten. Diese fraßen neben Heide auch alles, was sich aus dem Boden hervorwagte, so dass Bäume keine Chance hatten. Im Winter brauchten die Schnucken Einstreu in den Ställen. Dafür nutzten die Bauern Heide, die sie abplaggten. Die mit Schnuckenausscheidungen angereicherte Heide wurde dann im Frühjahr auf den Acker gebracht, der so bedüngt etwas mehr hergab. Allerdings wurde im Laufe der Zeit mehr Heide geplaggt als nachwachsen konnte. Das geschah auch aufgrund des Bevölkerungszustroms im Zuge des Dreißigjährigen Kriegs. So schrumpften die Schnuckenherden, was dann wieder zu einer Bewaldung führte. Diese Entwicklung kam einem erneut steigenden Holzbedarf entgegen, der durch die beginnende industrielle Revolution verstärkt wurde. Dabei setzte man auf schnell wachsende Hölzer, vornehmlich auf Kiefern. So hat Hermann Löns später Abschnitte der Lüneburger Heide etwas despektierlich als Stangenacker bezeichnet. Als das Ende der Heidelandschaft schon besiegelt schien, trat ein Journalist aus Hannover auf den Plan, nämlich der eben genannte Hermann Löns. Dieser spürte die Kraftquelle der Heide, die einen Kontrapunkt setzte zu der Hektik des beginnenden zwanzigsten Jahrhunderts. Für Löns war die Heide Heimat als Rückzugs- und Besinnungsort. Dieser Ansatz gewann Anhänger. Aber wieder drohte eine Übertreibung. Es sollten nämlich im Totengrund, einem Kernbereich der Heide, Wochenendhäuser entstehen. Dieses verhinderte der Egestorfer Pastor Wilhelm Bode. Durch eine Geldspende und das Engagement eines Vereins konnte zunächst eine Fläche rund um den Totengrund gekauft werden. Diese Keimzelle eines Naturschutzparks wurde dann vergrößert durch die Überlassung von Wäldern durch Staat und Kloster." „Das ist ja eine sehr wechselvolle Geschichte, die du erzählt hast", sagte Bert. „Ich bin sehr beeindruckt. Und ich kann mir die Bauern vorstellen, die dem kargen Boden ein bescheidenes Leben abgerungen haben. Die mussten sich an die Gegebenheiten anpassen und sich mit ihrer Scholle verbinden um zu überleben. Deshalb spricht das Niedersachsenlied wohl auch von den erdverwachsenen Niedersachsen." „Nach einer alten Weisheit formt zunächst eine Landschaft die in ihr lebenden Menschen", ergänzte Till. „Wenn diese dann sich weiter entwickeln, dann können sie umgekehrt die Landschaft formen." „Wobei manche Weiterentwicklung wohl den positiv klingenden Namen nicht verdient", wendete Bert ein. „Ich stimme dir zu", nickte Till. „Zumindest aus unserer heutigen Perspektive ist zum Beispiel eine Abholzung problematisch. Aber wenn es um Leben und Tod geht, dann stellen sich keine Naturschutzfragen. Und für die Bewohner der dünn besiedelten Heideflächen ging es jahrhundertelang ums Überleben. Und so führte der karge Boden zu wortkargen Bewohnern. Aber sie hielten zusammen, sicherlich auch aus der Not heraus." Inzwischen waren Bert und Till auf dem Brunsberg angekommen und sahen vor sich eine riesige wellige Heidefläche und die Sonne, die im Südosten stand. „Nun bin ich gespannt auf das erste Haiku", freute sich Till. Und Bert ließ sich nicht lange bitten. Er holte mit einem Arm aus, wies auf den hinter ihnen liegenden Sprötzer Bahnhof, und machte dann eine weite Bewegung in Richtung der Heide.

„Aus der Verdichtung
weitet die Höhe den Blick -
über Weg und Ziel."

Till wusste zunächst nicht so recht, was er sagen sollte. Schließlich meinte er: „Das Haiku genügt dem formalen Anspruch, den du geschildert hast. Und die geforderte Naturerfahrung ist für mich auch nachvollziehbar. Zudem ist das Haiku wirklich elementar." „Ich hoffe doch, dass das ein Kompliment ist", lachte Bert. „Ich habe ja keine großartigen Weisheiten versprochen." „Ich muss mich wohl erst hineinfinden in diese Gedichtform", meinte Till. „Die Sache mit der Verdichtung wird mir nun erst klar. Einerseits geht es bei Sprötze um verdichtete Besiedelung und beim Bahnhof um verdichtete Bewegung und andererseits geht es bei einem Gedicht um verdichtete Erfahrung." „So sieht das aus", nickte Bert. „Und erkennst du auch Weg und Ziel?" „Ein klassisches Ziel kann ich vor lauter Bäumen am Rand der Heidefläche nicht erkennen", sagte Till. „Daher kann wohl nur der Weg das Ziel sein." „Auf jeden Fall", stimmte Bert zu. „Aber hinter den Bäumen liegt das Busenbachtal. Und das ist unser nächstes Ziel." Und so wandten die beiden sich nach Süden und kamen einige Zeit später am oberen Ende des Busenbachtals aus dem Wald. Fasziniert sahen sie, wie aus einer Pfütze ein Rinnsal sich wandt, immer wieder in der Erde verschwand, um sich dann zu einem kleinen Bachlauf zu erweitern. Immer wieder verloren Bert und Till die Spur des Wassers, suchten dann und kamen so in den unteren Bereich des Tals an einen Steg über den schmalen Wasserlauf. Dort baute sich Bert auf und sprach:

„Nicht der kurze Weg
führt den Wanderer zum Ziel -
der Bach windet sich."

„Schön!" sagte Till. „Und die Botschaft ist klar. Der Bach steht für den Lebenslauf. Wenn man zum Beispiel lediglich zwei Punktmessungen vornimmt, um das Leben eines Menschen zu beschreiben, dann wird man diesem nicht gerecht. Der Mensch ist die Summe seiner Erfahrungen und diese lassen sich einerseits schwerlich messen und andererseits liegen sie keineswegs auf einer Linie. Wenn man also sein Potential voll entfalten will, dann muss man den geraden Weg verlassen." Bert nickte und meinte: „Zur vollen Entfaltung gehört auch ein regelmäßiges Auffüllen der körpereigenen Reserven. Ich freue mich auf das Mittagessen in Handeloh." Und so setzten sich die beiden wieder in Gang und wandten sich der Sonne entgegen. Beim Essen nahm Bert den Vortrag Tills über die Geschichte der Heidelandschaft auf. „Du hast ja heute Morgen schön erklärt, dass die Heide zunächst über einen langen Zeitraum der Erdgeschichte als Naturraum entstand, was wir noch heute an Steinen erkennen können, die aus Skandinavien stammen. Bezüglich der jüngeren Vergangenheit kann man aber wohl kaum von einem Naturraum sprechen, weil der Mensch entscheidend eingegriffen hat." „Die Heide ist eindeutig eine Kulturlandschaft", entgegnete Till. „Das sollte man aber nicht als Abwertung verstehen. Der Mensch selbst hat ja auch eine natürliche Basis, die er im Laufe der Zeit kulturell überformt. Wenn ein Mensch von sich sagt, dass er sich ausgeglichen fühle und in sich ruhe, dann meint er wohl eine gute Balance zwischen Körperlichem und Seelisch-Geistigem. Ein Mensch fühlt sich wohl in seiner Haut, wenn er sich gut ernährt, sich bewegt, Kontakte pflegt und auch geistige Nahrung aufnimmt." „Und das gilt auch für die Mitwelt von Menschen", fiel Bert ihm ins Wort. „Man muss versuchen der Mitwelt gerecht zu werden, sie also gemäß ihrer Bedürfnisse zu ernähren. Für die Heidelandschaft bedeutet das den Einsatz von Heidschnucken und das Plaggen und Neuansetzen, wenn die Heide überaltert ist. Weiterhin muss der Mensch mit der Mitwelt in Interaktion und Beziehung treten und sie auch in seine Gedanken aufnehmen." „Wenn das gelingt, dann entsteht ein Heimatgefühl", übernahm Till wieder das Wort. „Träger eines solchen Gefühls kann ein Naturraum oder ein Kulturraum sein." „Ich würde den Heimatbegriff nicht so sehr an einen Raum hängen", gab Bert zu bedenken. „Zum Beispiel kann man sich auch in einer Sprache heimisch fühlen." „Da stimme ich dir natürlich zu", meinte Till. „Man spricht aber auch von einem Sprachraum. Dennoch will ich den Begriff des Raums auch im übertragenen

Sinne verstanden wissen. Heimat als sozialer Raum umfasst zum Beispiel Nachbarschaft, Bekanntschaft und Freundschaft." „Wenn man Heimat im Sinne eines Heimatraums versteht, dann wird Heimat zu einem Symbol", bestätigte Bert die Gedanken Tills. „Es steht dann zum Beispiel für Vertrautheit." „Heimat beschreibt Beziehungen von Menschen zu einem konkreten Raum, zu einer Geschichte, zu einer Kultur oder Tradition", sagte Till. „Und diese Beziehungen entwickeln sich im Laufe einer Sozialisation. Heimat ist die Basis der Ausbildung von Identität, Charakter, Mentalität, Einstellung und Weltauffassung." „Heimat gibt Sicherheit, Verlässlichkeit, Vertrauen und Abschätzbarkeit", ergänzte Bert. „Und Heimat ist das Gegenteil von Fremdheit und Entfremdung." „Auf jeden Fall ist Heimat mehr als Herkunft", sagte Till. „Denn Heimat entsteht nicht als Produkt von Zeugung in einem wie auch immer gearteten Raum sondern als Prozess der Aneignung. Ohne diesen Prozess fühlt man sich nicht wirklich heimisch. Je länger ein Erfahrungsprozess in einer bestimmten Mitwelt dauert, desto dichter wird das Netz neuronaler Strukturen." „Mit dieser druckreifen Aussage hast du einen schönen Bogen geschlagen zurück zum konkreten Raum und zur Körperlichkeit", nickte Bert anerkennend. „Denn genau so erweitern wir als Sportler ja auch unseren motorischen Horizont. Wir machen vielfältige Bewegungserfahrungen und speichern diese dann neuronal ab. Das gibt uns die Möglichkeit auch für besondere Herausforderungen Lösungen zu finden. Auf geht´s zu neuen Ufern!" Und so starteten die beiden nach der Mittagspause wieder und verließen Handeloh zunächst Richtung Süden und wandten sich dann nach Osten, bis sie auf das Flüsschen Seeve stießen. Flussaufwärts folgten sie der Seeve und kamen so wieder in ein Waldgebiet. Der schmale Weg führte sie manchmal einige Meter über das Flussbett und dann wieder fast auf Wasserhöhe. Viele schöne und heimelige Windungen gingen sie entlang und Till hielt Ausschau nach einem besonders einladenden Plätzchen, an welchem er sein erstes Gedicht vortragen wollte. Schließlich hob er die Hand und bedeutete Bert innezuhalten. „Mein Gedicht handelt von einem Zauberbach", sagte Till und sprach dann mit besonders klarer Stimme:

„Zum Bache hin der Weg
hat keine feste Richtung;
ist nur ein schmaler Steg,
und ohne große Lichtung.

Am Rand des Baches dann
gibt's kaum 'ne klare Zeile;
doch setz' dich ruhig 'ran
und warte eine Weile.

Gewiss brauchst du Geduld,
der Zauber liegt nicht offen;
ist nicht des Baches Schuld,
du musst beständig hoffen.

Dann nimmt der Bach sie mit,
die tausendfach' Gedanken
mit einem wilden Ritt,
doch komm' sie nicht ins Wanken.

Du bist nun ihrer frei
und kannst jetzt wieder springen;
doch denk' nicht: „Einerlei!",
sonst hörst du sie nicht klingen.

Vom Bach ins Meer der Zeit -
Gedanken fließen gerne;
so wird aus Herzeleid
geläutert Lied der Ferne.

Jetzt achte auf den Takt,
wenn Regen leise klopfet;
sei mit der Welt im Pakt,
vertreib', was Ohr'n verstopfet."

Bert hatte andächtig gelauscht und nahm nun seinen Freund in den Arm. Dann sagte er: „Das war wunderschön. Lass' uns langsam weitergehen, dann kann das Gedicht noch in uns nachklingen." Und so wanderten sie weiter an der Seeve entlang bis nach Wehlen. Von dort führte ihr Weg nach Wesel, wo sich eine Haltestelle des sogenannten Heide-Shuttle befand. Der Bus brachte sie zurück zu ihren Fahrrädern am Sprötzer Bahnhof. Von dort radelten sie über Kakensdorf nach Bötersheim und weiter über Gehege, Heidenau und Kalbe nach Sittensen. Dort wartete im Elternhaus von Till ein reichhaltiges Abendbrot auf sie, welches sie mit einem Bier abrundeten, bei dem sie Tills Eltern von ihren Erfahrungen berichteten. Beseelt fielen sie ins Jugend- beziehungsweise Gästebett und schliefen schnell ein.

Durch den Wald aufs Dach der Heide

Nach einem ausgiebigen Frühstück in Tills Elternhaus setzten sich Bert und Till wieder auf ihre Räder und wandten sich Richtung Osten an Burgsittensen vorbei, über Stemmen, Lauenbrück, Riepe, Stell, Königsmoor und Dreihausen nach Otter. Kurz vor Otter meisterten sie dabei den 101 Meter hohen Otterberg. Dann ging es weiter über Kampen und Höckel nach Handeloh, wo sie am Vortag zu Mittag aßen. Schließlich fuhren sie über Inzmühlen, Wesel und Undeloh nach Ehrhorn. Dort besuchten sie das Walderlebniszentrum und nutzten die Chance einer kleinen Führung. Während dieser wurde ihnen nahegebracht das Thema des Wechselbezugs von Klima, Boden, Pflanzen und Tieren. Dieser

Zusammenhang wurde ihnen zudem auf einem Rundgang erläutert, auf dem sie auch den Ameisenlöwen kennenlernten, der die letzten Sanddünen in der Heide besiedelt und ansonsten in der Sahara lebt. Anschließend nutzten sie noch kurz die Räder, um nach Niederhaverbeck zu gelangen, wo sie dieselben abstellten. Weiter ging es zu Fuß Richtung Osten. Schon nach kurzer Zeit erreichten sie einen Steg über die unweit entspringende Haverbeeke, die schon knapp zwei Kilometer später sich in die junge Wümme ergießt, die dort ebenfalls lediglich ungefähr zwei Kilometer von ihrer südlich liegenden Quelle zurückgelegt hat. An diesem Steg hielt Till inne und sagte mit leicht feierlicher Stimme: „Hier soll der Ort sein, an dem ich mein zweites Gedicht vortrage. Es trägt den Titel Lebensweg." Bert trat einen Schritt vom Pfad weg und lauschte andächtig. Till hob an:

„Auf dem Weg
ist gut gezielt.
Überleg:
Wer hetzt, der stiehlt!

Stehe! Sinne!
Verliere dich nicht!
All gewinne!
Schau' das Licht!

Öffne die Hände!
Spüre Wolken und Luft!
Zieh keine Wände!
Sei frei für jeden Duft!

Seelenflügel streichen
über heimatlich' Gefild'.
Dissonanzen weichen,
die Urmutter lächelt mild.

Sie zupft die Saite
mit dem ewigen Klang,
zeigt dir die Weite
und küsst dir zart die Wang'.

Fühlst du Sehnsucht
nach heiligem Land?
Lockt dich die Bucht
mit weißem Sand?

Schmaler Steg
für den, der schwebt.
Auf dem Weg
da wird gelebt."

„Mensch, Till, du bist ein echtes Talent!" zeigte sich Bert begeistert. „Einerseits bevorzugst du den klaren Reim und andererseits haben deine Worte eine ungeheure Tiefe. Mir wird gerade klar, dass die Verbindung von Mathematik und Theologie sehr befruchtend sein muss." „Du meinst sicherlich die beiden Pole der Geisteswissenschaften", entgegnete Till, „nämlich das formal saubere Arbeiten und die gedankliche Freiheit." „Du sagst es", nickte Bert, „und natürlich sagst du es viel genauer als ich es hätte machen können." „Jetzt übertreibst du", lächelte Till. „Und ich erkenne wohl, dass in dieser Übertreibung ein Augenzwinkern steckt. Aber selbst wenn in manchem Mathematiker ein Formalist steckt und in manchem Waldorfabsolventen ein phantastischer Chaot, so weiß ich uns doch sowohl bezüglich des geistigen Auges als auch in Bezug auf Herzenstiefe auf einer Stufe." Bert nahm Till in den Arm und sagte: „Du bist mein Freund." Im Gefühl tiefer Verbundenheit mit sich und der Welt gingen die beiden weiter Richtung Osten dem Totengrund entgegen. Dabei durchschritten sie zunächst ein Waldstück und wanderten dann an einem Wald entlang. Bert nutzte die Gelegenheit und erzählte vom Wald und seiner Bedeutung. „Fast ein Viertel von Niedersachsen ist von Wald bedeckt. Dieser beinhaltet beinahe drei Milliarden Bäume. Je nach Alter und Größe hat ein Baum viele tausend Blätter, die als biologische Solarzellen arbeiten und entscheidenden Einfluss haben auf die Bindung von teilweise mehreren Tonnen Kohlendioxid durch die Produktion von Rinde, Stamm, Zweigen und neuen Blättern. Gleichzeitig gibt so ein Baum fast so viel Sauerstoff ab, wie er Kohlendioxid aufnimmt. Eine ausgewachsene Eiche kann auf diese Weise ein Dutzend Menschen mit Sauerstoff versorgen. Zudem kann der Wald auch an heißen Tagen uns Menschen und andere Lebewesen mit angenehmer Kühle versorgen. Denn über die Wurzeln saugen die Bäume täglich teilweise über hundert Liter Wasser aus dem Boden und schwitzen dieses zu einem großen Teil über die Blätter wieder aus, so dass der Effekt einer Klimaanlage entsteht. Weiterhin haben Bäume die Qualität eines Staubsaugers. Denn sie filtern Staub und auch Schadstoffe aus der Luft." „Der Ent Baumbart hätte seine Freude an deinem Vortrag", unterbrach ihn Till. „Du lobst seine Schützlinge in höchsten Tönen. Aber ich habe eine kleine kritische Nachfrage. Wenn ein Baum stirbt, dann gibt er doch beim Verwesungsprozess die gleiche Menge Kohlendioxid ab, die er vorher in der Biomasse eingelagert hat?" „Das ist absolut richtig", nickte Bert. „Das macht Holz zu einem sogenannten kohlendioxidneutralen Energieträger. Streng genommen könnte man ähnliches auch über Erdöl sagen, denn fossile Brennstoffe basieren doch ebenfalls auf eingelagerten organischen Kohlenstoffverbindungen. Allerdings wird bei dieser Aussage der Faktor Zeit außer acht gelassen. Es macht aber für die Atmosphäre und für die Biosphäre einen erheblichen Unterschied, ob die genannten Umwandlungsprozesse zeitlich ausbalanciert sind oder ob über einen kurzen Zeitraum Kohlendioxid freigesetzt wird, was zuvor in Millionen von Jahren eingelagert wurde. Und die Bedeutung von Wald geht noch über die genannten Aspekte hinaus. Wald verhindert Erosion. Das gilt auch im übertragenen Sinne. Denn nicht nur der Boden wird zusammengehalten sondern auch der Mensch. Und damit meine ich nicht nur die Sauerstoffproduktion sondern auch eine seelische Dimension der Gesunderhaltung. Wald hat eine enorme Erholungsfunktion. Erich Kästner hat das folgendermaßen ausgedrückt: „Die Seele wird vom Pflastertreten krumm. Mit Bäumen kann man wie mit Brüdern reden und tauscht bei ihnen seine Seele um." Es gibt also viele Gründe uns um den Wald zu kümmern. Und das müssen wir, denn wir machen ihm teilweise das Leben schwer. Zum Beispiel entzieht die Stadt Hamburg der Lüneburger Heide Wasser, so dass der Grundwasserspiegel sinkt. Den Lichtkegel Hamburgs kann man übrigens in vielen Nächten von Lichtungen oder Erhöhungen aus gut sehen. Zudem ist schon etliche Male von unvorsichtigen Waldbesuchern ein Brand ausgelöst worden. Und auch Wildverbiss ist eine wesentliche Gefahr für den Wald in der Lüneburger Heide. Man muss sich vor Augen führen, dass es sich um eine Kulturlandschaft handelt. Für den Erhalt einer solchen braucht man auch Jäger. Und die Heidschnucken müssen durch Schäfer und ihre Hunde immer wieder an ihren Auftrag erinnert werden sich nur um die Heideflächen zu kümmern. Schließlich kann man auch durch den Aufbau und die Zusammensetzung des Waldes seine Widerstandskraft erhöhen. Laub- und Mischwälder sind für viele Gefahren weniger anfällig und ökologisch und ökonomisch werthaltiger als ein von Hermann Löns so genannter Stangenacker." Inzwischen hatten sie den Aussichtspunkt am Rande des Totengrunds erreicht. Gebannt schauten sie in den Kessel, der eine ganz besondere Ruhe ausstrahlte. Es war kein Laut zu hören und kein Tier zu sehen. Zudem war diese Senke trocken. Es war kein Wasser selbst an der tiefsten Stelle zu sehen, obwohl man das eigentlich erwarten sollte bei einem Tal ohne Öffnung für einen möglichen Abfluss. Diese Erfahrung wählte Bert als Grundlage für sein Haiku:

„Wasserlosigkeit,
das Merkmal des Totengrunds -
doch Pflanzen leben."

„Anscheinend ist der Grund porös", meinte Till, „und es fehlen ihm Lehm- und Tonschichten um Wasser halten zu können. Vielleicht funktioniert er auch wie ein Schwamm um den Pflanzen beim Speichern des Wassers zu helfen. Auf jeden Fall hast du den Totengrund mit deinem Haiku gut getroffen." „Danke", entgegnete Bert, „und nun wird es Zeit, dass auch wir unsere Speicher auffüllen. In einer knappen halben Stunde können wir in Wilsede sein und zu Mittag essen." Der Plan wurde umgesetzt und auf die rustikale Mahlzeit folgte noch ein Bier. Danach wandten die beiden sich nach Westen und hatten schon nach kurzer Zeit den Wilseder Berg erklommen, der zusammen mit Zeven und Gauß sich auf dem Zehnmarkschein befand. Natürlich wird an Gauß und seine Vermessungen auf dem Berg erinnert. Aber Bert hatte sich für Till einen anderen mathematischen Ansatz überlegt. „Welche Wurzel kann ich aus dem Wilseder Berg ziehen?" fragte er. Till sah ihn zunächst etwas irritiert an und überlegte dann laut: „Um Wurzeln des Heidekrauts wird es dir wohl nicht gehen." Und nach einer kurzen Pause fragte Till: „Wie hoch ist eigentlich der Wilseder Berg?" „Du hast es", lächelte Bert. „Es handelt sich um ein klassisches Quadrat." „Die Ziehung trifft eben immer den dreizehnten", nickte Till, „wie wir an Thorin Eichenschild sahen." Bert breitete daraufhin die Arme aus und sprach:

„Höchste Erhebung
in dem Norddeutschen Tiefland -
weit schweift unser Blick."

Ohne weitere Worte ließen Bert und Till den eindrucksvollen Rundumblick auf sich wirken. Nach einiger Zeit verließen sie dann die Bergkuppe und folgten dem Wanderweg Richtung

Fürstengrab. Dort angekommen bestiegen sie den Aussichtsturm und genossen noch einmal einen weiten Blick. Schließlich steuerten sie Niederhaverbeck an und bestiegen dort ihre Räder. Mit diesen bewegten sie sich nach Schneverdingen und fuhren weiter über Haswede, Fintel, Ostervesede und Westervesede nach Bartelsdorf. Dort bogen sie nach Norden ab um einen alten Eichensteg durch das Urstromtal des Flusses Veerse nutzen zu können, der schon seit Jahrhunderten als Möglichkeit genutzt wurde trockenen Fußes den sonntäglichen Kirchgang nach Scheeßel und zurück bewältigen zu können. Am südlichen Rand Scheeßels wandten sich die beiden dann nach Westen und fuhren an der Scheeßeler Mühle vorbei nach Jeersdorf. Von dort führte sie ihr Heimweg nach Sittensen in nördlicher Richtung über Helvesiek und Hamersen.

Das Wasser findet seinen Weg und wird gefunden

Am dritten Reisetag wollten Bert und Till im wahrsten Sinne des Wortes etwas kürzer treten. So stand auf dem Plan die Erkundung des näheren Umkreises der Heimatgemeinde Tills. Gleich nach dem Frühstück machten sie sich mit ihren Fahrrädern auf den Weg nach Norden und fuhren über Lengenbostel und Freetz hinein in den Thörenwald. Diesen durchquerten sie in nördlicher Richtung und verließen ihn dort, wo alljährlich das Osterfeuer Ramshausens brennt. Dann wandten sie sich an das Flüsschen Ramme und hielten am Vereinsheim des Bates' Motel. Dabei handelt es sich auf den ersten Blick um einen einfachen Schuppen. Aber Till zog einen Schlüssel aus der Tasche und sie betraten das Gebäude, welches zwei Räume mit Küchenzeile und einer soliden unterhaltungselektronischen Ausstattung beinhaltete. Till nahm zwei isotonische Erfrischungsgetränke aus dem Kühlschrank und notierte die Entnahme in einer Mappe. Als sie es sich auf der Terrasse gemütlich gemacht hatten, lüftete Till das kleine Geheimnis um diesen Schuppen. „Ich bin seit einigen Jahren Mitglied im sogenannten Bates´ Motel und wir sitzen hier vor unserem Vereinsheim. Angelehnt ist der Name an Hitchcocks „Psycho". Ein Stück weit sind wir indirekt hervorgegangen aus der Jugend der evangelischen Kirchengemeinde. Es gab nämlich eine Zeit, zu der wir frisch Konfirmierten jeden Sonntagabend in die Kirche zu einer Andacht gingen. Und mit uns taten das auch etliche ältere Jugendliche, so dass sich regelmäßig ungefähr zweihundert junge Leute versammelten. Das lag in erster Linie an mehreren besonderen Persönlichkeiten, die eine gute Jugendarbeit organisierten. Insbesondere lag es an einem Diakon, der für uns damals die Funktion von Jesus für die Jünger hatte. Der fuhr in den Sommerferien mit einer Riesenmeute auf Jugendfreizeiten. Gerne erinnere ich mich an zwei Aufenthalte in Norwegen. Das war eine schöne Zeit und eine wichtige Stütze auf dem Weg durch die Höhen und Tiefen der Zeit vor dem Erwachsensein. Aber jede schöne Phase findet ihr Ende. Und dieses Ende war relativ unglücklich. Und das meine ich in Bezug auf die Entstehung und das Ergebnis. Eines Tages wurde eine Pastorenstelle neu besetzt und der Kirchenvorstand entschied sich etwas überraschend für einen Kandidaten, der zuvor eine psychiatrische Klinik geleitet hatte und außerdem geschieden war. Das ging zunächst gut. Als aber Gräben aufbrachen zwischen diesem neuen Pastoren und dem etablierten, der die konservative Mehrheit der Gemeindemitglieder insbesondere ansprach, wurde die Atmosphäre ungemütlicher. Und als sich der Diakon auf die Seite des Neuen stellte, wurde mehr gegeneinander als miteinander gearbeitet. So sah sich der Kirchenvorstand genötigt, die Reißleine zu ziehen und alle drei quasi zu entlassen. Das bedeutete also eine jeweilige Versetzung und Neubesetzungen, die eher traditionell ausfielen. Uns als Jugendlichen fehlte nun die zentrale Orientierungsfigur und die Breite der jungen Leute, die sich gut angesprochen fühlten, ging verloren. So fühlten wir uns nicht mehr so richtig heimisch und suchten unausgesprochen eine neue Heimat. Das bedeutete keineswegs einen Abschied von den Ideen und Idealen, die wir in der evangelischen Jugend kennengelernt hatten. Eher ging es um eine Neuaufrichtung dieser Ansätze an anderem Ort. Und da kam es gelegen, dass der Ramshausener Turnvater drei Söhne hatte, die ebenfalls zu der christlichen Jugendgruppe gehörten. Außerdem hatte er einen Stall, der nur zur Hälfte von Schafen genutzt wurde. Und so wurde die andere Hälfte zu einem Fetenschuppen ausgebaut und es wurde ein Verein gegründet, der im Kern aus knapp zwei Dutzend Mitgliedern besteht und bei vielen Veranstaltungen um einen großen Freundeskreis sich erweitert. Zum Beispiel richten wir alternative Olympische Spiele aus und sammeln in und um Ramshausen vor Ostern Holzschnitt, welchen wir dann als Osterfeuer verbrennen. Dabei organisieren wir einen kleinen Ausschank für die Dorfbevölkerung. Zwar sind viele von uns in der Welt unterwegs, aber zu bestimmten Anlässen treffen wir uns. Eine Kernzeit ist die Jahreswechselzeit. Außerdem sitzen regelmäßig etliche von uns beim sonntäglichen Kaffee zusammen." „Dann bilden deine Vereinskameraden neben den Sittenser Volleyballern eine weitere familiäre Struktur für dich", stellte Bert fest. „Beide Gruppierungen gehören für mich zu meiner Heimat", bestätigte Till. „Und Heimat verstehe ich ganzheitlich. Hier auf dem Dorf ist die Welt nicht nur in Ordnung sondern auch übersichtlich und durch vielfältige Verknüpfungen gekennzeichnet. Die Ramme, die hier am Vereinsheim entlang fließt, mündet ungefähr sieben Kilometer südlich in die Oste. Wenn man sich von dort zwei Kilometer nach Osten begibt, steht man vor meinem Elternhaus, das ganz in der Nähe der Oste sich befindet. Und zwischen Rammemündung und Elternhaus stand früher direkt am Fluss eine Burg, die Karl der Große errichten ließ. Karl war es, der durch die Unterwerfung der Sachsen und eine Zwangschristianisierung mitverantwortlich war für einen Bevölkerungsdruck, der zur Rodung von Laubwäldern und damit zur Entstehung der Lüneburger Heide führte. Weiterhin sind die Mitglieder der Bates´- und der Volleyballfamilie überwiegend zur gleichen Schule im gleichen Bus gefahren und haben dort beim gleichen Lehrer das Volleyballspiel kennengelernt, bevor sie dann bei entsprechendem Talent in den Verein eintraten." „Jetzt springst du aber ein bisschen durch Raum und Zeit", lächelte Bert. „Das ist ein gutes Stichwort", sagte Till, indem er aufstand. „Lass´ uns weiter in die Heimatwelt springen. Es gibt noch viel zu erfahren." Und so griffen sie sich ihre Räder und fuhren weiter über Wohnste, Vierden und Klein-Meckelsen nach Kuhmühlen, wo sie kurz innehielten. „Hier speiste früher der Kuhbach eine Mühle", wies Till auf ein altes Gebäude in neuem Gewand. „Später lebte hier eine alternative Discoszene. Ich erinnere mich an Richie Havens und Led Zeppelin. Heute kann man hier gepflegt essen und trinken." Weiter wandten Bert und Till sich nach Süden, bis sie auf die Mündung des Kuhbachs in die Oste stießen. Dort befindet sich kurz vor der Mündung eine kleine Brücke über den Kuhbach. Diese wählte Bert aus, um das erste Haiku des Tages zu sprechen:

„Wege kreuzen sich,
Begegnungen beleben -
die Erfahrung stärkt."

„Das ist das Leben", nickte Till. „Schön, dass wir leben, beleben und belebt werden! Lass´ uns noch ein paar Meter nach Westen gehen zum Steilufer der Oste." Und so kamen sie an eine Abbruchkante ganz am Rande des Urstromtals. „Als kleiner Junge bin ich hier mit meinen Eltern spazieren gegangen und hatte gehörigen Respekt vor diesem tiefen Sprung bis zum Ostewasser." „Da muss jemand in der Zwischenzeit die Welt geschrumpft haben", lächelte Bert. Sie gingen zurück zu den Rädern und fuhren weiter über Volkensen und Alpershausen nach Hamersen. Von dort umfuhren sie den südöstlichen Bereich Sittensens und kamen so nach Tiste. Am östlichen Ende der Gemeinde Tiste schlossen sie ihre Fahrräder in der Nähe des Lokschuppens der Moorbahn ab.

Während sie zu Fuß durch das Bauernmoor zum Aussichtsturm gingen, erzählte Till einiges über die Hintergründe der Entstehung dieses Naturschutzgebietes. „Dieses Moor liegt zwischen der Oste, die in die Elbe mündet, und der Wümme, welche über die Lesum in die Weser fließt, gehört aber vom Naturraum her zur Wümmeniederung. Die Moorbauern, die hier früher lebten und versuchten das Land wirtschaftlich zu nutzen, hatten ein ähnlich karges Leben wie die Heidebauern. Man sagt, dass das Leben in dieser Gegend der ersten Generation den frühen Tod brachte, der zweiten Generation die Not und der dritten erst das Brot. Torf wurde abgebaut vornehmlich als Brennmaterial aber auch als Regulativ für die Bodenqualität. Nach dem Abbau wurde das Land früher meistens in Grünland umgewandelt. Hier aber wurde ein großer Teil wiedervernässt. Manche sprechen auch von einer Renaturierung. Aber dieser Begriff ist nicht unproblematisch, da es sich eigentlich wie bei der Heide eher um eine Kulturlandschaft handelt. Auf jeden Fall hat diese Vernässung zu riesigen Wasserflächen geführt, die viele Vogelarten anziehen, so dass ein Vogelschutzgebiet entstand. Zum Beispiel machen hier tausende von Kranichen Station auf dem Weg in ihre Winterquartiere. Dabei profitieren sie insbesondere von dem, was auf den abgeernteten Maisfeldern rings um das Bauernmoor übrig bleibt. Aber auch See- und Fischadler werden hier immer wieder gesichtet. Dazu kommen natürlich unzählige Gänse und Enten und auch Störche und Schwäne. Auch die Pflanzenwelt ist eine besondere. So wächst hier zum Beispiel Sonnentau, welches Insekten verzehrt. Diese Attraktionen wurde im Laufe der Zeit touristisch aufgewertet zum Beispiel durch die Moorbahn, die aus der ehemaligen Torfbahn entstand, und den Aussichtsturm." An diesem waren sie inzwischen angekommen. Bert hatte aufmerksam zugehört, sich aber natürlich auch bei der Reiseplanung schon mit den verschiedenen Stationen grob gefasst. Und so hatte er keine Schwierigkeiten, oben auf dem Turm bei herrlichem Blick auf eine weite Wasserlandschaft, das Haiku zu sprechen:

„Torfabbau gestern,
heute wieder nass das Moor -
Riesenvögel freut's."

„Schön", nickte Till. „Ich frage mich gerade, ob die Riesenvögel hier wirklich zu Hause sind." „Streng genommen sind Vögel nie zu Hause, weil dieser Begriff aus der Welt der Menschen stammt", meinte Bert. „So ist auch der Begriff der Heimat bei Tieren und Pflanzen unpassend. Man müsste eher von Lebensraum sprechen." „Ich stimme dir zu", entgegnete Till. „Mir geht es aber eher um die Frage, ob Natur in einer Kulturlandschaft möglich ist." „Da wäre ich nicht so streng", sagte Bert. „Wenn die kulturelle Überformung nicht zu stark ausgeprägt ist, dann können natürliche Prozesse ablaufen. Und das ist hier der Fall. Als Parallele sehe ich die Sexualität mit der Möglichkeit der Fortpflanzung. Wir sind zwar tendenziell reizüberflutet, dennoch spüre ich in diesem Bereich so etwas wie Natur." „Das ist ein interessanter Vergleich", lächelte Till. „Aber ich bin noch nicht ganz zufrieden. Einerseits ist das entscheidende Merkmal bei Zugvögeln der Zug. Und das macht die Lokalisierung eines Lebensraums schwierig. Andererseits könnte man bei Vögeln als eigentlichen Lebensraum den Ort des Aufwachsens verstehen. So verstehen wir Menschen ja auch traditionell die Heimat." „Vielleicht sollten wir offener an den Heimatbegriff herangehen", meinte Bert. „Heimat ist dort, wo Erfahrungen gemacht werden. Und da die frühe Sozialisation einen großen Einfluss auf die Persönlichkeitsbildung hat, ist sicherlich der Ort des Aufwachsens von besonderer Bedeutung. Aber dieser Ort kann sich in der nächsten Generation verschieben. Und dann darf ich meine Heimat nicht meinen Nachfahren überstülpen. Ansonsten instrumentalisiere ich unter Umständen die nächste Generation." „Du spielst wohl auf Vertriebene und Übersiedler an", entgegnete Till. „Noch schwieriger wird es, wenn mehrere Gruppen ein Heimatmonopol anmelden auf eine ganz konkrete Gegend. Ich denke da an Palästina." „Das ist schwer einzuschätzen, wenn man selbst nicht betroffen ist", sagte Bert. „Hier jedenfalls im Bauernmoor scheint sich ein Gleichgewicht und ein harmonisches Miteinander eingestellt zu haben." Im Laufe des Gesprächs hatten sie sich wieder ihren Rädern genähert. Mit diesen begaben sie sich an den westlichen Rand Tistes und bogen dann nach Süden ab, um direkt an der Oste entlang bis zum Sittenser Mühlenteich zu fahren. Sie sicherten ihre Fahrräder dort, wo mit einem Einspeisungsrohr die Oste mit dem Mühlenteich verbunden ist. Dann gingen sie an der Oste entlang, deren Bett kurze Zeit später mit vielen und auch großen Steinen gefüllt war. Bert hatte sich im Vorwege über solche Anlagen informiert und erklärte: „Es handelt sich hier um eine sogenannte Sohlgleite. Früher wurde in der Mühle Korn mit Wasserkraft gemahlen. Du kannst da vorne das Mühlenrad sehen, welches aus touristischen Gründen noch heute sich drehen kann, weil das in den Mühlenteich eingespeiste Wasser mit Hilfe des Gefälles so geschickt zurück in den Lauf der Oste geleitet wird, dass das Rad angetrieben werden kann. Die Hauptwassermenge der Oste wird aber über diese vielen steinernen Absätze geführt und kann so das Gefälle auf eine Weise überwinden, dass Fische flussaufwärts schwimmen können. Das war früher nicht möglich, als das Wasser für die Mühlennutzung aufgestaut wurde und so eine große Absturzkante existierte. Dieser Sachzusammenhang erinnert mich an Buddha und seine vier edlen Wahrheiten und den achtfachen Pfad. Nach der ersten Wahrheit ist alles Leiden und alles unbeständig. Das galt auch für den Fluss. Sein natürlicher Lauf wurde früher zunächst gebremst. Und dann ließ man sein Wasser an willkürlichem Ort abstürzen, so dass der eigentliche Lebensraum der an ihren Geburtsort zurückwandernden Fische verloren ging, weil er durch die unbezwingbare Barriere abgeschnitten war. Nach der zweiten Wahrheit soll die Leidensursache herausgefunden werden. Dabei ist das Grundübel die Begierde. Die Leidensursache für den Fluss ist die Begradigung beziehungsweise das Zwingen in ein enges Bett um das Mühlenrad anzutreiben oder auch um Strom zu produzieren. Basis des Leidens ist also der Modus des Habens. Die dritte Wahrheit sagt aus, dass das Ende der Gier das Ende des Leidens einläuten kann. Das Leiden des Flusses kann demnach enden, wenn der Haben-Modus endet. Wenn die Menschen den Fluss nicht mehr als Mittel zum Zweck benutzen, sondern ihn quasi als Lebewesen betrachten, dann sind sie offen für Ideen, die dann dazu führen können, dass der Fluss wieder atmen kann und sein Sein frei entfalten kann. Die vierte Wahrheit beschreibt den Weg zum Ende des Leidens durch das Begehen des achtfachen Pfads. Mit ihm endet das Prinzip von Ursache und Wirkung. Basis ist Mitgefühl beziehungsweise Mitleid mit der Mitwelt, also die Einsicht in das Recht des Flusses frei zu fließen. Ohne jetzt zu sehr ins Detail gehen zu wollen, fordert der achtfache Pfad Einsicht in Bezug auf die Entstehung des Leidens und auf Lösungsmöglichkeiten, den Entschluss eigene Interessen zurückzustellen und andere nicht zu schädigen, freundliches und knappes Reden, die rechte Tat, also Hilfe statt Selbstbedienung, den rechten Wandel, also keinen Lohn zu verlangen, das rechte Streben, also Konzentration auf das Hier und Jetzt, Achtsamkeit, also Probleme anderer zu sehen und auch über den eigenen Körper zu wachen sowie die rechte Versenkung, also das Schweigen und das Fernhalten von Begierden." „Ich bin sehr beeindruckt von deinem Detailwissen über den Buddhismus", staunte Till. „Da hätte ich nicht ansatzweise mithalten können." „Die Anthroposophie ist nach Osten besonders offen", entgegnete Bert. „Konkret heißt das, dass für jeden Fluss ein Elementarwesen verantwortlich ist, welches ihn lebendig gestaltet und eine Verbindung herstellt zur Erdseele. Elementarwesen sind verwandt mit Engeln und Elben. Auf Island wird zum Beispiel beim Straßenbau darauf geachtet, keine Versammlungsstätten von Elementarwesen zu durchkreuzen. Auch in Deutschland gibt es Menschen, die mit Hilfe von schamanischen Ritualen und Steinsetzungen Elementarwesen bitten wollen, Erdheilungen vorzunehmen und gekappte Verbindungen wieder herzustellen. Das gilt insbesondere für die ehemalige innerdeutsche Grenze." „Das hört sich sehr interessant an", meinte Till. „Wir haben ja schon festgestellt, dass Wirklichkeit alles ist, was wirkt. Und manche Wirkkräfte können wir eben nur erahnen, so dass wir mit Symbolen und Personalisierungen versuchen uns ein Bild zu machen. Aber ich schätze, dass an dieser Sohlgleite eher Ingenieure als Schamanen mitgearbeitet haben." „Ich möchte keinen Keil zwischen diese beiden Gruppen treiben", entgegnete Bert. „Wenn ich mir diese gelungene Sohlgleite ansehe, die mit Hilfe von Steinsetzungen dem Fluss die Freiheit zurückgab, dann unterstelle ich den Ingenieuren zumindest einen ganzheitlichen Ansatz. Und nun ist der Zeitpunkt für das Haiku gekommen." Bert machte den Rücken besonders gerade und sprach:

„Leben ist im Fluss,
wir stehen nicht daneben –
sind Teil des Schauspiels."

„Sehr schön", nickte Till. „Wir als Haushälter dieses irdischen Haushalts können unserer Verantwortung nur gerecht werden, wenn wir einerseits die Mitwelt als solche wahrnehmen und achten und andererseits uns selbst als Fließgleichgewichte wahrnehmen und erkennen, dass jeder Eingriff in den Fluss des Seins Wirkkräfte so verändern kann, dass auch wir als Teil des Ganzen leiden." „Das hast du prima zusammengefasst", sagte Bert. „Dann lass' uns nun das nächste Kraftzentrum besuchen", wies Till in südliche Richtung. „Wir gehen außen um den Altar der Kirche herum zum Pfarrhaus. Dort können wir uns den Kirchenschlüssel holen. Dann zeige ich dir die Kirche, in der ich getauft und konfirmiert wurde." Ohne große Worte machten die beiden einen Rundgang und ließen die Atmosphäre in der kühlen Kirche auf sich wirken. Nach der Rückgabe des Schlüssels vollendeten Bert und Till die Kirchenumrundung und wandten sich der Brücke über die Oste zu. „Die erste Kirche auf diesem Hügel hat Karl der Große bauen lassen", sagte Till. „Vorher diente der Hügel als heidnische Versammlungs- und Opferstätte. Karls Art war es ja, Zeichen zu setzen und zu zeigen, wer Herr im Hause ist. Und damit meinte er wohl in erster Linie sich selbst. Jedenfalls war mit dem Kirchenbau der heidnische Opferkult ganz offensichtlich versenkt. Aber dieser Weg mit der Brücke erinnert noch daran. Er heißt nämlich Opfersteg." Sie kamen an der Mühle vorbei und gingen am Mühlenteich entlang zu ihren Rädern. Anschließend fuhren sie in Tills Elternhaus und nahmen ein leicht verspätetes Mittagessen ein. Danach schnappten sie sich ihre Badehosen und steuerten das Freibad an. Schwimmen und Wasserspringen und ein wenig Beachvolleyball waren nun für sie eine willkommene Auflockerung ihrer Bildungsreise in die Heimat. Als sie sich von den Aktivitäten mit einem Sonnenbad ausruhten, meinte Till: „Ich bin gedanklich noch immer ein Stück weit bei der Sohlgleite. Ich frage mich, inwieweit wir den Himmel auf Erden etablieren können. Wenn wir kohlendioxidneutral wirtschaften und keinen Fluss mehr begradigen, also keine Elementarwesen mehr quälen, bricht dann eine Zeit des Heils heran?" „Ich sehe da kleine Spitzen in deiner Frage", lächelte Bert. „Aber ich will darüber hinwegsehen. Nach traditioneller Auffassung sind wir Christen ja in zwei Welten zu Hause, nämlich im Diesseits und im Jenseits. Ich würde zwischen diesen Bereichen aber keine klare Grenze ziehen. Deutlicher wird das vielleicht, wenn man von physikalischer Wirklichkeit, der man Raumzeit zuordnet, und von Gotteswirklichkeit, also Ewigkeit, spricht. Wir haben das ja schon im Ansatz erarbeitet. Beide Bereiche stehen in einem komplementären Verhältnis." „Da sind wir uns einig", sagte Till. „Alles, was wirkt, ist Wirklichkeit. Und die Liebe, die wir quasi außerhalb von Raum und Zeit empfinden, wirkt ganz erheblich." „Und die Basis dieser Liebe ist die Auferstehung Jesu Christi", setzte Bert fort. „Das Reich Gottes ist mit Ostern schon im Ansatz da, wenn auch noch nicht vollendet. Das ist ja gerade der Gedanke der Eschatologie." „Wichtig ist für mich dabei der Aspekt der unverdienten Gnade", sagte Till. „Während nach Paulus der alte jüdische Weg zu Gott über den Versuch der Einhaltung der Tora führt, ist die Basis des neuen Wegs Gottes zu den Menschen die in Jesus Christus inkarnierte Gnade Gottes." „Aber diese Gnade macht uns doch nicht zu Statisten", entgegnete Bert. „Vielmehr befreit sie uns zu neuem Sein. Und diese Befreiung hilft uns mitzubauen an der besseren Welt. So können wir als Baumeister Staustufen, die kein Leben schützen, abbauen und die Steine lieber in eine Sohlgleite investieren." „Ich stimme dir zu", nickte Till. „Ich war eben unsicher, ob meine Heimat ein Stück weit verloren geht, wenn sie zu einer neuen Heimat umgebaut wird." „Natürlich muss das sensibel geschehen", meinte Bert. „Und im Idealfall weitest du deine Heimat im Laufe der Zeit. Wenn wir uns auf den räumlichen Aspekt beschränken, dann warst du zunächst Einwohner Sittensens, dann Bewohner des Norddeutschen Tieflands, dann vielleicht schon Europäer und schließlich Weltbürger." „Und wenn wir Virtuosen auf allen Instrumenten sind, dann löst sich die Verstocktheit Melkors und Iluvatar versammelt freudestrahlend alle seine Kinder," sagte Till ein wenig kritisch. „Warum nicht?" fragte Bert eher rhetorisch. „Aber bis dahin sollten wir etwas mehr Himmel auf Erden wagen."

Wasser trägt das Leben

Der vierte Reisetag begann zunächst wieder mit einer Radtour. Bert und Till fuhren an Karls alter Burganlage vorbei nach Westen. Der Weg schlängelte sich zwischen Oste und Golfplatz entlang. Schon nach kurzer Zeit hielten sie auf einer Ostebrücke und sahen eine weitere aber kleinere Sohlgleite. Wenige Meter später konnten sie von der letzten Brücke über die Ramme aus die Mündung derselben in die Oste verfolgen. Hier stiegen sie vom Rad und Bert sprach das erste Haiku des Tages:

„Wenn einer aufgeht
im Leben des anderen -
steigt die Qualität."

„Ich mag deine positive Grundhaltung", lächelte Till etwas verschmitzt. „Und ich denke auch, dass die Ramme gesund ist und etwas beisteuern kann nach dem Motto „Die Mischung macht's!". Dennoch kann ich mich nicht ganz von dem Gedanken lösen, dass der Weg der Ramme hier zu Ende geht." „Die Ramme zielt auf die Mündung in die Oste", behauptete Bert. „Hier erreicht sie ihr Ziel. Entscheidend ist nicht, wie der Fluss nach der Vereinigung heißt und wie lang ein Fluss ist. Vielmehr geht es darum, das individuelle Potential optimal zur Entfaltung zu bringen." „Es bleibt das Problem der Messung oder Festlegung des Potentials", wollte Till ein wenig streiten. „Heute steht das Rind in der Weide und morgen befindet es sich in meinem Bauch." „Und so kann das Rind, in Maßen genossen, über die Proteinzufuhr bei gutem Training zu einem Muskelzuwachs beitragen", entgegnete Bert ruhig. „Deine sportliche Qualität kann also steigen. Das Rind hat seine Bestimmung erreicht. Ich sehe hier überhaupt keine Parallelen zur Sohlgleite. Das Rind wurde gezüchtet und steht in einer Kulturlandschaft. Flüsse dagegen waren vor den Menschen da und werden nun im Rahmen der Möglichkeiten, also ohne Menschen zu gefährden, befreit. Und es kommt doch nicht darauf an, dass ein Rind möglichst alt wird, sondern dass es in seiner Lebenszeit artgerecht gehalten wird." „Wie sieht es denn aus mit einer weitergehenden Befreiung der Natur zum Beispiel durch das Zulassen der Ansiedlung von Wölfen?" fragte Till. „Das muss im Gespräch zwischen Fachleuten geklärt werden", meinte Bert. „Jedenfalls werden in dieser Gegend mehr Rehe durch Autos erlegt als durch Jäger. Und Wölfe werden kaum einen nennenswerten Anteil erreichen. Aber Heidschnucken sind nicht für den Wolf bestimmt. Die müssen geschützt werden." „Du bist nicht nur positiv sondern auch pragmatisch", meinte Till. „Wann sind wir eigentlich mit dem Kajakvermieter verabredet?" grinste Bert. Also fuhren sie weiter nördlich der Oste Richtung Alpershausen. Von dort ging es über Sothel und Wittkopsbostel und Hetzwege nach Westerholz. Hier bogen sie ab zum nächsten Golfplatz. „Durch diese Golfplätze hat sich die Landschaft doch schon etwas verändert", meinte Till, als sie etwas langsamer fuhren. „Mir sind sie lieber als Maisfelder", entgegnete Bert. „Und ich kann mir vorstellen, dass man in Zukunft durch eine Zusammenarbeit mit Naturschutzverbänden eine größere Qualität im ökologischen Sinne erreichen kann, ohne die sportlichen Möglichkeiten entscheidend einzuschränken." Als sie den Golfplatz hinter sich gelassen hatten, nahmen sie Kurs auf das Luhner Holz. Am Waldeingang stiegen sie vom Rad und machten eine kleine Pause. Bert baute sich auf und sprach:

„In dem dunklen Wald
auf der winzigen Lichtung
zeigt sich die Sonne."

„Einfach, treffend, positiv", stellte Till fest. Er dachte kurz nach und sagte dann: „Nun bin ich soweit, dass ich mich auch einmal versuchen möchte. Und zwar biete ich hiermit eine Übertragung deines Haikus in die Anderswelt Tolkiens an." Und er hob feierlich an:

„Fern im Auenland
in einer kleinen Höhle
lebte ein Hobbit."

„Klasse!" lobte Bert. „Die zentralen Vergleichsmomente der drei Zeilen kann ich gut nachvollziehen: Dunkel und fern, winzig und klein, Sonne und Hobbit. Da geht mir das Herz auf." Nachdem sie das Luhner Holz durchquert hatten, radelten sie in die Rotenburger Innenstadt. Wenige Minuten nach ihrem Eintreffen an der

Anlegestelle an der Wümme kam der Bootsvermieter. Sie nahmen zwei Kajaks vom Anhänger und stellten die Räder in seinen Kleinbus und vereinbarten die Zeit des Rücktausches in Ottersberg. Da sie flussabwärts unterwegs waren, konnten sie sich ohne großen Kraftaufwand langsam in das Revier hineintasten. Weder Wasserstand noch Strömung bedeuteten irgendwelche nennenswerten Probleme, so dass sich Bert und Till voller Genuss den Elementen hingeben konnten. Selten konnten sie über die Uferböschung in das angrenzende Weideland hineinsehen. So konzentrierten sie sich voll auf die Flusswelt. Enten begegneten ihnen viele, aber auch große Libellen und der seltene Eisvogel. Gemächlich paddelten sie dahin und vergaßen die Zeit und lebten in einer ganz eigenen Wirklichkeit. Eine größere Pause machten sie. Für diese zogen sie die Kajaks auf einen sandigen Uferabschnitt und fanden sich am Rand eines kleinen Waldstücks wieder ohne zu wissen, welche Ortschaft sich in der Nähe befand. Eine gewisse Orientierung ermöglichten ihnen einige wenige Flusskilometerangaben und die Schätzung der Ankunftszeit durch den Bootsverleiher. Und diese Schätzung erwies sich als gut. Ziemlich unvermutet wurden sie von der Raumzeit wieder eingefangen, als der Gebäudekomplex der Rudolf-Steiner-Schule auftauchte. Wenig später erschien auch schon der Bus des Vermieters und so konnten sie nach einem kleinen Plausch ihre Fahrräder wieder in Empfang nehmen. Diese stellten sie aber nach wenigen Metern schon wieder ab, um zu Fuß einen Rundgang über das Schulgelände zu machen. „Das alte Hauptgebäude wird als Amtshof bezeichnet und ist denkmalgeschützt", begann Bert seinen kleinen Vortrag. „Ringsherum kann man noch Reste des Burggrabens sehen. Eine erste dazugehörige Burg wurde erstmals am Ende des achten Jahrhunderts erwähnt. Diese Burg wurde erobert, zerfiel dann, wurde als Ruine übernommen und wieder aufgebaut, wurde dann geschleift und am Ende des dreizehnten Jahrhunderts neu errichtet und stark befestigt. Im sechzehnten Jahrhundert kaufte die Stadt Bremen das Gelände und ließ dort Wehrpflichtige trainieren. Im

Dreißigjährigen Krieg besetzten die Schweden das inzwischen schlossähnliche Gebäude. Später ging die Burg an die Franzosen und 1859 an die Preußen, die daraus einen Verwaltungssitz machten. 1883 ging der Amtshof über in Privatbesitz. Die Erbengemeinschaft verpachtete das Gelände zunächst an die seit 1946 hier residierende Schule und verkaufte dann später an den Schulverein. Dieser hat dann den Gebäudekomplex erweitert insbesondere um die Turnhalle. Alle diese Veränderungen bedeuteten Schicksalsschläge für Menschen, die hier lebten. Davon handelt das Haiku." Bert nahm eine feste Standposition ein und sprach:

„Mauern erzählen
von menschlichen Schicksalen -
wir zollen Respekt."

„Vielen Dank für die Informationen und das Haiku", sagte Till. „My home is my castle. Das traf für dich während deiner Schulzeit hier also konkret zu." „Die Schule war mehr als ein Dach über dem Kopf", nickte Bert. „Natürlich ist es etwas Besonderes, in einem Haus mit so einer bewegten Geschichte zu lernen. Man fühlt sich geerdet. Umso wichtiger ist es, auch Flügel auszubilden und das Dach sozusagen partiell oder zeitweise aufzureißen. Denn gerade der sogenannte Intellektuelle steht in der Gefahr immer neue Schubladen und Wände und Dächer sich zu überlegen. Im Nachhinein sagt er dann: „Ich dachte." Er meint damit, dass er ein Dach konstruiert hat, so dass es durch den oberen Abschluss nicht hereinregnen kann, er also vor Veränderungen sicher ist, von denen er fürchtet, dass sie die Bewahrung seiner Identität erschweren." „Ich verstehe", nickte Till. „Der Intellektuelle will die Welt in den Griff bekommen und denkt, er könne so eine starke Persönlichkeit entwickeln. Dabei entsteht Persönlichkeit im offenen Austausch mit der Mitwelt. Der, der dachte, verschloss sich auch positiven Energieströmen." „Genau", stimmte Bert zu, „wie die einzelne Zelle braucht auch der Mensch als Fließgleichgewicht die Semipermeabilität. Er muss sich bestimmten Einflüssen gegenüber abschotten können, muss aber auch offen sein für bereichernde Impulse. Im Prinzip kann das schon ein kleines Kind, wenn es unter Wasser den Mund öffnet. Es wird eben nicht schlucken und trinken. Vielleicht gilt das in ähnlicher Weise auch für den Amtshof. Im Laufe der Jahrhunderte hat er wohl das Fundament halten können. Das wiederholte Einreißen von Mauern und Dächern könnte trotz der daran hängenden einzelnen menschlichen Schicksale eine fruchtbare Entwicklung gewesen sein. Denn beim Bauen eines Hauses geht es auch um den Prozess, also um das Sein, und nicht nur um das Produkt, also um das Haben. Denn „bauen" stammt ab vom altdeutschen „beo", was „ich bin" meint und auf das Sein abhebt. Es geht beim Hausbau folglich nicht um materialistisches sondern um ganzheitliches Denken. Das meinen wir auch, wenn wir sprichwörtlich auf jemanden bauen. Wir vertrauen ihm als Person und nicht nur in Bezug auf einzelne Kompetenzen." „Das Haus wird ja in vielen Redewendungen als Symbol verwendet", warf Till ein. „Man kann jemandem sein Haus verbieten oder ihn vom Hof jagen." „Man kann auch aus dem Häuschen sein", entgegnete Bert. „Und das ist eine wichtige Fähigkeit. Ohne frische Luft braten wir im eigenen Saft. Das Heraustreten aus dem heimatlichen Auenland bedeutete für Bilbo und Frodo die Möglichkeit eines neuen Reifegrads und die Ausschöpfung ihres Potentials." „Das sehe ich ein", sagte Till. „Aber Tolkien selbst hat doch die eigenen vier Wände und die eigene Welt sehr geschätzt, weil er fürchtete, Heimat zu verlieren durch neue Entwicklungen, insbesondere die Industrialisierung." „Es ist sicherlich nicht einfach, Bewahrung und Offenheit in eine Balance zu bringen", meinte Bert. „Ideal ist es, wenn man, so wie wir, Heimat neu entdecken kann, nachdem man das Haus verlassen hat. So haben ja die Amerikaner in der Neuen Welt beim Eintauchen in das Tolkiensche Universum ihre mythologische Heimat neu entdeckt." „Also müssen Fortschritt und Heimat nicht zwangsläufig Gegensätze sein", schloss Till. „Heimat kann durch ein Fortschreiten vertieft und veredelt werden." „Das gilt zumindest dann, wenn Fortschritt nicht nur um des Fortschritts willen proklamiert wird", schränkte Bert ein. „Richtung und Maß des Fortschritts müssen stimmen." „Und dafür braucht man ein Bewusstsein", ergänzte Till. „Und ich freue mich, dass gerade Jean-Luc Picard ein solches kritisches Bewusstsein entwickelt hat und nicht einfach einen Haken macht hinter eine neu entdeckte Welt, sondern sie quasi wertschätzt und aufnimmt und seine Erfahrung verarbeitet und in seine Persönlichkeit einfließen lässt. Aber er weiß auch um die Gefahren von Offenheit in einer fremden Welt. Die Star-Trek-Besatzung kümmert sich immer wieder um die kulturelle und persönliche Integrität, indem sie auf alte Mythen zurückgreift. Glücklicherweise haben sie zur Unterstützung das Holodeck zur Verfügung." „Ich denke, dass wir auch ohne Holodeck unser Haus bestellen können, indem wir unsere organischen Festplatten ausführen in Raum und Zeit, über Flüsse und in die Vergangenheit", gelang Bert ein kleiner Reim. Das schien den beiden ein gutes Schlusswort zu sein und so gingen sie zurück zu ihren Rädern und fuhren über Quelkhorn, Buchholz, Wilstedt, Tarmstedt, Hepstedt, Breddorf, Rhade, Rockstedt und Granstedt nach Selsingen in das Elternhaus von Bert, wo sie ein reich gedeckter Abendbrottisch erwartete.

Kultur trägt den Menschen

Der fünfte Reisetag führte Bert und Till in einem großen Bogen rund um Selsingen. Nach dem Frühstück schnappten sie sich ihre Räder und begaben sich über Ober-Ochtenhausen nach Sandbostel. Dort besuchten sie den Lagerfriedhof. Beim Lager Sandbostel handelte es sich zur Zeit des Nationalsozialismus um ein Arbeits- und Kriegsgefangenenlager. Till hatte sich bei den Reisevorbereitungen mit dem Thema befasst und erzählte bei einem Rundgang über den Friedhof: „Nach dem Krieg wurde die Existenz des Lagers jahrzehntelang praktisch ignoriert. Man nutzte die auf dem Gelände befindlichen Gebäude für verschiedene Zwecke. Zum Beispiel wurden Flüchtlinge aus der DDR untergebracht, ein Materialdepot der Bundeswehr eingerichtet und ein Gewerbegebiet etabliert. Erst nachdem die große Mehrheit der Zeitzeugen verstorben war, wurde durch ehemalige Häftlinge und Einwohner Sandbostels eine Stiftung ins Leben gerufen, die dann eine Umwandlung des Geländes in eine Gedenkstätte erreichen konnte. Hier auf dem Friedhof ruhen mehrere zehntausend russische Soldaten. Diese wurden zur Zeit des Krieges besonders schlecht behandelt. Sie wurden zu Arbeitseinsätzen gezwungen, zum Beispiel zum Torfstechen, zur Moorkultivierung und zum Wegebau, und wurden unzureichend oder gar nicht versorgt, so dass sie verhungerten. Ihre Identität ist überwiegend ungeklärt. Sie wurden in Massengräbern beigesetzt. Aber durch die Sichtung von historischen Dokumenten konnten mehrere tausend Namen herausgefiltert werden. Diese wurden in einzelne kleine Tontafeln gebrannt, die wir hier sehen können. Bei diesem Projekt ist auch meine alte Schule beteiligt. Im Zuge der Unterrichtseinheit „Christentum und Nationalsozialismus" werden die Gedenkstätte und der Friedhof besucht. Im Anschluss entscheiden sich die Klassen, natürlich freiwillig, unter Anleitung für das Brennen der Namensziegel." „Das ist eine hervorragende Idee", meinte Till. „Ich kann mir kaum eine bessere Form der ganzheitlichen Vergangenheitsbewältigung vorstellen." Nach dem Besuch des Friedhofs sahen sich Bert und Till die Dauerausstellung an und ließen sich über das Gelände führen. Dabei sahen sie viele historische Gebäude, an denen nach dem Krieg kaum etwas verändert wurde. Es wurde ihnen erklärt, dass die daraus resultierende schlechte Bausubstanz auch auf die jahrzehntelange Verdrängung und Vernachlässigung des Lagers hinweisen soll. Abschließend besuchten sie noch die Lagerkirche. Nach diesem doch etwas bedrückenden Besuch von Heimaterde waren sie froh, eine längere Strecke mit dem Fahrrad unterwegs sein zu können. Sie fuhren schneller als sonst und schüttelten so eine gewisse Lähmung aus den Beinen. Ihr Weg führte sie über Heinrichsdorf, Augustendorf, Glinstedt und Karlshöfen nach Worpswede. Dort besuchten sie zunächst eine Ausstellung mit klassischen Werken der Worpsweder Maler. Sie sahen auf den Bildern viel Himmel mit hoffnungsfrohem Licht und ansonsten viele Brauntöne, die auf die Moorlandschaft verweisen, und einfache Darstellungen, die auch auf das karge Leben hindeuten. Danach spazierten sie auf den Weyerberg. Auf dem Weg erzählte Bert etwas über das Leben der Worpsweder Künstler. „Am Ende des neunzehnten Jahrhunderts flüchteten etliche Menschen aus der Stadt und vor der Industrialisierung. Sie hatten Sehnsucht nach einem einfachen mit der Natur verbundenen Leben. Während Tolkien aus diesem Antrieb heraus das Schreiben begann, malten sich andere frei. Als einige Künstler in Worpswede zusammen lebten und arbeiteten, sprachen sich die günstigen Bedingungen herum und so entstand eine ganze Kolonie. Insbesondere von dem Spiel des Sonnenlichts mit den Wolken über dem Moor und dem weiten Horizont waren die Maler angetan. Diese Idylle währte einige Jahrzehnte bis zum Aufkommen des Nationalsozialismus. Dieser spaltete auch die Gruppe der Künstler. Etliche emigrierten." Inzwischen waren sie auf dem Weyerberg angekommen, bei dem es sich eher um eine Kuppe handelt, und der wohl deshalb in vieler Munde ist, weil von ihm aus so oft Landschaftsbilder gemalt wurden. Bert führte sie noch einige Steinwürfe weiter, bis man in einiger Entfernung ein steinernes Ungetüm sehen konnte. Dann baute er sich auf und sprach das erste Haiku des Tages, während er mit einem Arm zunächst auf den Weyerberg und dann auf das Bauwerk wies:

„Die kleine Kuppe
zeigt den Malern den Himmel -
und den Steinadler."

Till stutzte einen Moment und sagte dann: „Bei dem gemauerten Objekt soll es sich also um einen Adler handeln. Um das zu erkennen, müssen wir nähertreten." Und so bestiegen sie den sogenannten Niedersachsenstein, von dem man nicht gerade sagen kann, dass er sich harmonisch in die Landschaft und die Kunstszene einfügt. „Ich bin unsicher, was der Adler mir sagen will", meinte Till. „Vielleicht ist dieses Kunstobjekt ein Stück weit stilisierte Heimat. Der Adler steht fest auf der Erde, hat aber eine himmlische Perspektive. Das gilt wohl auch für viele Landschaftsbilder der Worpsweder Maler." „Wenn man den Blick nach vorne richtet, dann ruft uns der Adler auf, auf fester Basis unsere Persönlichkeit auszubilden", entgegnete Bert. „Der Wind soll uns nicht aus der Bahn werfen. Wir sollen in der Heimat verwurzelt sein." „Allerdings ist der Adler doch eigentlich der Herr der Lüfte", wiegte Till den Kopf. „Und so steht die feste Verwurzelung doch eher einer Bewegung in der eigentlichen Heimat im Wege." „Da kann ich dir nur zustimmen", nickte Bert. „Vielleicht soll uns der Steinadler auch provozieren. Das ist ja eine moderne Funktion von Kunst. Wer es sich gemütlich einrichtet, kann schwerfällig werden und das Fliegen verlernen. Das könnte auch die Botschaft sein." „Dann entspricht der Adler demjenigen, der dachte, um nicht nass zu werden, der aber vergaß, dass ohne Wasser kein Leben möglich ist", sagte Till. „Wir sind aufgerufen, immer neu das Leben in Balance zu bringen", sagte Bert. „Jede Lebensphase verlangt andere Schwerpunktsetzungen. Das Adlerjunge, erst ungeboren im Ei und dann im Nest, wird nicht vom Fliegen träumen sondern von fütternden Eltern. Und unsere Vorfahren, die in Höhlen, Zelten und Hütten lebten, dachten nicht über die Sinnhaftigkeit einer Hauptdirektive bei der Erforschung weit entfernter Welten nach. Wir dagegen, die wir die Geborgenheit eines Hauses als ganz selbstverständlich annehmen, können über den Heimatbegriff philosophieren." „Am Ende dieser Entwicklung, die du skizziert hast, steht dann die Erfahrung des Alls als Heimat", folgerte Till. „Vielleicht verliert dann Raumzeit an Bedeutung und Gott und

Welt werden wieder eins." Bert bemerkte noch: „Der Steinadler hat überraschenderweise doch eine anregende und erhebende Wirkung." Dann setzten sie ihren kleinen Rundgang fort und kamen am Barkenhoff vorbei, der Mittelpunkt der Worpsweder Künstlerszene war. Von dort gingen sie zurück zu ihren Rädern und fuhren über Neu-Sankt-Jürgen, Hepstedt, Kirchtimke, Ostertimke und Badenstedt durch das Große Holz nach Bademühlen. Dort fanden sie den alten Müller bei der Gartenarbeit und kamen mit ihm ins Gespräch. Bereitwillig und freundlich zeigte er ihnen die Mühle und ihre Funktionsweise, als sie noch in Betrieb war. Sie bedankten sich und Bert sprach abschließend ein Haiku:

„Aufgestauter Fluss
treibt das Rad der Mühle an -
die mahlt dann das Korn."

Bert und Till folgten dann der Bade flussabwärts, überquerten sie und bewegten sich entlang eines Steilufers, bis sie an die Verbindungsstraße von Godenstedt nach Zeven kamen. Dort bogen sie nach Zeven ab und besichtigten zunächst das Gelände des St.-Viti-Gymnasiums. „Ich muss zugeben, dass sich meine alte Schule als Flickwerk mit wenig Charme und Grün darstellt", meinte Till. „Sie kann natürlich von der äußeren Erscheinung mit deiner Schule nicht mithalten. Dennoch war sie für mich immer ein Stückchen Heimat." „Zwischen Schein und Sein können Welten liegen", sagte Bert. „Und der Standpunkt und damit die Perspektive können unterschiedlich sein. Den Schein nehmen wir von außen wahr, das Sein von innen." Nach dem kurzen Schulbesuch holten sie sich aus dem Rathaus den Schlüssel für das Gauß-Zimmer, welches die Stadt Zeven dort einrichtete, wo der Landvermesser damals residierte, nämlich in der alten Poststation. So konnten sie konkret Querverbindungen nachvollziehen zum Wilseder Berg. Gleiches galt auch für die Besichtigung der St.-Viti-Kirche, von der aus Gauß bei gutem Wetter bis zur St.-Ansgar-Kirche nach Bremen sehen konnte. Till verband noch mehr mit dieser Kirche, denn hier fand sein Abiturentlassungsgottesdienst statt. Von der Kirche aus folgten Bert und Till dem Fluss Mehde, der Aue genannt wird, bevor er die Stadtgrenze passiert. Kurz vor der Mündung der Mehde in die Oste kamen sie nach Offensen, wo sie an der Ostebrücke kurz anhielten. Bert ließ den Blick über die Landschaft gleiten und sprach:

„Hölzerne Trasse
für Radler und Fußgänger -
breites Urstromtal."

Till lächelte und nickte. Dann folgten sie ohne weitere Worte der Oste flussabwärts nach Brauel, Godenstedt und Eitzmühlen. Von dort wandten sie sich nach Norden und erreichten so wieder Selsingen. Dort machten sie noch einen kurzen Rundgang durch die Kirche und kehrten dann in Berts Elternhaus ein, wo sie ausführlich von ihren Reiseerfahrungen berichteten.

Das Alte Land sperrt stürmische Zeiten aus

Der sechste und letzte Tag ihrer Heimatreise führte sie nach dem Frühstück von Selsingen aus über Ohrel, Malstedt und Byhusen nach Essel. Dabei fuhren sie an den Faustballplätzen vorbei. Weiter ging es über Mulsum, Schwinge und Düdenbüttel nach Stade. Dort machten sie am alten Hansehafen eine erste Pause. Till zeigte auf den Altstadtkern und sagte: „Viele Häuser stammen aus dem fünfzehnten Jahrhundert. Der Hafen selbst hat schon ein Jahrtausend auf dem Buckel. Zu Zeiten der Hanse war er von großer Bedeutung. Das kann man sich heute kaum noch vorstellen. Denn heute ist der Hafen nicht mehr schiffbar. Es handelt sich also eigentlich eher um ein Freilichtmuseum. Dazu passt auch der rekonstruierte Kran, der erst nach der Stilllegung des Hafens montiert wurde." „Aber schön ist es hier", meinte Bert. „Und das soll mit einem Haiku gewürdigt werden." Und er erhob sich und sprach:

„Der alte Hafen,
die beschwingte Hansestadt -
Zeiten ändern sich."

Till lächelte und sagte: „Schön, dass du den Namen des Flusses in das Haiku eingebaut hast, der früher eine schiffbare Verbindung zur Elbe herstellte." Nach der Pause verließen sie Stade und fuhren über Hollern in das Alte Land und weiter über Grünendeich zum Lüher Elbanleger. Dort ließen sie sich auf einer Bank nieder und bestaunten die Riesenschiffe, die regelmäßig wenige Meter von ihnen entfernt die Elbe herauf und herunter gelotst wurden. „Wir sind ja vorhin durch Hollern gefahren", erzählte Till. „Dieser Ortsname verweist auf die Holländer, die vor vielen Jahrhunderten hier siedelten und wohl auch die ersten Obstbäume pflanzten. Jedenfalls ist dieser Landstrich schon so lange kultiviert, dass der Name Altes Land berechtigt scheint. Der Ort Lühe hat seinen Namen von dem Fluss, der grundsätzlich an der Tide hängt. Von hier aus kann man mit einer Fähre nach Hamburg fahren." Wieder näherte sich ein großes Containerschiff und Bert nutzte die Gelegenheit für das zweite Haiku des Tages:

„Die großen Pötte
fahr'n einen Steinwurf entfernt -
und schlagen Wellen."

„Ohne Geschwindigkeitsbeschränkung würden wir hier wohl nasse Füße bekommen", kommentierte Till das Haiku. „Und die kleinen Sportboote halten zum Glück respektvollen Abstand. Aber ich frage mich, ob das wirklich sinnvoll ist, dass Schiffe dieser Größenordnung die Elbe bis Hamburg herauffahren." „Die Naturschützer haben dazu eine klare Meinung", entgegnete Bert. „Durch die immer größeren Schiffe und die also immer tieferen Ausbaggerungen verändern sich Fließgeschwindigkeit und Lebensbedingungen. Und es gibt ja Häfen direkt an der Nordsee, die die Frachten aufnehmen könnten." „Allerdings gehören die nicht zum Stadtstaat Hamburg", meinte Till. „Und am Hafen hängen viele Arbeitsplätze. Außerdem will ja auch kein Anwohner den Schwerlastverkehr vor der Haustür haben, wenn die Container über Land nach Hamburg gebracht werden müssten." „Zu dieser Fragestellung gehören wohl sehr viele Aspekte", nickte Bert. „Mich nervt manchmal, dass nicht an einem Strang gezogen wird. Das gilt sowohl für ein bundeslandübergreifendes Konzept für den Güterverkehr als auch für einen Hochwasserschutzplan, welcher alle Anrainerinteressen berücksichtigt." Sie saßen noch einige Zeit auf der Bank und verfolgten die Schiffe nicht nur mit den Augen. Einige fuhren hinaus in die weite Welt und andere bewegten sich in Richtung der Quelle. Dann bestiegen sie aber doch wieder ihre Räder und begaben sich über Jork und Dammhausen nach Buxtehude. Dort machten sie einen kleinen Rundgang durch den Hafen und gingen an der nahe gelegenen Fachhochschule vorbei. „In diesem Gebäude studiert meine Freundin Architektur", sagte Bert, ohne näher darauf einzugehen. Till hatte Kerstin schon vor einiger Zeit kennengelernt. Gemeinsame Aktivitäten fanden aber sehr selten statt. Das lag einerseits daran, dass Till keine Freundin hatte, und andererseits gehörte Kerstin für Bert zur Selsinger Heimatwelt. Sie fuhr aus ihrem Elternhaus nach Buxtehude und kam kaum einmal in die gemeinsame Wohnung von Bert und Till nach Harburg. Die beiden Freunde setzten ihren Weg an der Este entlang fort und kamen so über Estebrügge und Cranz zum Estesperrwerk. Dort hielten sie an und begutachteten die stählerne Brückenkonstruktion über der Mündung der Este in die Elbe und die riesigen Stemmtore, die das Sturmflutsperrwerk bildeten. „Das Alte Land ist das größte zusammenhängende

Obstanbaugebiet Europas", sagte Till. „Die Basis dafür ist das fruchtbare Marschland. Und das soll geschützt werden vor der Nordsee, die sich ja fast zweimal pro Tag mit Hilfe der Gezeiten die Elbe hochdrückt. Manchmal schießt sie dabei über das Ziel hinaus. Dann werden die Stemmtore geschlossen." „Wer Straßen baut, wird Verkehr ernten", meinte Bert, „und wer die Elbe ausbaggert, provoziert häufigere Sturmfluten und muss Deiche erhöhen und Sperrwerke errichten." „Ich will den Zusammenhang nicht abstreiten", entgegnete Till. „Aber der Strom kommt nicht einfach nur aus der Steckdose. Und ich habe die Hoffnung, dass das stete Ringen um eine Balance zwischen Kultur und Natur zu einer positiven Entwicklung führt. Schon demnächst könnte das Auto den Status als des Deutschen liebstes Kind verlieren. Aber Grundlage dafür sind natürlich ausgeklügelte Verkehrskonzepte. Und genau so könnte vielleicht auch eines Tages der Umfang der Verfrachtungen von Gütern von einem Land ins andere zurückgehen." „Du denkst da wohl an die in der Nordsee gefangenen Krabben, die zum Pulen nach Nordafrika verschifft werden, um dann auf dem Hamburger Fischmarkt angeboten zu werden?" fragte Bert. „Das ist sicherlich ein Tiefpunkt dieser Entwicklung", antwortete Till. „Aber ganz allgemein ist es doch fraglich, warum ein Rohstoff aus einem Land ausgeführt wird, in einem zweiten verarbeitet und in einem dritten konsumiert wird." „Wir sollten mehr Steaks vom Bauern nebenan und mehr Äpfel aus dem Alten Land essen", meinte Bert. „Ich fürchte, dass diese Aussage nicht zu jeder Jahreszeit zutrifft", wiegte Till den Kopf. „Wenn du einen Apfel aus dem Alten Land im Frühling essen willst, dann hat er eine schlechtere Energiebilanz als der Apfel vom anderen Ende der Welt, also aus Neuseeland. Das liegt daran, dass er von der Ernte bis zum Konsum stark heruntergekühlt werden muss." „Die Sache mit der Energiebilanz ist dann zu vernachlässigen, wenn die Energie regenerativ gewonnen wird", gab Bert zu bedenken. „Vielleicht sind wir da auf einem guten Weg", sagte Till. „Und wir wissen ja, dass man in wenigen Jahrhunderten einen Apfel ohne schlechtes Gewissen auf Knopfdruck generieren kann. Das gilt zumindest für die Enterprise." „Es wird Zeit für eine neue Erdung", beendete Bert zunächst den Gesprächsfaden und sprach:

„Apfel braucht Ruhe
und keine Überflutung -
des tiefen Marschlands."

„Schön, dass wir uns einig sind, dass wir den heimischen Apfel schützen wollen", ging Till auf das Haiku ein. „Denn diese Form der Landwirtschaft wird dem Boden gerecht und hat eine lange Tradition." „Aus diesen Gründen hat der Apfel auch eine Funktion als Heimatträger", sagte Bert. „Du könntest mich an einen weit entfernten Ort beamen. Wenn du mir dort einen Apfel in die Hand drücktest, hätte ich Heimatgefühle." „Heimatträger gibt es viele", ergänzte Till. „Da ist zunächst das Haus, aber dann auch der Weg. „Meine Heimat ist das Umherziehen" sagt der Nomade und „Meine Heimat ist das Meer" sagt der Seefahrer." „Meine Heimat ist die Teamsportbewegung mit Ball", sagte Bert. „Dabei meine ich natürlich, dass Ballsport einen Teil meiner Heimaterfahrung ausmacht." „Das gilt für mich auch", stimmte Till zu. „Heimat hat viele Facetten. Auf jeden Fall ist ein Plural von Heimat sinnlos." „Dann lass´ uns nun einen lokalen Teilaspekt unserer Heimat aufsuchen", schloss Bert das Gespräch am Estesperrwerk. Und so stiegen sie für den letzten Abschnitt ihrer Heimatreise auf die Sättel und fuhren über Francop zurück in ihre Wohnung nach Harburg.

Leben mitten im Leben

Bert und Till hatten für den siebten Tag ihrer Reisewoche Ausruhen eingeplant. Das sollte aber nicht aus reiner Passivität bestehen. Vielmehr bastelten sie sich aus den vielen Fotos, die sie gemacht hatten, ein Album und ergänzten es um Orts- und Zeitangaben, Bemerkungen und vor allem um die Haikus und Gedichte. Dadurch wurde aus dem Album ein Tagebuch, welches sie mit dem Titel versahen „Bert und Till bereisen Heimat". Als sie fertig waren und ihr Werk noch einmal in Ruhe betrachteten, zeigte Bert auf eine Momentaufnahme aus dem Tister Bauernmoor, die neben riesigen Wasserflächen etliche Gänse und Enten zeigte. „Leider haben wir keine Adler und Kraniche gesehen", sagte er. „Wir waren wohl zur falschen Zeit am richtigen Ort. Wichtiger ist mir die Frage, ob wir uns vielleicht einen falschen Begriff von unserer Mitwelt gemacht haben. Ich erinnere mich daran, dass wir den Heimatbegriff exklusiv für Menschen verwandten und den Vögeln im Moor einen Lebensraum zuwiesen. Dazu stehe ich immer noch, wenn ich vom Menschen ausgehe, der der Welt anders begegnet als zu Beispiel eine Ente. Und ich kann als Mensch zunächst nur vom Menschen ausgehen. Aber handelt es sich dabei nicht einfach um Anthropozentrismus? Nehme ich den wichtigen Begriff der Mitwelt überhaupt ernst, wenn ich zwischen einem ganzheitlichen Begriff der Heimat und einem Lebensraum unterscheide, der biologisch-dynamische Objekte nahelegt, die auf Reize eines Raums reagieren?" „So pointiert erinnert mich deine Frage an die scharfe Trennung von Geist und Materie, die Descartes angelegt hat", antwortete Till. „Sein Dualismus führte zu einer Entfremdung von der Natur. Und im Zuge dieser Entwicklung haben wir Menschen uns mehr mit unserem Bild der Natur als mit der Natur beschäftigt." „Das liegt wohl auch daran, dass wir die Natur nicht wirklich erfassen können", entgegnete Bert. „Wie viel weißt du, o Mensch, der Schöpfung König, der du, was sehbar siehst, was messbar misst?" „Das war Grillparzer", lächelte

Till. „Ich erinnere mich deutlich an deinen schönen Vortrag. Erschwerend kommt zu der Textaussage noch hinzu, dass wir uns als Forscher so wichtig nehmen, dass wir denken, dass wir mit Hilfe unserer Messungen den Kern beschreiben können. Daraus folgt dann, dass in der objektivierten Natur genau das als wichtig erscheint, was man messen kann." „Und dann denken wir noch, dass wir neutrale Beobachter sein könnten", ergänzte Bert. „Das liegt wohl auch daran, dass wir so klar zwischen Natur und Kultur trennen. Und Kultur ordnen wir ausschließlich den Menschen zu. Dabei haben wir so viele Kulturlandschaften gesehen, in denen natürliche Prozesse abliefen. Ich denke da neben dem Moor insbesondere an die Heide und auch an die Golfplätze. Sicherlich hilft das Schubladendenken bei der Bewältigung von Problemen, die uns ansonsten aufgrund ihrer Komplexität überfordern würden. Aber in Wirklichkeit sind die Übergänge fließend. Genetisch gibt es eine größere Nähe zwischen Menschen und Schimpansen als zwischen Gorillas und Schimpansen." „Und auch die Steuerung des Verhaltens läuft bei Menschen und Tieren im Ansatz ähnlich ab", bestätigte Till. „Wir schütten Glückshormone aus, wenn wir uns sportlich bewegen. Und weil wir so belohnt werden, machen wir immer wieder und auch neue Bewegungserfahrungen, die dann zu neuronalen Verbindungen führen, die unsere Lebensqualität steigern. Das gilt auch für kleine Kinder, die sich daran erfreuen, ziellos in der Gegend herumzulaufen. Und das gilt für Tiere, die das Überleben sichern, indem sie angetrieben durch hormonelle Belohnung Nervenverbindungen knüpfen."
„Konsequenterweise müssen wir im Anschluss daran fragen, ob Tiere Gefühle haben", überlegte Bert. „Können Tiere ihren Nachwuchs lieben und können sie den Tod eines Partner betrauern?"
„Du hast in deiner Frage Begriffe benutzt, die wir für uns in unserer Menschenwelt gebrauchen", antwortete Till. „Wenn man diese Begriffe wörtlich versteht, dann muss man feststellen, dass eine Vermenschlichung von Tieren sinnlos ist. Wenn man sie aber im übertragenen Sinne gebraucht, also als Symbole, dann helfen

diese Begriffe bei der Beschreibung einer Wirklichkeit, die uns zumindest partiell verschlossen ist. Zum Beispiel haben wir beim Nachdenken über die Sohlgleite dem Fluss quasi eine Persönlichkeit zugesprochen, indem wir ihm ein Elementarwesen zuordneten. So kann man eine Flussbegradigung als Verletzung der Persönlichkeitsrechte des Elementarwesens auffassen." „Und Schelling sagt, dass allein eine Person eine Person heilen könne", setzte Bert den Gedanken fort. „Das hat er zwar in Bezug auf das Verhältnis von Gott und Mensch gesagt. Das lässt sich aber übertragen auf das Verhältnis von Mensch und Natur. Uns als Menschen betrifft nur das wirklich, was uns auf personaler Ebene anspricht. Weder der abstrakte Gott noch das das Mühlenrad antreibende Fließwasser noch der konditionierte Hund haben nachhaltig Einfluss auf uns." „Deshalb können wir sinnvollerweise Personalisierungen gebrauchen, die uns helfen, der Mitwelt gerecht zu werden", nickte Till. „Natürlich sollte uns dabei bewusst sein, dass es sich um Symbole handelt, die nicht mit der Wirklichkeit identisch sind, die aber an ihr partizipieren." „Wir können ja nur Begriffe aus unserer Erfahrungswelt nehmen, um etwas zu beschreiben, was wir nicht direkt wahrnehmen und verstehen können", ergänzte Bert. „Andere Begriffe haben wir nicht. Das sahen wir schon bei der Betrachtung des Mikrokosmos. Wenn man zwei Elektronen aufeinander loslässt, dann können sie kollidieren. In dieser Beschreibung stecken zwei bildhafte Verknüpfungen. Vor meinem geistigen Auge sehe ich zwei Kampfhunde und einen Zusammenstoß zweier Autos. Diese Bilder helfen uns bei einer Vorstellung. Sie haben aber nur sehr bedingt mit der konkreten Wirklichkeit zu tun." „Wir müssen also versuchen eine gerechte Sprache zu gebrauchen", fasste Till die Gedanken zusammen. „Und damit ist eben keine absolute Gerechtigkeit gemeint, die den hoffnungslosen Versuch unternimmt, Begriff und Wirklichkeit in Deckungsgleichheit zu überführen, sondern eine relative Gerechtigkeit, die den Bedürfnissen der Mitwelt gerecht werden will. Dann sind wir auf dem Weg zu einer wirklichen

Ehrfurcht vor dem Leben." „Mit diesem geflügelten Wort spielst du auf Albert Schweitzer an", erkannte Bert. „Schweitzer hat von seiner Erfahrung her einiges gemeinsam mit Tolkien und auch mit den Worpsweder Malern. Sie sahen die Verluste, die mit der Industrialisierung einhergingen, sie sahen den Ersten Weltkrieg und die seelisch-geistige Krise der Menschen, die in der Großstadt lebten. Und sie wollten jeweils mit einem eigenen Konzept Kontrapunkte setzen gegen die Entfremdung und die Materialisierung." „Und Schweitzer sah sich als Leben, das leben will, inmitten von Leben, das leben will", zitierte Till. „Wenn er so sich als Leben bezeichnet, dann hebt er darauf ab, dass er Leben ist, welches in die Mitwelt eingebettet ist. Er sagt also nicht, dass der Mensch ein Leben hat. So distanziert sich Schweitzer von dem Modus des Habens." „Und dieser Ansatz wirkt sich auf das Verhältnis zur Mitwelt aus", setzte Bert den Gedanken fort. „Es gibt also kein Recht des Stärkeren sondern eine besondere Verantwortung des Stärkeren. Und dieser Verantwortung kann man nur gerecht werden, wenn man durch gerechten Gebrauch von Sprache prinzipielle Augenhöhe signalisiert." „Dabei darf Sprache kein formaler Akt sein", gab Till zu bedenken. „Herrschaft endet nicht, wenn man von Frauschaft spricht. Vielmehr müssen wir uns um Erfahrungssättigung bemühen. Es reicht also nicht aus, etwas bedacht zu haben. Wir sollten offen bleiben für ein Ahnen und Spüren einer tiefen seelischen Verwandtschaft." „Es sind eben nicht nur die Menschen die Kinder Iluvatars", übertrug Bert. „Alle Wesen partizipieren am Sein, welches getragen wird vom Grund allen Seins." „Aber wie gehen wir nun konkret mit unserer Verwandtschaft um?" fragte Till. „Was sage ich dem allradangetriebenen Proteinspeicher auf der Weide, wenn ich mit seiner Hilfe Muskeln aufbauen will?" „Du hast die Sache mit der gerechten Sprache toll umgesetzt", lächelte Bert. „Du könntest ihm erzählen, dass er an einer Höherentwicklung partizipieren kann und dass ihr eigentlich eins seid, wenn man die Raumzeit außer Acht lässt." „Glück lässt sich so leicht verschenken", setzte Till das ironische

Geplänkel fort. „Aber prinzipiell habe ich die Frage schon ernst gemeint. Es geht ja nicht nur um den Schimpansen und das Rind. Wir könnten selbst Vegetarier und Veganer noch in den Schatten stellen, wenn wir zum Beispiel Bakterien einladen sich auf unsere Kosten am Leben zu halten." „Das Beenden von Leben und das Essen von Steaks ist nicht das entscheidende Problem", meinte Bert. „Es kommt auf die innere Haltung dabei an. Die Frage ist, ob eine Notwendigkeit oder ein kritisches Bewusstsein vorliegen. Und natürlich ist die artgerechte Haltung zum Beispiel einer Heidschnucke wichtig. Ich denke da an den Schäfer, der die Zukunft der Heide auch dadurch sichert, dass seine Schnuckenherde gesunde Nachkommen hervorbringt und der auch seine eigene Existenz auf die Fleischverwertung aufbaut. Der wird vielleicht heute einen besonders schönen Weidegrund aufsuchen und morgen einen jungen Bock in den Arm nehmen und ihm die Halsschlagader öffnen. Oder ich denke an in einem Netz gefangene Fische, die an Bord gezogen langsam ersticken. Wäre es nicht gerechter sie zu betäuben?" „Ich verstehe", nickte Till. „Du willst also nicht der Utopie hinterherlaufen, den Tod aus der Welt zu schaffen. Sondern du willst im Anschluss an die Eschatologie nach Möglichkeit im Hier und Jetzt Liebe walten lassen." „Genau", bestätigte Bert, „und dabei habe ich nichts gegen Utopien. Sie können als Orientierungen dienen. Es geht nicht in erster Linie darum, dass Frodo den Ring im Feuer des Schicksalsbergs entsorgt, sondern dass die Möglichkeit aufgezeigt wird, dass das Unscheinbare einen entscheidenden Beitrag leisten kann für eine bessere Welt." „Und Frodo hat nicht nur einen besonderen Draht zu Gandalf, sondern behandelt auch Gollum mit Respekt", setzte Till die Übertragung fort. „Es ist also nicht gerecht einen scharfen Schnitt zu machen zwischen Gott und Natur. Vielmehr kann das eine im anderen zur Geltung kommen. Der Grund allen Seins prägt das Sein und die Natur weist über sich selbst hinaus auf das Sein-Selbst." „Wir sind uns einig", nickte Bert. „Allerdings sind die Ausprägungen des Seinsgrunds verschieden deutlich. In Gollum ist Iluvatar weit weniger sichtbar als in Gandalf. Wir haben ja schon die Hoffnung formuliert, dass am Ende von Raumzeit das ganze Sein von Liebe so durchdrungen ist, dass Gott sich selbst vollständig erkennen kann und so die polare Struktur in ein völliges Einssein übergeht." Till erinnerte sich: „Und auf dem Weg dahin ist es unser Auftrag, Rahmenbedingungen zu schaffen, damit Gott sich besser erkennen kann. Das kann dadurch geschehen, dass wir allem Lebendigen Würde zuordnen und es also würdevoll behandeln."

Geschultes Leben

Mitten in den Semesterferien begann das neue Schuljahr in Hamburg. Für ihr zweites Schulpraktikum hatten Bert und Till Plätze an der Lessing-Oberstufe am Soldatenfriedhof in der Schwarzenbergstraße bekommen. Diese Schule lag lediglich ungefähr einen Kilometer von ihrer Wohnung in der Marienstraße entfernt, und so konnten sie ihre Räder nutzen und mittags wieder die Mensa der Technischen Universität besuchen. Nach einer kurzen Phase des Hospitierens stiegen die beiden Freunde in Religion in Kurse des elften Jahrgangs ein. Die Möglichkeit Sport zu unterrichten nahm Bert im zwölften Jahrgang wahr und Till gestaltete in diesem Jahrgang eine Einheit zur Kombinatorik als Einstieg in die Stochastik. Mit pädagogischen Fragen im engeren Sinne wurden Bert und Till nicht konfrontiert. Sie konnten sich ganz auf die Aufbereitung des jeweiligen Stoffes konzentrieren. Die zuständigen Kurslehrer ließen sie gewähren und hielten sich so im Hintergrund, dass die beiden Praktikanten sich kaum als solche wahrnahmen und auch von den Schülerinnen und Schülern als Fachleute mit Unterrichtsbefugnis voll akzeptiert wurden. Regelmäßig tauschten sich Bert und Till über ihre Unterrichtserfahrungen aus. Till hatte in seiner ersten Stunde mit Hilfe konkreter

Erfahrungen den Begriff der Fakultät eingeführt. „Zunächst habe ich einen Stuhl vor die Tafel gestellt und mich laut gefragt, wie viele verschiedene Sitzordnungen es wohl geben könnte, wenn man von einem Stuhl und einer Person ausgeht", erklärte Till. „Die Antwort musste gar nicht ausgesprochen werden, so elementar war das Problem. Dann habe ich einen weiteren Stuhl dazu gestellt und zwei Freiwillige aufgefordert, konkret alle möglichen Sitzordnungen einzunehmen. Das hat nicht lange gedauert. Bei drei Stühlen und drei Schülern wurde von diesen schon ein System diskutiert und sie kamen auf die Idee, das Problem zurückzuführen auf die Situation mit zwei Stühlen, indem ein Schüler jeweils einem Stuhl zugeordnet wurde, während die beiden anderen ihre Positionen tauschten. Dieser Ansatz hat dann auch den vier Schülerinnen geholfen, die dann auf vier Stühlen Platz nahmen. Die Anzahl der möglichen Sitzordnungen wurde ohne große Probleme bestimmt. Die Zuordnung von der Anzahl der Stühle auf die Anzahl der Sitzordnungen habe ich dann an die Tafel geschrieben. Ohne weitere Hinweise haben dann die Schüler die Verdopplung, die Verdreifachung und die Vervierfachung gesehen und beschrieben, so dass schnell klar war, dass die Anzahl aller möglichen Sitzordnungen bei fünf Stühlen sich aus dem Produkt der Zahlen eins bis fünf ergibt." „Also gibt es bei fünf Stühlen hundertzwanzig Sitzordnungen", hatte Bert schnell ausgerechnet. „Genau", bestätigte Till. „Und dann habe ich die Schülerinnen aufgefordert zu schätzen, wie lange wir wohl brauchen würden, um bei fünfzehn Stühlen alle möglichen Positionen einzunehmen, wenn fehlerfrei ein Wechsel lediglich eine Sekunde in Anspruch nehmen würde." „Das hättet ihr in einer Doppelstunde wohl kaum geschafft", meinte Bert. „Das ist natürlich eine sehr defensive Schätzung", lächelte Till. „Die Schüler waren da freier und lagen erwartungsgemäß weit daneben. Tatsächlich hätte dieses Experiment mehr als vierzig Jahrtausende gedauert." Bert zeigte sein Erstaunen durch große Augen und Till setzte ganz begeistert fort. „Dann habe ich die Erkenntnisse auf einen anderen Sachzusammenhang übertragen, indem ich den Schülerinnen von einer Buchstabentrommel erzählte, die zunächst die Buchstaben B, E, R und T enthalten sollte. Die Frage ist, mit welcher Wahrscheinlichkeit der Name BERT erscheint, wenn ein Buchstabe nach dem anderen gezogen und von links nach rechts abgelegt wird." Bert freute sich über die konkrete Ausgestaltung der Übertragung und dachte angestrengt über die Fragestellung nach. „Die Buchstaben entsprechen den Schülern und die Ablegepositionen den Stühlen", sagte er dann. „Es gibt also vierundzwanzig Möglichkeiten und nur eine davon ist günstig. Die Wahrscheinlichkeit ergibt sich also aus dem Kehrwert der Anzahl der Möglichkeiten." „Hervorragend", lobte Till. „Es geht noch weiter. Nun sind die Buchstaben T, I, L und L in der Trommel. Dabei sieht ein L genauso aus wie das andere." Bert stellte die Situation vor sein geistiges Auge und übertrug sie wieder in den Ausgangszusammenhang. „Beim Stuhlexperiment wäre unter den Freiwilligen also ein Paar eineiiger Zwillinge. Die Anzahl der Möglichkeiten reduziert sich also um den Faktor, der sich aus der Anzahl der Sitzordnungen der Zwillinge ergibt. Die Wahrscheinlichkeit von TILL beträgt also ein Zwölftel." „Ich bin beeindruckt", nickte Till. „Das lässt sich fortsetzen mit so schönen Worten wie ANANAS und MOTORBOOT. Und dann folgt die Übertragung auf eine klassische Lotterie mit Zahlen. Zum Beispiel kann man die Zahlen eins bis fünf in eine Lostrommel legen und zwei Zahlen ziehen, ohne dass die Reihenfolge berücksichtigt wird. Wie wahrscheinlich ist es nun, dass du mit einem Tipp richtig liegst?" Bert dachte laut nach: „Wir hatten ja schon festgestellt, dass es insgesamt hundertzwanzig Möglichkeiten gibt. Die Anordnung der Kugeln, die in der Trommel verbleiben, ist irrelevant. Für diese Anordnung gibt es sechs Möglichkeiten. Die gezogenen Kugeln können auf zwei Weisen abgelegt werden. Also muss ich hundertzwanzig durch das Produkt aus sechs und zwei teilen und dann den Kehrwert bilden. Demnach beträgt die gesuchte Wahrscheinlichkeit ein Zehntel." „Du bist gut", freute sich Till. „Und die Schüler haben diese Lösung auch gefunden und waren begeistert bei der Sache." Auch Bert war außerordentlich zufrieden mit seinen Unterrichtserfahrungen. Er übernahm die Einführungsphase in einem Sportkurs, der überschrieben war mit „Zielschussspiele mit den Schwerpunkten Handball und Fußball". Bert wollte zunächst eine gemeinsame Basis schaffen, indem er den Vereinsspielern Verantwortung übertrug für die Bewegungsbegeisterung der Schwächeren. „Es kann im Schulsport zunächst nicht darum gehen, ein normiertes Regelspiel auf Wettkampfniveau zu erlernen", sagte Bert. „Wenn man den Erwerb von Fertigkeiten mit einer Erfolgsorientierung kombiniert, dann erzeugt man stabile Verhaltensmuster. Es ist aber wichtiger das Spielen zu lernen, weil so ein offener Prozess angeregt werden kann, der ein flexibles Verhalten ermöglicht. Danach folgt dann das Regeln von Spielen. Das bedeutet aber nicht, dass man sich an klassische Spielregeln halten muss. Spielregeln sind grundsätzlich willkürlich, also veränderbar. Gerade in der Schule mit meistens sehr heterogenen Lerngruppen müssen Spielregeln gefunden werden, die allen Beteiligten angemessene und ihren Fähigkeiten angepasste Sportspielerfahrungen ermöglichen." „Als Schüler habe ich zwei Gruppen von Vereinsspielern im Sportunterricht kennengelernt", meinte Till. „Die eine Gruppe war fixiert auf bestimmte Spielelemente und auf den Wettkampfcharakter. Für diese Schüler war in bestimmten Situationen ein Foulspiel eine ganz normale Reaktion. Die konnten nicht unterscheiden, ob ihnen als Gegenspieler ein Schwächerer gegenüberstand oder jemand auf Augenhöhe. Die konnten sich nicht zurücknehmen und waren meistens die beschränkteren Spieler im Vergleich mit denen, die aufgrund von Souveränität und Überblick anderen so flexibel beggenen konnten, dass alle etwas davon hatten." „Genau das meine ich", nickte Bert. „Deshalb habe ich als Ziel für diese Einheit das Einproben von zwei Theaterstücken ausgegeben. Das eine Stück heißt „Spielen mit der Hand" und das andere „Spielen mit dem Fuß". Natürlich soll vieles frei improvisiert werden, aber es sollen auch die

Elemente schauspielerisch eingeübt werden, die für die Spielstruktur von besonderer Bedeutung sind. Die Theaterorientierung führt dazu, dass alle ein Interesse daran haben, dass zum Beispiel Doppelpässe gelingen und Tore fallen. Die Defensive ist also zu einer gewissen Passivität angehalten. Und es entwickeln sich auf diese Weise Ermessensregeln, die auf die Entstehung einer Spielsituation und die Fähigkeiten der Beteiligten eingehen und die wichtiger sind, als ein gegenseitiges Maßregeln. So repräsentieren diese Sportspiele eine sozial-bewegte Wirklichkeit, die immer wieder neu auf die Bühne des Lebens gebracht wird." „Das hört sich spannend an", meinte Till. „Mich interessiert ganz konkret, welche gemeinsamen dominierenden Strukturelemente im Handball und Fußball ihr noch herausgearbeitet habt. Eben hast du Doppelpass und Torschuss genannt." „Es handelt sich um die Finte, das Hinterlaufen, den Distanzschuss, den Tempogegenstoß, den Pass in die Tiefe und die Flanke in den Strafraum", antwortete Bert. „Der Pass in die Tiefe wird beim Handball als Kreisläuferanspiel bezeichnet und die Flanke in den Strafraum wird von einem in den Kreis einspringenden Spieler verwandelt, der den Ball in der Luft fängt und sofort wirft. Wir üben das in Doppelstunden so, dass sich je eine Stunde um das Spielen mit der Hand und eine um das Spielen mit dem Fuß dreht. Dabei werden jeweils gleiche Strukturdominanten eingeführt."

Im Fachbereich Religion sollte es im ersten Semester des elften Jahrgangs um Erscheinungsformen von etwas gehen, das man im weitesten Sinne als religiös bezeichnen könnte. Bert kümmerte sich in seinem Kurs um religiöse Gruppen. „Zunächst haben wir gesammelt, wie sich religiöse Gruppen ausdrücken", erzählte Bert. „Die Schülerinnen nannten klassische Elemente wie Taufe und Konfirmation, Opfer, Gebete und Lieder, Festtage und Gottesdienste sowie Reinigungsvorschriften und Kleiderordnungen. Dann haben wir überlegt, welche Bedeutung diese Gruppen für den einzelnen Menschen haben können. Es wurden Sinngebung und Wertvorgabe genannt, Krisenbewältigung, Schutz und Trost

sowie Identifikation und Kommunikation. Schließlich haben wir darüber nachgedacht, welche elementaren Zutaten eine religiöse Gruppe braucht, um sich am Markt etablieren zu können. Wir einigten uns auf eine Führergestalt, eine Glaubenslehre und moralische Grundregeln, eine definierte Form des Zusammenlebens sowie einen Namen und Möglichkeiten der Geldbeschaffung."
„Nach Meinung des Kurses braucht eine religiöse Gruppe also keine Mythen?" fragte Till. „Als wir in Arbeitsgruppen konkrete religiöse Gruppen bastelten, kamen Ansätze", antwortete Bert. „Eine Arbeitsgruppe wählte den Fußballrasen als Spielfläche aus und kam auf Beschreibungen wie „Die Unabsteigbaren" und „Das Maß aller Dinge"." „Das interessiert mich näher", sagte Till. „Wie hat diese Arbeitsgruppe das Anforderungsprofil konkret gefüllt?"
„Die haben sich „FCB" genannt und als Lichtgestalt auf Franz Beckenbauer zurückgegriffen", antwortete Bert. „Sie glaubten daran, auserwählt zu sein Meister zu werden und haben das verdichtet zu „Mir san mir!". Auch eine Moral haben sie in eine knackige Form gebracht, nämlich „Fair geht vor, solange wir gewinnen!". Schließlich identifizierten sie das Stadion als Kirche und Fanclubs als Hauskreise und wollten über Fernsehverträge und Fanartikel Geld in ihre Kassen spülen. Eine andere Arbeitsgruppe hätte dir aber wohl noch mehr gefallen. Die haben sich „STNG" genannt und Jean-Luc Picard als Lichtgestalt etabliert. Die Hauptdirektive wurde zur Glaubenslehre und das Ziel der persönlichen Entfaltung wurde als oberstes moralisches Prinzip bestimmt. Eine Grenze sollte diese freie Entfaltung lediglich in Bezug auf das Zusammenleben auf der Enterprise haben. Dort sollte eine hierarchische Befehlsstruktur gelten. Ihre Versorgung wollte die „STNG" durch Auftragsarbeiten für die Föderation sichern." „Ich bin begeistert", freute sich Till. „Aber ich frage mich, wie ihr von Fußball und Star Trek auf das Christentum gekommen seid. Denn das ist doch das Schwerpunktthema des ersten Semesters." „Wir haben uns gefragt, welche Kriterien eine religiöse Gruppe erfüllen muss, damit sie im engeren Sinne den Namen verdient", entgeg-

nete Bert. „Und dabei sind wir vor allem auf das Freiheitsmoment gestoßen. Bin ich Knecht eines Systems und muss vielleicht sogar für das Luxusleben einer Führergestalt arbeiten? Oder darf ich mich als schwacher Mensch angenommen fühlen und darf ich mich immer wieder neu frei entscheiden und mich zum Beispiel auch von der Gruppe lösen? Sagen mir Mittelsmänner, was ich zu denken habe, oder liegt die Wahrheit auf dem Platz? Von Seiten der Schüler wurde im Laufe der Diskussion auch der Begriff der Sekte genannt. Ich habe versucht anzuregen, nicht zu sehr dem Schubladendenken verhaftet zu sein, denn aus Sicht des Judentums handelte es sich bei den ersten Christen auch um eine jüdische Sekte." Till nickte und sagte dann nach einem Moment des Innehaltens: „Dagegen bin ich eher konservativ vorgegangen. Ich habe den Schülerinnen einen Gebäudeerkundungsbogen an die Hand gegeben und bin mit ihnen in einer Doppelstunde in eine Kirche und in der nächsten in ein Autohaus gegangen. Zunächst sollten sich die Schüler jeweils von außen nähern und das Verhältnis des Gebäudes zur Mitwelt beschreiben und dabei Perspektivwechsel vornehmen. Zudem sollten Blickfänger, Formen, Farben und Materialien bestimmt werden und auch einfache Skizzen vom Eingangsbereich und vom abzuschätzenden Grundriss angefertigt werden. Dann sollten die Aufträge für die Außenwahrnehmung nach innen übertragen werden und zusätzlich sollten Bilder, Zeichen und Symbole sowie Tabuzonen benannt werden." „Sicherlich hast du im Vorwege sorgfältig die Kirche und das Autohaus ausgewählt?" fragte Bert. „Ich muss zugeben, dass mir bestimmte Vergleichsmomente besonders am Herzen lagen", antwortete Till. „Zum Beispiel befanden sich jeweils der Eingangsbereich, also die Verbindung zur Welt, im Westen, während die Qualitätssicherung, also der nach Jerusalem ausgerichtete Altar beziehungsweise die Werkstatt, im Osten lagen. Außerdem hat das Autohaus einen ganz besonderen Altar. Der steht nämlich in der Mitte, ist drehbar und trägt immer ein Sondermodell. Überhaupt zeigt sich das Autohaus moderner, was natürlich auch daran liegt, dass es jünger ist. So empfängt den Kirchenbesucher zunächst Dunkelheit und Enge, die sich dann nach Osten etwas auflöst, während das Autohaus durch die freitragende Konstruktion und die Glasfassade Licht und Freiheit suggeriert."

Till hatte während des Schulpraktikums noch ein ganz besonderes Erlebnis. Ohne Vorwarnung wurde er im Vorübergehen von einem Kollegen gebeten ihn in einem Kurs zu vertreten, weil dieser mit einem Schüler ins Krankenhaus fahren wollte, der sich im Sportunterricht verletzt hatte. Es war außer dem Hausmeister und der Sekretärin und ihm niemand verfügbar und natürlich entsprach diese Situation rechtlich nicht den Vorgaben. Aber Till war selbstbewusst und sagte spontan zu, obwohl er weder den Kurs noch das eigentlich vorgesehene Fach kannte. Und so begann er die Unterrichtsstunde nach einem kurzen Hinweis auf den abwesenden Kollegen mit einem einfachen Dreisatz. „Zunächst ging es etwas schleppend voran", berichtete Till. „Das lag vielleicht daran, dass Mathe nicht bei allen Schülern hoch im Kurs steht und die Einführung des Dreisatzes schon mehrere Schuljahre zurücklag. Aber nach einiger Zeit war das Prinzip wieder gegenwärtig. In einem ersten Schritt beschrieben wir die der Aufgabe zugrunde liegende Situation, indem wir aus der Sprache Deutsch in die Sprache der Mathematik übersetzten." „Da ist mir zu abstrakt", warf Bert ein. „Kannst du das konkretisieren?" „An einem Obststand kaufst du fünf Äpfel und bezahlst drei Euro", antwortete Till. „Wie viel hättest du für sieben Äpfel bezahlen müssen?" „Das Ergebnis ist mir klar", nickte Bert. „Und die Beschreibung der Ausgangssituation besteht wohl in der Zuordnung von Äpfeln und Euro." „Genau", bestätigte Till. „Und in der Übersetzung wird aus fünf Äpfeln einfach 5a und die drei Euro werden verkürzt zur Zahl 3. In einem zweiten Schritt wird dann auf die Bedeutung abgehoben, indem vereinfacht wird. Und zwar geschieht das im wahrsten Sinne des Wortes." „Wenn man fünf Äpfel vereinfacht, erhält man einen Apfel", folgerte Bert. „Und einem Apfel ist dann ein Preis von 0,6 Euro zuzuordnen." „So sieht das aus", nickte Till. „Man kann das Geschehen zum Beispiel durch Gleichungen ausdrücken. Aus der Gleichung 5a = 3 wird durch eine Äquivalenzumformung die Gleichung a = 0,6. Dabei sollten die Schülerinnen das Bild einer Waage im Kopf haben, die sich im Gleichgewicht befindet. Und dieses Gleichgewicht bleibt erhalten, wenn sich auf beiden Seiten nur noch ein Fünftel dessen befindet, was ursprünglich vorhanden war. Man kann das Geschehen auch durch eine Ursprungsgerade darstellen. Am schönsten aber kann man es in einer zweispaltigen Tabelle erfassen. In der ersten Zeile befindet sich das Paar 5 und 3 und in der zweiten das Paar 1 und 0,6. Im dritten Schritt wird dann die Übertragung geleistet und damit die Antwort vorbereitet." „Es handelt sich um das Paar 7 und 4,2", stellte Bert fest. „Das ist das Prinzip des dreischrittigen Vorgehens, auch Dreisatz genannt" sagte Till. „Und dieses Prinzip lässt sich auf viele andere Sachprobleme übertragen. Wenn uns früher zum Beispiel im Deutschunterricht ein Text vorgelegt wurde, dann mussten wir sinnvollerweise erst beschreiben, dann deuten und schließlich übertragen oder wie man moderner sagt, einen Transfer leisten. Und das gilt auch für die Bildanalyse im Kunstunterricht. So habe ich nämlich den Unterricht in meiner Vertretungsstunde fortgesetzt. Ich habe einen zerknüllten Zettel vom Boden aufgehoben und ihn noch ein wenig geknetet, ihm also eine persönliche Note gegeben. Dann habe ich das Werk zu einem Kunstobjekt erklärt und auf dem Pult drapiert." „Die Schülerinnen waren wahrscheinlich leicht verdutzt", meinte Bert. „Einerseits hast du aus ihrer Sicht von einem Moment auf den anderen das Thema gewechselt und andererseits hast du einen etwas eigenwilligen Kunstbegriff in den Raum geworfen." „So war es im ersten Moment", bestätigte Till. „Aber dann gingen immer mehr Schülern die Augen auf. Die Beschreibung war dann unproblematisch. Im Mittelpunkt der Deutung standen Fragen nach der Unterscheidung von Kultur und Müll beziehungsweise Gut und Böse sowie allgemein nach dem Umgang mit Ressourcen. Über

Begriffe wie Wegwerfgesellschaft und Druck durch äußere Einflüsse kamen wir dann zum Transfer. Einige Schülerinnen zeigten dabei eine persönliche Betroffenheit, als sie von bedrängten Kinderseelen und einem Verbogenwerden durch die Leistungsgesellschaft sprachen. An dieser Stelle hätten wir wohl noch lange weiterdiskutieren können, aber da ging die Unterrichtszeit schon zu Ende. Die Schüler haben mich sehr freundlich verabschiedet und ich war wirklich glücklich über diese spontane Stunde."

Nach der für Bert und Till erfüllenden Heimatreise bedeutete das zweite Schulpraktikum weiteren Rückenwind. Mit diesem starteten die beiden in ihr vorletztes Semester. Wie bisher auch konnten sie im Fachbereich Theologie gemeinsam Veranstaltungen besuchen. In einem Neutestamentlichen Hauptseminar beschäftigten sie sich mit den Kapiteln neun bis elf des Paulusbriefes an die Römer, also mit dem sogenannten Problem Israel. Daneben besuchten sie eine Vorlesung zur Einführung in die Theologie Luthers, in der sie einige Latein- und Griechischvokabeln auffrischen konnten. Schließlich lasen sie in einer Übung Texte zur Theologiegeschichte der Aufklärung. Im Fachbereich Erziehungswissenschaft belegten Bert und Till jeweils eine Fachdidaktik II in ihrem zweiten Fach, so dass sie hier keine gemeinsamen Erfahrungen machen konnten. Während sich Bert um Grundfragen der Sportdidaktik kümmerte, wurde Till mit ausgewählten Themen aus dem Mathematikunterricht der Sekundarstufe II konfrontiert. Weniger anwendungsorientiert stellten sich für Till zwei Vorlesungen im Fachbereich Mathematik dar, zu denen er jeweils eine Übung absolvieren musste. Dabei handelte es sich um die Themen Stochastik I und Algebra II. Bert dagegen durfte eine gute Mischung aus Eigenrealisation und der Ausbildung von Vermittlungskompetenz erfahren. Er belegte das Schwerpunktfach Handball und legte am Ende eine gute Prüfung ab und er nahm teil an den Praktisch-methodischen Veranstaltungen Athletische Gymnastik und Turnen, wobei er dankbar war, dass freier und spielerischer geturnt wurde, als er befürchtet hatte.

Anbindung durch Verwurzelung

Für Bert und Till hatten die letzten Semesterferien begonnen. Vor ihnen lagen noch das achte Semester, die Anfertigung der Examensarbeit und die schriftlichen und mündlichen Prüfungen. Sie hatten sich vorgenommen die bisherigen Studieninhalte aufzuarbeiten und daraus Themenbereiche zu entwickeln, mit denen sie dann in die Gespräche mit den sie prüfenden Professoren gehen wollten, um die Prüfungsinhalte etwas einzugrenzen. Wichtiger war ihnen aber das mögliche Thema der Examensarbeit, von der sie sich eine spannende gedankliche Forschungsreise erwarteten. Für Bert war klar, dass er im Bereich der Sportspiele forschen wollte. Er konnte sich vorstellen, die Methodik und Didaktik des Faustballs zum Thema zu machen, auch, weil im Bereich dieser sogenannten Randsportart noch nicht viel geschrieben worden war. Ebenso wollte er gerne Entwicklungen in mehreren Sportspielen vergleichen. Als mögliche Aspekte favorisierte er die Regelwerke, Veränderung von Regeln, spieldominierende Strukturen und das Schiedsrichterwesen. Till dagegen wollte im Fachbereich Theologie die Arbeit schreiben. Er war froh, als Bert ihm von seinen Lieblingsthemen erzählte. So wurde ihm die Sorge genommen, mit Bert in Konkurrenz treten zu müssen. Denn Till wollte den Streit zwischen Einstein und Tillich als Grundlage heranziehen, um dann mit Hilfe der Symboltheorie Tillichs Erkenntnisniveaus zu unterscheiden bei der Wahrnehmung von Mythen. Ihm war bewusst, dass er auf dem Weg dahin geschickt mit dem zuständigen Professor würde verhandeln müssen, um auf seinem Lieblingsfeld ackern zu können ohne die Spielregeln zu verletzen. Denn das genaue Thema der Examensarbeit durften die Kandidaten erst mit dem Beginn des für die Arbeit vorgesehenen Zeitraums erfahren. Aber Till zeigte sich in Bezug auf diese Angelegenheit optimistisch. Und so beschäftigte er sich mit dem angedachten Themenkreis, nachdem sie die Aufarbeitung ihres bisherigen Studiums abgeschlossen hatten. Bert war ihm dabei gerne ein Gesprächspartner, denn es handelte sich bei Tills Thema um eine Zusammenfassung und eine Fortsetzung ihrer Forschungen in den Semesterferien. „Ein Symbol ist eine Erfahrung, die in eine Form gegossen wurde", begann Till ein Gespräch, „also etwas Geistiges, das an einen Körper gebunden wurde um den Transport zu erleichtern. Dabei eröffnet ein Symbol Horizonte, die über die Bedeutung des Transportkörpers hinausgehen." „Das hört sich gut an", nickte Bert. „Wir sollten das an einem Beispiel konkretisieren." „Nehmen wir ein gleichseitiges Dreieck", reagierte Till auf die Anregung. „Vordergründig ist es zweidimensional, aber im Hintergrund erscheint eine Tiefe durch die Gleichseitigkeit, die auf Perfektion und Harmonie hinweist. Sichtbar ist nur der äußere Rahmen, aber man spürt den Fingerzeig auf die Dreieinigkeit. Und auch wenn der Rahmen vergeht, so bleibt doch die Idee unvergänglich bestehen. Zwar haben die Seiten eine endliche Länge, aber enthalten ist auch durch die Geschlossenheit der Figur eine Ahnung von Unendlichkeit. So weist also ein Symbol über sich selbst hinaus. Außerdem hat es einen Anteil an der Wirklichkeit, auf die es hinweist. Man kann das Ebenmaß eines gleichseitigen Dreiecks ganz konkret erfahren, wenn man es in einer günstigen Größe in eine Ebene bringt und die Seiten abgeht. Man kommt dabei zum Ausgangspunkt zurück, spürt also quasi, dass es sich trotz der Ecken um eine runde Sache handelt und jede der drei Etappen gleich lang ist. Weiterhin kann ein Symbol nicht erfunden werden. Selbst wenn die geometrische Figur auf einen Mathematiker zurückgehen würde, so entsteht erst durch eine Überhöhung, die sich durch die Gleichseitigkeit anbietet, ein

Symbol." „Das hört sich fast druckreif an", zeigte sich Bert beeindruckt. „Ich würde das gerne an einem zweiten Beispiel selbst nachvollziehen. Eine Rose erscheint auf den ersten Blick als Pflanze, die wie andere auch zwischen Himmel und Erde steht, also Photosynthese treibt und Wasser zieht. Hintergründig weist ihre Schönheit auf die wunderbare Erfahrung von Liebe. Einerseits sieht man Blätter und Blüte, die vergänglich und endlich sind, und andererseits bleibt dem Auge, nicht aber dem Bereich des Seelisch-Geistigen, verborgen, dass die Ausstrahlung der Rose ewig lebt, also nicht an Zeit und Raum gebunden ist. Durch die Rose ist Liebe im Ansatz erfahrbar über den Duft und die schöne Blüte, deren Farbe im klassischen Fall der des Herzens ähnelt. Indem eine Rose, die ursprünglich der Natur entstammt, zum Kulturträger wird, weist sie über sich selbst hinaus." „So erschließen Symbole Dimensionen der Wirklichkeit, die nicht direkt messbar und beschreibbar sind", ergänzte Till. „Sowohl die Gleichseitigkeit des Dreiecks als auch die Schönheit der Rose weisen auf etwas Heiles. So wird in der Begegnung mit dem Heilen das unbedingte Heil beziehungsweise das Heilige erfahrbar. Übrigens geht dieser Ansatz auf meinen Urgroßvater zurück. Paul Tillich hat vier Merkmale religiöser Symbole herausgearbeitet, die er repräsentative Symbole nannte, da seiner Meinung nach die Alltagssprache nicht mehr scharf zwischen Symbolen und Zeichen oder Symptomen trennen würde. Das erste Merkmal besteht in dem Hinausweisen über sich durch indirektes Ausdrücken des eigentlich Gemeinten. Das zweites Merkmal ist die Teilhabe an der Wirklichkeit, auf die hingewiesen wird. Drittens sagt er, dass ein Symbol nicht willkürlich erfunden werden kann. Es kann geboren werden und sterben, wenn es von einer Gemeinschaft nicht mehr gelebt wird. Schließlich nennt er die Macht der Erschließung von Dimensionen der Wirklichkeit, die sonst verschlossen oder verdeckt sind." „Diesen Ansatz habe ich nun ein Stück weit verinnerlicht", meinte Bert. „Ich würde seine Tragfähigkeit gerne auch an einem profanen Beispiel überprüfen. Mir fällt nämlich gerade eine Episode aus den Asterix-Comics ein. In der Neuen Welt hat Obelix Tiere kennengelernt, die seine bisherigen Erfahrungen übersteigen. Er nennt sie nach dem Laut, den sie von sich geben, Gurugurus. Und Obelix beschreibt diese Tiere, indem er sagt, dass sie sich von Wildschweinen dadurch unterscheiden, dass sie auf Bäumen schlafen. Als er einen Guruguru aus einem Baum schütteln will, fällt ihm ein Mensch vor die Füße, den er als Römer einordnet, der sich als Guruguru getarnt hat." Till dachte einen Moment nach und lächelte dann: „Im Prinzip handelt es sich bei dieser Geschichte um einen Mythos. In ihm geht es um das Verlassen der Heimat, das Anlanden an fernen Küsten und das Entdecken neuer Welten. Der Mythos enthält zwei zentrale Symbole. Das erste Symbol nenne ich „Wildschweine, die auf Bäumen schlafen". Der naive Obelix verbindet mit einem Wildschwein die frohe Erwartung an einen Braten. In der Neuen Welt leben nun aber keine Wildschweine sondern Truthähne. Also muss sich Obelix auf die neue Situation einstellen. Denn verzichten will er ja nicht. Dabei hilft ihm das Symbol „Wildschweine, die auf Bäumen schlafen". Es erweist sich als sinnvolles Symbol, denn Obelix kann nun auf altbekannte Techniken zurückgreifen, also auf das Jagen und das Rösten über offenem Feuer. Entscheidend ist auf dem Platz, sagt der Fußballer. Ich meine, dass dieser Spruch auf Adi Preißler zurückgeht. Jedenfalls wird Obelix satt. Und dabei ist nicht entscheidend, ob er das Symbol als solches erkennt. Das zweite Symbol heißt „Getarnter Römer". Wenn Obelix auf Wildschweinjagd in heimischen Wäldern ist, dann begegnen ihm entweder Mitbewohner des Gallischen Dorfes oder römische Soldaten. Also ist für Obelix in seiner einfachen Weltsicht klar, dass jemand, den er nicht als Freund identifizieren kann, ein Römer sein muss. Wir wissen nun, dass in der Neuen Welt keine Römer leben sondern Indianer. Würden wir deshalb an der Stelle von Obelix besser klarkommen?" „Keineswegs", sagte Bert und ignorierte dabei, dass es sich bei der Frage um eine rhetorische gehandelt haben könnte. „Wenn man so naiv und tatkräftig auf das Leben zugeht wie Obelix, dann wird man es meistern. Wenn man aber alles in Frage stellt ohne nach Antworten zu suchen, wird man vielleicht nicht wirklich satt. Eine Antwort bei der Begegnung mit einer unfassbaren Wirklichkeit ist das Symboldenken. Das Symbol „Getarnter Römer" ist sinnvoll, weil es hilft, die neue Situation zu bewältigen. Die Elemente des Symbols sind aus dem bekannten Vorstellungsbereich von Obelix entnommen und haben einen Anteil an dem, was sie symbolisieren. Die Verbindung besteht in dem Menschsein von Römern und Indianern. So kann das Symbol über sich selbst hinausweisen." „Bei Asterix und Obelix kann man viel über die Welt und den Umgang mit ihr lernen", freute sich Till. „Mir fällt noch ein weiteres Beispiel ein. Wir haben vor einiger Zeit festgestellt, dass Flächenwesen sich keine Kugel vorstellen können. Vielleicht haben diese Flächenwesen sich Gott als gleichseitiges Dreieck vorgestellt. Zunächst haben sie wohl naiv gedacht, dass Gott ganz konkret ein Dreieck ist, damit sie sich als Ebenbilder betrachten konnten." „Im wahrsten Sinne des Wortes!" unterbrach Bert mit Begeisterung. Till lächelte und setzte fort: „Nun leben diese Flächenwesen eventuell auf einer Kugel und haben eines Tages aufgrund eines wissenschaftlichen Fortschritts die Möglichkeit, die Innenwinkelsumme eines Dreiecks genau zu bestimmen." „Wieder unterbrach ihn Bert: „Und wir wissen, dass ein Kugeldreieck Innenwinkel haben kann, die insgesamt auf mehr als 180 Grad kommen." „Genau", nickte Till. „Also könnten die Wissenschaftler aus ihren Messungen schließen, dass die Welt größer ist als Gott." „Ganz forsch würden sie also Gott für tot erklären", folgerte Bert, „und womöglich würden sie sich an seine Stelle setzen." „Das könnte passieren", stimmte Till zu. „Aber ebenso ist es möglich, dass Wissenschaftler, die über den sogenannten Tellerrand schauen, das gleichseitige Dreieck als sinnvolles Symbol für Gott erkennen, da es aus der Lebenswelt der Flächenwesen stammt und über sich selbst hinausweist, was ansatzweise als Ebenmaß erfahrbar ist." „So würden das Leben auf einer Kugel und die Erforschung derselben nichts an der Wirkmächtigkeit des Symbols ändern", meinte Bert.

Dreifach ist nicht nur des Raumes Maß

„Mir fällt übrigens gerade auf, dass wir im Moment immer dreischrittig vorgehen. Du hast mir in den letzten Semesterferien so gut erklärt, wie man den Dreisatz aus der Mathematik auf andere Sachzusammenhänge übertragen kann. Im ersten Schritt wird beschrieben, im zweiten gedeutet und im dritten übertragen. Richtig?" „Ganz genau", nickte Till. „Allerdings würde ich die Begriffe für diesen Dreisatz etwas anders wählen. Insbesondere gilt das für das Deuten, welches sich zu positiv anhört, wenn man bedenkt, dass, wie in unserem letzten Beispiel, aus ungerechtfertigt beanspruchter Deutungshoheit die Symbolqualität torpediert werden kann." „Aber im Prinzip bist du doch meiner Meinung?", fragte Bert, ohne eine Antwort abzuwarten. „Zunächst geht Obelix naiv auf das Leben zu. Diese Beschreibung seiner Naivität entspricht dem ersten Schritt des Dreisatzes. Dann könnten wir ihm von einem wissenschaftlich-abgehobenen Standpunkt aus zurufen, dass es sich um Truthähne und Indianer handelt. Das verkneifen wir uns aber. Vielmehr halten wir uns an die Hauptdirektive um Obelix nicht zu schaden. Wir gehen dann den dritten Schritt, indem wir die Sinnhaftigkeit der Symbole erkennen und benennen, die Obelix prägt." „Das hast du hervorragend herausgearbeitet", lächelte Till. „Leider muss ich dir sagen, dass du nicht der erste bist, der solche Erkenntnisprozesse in drei Schritten beschreibt. Und zwar hat der Physiker Hermann Dänzer das schon vor mehreren Jahrzehnten getan. Er hat drei Erkenntnisstadien unterschieden, nämlich das naive Stadium, das Stadium der Entmythologisierung und die Rehabilitierung des Mythos als Symbol mit hinweisender Kraft. Dabei ist der Begriff der Entmythologisierung nicht unproblematisch, da ihm durch Rudolf Bultmann und seine Rezeption eine eigene Geschichte anhängt. Es geht ja im zweiten Stadium der Erkenntnis nicht um um die Beseitigung des Mythos." „Jedenfalls, wenn man über den Tellerrand schaut!" warf Bert ein. „Vielmehr besteht die Aufgabe des zweiten Schritts darin, den Mythos zu brechen, also ein wortwörtlich-naives Wahrnehmen einer Aussage in Frage zu stellen, um dann die Antwort in Form des symbolischen Verständnisses vorzubereiten", setzte Till ungerührt fort. „Vielleicht wird man Obelix nicht gerecht, wenn man ihm den Mythos bricht. Wenn aber der mit Erkenntnisfähigkeit gepaarte Forscherdrang nicht mehr mit dem ungebrochenen Mythos leben kann, dann ist es Zeit für den zweiten und dritten Schritt." „Am zweiten Schritt kommt man heute kaum noch vorbei", meinte Bert. „Der wird insbesondere von Leuten gepredigt, die darauf fixiert sind, Gott endlich zu Grabe tragen zu können." „Deshalb muss das dritte Erkenntnisstadium seinen Platz zumindest im Religionsunterricht der Oberstufe finden", sagte Till. „Nach der Schule ist es schwer aus eigenem Antrieb über das Stadium der sogenannten Entmythologisierung hinauszukommen. Und an dieser Stelle liegt für mich eine besondere Antriebsfeder für die Examensarbeit, die ich gerne schreiben würde. Dafür möchte ich mit dir noch weitere Beispiele für Erkenntnisprozesse in drei Schritten sammeln." Bert dachte kurz nach und meinte dann: „Zunächst fällt mir der Mythos ein, dass Gott die Welt trägt und Menschen auffangen kann. Naiv verstanden bedeutet das, dass Gott Hände hat, denn ansonsten könnte er nicht tragen und auffangen. Das Symbol heißt also „Hände Gottes". Nun könnten theoretisch Forscher das gesamte Universum nach göttlichen Händen durchsuchen und natürlich nichts finden. Dann bleibt trotzdem die Erkenntnis, dass „Hände Gottes" ein passendes Symbol sein kann für erfahrene Liebe im Moment der Krise." „Das nenne ich einen tragfähigen Einstieg", lächelte Till. „Meine erste Idee zu diesem Dreisatz ist der Mythos, dass sich die Sonne um die Erde dreht. Wenn ich also einen Sonnenaufgang sehe, und in dem Begriff des Sonnenaufgangs steckt ja schon die Bewegung der Sonne relativ zur Erde, neige ich zum Geozentrischen Weltbild. „Sonnenaufgang" nenne ich das Symbol. Ein Wissenschaftler könnte nun seinen irdischen Standpunkt verlassen und einen abgehobenen außerhalb unseres Sonnensystems einnehmen. Dann würde er im Zuge einer Entmythologisierung von einem Heliozentrischen Weltbild sprechen. Wir erleben aber, wenn wir den Lauf der Sonne verfolgen, dass das Symbol des Sonnenaufgangs unsere Erfahrung bestätigt, also die Wirklichkeit sinnvoll wiedergibt." „Also ist das Geozentrische Weltbild keineswegs Geschichte sondern aktuell", nickte Bert. „Ich bleibe bei klassischen religiösen Aussagen. Mein nächster Mythos erzählt, dass Gott der Vater der Menschen ist. Das bedeutet insbesondere, dass Gott in dem Sinne personhaft ist, dass er Menschen begegnen kann. Wenn nun jemand damit nicht leben kann, dann wird er versuchen, die Aussage „Gott ist Vater" durch einen Gentest zu widerlegen. Aus seiner Sicht wird er erfolgreich sein und schriftlich mitgeteilt bekommen, dass sein Vater zum Beispiel Heinz-Dieter heißt. Hoffentlich kann Heinz-Dieter seinem Sohn ein guter Fürsorger und Beschützer sein. Fraglich ist, ob der Sohn diese Erfahrung übertragen kann auf Gott. Für diesen dritten Schritt müsste er wohl die Vaterqualität Gottes spüren, um das Symbol „Gott ist Vater" erkennen zu können." „Diese Vaterqualität steckt auch in der Arche", nahm Till Berts Ansatz auf. „Das Symbol „Arche" ist eingebettet in den Mythos, dass Gott die Menschheit rettete, als die Erde überflutet war. Die naive Vorstellung geht von Noah aus, der von Gott beauftragt Tierpaare in einer riesigen Holzkiste sammelt. Biologen würden wohl viele Gründe nennen können, warum das so nicht hätte funktionieren können. Allgemein könnte man aus wissenschaftlicher Sicht sagen, dass die Evolution nach Katastrophen Anpassungen hervorgebracht hat, für die es keine Holzkiste brauchte. Wir aber wissen, dass die Arche als Haus und Heimat menschliche Erfahrungen repräsentiert wie Überleben nach einem Zusammenbruch und Neubeginn nach einer Befreiung von Angst." „Noah gibt bei der Sintflut als helfende Hand Gottes den Helden", nahm Bert den Faden auf. „Dieses Stichwort bringt mich zu Herakles. Das Symbol „Herakles" entsteht aus dem Mythos, dass Gott Zeus zeugt, in diesem Fall mit Alkmene. Die naive Annahme basiert auf der Fähigkeit des Zeus Menschengestalt anzunehmen und so Kontakt aufzubauen. Dagegen könnte man sagen, dass grundsätzlich Figuren aus der antiken Mythologie nicht zeugungsfähig sind, da sie nicht körperlich-konkret existieren. Aber wir wissen, dass die göttliche Vaterschaft die unglaubliche Kraft des Herakles und die Möglichkeit der Bewältigung von praktisch unlösbaren Aufgaben gut erklärt." „Das ist die direkte Vorlage für das Symbol „Jungfrauengeburt"", setzte Till fort. „Den Mythos, dass Gott sich ganz konkret mit den Menschen verbindet, könnte man naiv so auffassen, dass Maria als Jungfrau Jesus gebar. Biologisch ist das wohl ausgeschlossen. Aber das Symbol verweist auf die außergewöhnliche Qualität der Botschaft Jesu und seine Auserwähltheit." „Das bringt mich zur symbolischen Geburt Jesu in der Stadt Davids", sagte Bert. „Dieses Symbol steckt sogar in zwei Mythen. Denn während Lukas von der Volkszählung erzählt, greift Matthäus auf die Flucht nach Ägypten zurück. Gemeinsam ist beiden die Aussage auf dem naiven Erkenntnisniveau, dass Jesus in Bethlehem geboren wurde. Der zweite Schritt dagegen führt zu einer Geburt in Nazareth. Natürlich ist das Symbol der Geburt in der Stadt Davids sinnvoll, um in dessen Fußstapfen treten zu können und so auf die besondere Qualität hinzuweisen." „Wir sind nun etliche wichtige Schritte gegangen", meinte Till. „Ich möchte noch einmal zurückkommen auf den Physiker Dänzer, um mit ihm zu zeigen, dass der Dreisatz auch in der Physik gilt. Es geht also darum, dass auch in der Physik Wirklichkeitserfahrungen mit Hilfe von symbolischen Aussageformen verarbeitet werden. Diese vergleichbare Verarbeitung hebt ab auf eine formale Analogie und zielt nicht auf eine Vermengung von Theologie und Physik. Man kann also sagen, dass einerseits das religiöse Symbol die bildhafte Antwort des Menschen darstellt, der der Gotteswirklichkeit begegnet. Und andererseits ist das physikalische Modell die bildhafte Antwort des Menschen, der der physikalischen Wirklichkeit begegnet." „Und die von dir so genannten bildhaften Antworten entnehmen ihr Wortmaterial aus einer Sprache, die sich auf den konkreten menschlichen Vorstellungsraum bezieht", unterbrach Bert seinen Freund. „Die Vorstellung eines idealtypischen Vaters liefert die Vorlage für den Vatergott und die Vorstellung einer Kollision im Straßenverkehr ist die Basis für die Vorstellung einer Elektronenkollision." „Genau", nickte Till. „Und in beiden Fällen wird die naive Identifizierung der Vorlage mit der nur indirekt beschreibbaren Erfahrung dem aufgeklärten Denker nicht gerecht. Dennoch haben sowohl das religiöse Symbol als auch das physikalische Modell Anteil an der Wirklichkeit, die sie repräsentieren, denn sie sind keineswegs willkürlich ausgewählt, sondern in einem bestimmten Maße verwandt mit dem Phänomen, auf das sie hinweisen." „Es gibt ja keine andere Chance wirklich inhaltliche Aussagen über theologische und atomphysikalische Zusammenhänge zu machen, als mit Hilfe der Symbolsprache", sagte Bert. „Ich kann die Erfahrung des Aufgehobenseins in Gott versuchen wiederzugeben, indem ich mich an das Tragen eines Kleinkinds erinnere und so zu dem Symbol „Hand Gottes" komme. Aber ich kann das Aufgehobensein mit meinen Händen nicht direkt begreifen. Genauso kann ich nicht in ein Atom hineingreifen." „Man kann in Bezug auf das Geschehen in einem Atom höchstens Momentaufnahmen machen", setzte Till den Gedanken fort. „Und dann kann man Übergangswahrscheinlichkeiten von einem Zustand zu einem anderen angeben. Aber das geschieht in der Sprache der Mathematik, die uns zunächst inhaltsleer erscheint und zu der wir keine auf Erfahrung basierende Beziehung aufbauen können. Das wird auch an dem Symbol „Wurzel aus minus eins" deutlich, ohne das eine Beschreibung von Erscheinungen im Mikrokosmos nicht möglich wäre. Andererseits braucht man die Beziehungsebene von Sprache, wenn man theoretische Erkenntnisse in ein konkretes Experiment einfließen lassen will. Sowohl für den Aufbau des Experiments brauche ich eine Sprache, die sich auf meine Vorstellungswelt bezieht als auch für die Beschreibung der Beobachtung, wenn ich mich wirklich mitteilen will. Das wird deutlich im Bohrschen Atommodell. Eine bestimmte Erscheinung bezeichnet man als Elektron. Dieses Wort ist aber nur eine Hülse. Also wird im Anschluss an bestimmte Qualitäten der Erscheinung der Begriff um eine inhaltliche Aussage ergänzt, die aus der gewöhnlichen Sprache entlehnt ist. So kommt man zu dem Symbol „Elektron ist Massenpunkt". Weiterhin kann man aus Momentaufnahmen folgern, dass ein Atom sich in verschiedenen Energieniveaus befinden kann. Daraus entsteht die Annahme von Bahnen, die man als Quantenbahnen bezeichnet. So entsteht das Symbol „Elektron bewegt sich auf Bahn". Schließlich ergeben Messungen, dass die Abgabe von Strahlung zusammenhängt mit der Veränderung des Energiezustands eines Atoms. Daraus ergibt sich das Symbol „Elektron springt zwischen Bahnen"." „Die Erscheinungen, die du beschrieben hast, gehen ja auf Messungen zurück, die sich aus einem konkreten Versuchsaufbau ergeben", meinte Bert. „Wenn man den Versuch nun ein wenig anders aufbaut, kann kommt man doch zu abweichenden Einschätzungen und somit wohl auch zu anderen Symbolen?" „Da sind wir wieder beim Gott der Mintakaner", antwortete Till. „Die Beobachtung und insbesondere der Beobachter mit seiner Beobachtungsabsicht haben Einfluss auf das Experiment. Durch die Versuchsanordnung schränkt man den Kreis möglicher Antworten ein. Je nach Aufbau kann man entweder von einem Elektron sagen, dass es an einem bestimmten Ort zu Hause ist oder einen bestimmten Impuls hat. Und so kommt man auch zu verschiedenen Atommodellen. In einem Modell wird einem Elektron der Charakter eines Massenpunkts zugeordnet, in einem anderen der Wellencharakter." „Naiv betrachtet widersprechen sich die verschiedenen Atommodelle also", folgerte Bert, „so, wie sich auch die Personhaftigkeit Gottes und seine Absolutheit auf den ersten Blick widersprechen." „Damit sind wir wieder bei dem Begriff der Komplementarität", nickte Till. „Wenn wir Wirklichkeitserfahrung beschreiben wollen, die außerhalb des konkret Begreifbaren liegt, dann kann das nur komplementär geschehen." „Und mit Hilfe von Symbolen!" ergänzte Bert. „Das Geschehen im Atom hat wohl mit seelisch-geistigen Erfahrungen gemeinsam, dass es sich jeweils um Wirklichkeitsbereiche handelt, zu denen kein direkter Zugang möglich ist und deren Vermittlung angewiesen ist auf Symbole. Und diese Symbole sind ursprünglich zu Hause in dem Bereich des Lebens, der uns konkret und direkt angeht. Sie sind entnommen aus der Alltagssprache. Doch auch die Alltagssprache abstrahiert, idealisiert und isoliert Einzelphänomene aus dem Zusammenhang. Und jede Isolierung kann eine Verfälschung bedeuten durch den nicht betrachteten Kontext. Außerdem kann man, wenn man die Beschreibung eines Phänomens bewusst aufnimmt, dieses verändern, da man im Moment der Aufnahme die eigene Geschichte und Persönlichkeit nicht ausblenden kann. Zum Beispiel denke ich, dass man in einer Partnerschaft nicht alles von einander wissen muss und nicht alles diskutieren sollte. Manche geheimnisvollen Bindungskräfte können zerbröseln, wenn sie der Bewusstseinsverarbeitung ausgesetzt werden." „Sprechen birgt Chancen und Gefahren", lächelte Till. „Das gilt auch für das Denken. Wenn man statisch denkt, also das Gegenteil eines wahren Satzes als einen falschen Satz auffasst, dann gewinnt man eine gewisse Sicherheit durch das Schubladendenken, verliert aber an Lebendigkeit und Offenheit. Wenn man dynamisch denkt, dann kann das Gegenteil eines wahren Satzes wieder ein wahrer Satz sein. Man gewinnt so inhaltliche Tiefe, bleibt aber häufig im Ungefähren. Die klassische Naturwissenschaft denkt eher statisch, die Geisteswissenschaft eher dynamisch. Die Atomphysik gehört in Bezug auf diese Zuordnung eher in den Bereich der Geisteswissenschaften. Das wird auch daran deutlich, dass sie sich mit Wahrschein-

lichkeiten beschäftigt, die in der Sprache der Mathematik beschrieben werden, die ja eine Geisteswissenschaft ist." „Der klassischen Naturwissenschaft liegt das Kausalitätsideal meines Urgroßvaters zugrunde", ergänzte Bert. „Dagegen müssen vielleicht im Mikrokosmos und im Bereich des Seelisch-Geistigen die Begriffe Raum und Zeit anders gedeutet werden, so dass der prinzipiell offene Prozesscharakter des Seins ansatzweise zu Tage treten kann. Der Himmel im religiösen Sinn ist grenzen- und zeitlos. Er bedeutet Freiheit ohne Orientierungslosigkeit, also Heimat."
„Mir gefällt diese Übertragung, aber du machst einen großen Sprung", meinte Till. „Ich möchte noch einmal zurückkommen auf das Phänomen der Sprache. Die Sprache des Dichters fließt. Sie ist nicht präzise sondern offen. Die Fachsprache dagegen ist einerseits genau, aber andererseits arm, weil nichts mitschwingt und keine Bilder im Kopf entstehen. Die reduzierteste Sprache ist die des Computers, der lediglich die Symbole „Eins" und „Null" kombiniert, also zwischen Stromstoß und Strompause unterscheidet. Vielleicht entspricht das übrigens dem Aktivieren beziehungsweise Nichtaktivieren von Nervenfasern im Gehirn. Auf jeden Fall entsteht so Information, die man zu den Grundkomponenten des Seins rechnen kann neben Energie und Materie und Bewusstsein. Und Information ist übertragbar. Bei einer Übertragung ist es möglicherweise nicht sinnvoll, zwischen Geist und Materie zu unterscheiden, also zwischen immateriellem Geist und geistloser Materie. Vielmehr könnte informierte Materie der Träger des Lebens sein. Und diese informierte Materie kann im Menschen zum Bewusstsein kommen, also Geistqualität entfalten."
„Und damit sind wir wieder bei deiner Einstiegsdefinition des Symbols", folgerte Bert. „Du hast das Symbol als einen mit Geist beladenen Transportkörper bezeichnet. Und das kommt dem Begriff der informierten Materie sehr nahe. Auf diesem Weg überwinden wir auch den Dualismus von Geist und Materie, den Descartes proklamierte, und die darin angelegte Entfremdung von Gott und Natur." „Das ist ein interessanter Gedanke", sinnierte

Till und sagte dann: „Lass' uns die physikalischen Überlegungen noch übersetzen in die Idee der drei Erkenntnisniveaus, um sie zu vertiefen und abzusichern." Bert dachte nach und begann dann: „Aus dem Mythos, nach dem alle Teile dieser Welt konkret existieren und ihre Eigenschaften bestimmbar sind, erwächst das Symbol „Elektron ist Massenpunkt". Naiv betrachtet kann man also das Elektron aufspüren und seine Geschwindigkeit bestimmen. Vom wissenschaftlichen Standpunkt aus klappt das aber nicht, wie wir nach unserem Besuch auf Mintaka III geklärt haben, aufgrund der Heisenbergschen Unschärferelation. Das Symbol ist aber sinnvoll, weil sich dadurch viele experimentell gefundene Ergebnisse gut beschreiben lassen. Das zweite Symbol aus dem Bohrschen Atommodell heißt „Elektron bewegt sich auf Bahn" und fußt auf dem Mythos, dass alles einen Ursprung und ein Zuhause hat. Das naive Stadium geht davon aus, dass das Elektron auf einer Rundschale rollt. Gegen diese konkrete Annahme steht zum Beispiel, dass es sich bei einem Elektron eher um eine Energiesphäre handelt. Das Symbol kann aber rehabilitiert werden aufgrund seiner Beschreibungsqualität in Bezug auf Beobachtungen bei Experimenten. Das dritte Symbol heißt „Elektron springt zwischen Bahnen" und gehört zu dem Mythos, dass Aktivität sich in Form von Ortswechseln ausdrücken kann. Der naiven Darstellung liegt ein Hüpfen von einer Schale zu einer anderen zugrunde. Die Existenz solcher Mikroschalen ist aber aus wissenschaftlicher Sicht zu bestreiten. Dennoch gibt es auch hier eine gute Wiedergabe von Versuchsergebnissen." „Und wir haben noch zwei Symbole zum Licht angedeutet", übernahm Till. „Der Mythos, nach dem sich Licht wellenförmig ausbreitet, beinhaltet das Symbol „Licht ist Welle". Es führt zu der naiven Annahme, dass sich Licht wie Schall verhält, nur eben schneller ist. Aus dem Mythos, nach dem sich Licht als Summe einzelner Teile bestimmen lässt, folgt das Symbol „Licht ist Teilchenfluss", das naiv gedacht davon ausgeht, dass sich Licht wie ein Sandsturm verhält, wobei die Teilchen noch kleiner sind. Beiden Symbolen kann ein

Wissenschaftler entgegentreten mit dem Hinweis darauf, dass nur ganz bestimmte Versuchsanordnungen den jeweiligen Charakter bestätigen. Aber die hinweisende Kraft der Symbole steckt in den menschlichen Erfahrungen im Makrokosmos mit Wellen und Teilen. Mir fallen übrigens noch zwei weitere Symbole ein, die aus dem Star-Trek-Universum stammen. Das Symbol „Warpgeschwindigkeit" resultiert aus dem Mythos, dass Reisen mit Überlichtgeschwindigkeit möglich sind. Das naive Stadium geht davon aus, dass der Raum so gekrümmt werden kann, dass durch die so erzeugte räumliche Nähe die überschnelle Fahrt möglich wird. Kritisch müssen wir einwenden, dass die für eine solche Krümmung notwendige Energie die des gesamten Universums übersteigen könnte. Aber das Symbol erklärt auf schöne Weise die Möglichkeit von Traumreisen und Gedankenexperimenten. Das zweite Symbol heißt „Beamen" und hebt ab auf auf einen Transport ohne Reise. Naiv gedacht bedeutet das die Anwendung der Teleportation auf Menschen. Konkret würden aber wohl komplexe Strukturen bei einem solchen Transportvorgang zerfallen. Die Rehabilitierung des Mythos als Symbol steckt in der Erfahrung, sich in andere hineinversetzen zu können und in der Erfahrung, dass Transporte von Hirn zu Hirn und von Kultur zu Kultur möglich sind."

Leben zwischen Netzen und Sohlgleiten

„Das Konzept der drei Erkenntnisstadien überzeugt mich", meinte Bert. „Und wir haben viele gute Beispiele aus der Theologie, der Physik und anderen Bereichen gefunden. Aber ich frage mich, ob es typisch ist, dass wir als kurz vor dem Examen stehende Theologiestudenten uns dafür begeistern können oder ob die Mehrheit der Physiker auch damit einverstanden wäre." „Es geht ja nicht um eine Mehrheit", antwortete Till. „Das Konzept geht auf einen Physiker zurück, nämlich Hermann Dänzer. Und da ich mich ein wenig eingelesen habe, kann ich sagen, dass viele hochrangige Physiker, darunter etliche Nobelpreisträger, in ähnlicher Richtung gedacht haben. Ich denke da an Max Planck, Niels Bohr, Werner Heisenberg, Carl-Friedrich von Weizsäcker und Hans-Peter Dürr. Sicherlich gehört dein Urgroßvater nicht dazu. Aber er hat so vieles in seinem Forscherleben geleistet. Da wollen wir nicht zu kritisch sein. Es gibt natürlich auch die Naturwissenschaftler, die sich auf eine solche Diskussion gar nicht einlassen. Die äußern sich nur zu von ihnen definierten Wirklichkeiten. Mir fällt dazu eine Parabel ein, die auf den englischen Astrophysiker Sir Arthur Stanley Eddington zurückgeht. Er vergleicht den Naturwissenschaftler mit einem Ichthyologen, der zum Zwecke der Meeresforschung ein Netz auswirft und damit Fische fängt. Aus seinem Fang zieht er unter anderem die Schlussfolgerung, dass alle Fische länger sind als fünf Zentimeter. Der Einwand, dass das an den Netzmaschen liegen könnte, deren Diagonale fünf Zentimeter misst, lässt ihn kalt, da er einen Fisch definiert als etwas, was man mit einem Netz fangen kann. An dieser Stelle bekommt er Zuspruch von den Fischessern, die sich nicht für etwas interessieren, was man nicht essen kann, da es nicht gefangen werden kann. Die Naturwissenschaft kümmert sich also lediglich um einen Ausschnitt der Wirklichkeit beziehungsweise um eine Projektion von Wirklichkeit, also kaum um elementare Erfahrungen. Während man mit Hilfe gefangener Fische zumindest partiell auf die Fischwirklichkeit schließen kann, so gilt dies nicht für ein Elektron, dessen Erscheinung als Welle oder Teilchen abhängt von dem Netz, welches der Physiker auswirft. Zählen kann man unter Umständen Fische und Elektronen. Mathematische Strukturen können also für beide Phänomene herangezogen werden, um sie auf eine ganz bestimmte Weise zu beschreiben." „Aber diese mathematische Beschreibung transportiert keine wirkliche Botschaft", wandte Bert ein. „Wenn ich eine virtuelle Zählmaschine auf die Welt loslasse und so zu Aussagen über Fische und

Elektronen komme, dann werde ich diesen Phänomenen nicht gerecht. Und wenn wir Menschen nicht versuchen der ganzen Wirklichkeit gerecht zu werden, dann entziehen wir auch uns selbst die Lebensgrundlage. Wir brauchen Offenheit, Ganzheitlichkeit und Nachhaltigkeit." „Das hast du sehr plakativ ausgedrückt", lächelte Till. „Ich bin ganz deiner Meinung, aber wir sollten das an einem Beispiel konkretisieren. Das Leben ist im Fluss begriffen und so kann uns der Fluss als Symbol dienen. Barrierefreiheit kann auf Offenheit hinweisen, die wir der Mitwelt entgegenbringen wollen. Als Versorger mit Wasser, als Herrscher über Auen mit Blick auf den Hochwasserschutz, als Anbieter von Erholungsraum und als Träger von reicher Flora und Fauna öffnet der Fluss den Blick für vernetztes Denken, einen ganzheitlichen Ansatz und das Prinzip der Nachhaltigkeit." „Werden in diesen Fluss Netze ausgeworfen?" fragte Bert. „Wir Menschen müssen Fragen stellen um Antworten zu finden", antwortete Till. „Allerdings sollten die Fragen kein Selbstzweck sein, sondern im Zusammenhang mit der Verantwortung für die Mitwelt stehen. Und es muss ein Bewusstsein für die Relevanz der Antworten geben, damit der Mitwelt Gerechtigkeit widerfahren kann. Die von dir genannte virtuelle Zählmaschine bleibt also außen vor." „Du sagtest, dass der Fluss barrierefrei sein soll", setzte Bert das kritische Nachfragen fort. „Aber ohne besondere Gefällesituationen kommt ja kaum ein Fluss aus, gerade, wenn er eine kulturell überformte Landschaft durchfließt. Ich hoffe, dass der Fluss Sohlgleiten hat?" „Ich kann mich noch gut an deine Erklärungen zur Sohlgleite in Sittensen erinnern", nickte Till. „Wir Menschen sehen uns immer wieder mit ausgeworfenen Netzen konfrontiert. Wir können uns auch in eigenen Netzen verheddern. Und wir machen uns ein Bild von anderen Menschen. Wir müssen dabei darauf achten, dass wir dieses Bild immer wieder an die Persönlichkeit anpassen und nicht umgekehrt. Besser wäre es wohl, wenn wir ganz auf Netze verzichten könnten und ein perfektes Gefühl sowohl für das Wasser als auch für die Mitflussbewohner hätten. Aber ein solches Gefühl können wir im Hier und Jetzt lediglich im Ansatz entwickeln. Bei dieser ansatzweisen Entwicklung können uns sicherlich Sohlgleiten helfen, denn sie gleichen Brüche und Abstürze im Fluss des Lebens aus. Über viele kleine steinerne Absätze lässt sich ein Gefälle leichter überwinden und man kann auch durchgängig flussaufwärts schwimmen. Das Wasser und mit ihm die Fische finden einerseits trotz der Steine den Weg und andererseits auch mit ihnen. Denn man gewinnt an Stärke, wenn man Hindernisse meistert. Und man kann auch erfahren, dass Elemente des Lebens, die man auf den ersten Blick als Hindernisse wahrnimmt, im Nachhinein Steighilfen für Entwicklungsschritte sein können." „Und überall kann man Heimatgefühle erleben", warf Bert ein, „auf dem Weg, auf bestimmten Abschnitten und wohl auch an der Quelle. Ich denke dabei an das geflügelte Wort, nach dem man gegen den Strom schwimmen muss um an das Ziel zu kommen." „Das hängt wohl von verschiedenen Definitionen ab", meinte Till. „Wenn man das Ziel proklamiert, zum Ablaichen in die eigene Kinderstube zurückzukehren, dann muss man als Lachs gegen den Strom schwimmen. Man kann aber auch als eigentliche Quelle des Flusses das Meer ausmachen, denn mit Hilfe von Wind, Sonne und Wolken speist das Meer über den Wasserkreislauf das Gebiet, aus dem der Fluss entspringt. Somit unterstütze ich deine Aussage, dass Heimat überall sein kann. Grundlage für das Gefühl von Heimat ist das Aufgehen in der Mitwelt, ohne dabei die personale Integrität zu verlieren. Es darf beim Auswerfen von Netzen also nicht darum gehen, Beute und Gefangene zu machen um einen Herrschaftsanspruch zu untermauern oder allgemein dem Modus des Habens zu frönen. Vielmehr geht es um eine freie Entfaltung des Seins. Dann gibt es nicht mehr die Fixierung auf die Benutzung des Mittels zum Zweck und das kausale Denken." „Wenn wir eingebunden sind in eine Beziehungswelt, dann erfahren wir Heimat", setzte Bert den Gedanken fort. „Ganzheitliches Menschsein braucht Beziehungen zu anderen Körpern, Seelen und zu anderem Geist. Wir müssen uns als eingebettet erfahren in Natur und Kultur. Und diese Einbettung ist ein Prozess mit aktiven und passiven Elementen. Ich bette mich ein und ich werde eingebettet."

Diesen Prozess erlebten Bert und Till im Rahmen des Studiums zum achten und letzten Mal. Im Bereich Erziehungswissenschaft hatten sie ihren Weg schon zurückgelegt, dafür intensivierten sie theologische Erfahrungen. Sie besuchten ein Hauptseminar Systematik mit dem Thema „Christologie und religiöser Pluralismus", eine Vorlesung zum interreligiösen Dialog und ein Systematikseminar zur Beziehung von Christentum und Kultur. Daneben tauchten sie noch einmal in das Neue Testament ein und forschten in einem Seminar zur Gerechtigkeit Gottes in der urchristlichen Theologie und sie begaben sich in einem kirchengeschichtlichen Seminar auf die Spur von Thomas Müntzer. Till spulte im Fachbereich Mathematik sein Programm wie in den Semestern zuvor ohne große Begeisterung aber erfolgreich ab. Er besuchte eine Vorlesung zur Stochastik II mit zugehörigen Übungen und ein Seminar zur Algebra. Bert musste sich in seinem letzten Semester umstellen. Während er sich vorher immer auf einen praktischen Schwerpunkt freuen konnte, nahm er im letzten Semester die Gelegenheit wahr, insbesondere prüfungsrelevante Veranstaltungen zu besuchen. An vier Seminaren nahm er teil. Im Bereich Freizeit und Gesundheit lernte er Grundlagen von Haltung und Bewegung kennen, im Bereich Unterricht und Curriculum ließ er sich einführen in Ausbildung, Bildung und Erziehung und in die Entwicklung von Praxismodellen. Und er lernte einiges über Sportverletzungen und Erste Hilfe in der Abteilung Sportmedizin. Schließlich endete auch das achte Semester und Bert und Till hatten noch einige Tage Zeit, bevor die offizielle Erarbeitungszeit für die Examensarbeit begann. Sie tauschten sich aus über den Weg, den sie nach dem Examen gehen wollten. Für Till wahr klar, dass er so bald wie möglich mit dem Referendariat beginnen wollte. Und natürlich sollte seine Ausbildungsschule im Norddeutschen Tiefland liegen. An diesem Punkt war er einer Meinung mit Bert. Dieser wollte allerdings nach dem kopflastigen Examen erst einmal etwas mit seinen Händen machen. Dabei ging es um ein ganz konkretes Projekt. Berts Freundin Kerstin befand sich in der Endphase ihres Architekturstudiums und wollte danach ein zweites Standbein des elterlichen Baugeschäfts in Selsingen aufbauen. Ihre Oma wohnte als Witwe am Rand des Ortes auf einem Resthof. Dieser war wunderschön gelegen und bot Platz für viele Aktivitäten. Kerstin dachte an Pferde und Bert an Schafe und die Pflege eines Waldstücks, welches zum Hof gehörte. Aber beide dachten auch an ein Leben auf einem Hof mit einer Oma, die beide sehr ins Herz geschlossen hatten. So vereinbarten die drei ein Wohn- und Versorgungsrecht für die Oma auf Lebenszeit und im Gegenzug die Vererbung des Hofes. Ein Jahr wollten sich Bert und Kerstin Zeit nehmen, die bisher ungenutzte Hälfte des Wohn- und Stallgebäudes nach ihren Vorstellungen umzubauen. Dort, wo früher Rinder und Schweine lebten, sollte ein Stück Heimat entstehen. „Aber du wirst immer zu meiner Heimatwelt gehören", sagte Bert eines Abends zu Till. „Du bist immer herzlich willkommen bei uns in Selsingen." „Das freut mich", lächelte Till. „Und ich kann mir gut vorstellen, dass ihr euer Projekt mit Leben füllt und dass eure neue Heimat euch reich mit bunten Erfahrungen beschenken wird. Wichtig ist, dass wir nach der universitären Theorie in eine Praxis einsteigen. Und das erhoffe ich mir auch im Referendariat." „Wichtig ist, dass wir als aktiv gestaltende Elemente der einen Welt Verantwortung übernehmen für die Entfaltung unserer Mitwelt. Wenn wir gemeinschaftstreu uns einbringen als Ergänzung zu einem sinnvoll-schönen Ganzen, dann werden wir Harmonie erfahren und ein umfassendes Gefühl von Heimat." Bert und Till nahmen sich in den Arm und waren glücklich und dankbar.